中国藏戏：八大经典译集

尕藏 等 译

青海人民出版社

目 录

文成公主　　　　李钟霖　译　1

朗萨雯蚌　　　　李钟霖　译　33

智美更登　　　　尕　藏　译　95

卓娃桑姆　　　　马红武　译　141

苏吉尼玛　　　　李钟霖　译　183

顿月顿珠　　　　扎西才让　译　261

白玛文巴　　　　尕　藏　译　321

诺桑王子　　　　马红武　译　373

文成公主

李钟霖 译

> 来自吐蕃大臣仔细听，边鄙西藏未立十善法①，
> 我的女儿没有这缘分，你们如果创立十善法，
> 愿将公主许配吐蕃王。

言毕，尼泊尔国王伟赛郭恰提出第一个问题：吐蕃有没有制定十善法规的能力？需要得到吐蕃赞普松赞干布的回应。对此，大臣噶尔·禄东赞心中十分清楚赞普有旨，于是就说："这里有我王圣旨。"把第一个用金汁写成的尼泊尔文匣子呈交给了伟赛郭恰。尼泊尔国王展开信件后见上面写道："我一日之内可幻变五千身子，在广袤的雪域吐蕃创立十善法，您不觉得这很稀奇吗？"

尼泊尔国王伟赛郭恰看后狐疑不决，心想这是真的吗？若当真如此，我很难对付他。于是，又说道：

> 吐蕃赞普承诺虽然好，边鄙西藏没有佛教庙，
> 你们如果能建三所依②，赤尊嫁给吐蕃王为妃。

言毕，尼泊尔国王伟赛郭恰他提出第二个问题：西藏能否修建身、语、意三所依？大臣噶尔·禄东赞就把第二个用银汁书写的尼泊尔文匣子献给了伟赛郭恰。当尼泊尔国王展开信件看时，上面写道："我一日之内可幻变五千身子，立马建起一百零八座寺院，将寺门全部朝向西方尼泊尔，你不觉得这很稀奇吗？"

尼泊尔国王伟赛郭恰看完信后心想，看来我的确不是他的对手，如果不把赤尊公主许配给吐蕃赞普，他会变幻法术发兵来杀死我，毁坏城池，抢走赤尊公主，后果不堪设想啊！但他仍然不肯答应将赤尊公主许配给吐蕃赞普松赞干布，为了考验吐蕃使臣

---

① 十善法：不杀生、不偷盗、不邪淫、不妄语、不两舌、不恶口、不绮语、不贪、不嗔、不邪见。反之，为十不善。

② 三所依：佛像为身所依，佛经为语所依，佛塔为意所依。

联姻信念是否坚定，便提出了第三个问题：

我尼泊尔享有五妙欲①，边鄙西藏贫穷物匮乏，

你若与我堪比五妙欲，赤尊嫁给吐蕃王为妃。

大臣噶尔·禄东赞就把第三个匣子呈交给了伟赛郭恰。尼泊尔国王展开信件，只见上面写道："您若答应将赤尊公主嫁给我，我将幻变丰富的五妙欲等可意财富铺满雪域大地，也可以把他国所有财富变成我的财富，你不觉得这很稀奇吗？"

尼泊尔国王伟赛郭恰看完信后感到很恐怖，看来这个边鄙之王的匣子无可穷尽，其幻术不可思议。于是，觉得嫁女势在必行，就把赤尊公主叫到身边，说道：

朕的心肝宝贝公主啊，洗耳仔细倾听父王说，

有个吐蕃赞普松赞王，你应成为他永久伴侣。

赤尊公主听了父王伟赛郭恰的话，双膝跪地禀奏道：

慈悯父王请听女儿讲，雪域西藏严寒无佛法，

要我远离父母心悲伤，女儿告饶不去如此地。

父王伟赛郭恰又对公主说道：

女儿如果执意不愿去，赞普松赞干布神化身，

他若引兵杀我毁社稷，女儿不由自主被抢去。

赤尊公主听完父王的劝诫，仍然想尽一切办法抗婚，她又向父王叩禀道：

呜呼父王请听女儿讲，种姓下贱吐蕃无佛塔，

请将父王所供释迦佛，金银宝库一并赐给我！

父王伟赛郭恰说道："朕供奉的释迦牟尼八岁身量像，乃是檀越帝释天所制造，法体以各种珍宝为原料，塑匠是毗首羯摩天神，

---

① 五妙欲：色、声、香、味、触五种外物的功能对于眼、耳、鼻、舌、身所起的作用。

7

由佛祖亲自开光加持。供奉释迦牟尼佛像，则与供养佛祖本人无分别，所献供品都能亲口品尝，是尊功德无量的本尊佛像。如自然生成的旃檀四观音之一满愿观音像、由迦叶佛亲自开光加持的弥勒法轮、旃檀度母像等供施处，都是父王我心爱之物。虽然觉得可惜，但可作为给爱女的礼物赐给你，另外将七大宝库中最珍贵的宝物作为嫁妆赐给女儿。"又说："你嫁到雪域吐蕃后，你的言行必须如此这般！"伟赛郭恰又郑重地嘱咐道：

女儿嫁到雪域西藏后，言行贞静纯正崇佛法，
敬重亲友慈爱众属民，体魄健康享用要节制！

接着伟赛郭恰向女儿赤尊公主赐赠了圣缘佛像，命令从七大宝库中挑选了七头大象驮的珍贵嫁妆，各种精美的手工艺品，赤尊的神奇白骡。选派数位贤淑精干的女佣，送亲大臣和卫兵，组成送亲队伍。

赤尊公主抗婚的办法最终没有奏效，只得谨遵父命，愿意嫁给吐蕃赞普松赞干布为妃。于是，将释迦牟尼佛像驮在一头大象上，骑上自己的白骡，手擎旃檀度母像，用许多大象驮运三所依和各种嫁妆，在送亲大臣和卫兵的簇拥下，浩浩荡荡向东方藏地密林出发，一路艰辛，不必细说。

当来到西藏和尼泊尔交界的吉库和吉隆时，威武的藏地军队前来迎接。由于山势险峻路段狭窄，驮队难行，尼泊尔送亲的大象和送亲队伍只能打道回府，各种嫁妆由前来迎接的藏军背着前行。听说各个本尊神亲自步行前往。当来到藏域吉隆地方时，吐蕃派来迎接赤尊公主的以白骡为主，驮运各种嫁妆的是五百匹良马。赤尊公主将旃檀满愿观音圣像留在了吉隆，然后和本尊神一起继续赶路。当快到拉萨时，吐蕃赞普松赞干布亲自设宴迎接，

和赤尊公主亲密相见。此时，祥瑞之光普照整个雪域高原，呈现出一片欢乐的景象。

进入拉萨后，赤尊公主从三个不同器皿中分别取出尼泊尔葡萄、米酒等饮料，以及美味食物，作为见面礼回赠赞普。此时，平头百姓、菩萨、如来等所见各不相同，神奇无比。

自此，吐蕃赞普松赞干布成天与本尊像形影不离，足不出户。赤尊妃心想，吐蕃赞普体魄伟岸，气度非凡，但为何把自己关在宫内而从不外出呢？她想问个明白，但因赞普不懂尼泊尔语，自己不懂藏语，实在无法沟通。赞普莫非对外兵存有戒心？所以不愿外出。赤尊公主暗下决心要设法解决这个问题。于是在木羊年，赤尊公主在红山顶上开工修筑宫堡。首先在山上筑起占地面积一由旬[①]的围墙，四角砖墙高达三十六横木，凌空耸立，围墙单面长度为一闻距[②]。四座大门的门楼牌坊、小门门楼的短墙飞檐均装饰有金铃、栏杆、拂尘、珍珠、缨珞等，銮铃声声，彩幡飞舞，显得十分壮丽。在如此夺人眼球、堪与具香城毗美的围墙中，修建了堡垒式宫室九百九十九座，又在红山中间修建一座最高宫室，凑够千座之数。每座宫室之上竖起系有红旗间花的十杆长戟，矛幡猎猎，震撼心魄。城堡南墙仿照蒙古族建筑风格，修建了名为吉祥无量宫的九层宫室，为赞普松赞干布和赤尊公主各修建一座寝宫，寝宫之间以银桥连接起来，桥孔显眼，装饰豪华，夫妻二人频繁来往。宫室固若金汤，易守难攻，只要五位卫士把守，外面千军万马难以攻入。就像尊胜宫一样，布达拉宫美轮美奂，宏伟壮丽，又像太

---

① 由旬：古印度长度单位名，也称逾缮那，五尺为弓，五百弓为一俱卢舍，八俱卢舍为一逾缮那，约合二十六市里许。

② 闻距：梵音译作俱卢舍，古印度长度单位名，一俱卢舍约五百弓长，相当于二百五十市尺。

阳引至中天，金光万道，令人望而生畏。城堡东门外是赞普的跑马场，长九百庹，宽十八庹。跑马道挖地两庹，铺上木板，木板之上又铺有厚砖，最后盖上锯锯藤。跑道两边绘有缨珞和各种吉祥花纹。在如此的跑道上，当赞普一马飞驰时便有万马奔腾之声势，马铃一响，万言共鸣，气势非凡，令人惊叹不已。

传说，宏伟壮丽的布达拉红宫是由赤尊公主设计建造的。

文成公主

吐蕃赞普松赞干布执政时期，如法治国，致使整个南瞻部洲地区的政教事业如日中天。正当吐蕃王国边防巩固、国运昌盛、百姓生活苦尽甘来之时，大臣噶尔·禄东赞谒见赞普松赞干布，请求降旨迎娶大唐文成公主为妃。松赞干布拿出百枚金币，说这是给唐王的见面礼，又拿出镶有红宝石的铠甲一件，说这是给文成公主的聘礼。最后拿出一个命令纸卷，嘱咐道："届时唐王要连问三个问题，他每问一个问题，你就交给他一个纸卷。"此外，还为使臣和随从准备了马匹、车辆、驮牛、衣物、食品等大量盘缠。他郑重地嘱咐道："此次东行路途遥远，你们要昼夜兼程，路遇险山恶水，一定要祈求度母保佑！"

大臣噶尔·禄东赞遵照赞普的敕命，携带赞普所赐物品，率领百名骑士，于藏历火猴年（公元636年）四月初八鬼宿之日启程前往长安。当他们长途跋涉、风尘仆仆来到大唐首都长安时，看到这里有十万户人家，长安城四周均有一天的路程，东南西北四面有四个大城门，令人望而生畏。

那时，天竺国法王的使臣和百名骑士、格萨尔王的使臣和百名骑士、大食国宝王的使臣和百名骑士、巴达霍尔王的使臣和百名骑士，都来到大唐都城——长安聘娶文成公主。不同民族的五百名骑士同时齐聚唐王太宗身边。天竺国使臣住在城东门外，格萨尔王的使臣住在城南门外，大食国的使臣住在城西门外，霍尔王的使臣住在城北门外，吐蕃赞普的使臣住在城东北角处。

皇帝、皇后、太子、公主等对公主出嫁之事进行了讨论，各持己见。

太子说道："格萨尔王武艺高强，公主应当嫁给他。"

皇后说道："吐蕃比我国贫穷，而大食国非常富有，即使发生灾荒，也能顺利度过，公主应当嫁给大食国国君。"

公主自己说道："岁月漫长，人品第一，我看巴达霍尔王身体魁伟，人格高尚，我愿做霍尔国王妃。"

父皇唐太宗说道："佛教发端于古天竺国，对众生恩典最大，公主应当嫁给天竺国法王。"众说纷纭。

这正应了藏族谚语所说："百人百条心，百牛二百角。"这是何等的正确啊！

一日，各国使臣纷纷觐见唐朝皇帝，奉献礼物，而吐蕃赞普使臣想要求见，但遭拒绝，足足等候了七昼夜。

一天，唐太宗一行走出宫外散心，吐蕃赞普的使臣噶尔·禄东赞瞅准机会，上前献出百枚金币，把镶有红宝石的铠甲放在唐王身边，说道："尊敬的陛下，这件铠甲具有多种功能，比如当人畜患有瘟疫时，穿上它巡游城市，疾病立即痊愈；若遇到霜冻和雹灾时，穿上它到田间巡游，灾害会立即消弭；若发生战事，穿上它上战场，就会凯旋，实属世间无价之宝，现在作为公主的聘礼献给您，请您将淑女公主嫁给我吐蕃国的赞普松赞干布为妃吧！"

大唐皇帝听后，瞪大眼睛看着吐蕃使臣禄东赞，周围其他臣僚也随之发出鄙视的嘲笑之声。唐太宗说道："你说的这些是天方夜谭，着实令人诧异。自我大唐开国皇帝以来，王统传承有续，你吐蕃国与我大唐的疆域国力无法比拟。不过，你等千里迢迢，远道而来，实在不易。现在，请你等回去问问你们的赞普松赞干布，他能否建立一个具有十善法的国家？若能就把公主嫁给他，若不能就不把公主嫁给他。"

大臣禄东赞说道："拉萨距长安路途遥远，往返一次需要很长时间，这样拖延下去就无法迎娶公主进藏。不过回答您的问题，我王松赞干布早就有所准备。"于是，大臣禄东赞将赞普松赞干布交给他的第一个纸卷交到了大唐皇帝手中。

大唐皇帝打开纸卷一看，只见蓝黑色纸上用金汁写成的汉文说："您大唐有法律，我吐蕃亦有法律，您若笃信十善法而将公主嫁给我为妃，我可幻变五千个身子，一日之间就能创立十善法，您不觉得这很稀奇吗？"

唐太宗看后说道："藏王口气真大呀，你雪域有能力修建寺院吗？有能力修建的话，就将公主嫁给松赞干布为妃，没有能力修建，就不可能将公主嫁给他，禄东赞你回去问清楚后再来回答朕。"

大臣禄东赞回答道："关于陛下的这个问题，我王松赞干布也早有准备。"于是，他将第二个纸卷交给了大唐皇帝。

唐太宗打开纸卷，上面写道："您汉地佛教昌盛，有能力修建寺院，我雪域无力修建寺院，您若喜欢修建寺院而将公主嫁给我吐蕃王为妃，我可幻变五千个身子，立马修建一百零八座寺院，而且座座寺门朝向长安的方向，您不觉得这很稀奇吗？"

唐太宗说道："你们的藏王口出狂言，请问你们雪域有五妙欲享受吗？若有就把公主嫁给松赞干布为妃，若无则不嫁。现在你们回去问清楚后再来回答朕。"

大臣禄东赞听完唐朝皇帝的话，立即拿出松赞干布的第三个纸卷交给了唐太宗，说道："这里有您要的答案。"

唐太宗打开纸卷一看，只见上面写道："您唐王有巨大财富，而我吐蕃尚无巨大财富。您若贪爱物质财富享受，就把公主许配给我为妃，我将幻化五千个身子，变幻出堪比财神的物质财富，比如金银财宝、五谷杂粮、绫罗绸缎、精美饰品、美味佳肴，应有尽有。同时，在东南西北四方各修四座业门，将您大唐的财富尽收其内，使我拥有巨大财富，您不觉得惊奇吗？"

大唐皇帝心想："想聘娶我大唐文成公主的国家很多，看来非得嫁给吐蕃赞普松赞干布不成？"于是，心事重重地回宫去了。

大唐皇帝召集皇后、太子和公主等，再次进行了认真的商讨。皇帝仍然坚持认为，佛教发端于古天竺国，其对众生恩惠最大，因此，公主应当许配给天竺国法王为妃；皇后贪恋财富，坚持将公主许配给大食国宝王为妃；太子崇尚英勇豪放，坚持将公主嫁给格萨尔武王为妃；公主喜爱英俊魁伟的男人，她钟情巴达霍尔王，自愿嫁给他。

第二天朝会，各国说媒大臣们齐聚唐太宗面前。吐蕃使臣说，我们最早提出把公主许配给吐蕃；霍尔王使臣说，如果不把公主许配给霍尔王，我们就要举兵踏平唐境；大食国使臣说，如果不把公主许配给大食国宝王，我们就要放火焚烧唐境；格萨尔王使臣说，如果不把公主许配给格萨尔王，我们就要放水淹没唐域。真是七嘴八舌，气势咄咄逼人。

大唐皇帝太宗说道："我对各国媒臣不分亲疏，应让你们比赛智力，谁更具智慧，就把公主嫁给谁的国王为妃。"

首先，大唐皇帝派人送来一块圆形宝玉，大小如茶碗，光彩夺目。宝玉中央有一小孔，边缘有一小孔，形似盾牌层次。皇帝说："谁能把丝线从一头穿到另一头，就把公主嫁给谁的国君为妃。"

大臣禄东赞说道："你们四国的使臣备受唐王青睐，而且权势又大，所以先由你们来试试，看能不能把丝线穿进玉孔中去。"

听了吐蕃使臣禄东赞的话，各国使臣找来锥子、刷子和线等轮流试穿丝线，费了九牛二虎之力，但都以失败告终。他们对吐蕃使臣禄东赞说道："尊敬的大臣噶尔·禄东赞，我们谁都没有能力把丝线穿进玉孔中去，还是请你来试试吧！"

聪明的禄东赞早就用食物和牛奶喂养了一只蚂蚁，那蚂蚁形似一根粗壮的大针，他将丝线的一头拴在蚂蚁的腰间，然后将蚂蚁放进玉孔里，手握住丝线的另一端，用嘴不停地往蚂蚁身上吹气，驱赶蚂蚁从玉孔的另一端钻了出来，终于将丝线顺利地穿进了玉孔。于是，大臣禄东赞说："我禄东赞按照大唐皇帝的要求，把丝线穿进了玉孔，请把公主嫁给我吐蕃赞普松赞干布为妃吧！"但是，大唐皇帝没有答应，说是还要继续比试。

第二天，大唐皇帝派人赶来五百只羊，每个使团分得百只。来人传达大唐皇帝旨意："哪个使团在明天一日之内将百只羊宰杀吃光，并把羊皮揉好，就把公主嫁给这个使团的国王为妃。"

大臣禄东赞令百名骑士各捉一只羊，宰杀后将肉和皮张分放两处，肉煮熟割成碎块蘸上盐巴慢慢吃。再把所有成员排成一行，从头到尾依次轮揉羊皮，一边搓揉一边涂上油脂或牛奶，这样就揉搓成功了，然后晾晒在木架上，终于圆满地完成了把肉吃光、皮子揉好的任务。然而，其他四国使团都没有完成任务。大臣禄东赞说道："我吐蕃使团按大唐皇帝的旨意完成了任务，其他使团都未完成，因此公主应当嫁给我吐蕃赞普松赞干布为妃。"但大唐皇帝仍未答应，说还要继续比赛。

第三天早晨，大唐皇帝又派人给各使团送来百坛酒，要求各国使团的每个人在一天之内将一坛酒喝完，并必须做到不洒一滴酒，不醉倒一个人，哪个使团做到了就将公主嫁给这个使团的国王为妃。结果，其他四国使团因担心喝不完，用大碗豪饮，致使个个酩酊大醉，呕吐不止，酒洒一地。而吐蕃使团人人用小盅盛酒，载歌载舞，谈笑风生，慢慢喝完所有的酒，最后竟无一人醉倒。大臣禄东赞说道："其他使团无人不醉，而我使团个个清醒，公主应当嫁给我吐蕃赞普松赞干布为妃。"可是，大唐皇帝仍旧不准，说还得比试。

大唐皇帝又派人给各使团赶来骒马与小马驹各一百匹，说是谁能够把它们的母子关系辨认出来，就把公主嫁给谁的国王为妃。结果，其他使臣都没有辨认出来，只有吐蕃使臣禄东赞完成了这个看似难以完成的任务。他把母马和小马驹分别圈在两处，一夜未给母马草料和水，也未给小马吃奶。第二天早晨把母马放进马驹群里，百匹又饥又渴的小马驹冲进母马群，很快找到了自己的母亲，钻到肚子下面吃起奶来。就这样准确地分清了百匹母马和百匹马驹的母子关系。大臣禄东赞说道："只有我吐蕃使团按照大唐皇帝的旨意完成了辨认马匹母子关系的任务，公主应当嫁给我吐蕃赞普松赞干布为妃。"可是，皇帝又拒绝了，说还得进行智力大比赛。

第四天清晨,大唐皇帝派人给各使团抓来母鸡和小鸡各一百只,说谁能把它们的母子关系辨认出来,就把公主嫁给谁的国王为妃。结果,其他使团都没有辨认出来,只有吐蕃使臣禄东赞完成了这一辨识任务。他在广场上撒了许多糟粕,然后把母鸡和小鸡放开,母鸡找小鸡,小鸡找母鸡,很快两两相认,相依啄食,由此分清了百只母鸡和百只小鸡的母子关系。大臣禄东赞说道:"我吐蕃使者分清了百只母鸡和百只小鸡的母子关系,别的使团却未辨认出来,公主应当嫁给我吐蕃赞普松赞干布为妃。"然而,大唐皇帝仍以尚须智力比赛为由拒绝了。

次日清晨,大唐皇帝又派人给各使团扛来一根两头一样粗细的松木,说谁能识别出哪头是上端哪头是下端,就把公主嫁给谁的国王为妃。结果,其他使臣都没有鉴别出来,只有吐蕃使臣禄东赞识别了出来。禄东赞让手下人把那根松木抬到水池里浸泡起来,由于树根重而沉下水去,树梢轻而上浮在水面,从而知道了哪头是根部,哪头是头部。大臣禄东赞说道:"别的使臣没有识别出圆木的上下端,只有我鉴别了出来,公主应当嫁给我吐蕃赞普松赞干布为妃。"大唐皇帝仍不答应,说还要继续比赛。

有一天,皇宫里突然鼓声"咚咚"响起,其他四国的使臣纷纷前往皇宫。这时,吐蕃使臣居住的女房东问他们道:"别国的使臣们都去了皇宫,你们为何不去呢?还是快去为好!"

大臣禄东赞回答道:"我们不曾接到进宫的通知,为何敲鼓,不得而知。"

女房东说道:"即使你们未接到进宫的通知,其他国家使臣都去了,那么你们也应该去才对呀!"

禄东赞思来想去，总觉得这鼓敲的有些蹊跷。于是，他让使团成员在自己居住的房东大门上用朱砂打上了记号，门头顶画上金刚符号，门槛上画上"卐"字符，并记住前往皇宫的沿街居民住户，又在宅门上标记彩色记号。当他们来到皇宫时，其他四国的使臣都已全部到齐。当天晚上，大唐皇帝举行盛宴招待各国使臣。宴会结束时已经是深夜，皇帝说："今晚，你们回去时若不迷失方向，顺利返回各自的住处，就把公主嫁给他的国王为妃。"

大臣禄东赞从皇宫里借了一盏灯照明，根据在来时途中所做的标记，很快找到了自己居住的客栈。等到天亮，唐王派人去查访各国使臣回归的情况时发现，有的误入别的人家，有的因为找不到自己的住所而睡在了大街上。禄东赞说道："昨晚只有我们顺利地找到了自己的住所，而其他使臣都未找到自己的客栈。因此，公主应当嫁给我吐蕃赞普松赞干布为妃。"

之后，唐王太宗又发下话来说道："三天后，在广场上排列三百名盛装打扮的美丽姑娘，其中就有文成公主，你们谁能从中认出公主来，就把公主嫁给谁的国王为妃。"

大臣禄东赞回到住处，有意亲近女房东，彬彬有礼地说道："我们吐蕃使臣来到长安有一年时间了，经过多次智力比赛，唯我最为智慧，公主应当许配给我吐蕃赞普松赞干布为妃，但大唐皇帝欺人太甚，总是找借口推脱，不以公主相许。公主的声誉大如响雷，但我们从未晤过面。听说您和公主私交甚笃，请您说说公主的体貌特征和衣着打扮吧，这对我们来说极为重要，因为三天后，在东门外广场上排列三百名美女，公主就在其中。大唐皇帝下令说，谁能从三百名姑娘中认出公主来，就将她嫁给谁的国王为妃。可是，其他国家的使臣权势很大，享有优先挑选的资格，如果不择手段地认出来公主就会被别国使臣领走,而我们就很难得到机会,即便是认了出来,也会因蔑视我们而拒绝把公主嫁给吐蕃赞普松赞干布为妃。退一步讲,纵然有缘见上一面,后果也难料,因此,请您无论如何要将公主的体貌特征详细介绍给我们,我将会满足您的一切要求。"随即拿出一升碎金赠予了客栈女主人。

客栈女主人回答道:"吐蕃大臣您说的对,大唐皇帝厚此薄彼,把公主许配给其他国王的可能性极大,他们只要在智力比赛中胜出一次,公主就会被许配给他们的国王。公主是我的女主子,她的详情我很熟悉。不过,汉人善于占卜,若卜算出是我泄漏了公主的身份,那就闯下了杀身之祸,所以我不能也不敢说啊!"

大臣禄东赞说道:"我有使卜算失灵的办法。"于是,紧闭店门,院中支起三处三脚灶石,在大铜锅中盛满清水,水面上撒了一层各种飞禽的羽毛,用红盾牌盖住大锅,然后让客栈女主人坐在盾牌上面,用一口大缸罩住女主人,大缸上面凿穿一个洞,洞口布置网状璎珞和铜号。大臣禄东赞说道:"这样一来,占卜者不会卜算出来,即使卜算出来,也不相信您说的是真话,请您放心地讲吧!"

女店主开始说道:"请大臣细听牢记,公主身高不比其他女人高,体态也无特别之处,穿着也没有其他姑娘华丽。但有个特点是,公主的肤色蓝中透红,口中散发着青莲花的馨香味,全身香气盈盈,香味引来碧蜂盘旋,右脸蛋绘有骰子图,左脸蛋绘有莲花图,额前绘有度母图,有洁白似海螺的牙齿。公主身穿五褶裙,上面罩着一件半月形大氅。公主不会排在三百名姑娘之尾,也不会排在中间,她排在队列左侧第六位之前,公主的身体与衣服因被网罩护着而无法接近。我这里有支系有一方红绫子的新箭,到时候您就用这支箭的箭箬夹住公主大氅的衣领,将她引出队列来。"

大臣禄东赞将女店主所说的话铭记于心，心情大好，之后他非常开心地对所有吐蕃使团成员说道："我吐蕃早就声名远扬，现在又要出名了。这次我们到汉地长安，并非是来做生意的，也不是来走亲访友的。我们能迎娶到公主就是胜利，我们必须谨慎行事。再过三天，若从广场上排列的三百名姑娘中认出公主来，那么公主肯定会嫁给我吐蕃赞普松赞干布，我们必须做到智愚分明。"

三天过后，在长安城东城门外广场上，站着队列整齐、盛装打扮的三百名美女。整个长安城的居民不分男女老幼纷纷出动，前来看热闹。这时，大唐皇帝宣布道："各国使臣依先前排列的次序集合，依次进行辨认！"

大唐皇帝话音刚落，天竺国的使臣首先来到姑娘队列前，毫不迟疑地从队列中央领出两位最漂亮的姑娘来，说二者中必有公主在，在一片吆喝声和震耳欲聋的欢呼声中离开了广场。接着，大食国宝王的使臣来到队列前领走了两位美丽的姑娘。其后格萨尔武王的使臣前来领走了两位窈窕的姑娘。之后巴达霍尔王的使臣前来领走了两位贤淑的姑娘。大臣禄东赞仔细观察，发现他们领走的八位姑娘均非公主，心中万分激动。他拿着系有红绫子的箭，率领诸使臣来到姑娘队列的左侧，对着队列末尾的姑娘开腔唱道：

你似屠夫的女儿，看你手红便知晓。

排在你上边的她，像是陶工的女儿，

双手皲裂是佐证。排在你上边的她，

像是木工的女儿，衣着灰土是佐证。

排在你上边的她，像是舞女的女儿，

上衣油脂是佐证。排在你上边的她，

是清洁工的女儿，满身斑驳是佐证。

排在你上边的她,像是铁匠的女儿,
黑色衣襟是佐证。排在你上边的她,
是纺织工的女儿,身穿绸衣是佐证。
排在你上边的她,便是公主您本人,
肤色蔚蓝且透红,口中碧莲香气散,
香味引来碧蜂舞,右脸绘有骰子图,
左脸绘有莲花图,额前绘有度母图,
牙齿整齐似白螺,婀娜姑娘美无比。

大臣禄东赞认出公主后,用箭笞夹住公主的衣领,将她从队列中引了出来,公主抹着眼泪不得不跟着禄东赞走。禄东赞为了安慰公主,准备放歌哄公主高兴,吞弥·贡都桑布和智·赛日贡顿二人也在一旁帮腔:

稀奇真稀奇,我请公主您,
仔细听我讲:吉祥又祥瑞,
雪域辽阔地,五宝所形成,
国王宫殿中,圣人来主政。
松赞干布王,种姓极高贵,
身躯最魁伟,人见人喜悦;
大慈大悲心,依法治国家,
百姓最听命;君臣与百姓,
歌舞升平时;生活最幸福,
高举吉祥灯;山岳被森林,
广袤大地上,五谷粮食全,
不分地域长;金银铜铁锡,
珍宝无不有;牛羊与骏马,

膘肥体又壮；如此富庶地，
实在真稀奇，公主听分明。

听完大臣禄东赞的歌，公主心想："如果大臣说的是真话，那雪域高原和我的家乡一模一样啊！"于是公主擦干了眼泪，跟在大臣禄东赞后边离开了队列。

此时，大臣禄东赞把公主扶上高头大马游行一圈之后说："比较天竺、霍尔等国使臣，我吐蕃胜人一筹，公主又被我吐蕃迎娶。现在，你们就把食指塞入嘴中，悄悄坐着吧！"长安城的百姓们嚎啕大哭，说我们聪慧的公主被吐蕃使臣带走了。

大唐皇帝说道："其他国家的使臣们，你等与我大唐毗邻，今天又有了新的联姻关系，现在请你们将所选的姑娘们迎娶回国吧！"

吐蕃大臣禄东赞对公主说道："尊敬的公主，现在我们准备回拉萨，请您做好准备吧！"就把公主打发回宫去了。

大唐皇帝说道："亲爱的公主，现在你要做藏王松赞干布的妃子了！"

公主道："女儿怎能忍心抛下自己的父母而远走他乡呢？"

大唐皇帝又说道："你不要这样说，高高兴兴地去吧！吐蕃赞普有如神助，智慧超群，英明睿智，治国有方，深得百姓拥戴。雪域人杰地灵，生活幸福。因此，父皇将你许配给藏王松赞干布为妃，实属良策。"

公主听了父王的教诲，双膝跪地叩头，唱道：

父皇恩赐婚配令？敢问母后允准否？
诸位王兄发话否？呜呼世事真稀奇！
将我远嫁到雪域，此地天寒又地冻，
世界屋脊人皆知；雪山林立多虎豹，

山峰高耸如牛角,五谷不长灾荒地;
屠户食肉似怪兽,行为蛮横边鄙人,
荒野佛陀不涉足。
大唐皇帝慈爱地教诲道:
女儿如同朕眼珠,吐蕃地盘雪覆盖,
地理优越无匹敌,雪山乃是自然塔,
四湖①犹如碧玉坛,金花怒放神奇洲,
凉爽美丽似仙境,四河②滋润草木繁,
五谷丰登珍宝聚,四足③遍地食果木;
如此美丽神圣地,珍宝装饰宫殿里,
聪睿人主吐蕃王,大悲化身住在内,
运筹帷幄慈善王,治国抛弃十不善④,
采取十善法治国,权势显赫力雄厚,
尽情享受大欢乐,知识渊博天之子,
英明豁达聚一身,臣民皆具菩提心,
如此圣地你应去,实为美女修来福。
朕常供奉释迦佛,檀越帝释做施主,
原料乃是十珍宝,工匠便是工巧天⑤,
佛祖亲自赐开光,如此无比佛祖像,
见闻觉知虔祈祷,佛说立马会成佛;
金玉镶造大书库,经典三百六十部,

---

① 四湖:指西藏的纳木错、羊卓雍错、玛旁雍错、色林错。
② 四河:雅鲁藏布江、象泉河、孔雀河、狮泉河。
③ 四足:各种牲畜的异名。
④ 十不善:参阅前注"十善法"。
⑤ 工巧天:佛教所说毗首羯摩天神名。

五色锦缎软坐褥，威武雄狮八鸟图，
　　绿树海贝珍宝画，为使王悦赐给你；
　　术数书籍三百卷，兆示吉凶命运镜，
　　赐给美丽女儿你；美化装饰的著作，
　　指点制造美饰物，工艺典籍六十部，
　　赐给朕的女儿你；医病四百零四种，
　　百诊五疗六泻药，四部配剂药理书，
　　授予朕的爱女你；一生暖身的绸缎，
　　五颜六色的服饰，千匹万件赐给你；
　　身段窈窕貌娇美，排解忧愁的婢女，
　　赐给女儿二十五；为了教化雪域人，
　　女儿如此去履行，视野宽广行严谨，
　　言谈温和不妄语，家务外事要精通，
　　尊敬藏王爱百姓，知耻无愧不放荡。
　　呜呼难舍难分离，慈悯忠言铭于心！

　　大唐皇帝以无数警世格言说服女儿，使公主受益匪浅。她紧握父王双手不忍分离，但想到不得不远嫁吐蕃赞普时，强忍心中的悲痛，向父皇告别后毅然走出了皇宫，带领女仆人来到了吐蕃使臣的住处，对大臣禄东赞说道："尊贵的大臣，我要把佛祖释迦牟尼佛像迎请到您的家乡，还要携带父王所赐的珍贵嫁妆和大量财物。请问，您的家乡有赭色土壤、刺蘗树、马兰草和蔓菁吗？"

　　大臣禄东赞回答道："别的都有，就是没有蔓菁这种蔬菜。"

　　公主说道："看来有必要在藏域进行农作物耕种！"于是找来许多蔓菁种子，用绫子包起来放到马车上。同时将释迦牟尼佛像请到马车上固定好，命令名叫天喜和龙喜的两位汉地大力士驾车护送。公主和四名女仆坐在一辆白骡拉的车子上，二十五名盛装打扮的侍女乘马相送，在总共百名骑士的护卫下，向着雪域拉萨进发。

就在公主准备启程上路时，大唐皇帝将吐蕃大臣禄东赞扣留在长安当人质。当晚宿营时，将释迦牟尼佛供奉在白绸帐幔中，仆人给公主熬了一锅米粥当晚餐。使臣和随行人员举行了欢乐的晚会，有的在赛马，有的在赛跑，有的在赛箭。文成公主举行五供①仪轨，一边弹银质琵琶，一边唱道：

昔时二足②主尊降生时，迈开双足向前行七步，
宣称我在世间最殊胜，今时智者向您致敬礼！
无比纯洁五身③最魁伟，未知大海犹如金须弥④，
威名贤声远播满三界⑤，愿向伟大怙主虔皈依。

第二天早晨，在小乌鸦还没有吵闹之前，文成公主就起床了，用释迦牟尼佛像作为开路先锋，继续向前出发。

吐蕃大臣禄东赞一个人留在大唐都城长安。大唐皇帝见他聪明智慧，将隆央公主的侄女许配给他为妻，并赐给庄园一座，想让他在汉地繁衍子孙后代。禄东赞对此很是发愁，心想："大唐皇帝不放我返藏，其他四国使臣势必将文成公主半道劫走。"因此，要求大唐皇帝派遣百名二十岁左右的骁勇武士，一路陪送公主进藏。

大臣禄东赞担心在这里繁衍后嗣，他从不到唐王所赐的小夫人那儿去过夜，终日躲在一间小屋中，不吃不喝，蒙头大睡，致

---

① 五供：奉献给神佛的五种供物，即花、熏香、灯、涂香、食物等之类。
② 二足：人的异名。
③ 五身：法身、报身、化身、自性身、不变金刚身。
④ 须弥：须弥山，亦称妙高山。
⑤ 三界：也称三域，即地上天世界、地面人世界、地下龙世界。

使身体骨瘦如柴，皮包骨头，脸色发青，右腮涂上板蓝草汁，左腮涂上紫梗脂液，痰呈脓血状，床上铺着湿羊皮，湿羊皮上面铺着其他垫子。小夫人知道此事后问道：

吐蕃大臣快起床，面容憔悴气味臭，

请勿隐瞒告诉我，为何如此来折磨？

禄东赞回答道："我中暑了，你难道看不出来吗？"

一天，大唐皇帝和大臣们来探望禄东赞，唐王太宗说道："我有诸多问题要和你商讨。"

大臣禄东赞回答道："皇上，我中了暑，被热病折磨得几乎要死了。"

大唐皇帝发现禄东赞确实疾病在身，全身发抖，吐了一口痰，色如脓血，屋内屋外吐的浓痰已干透，他担心他会死去。心想："他是吐蕃赞普松赞干布的贤臣，他若死在这里，松赞干布必定会变化出五千兵马来侵袭，这使双方均不得安宁。"于是唐太宗感到问题严重，回到皇宫后，立即派御医前来诊治。但是禄东赞却躲进一间寒屋，紧闭屋门不让别人进去。他对御医说道："我全身散发臭味，恐伤及他人，请你别进屋来。"他在屋中放了一大盆冷水，拿出一根线绳，一头浸入水中，另一头从窗户递给御医让他号脉。御医诊脉后说道："别无大病，就是脉象显示寒证，要用冷方治疗。"

次日早晨，御医又来瞧病时，禄东赞将线绳一头放在火堆上方，另一头从窗户递给了御医。御医经过诊脉后说道："啊呀！这是怎么回事？使臣的病情变了，脉象显示火证，要用热方治疗。"

第三天早晨，御医又来号脉。禄东赞将线绳一头挂在石磨上，另一头从窗户递给御医诊断。御医惊叹道："吐蕃使臣的病情又变了，脉象寒如石头，脉搏微弱，状如乱麻。"

又有一次，禄东赞抓来一只大猫倒吊起来，将线绳一头拴在猫腿上，另一头从窗户递给了御医。御医经过诊脉后惊奇地说道："这又怎么了呢？下体的血全向上体涌动，上体的血全聚集到了下体，就像是弱小动物的脉搏一样。如此反常的疾病，我没有能力治疗啊！"

大唐皇帝听了御医的禀报后很是紧张，只得另选一位更加高明的御医前去诊断治疗。禄东赞对小夫人说道："今晚你睡在门外，你是女人，晦气较重，明天早晨御医诊断不出我的脉象。否则等我死了，你就会成为寡妇。"把小夫人赶出门外。禄东赞把卧榻下缘支得高高的，倒立起来睡觉，致使脉博紊乱。

御医诊断后向皇帝禀告道："启奏陛下，吐蕃使臣禄东赞的疾病并非由风引起，也非由胆病引起，更不像是六种涎病和八万种邪魔缠身所引起的疾病。由此看来他的病情非常严重，我也无能为力啊！"

有一次，大唐皇帝对他说道："使臣禄东赞，您非常聪颖，请问如何种庄稼在汉地才能确保丰收呢？"

禄东赞回答道："若将种子略炒后播种到地里，不仅生长快，而且三个月就能成熟收割。"农民们按照此法播种后，等了三个多月也只见一点青苗而已。禄东赞心想，这次大唐皇帝一定会惩罚我，我得想个活命之策，便对大唐皇帝说道："皇帝陛下，七天之内我必死无疑。我的同伴把我扔在这个遥远的国度，现在又重病缠身，心里无时不在想念赞普和亲朋挚友，但无济于事。看来，我只有死路一条了。"说罢便蒙头大睡。

大唐皇帝听了禄东赞的话，心中很不平静，说道："使臣禄东赞，您是位聪明绝顶的人，可有解除目前困境的良方吗？"

禄东赞心想，看来现在我有机可乘了，便说道："尊敬的陛下，治疗我病，我比您高明。吐蕃人的护法神会高兴的，请求您允许我到能够望见雪域大地的高山上去祭祀神灵。祭品需要上品缎灰一袋，花绵羊的脾脏鲜血一肚子、无裂缝的炭化梁木一根，棕黄色马一匹。但这些东西十分难得，您也无法提供。因此我必死无疑。我死后会有十八种恶兆出现，这对大唐和吐蕃双方极为不利。"

皇帝说："我们想法使您满意，请放心休息吧！"大唐皇帝回宫后下令置办祭品，但下属烧尽森林树木也未得到无裂缝的炭化梁木，宰杀了所有花绵羊也没有获得半碗脾脏鲜血，只找到了一匹棕黄色马。大唐皇帝对禄东赞说道："我们只找到了棕黄色马一匹，其他祭品均未找到。"

禄东赞回答道："其他祭品没有找到，那就只好作罢。棕黄色马作为驮我尸体的乘骑，把我扶上马背，另找一匹好马驮上我的冥食和冥衣上山去祭祀护法神。"禄东赞做好祭祀准备后，骑上棕黄色马，另一匹马驮上冥食冥衣出发时，大唐皇帝生怕吐蕃使臣禄东赞借机逃脱，便派遣四名大力士陪同，监视其行动。

大唐皇帝又说道："我要通过吐蕃大臣来了解我的女儿的近况。"于是，命令卜算师占卜，卜算师占卜后呈上卜文，上面写道：

三座山顶湖波在荡漾，湖内各种飞禽在嬉游，

一女身首相等布满眼，一张铜嘴不停在说话。

大唐皇帝看了卜文后，说"这不可能！"不相信这是真的，便将卜文付之一炬。

大臣禄东赞在返回的途中没给四名大力士饮食，经过嘉绒地区能看见雪域山川后，才把混有盐巴的干肉分给他们吃，他自己祭天祭神，以祈福佑，念诵道：

祭天祀地祭神灵，虔祭雪域天龙人，
祭祀开天佛九尊，祭十三尊国王神，
祭护藏十二地母，祈臣愿望早实现。

祭祀仪轨结束后，禄东赞把掺有生蜂蜜的烈酒全部赐给四个大力士喝。等他们暴饮暴食醉卧不省人事时，他解除了四名大力士的随身武器，给他们的四匹坐骑的蹄子上钉上铁钉，然后骑上棕黄色马，去追赶迎亲队伍。

四个大力士从昏睡中醒来后，不见禄东赞，又发现所带武器被砸碎，马又瘸又跛，说道："我等若返回长安，必受皇帝的严惩，还不如去追上使臣禄东赞跟他走。"说着便毅然去追赶禄东赞。

禄东赞来到不远不近处，在目光所及的地方留下一个烧饼；在一条河水拐弯处满地留下了马蹄印和马粪；拣来一只岩羊角用火烧软后做成了弓，又制作了许多箭，把半个箭羽插在地上。当追赶而来的四名大力士来到这里看到这些情景后说道："看来从吐蕃来了不少武艺高强的武士，我们是敌不过他们的，还是回去为好。"四人经过商讨后，不得不返回长安。

这时，文成公主及随行人员来到丹麻崖下，在崖壁上刻上了弥勒菩萨七尺像和《普贤行愿品》经。迎亲队伍在此驻扎一个月，没有等来禄东赞。他们来到旁波山山顶上横开了一条路，后来叫做公主山路，作为禄东赞追赶的标记。随从人员擒来野兽挤奶喝。离开此地来到莲花滩时，在这里种庄稼，建水磨。在此地等了两个月，禄东赞仍然没赶来。离开此地来到郭东郭莫山下时，由于汉地福祉衰败，天神和护法神关闭了大门。迎亲队伍又在此地滞留两个月，这时禄东赞终于追上了迎亲大队。当他知道了闭门是因为惹得汉地天神和护法神不悦时，便燃起各种树枝的煨桑烟火，举行了虔诚的祭祀仪轨。他念诵道：

祭天祀地祭神灵，祭祀唐皇护法神，

祭祀吉祥护门神，祭祀草木皆复活，

祭祀雪域拥法神，祈求迎接唐公主。

如此虔诚祭祀祈祷后，各种树木于当天晚上重新复活，生长旺盛。第二天又开始上路。

禄东赞派出信使回拉萨，将此消息禀告给吐蕃赞普松赞干布，请求让西藏四方百姓为迎接文成公主和释迦牟尼佛像，做到彩旗当空飘扬，锣鼓喧天，骑士铺天盖地。赞普松赞干布向臣民下令道：

唐朝公主和佛祖，一路平安来拉萨，

你等大臣和百姓，盛装打扮设营帐，

充分准备勿耽误，后天吉日到拉萨。

赞普松赞干布继续说道："度母的化身文成公主，具有传奇色彩，她们不知从哪个方向进入拉萨，因此对拉萨四周凡不通畅的山路统统整修好，无论哪条路上，都要做好迎接公主的准备，绝不可疏忽大意，不能像谚语中说的"经手百般事，到头无一成"。拉萨四郊的百姓遵照赞普的敕令，整修好了所有进入拉萨的道路，在朝所有大臣和百名骑士齐聚拉萨，专等文成公主驾临。

不久，美丽聪慧的文成公主和释迦牟尼佛像从拉萨城北门进入，整个拉萨上空彩旗招展，欢迎的人群铺天盖地，螺声、笛子声齐鸣，鼓声咚咚，路右侧女演员在表演戏剧，路左侧歌舞队在表演歌舞，人们不分男女老幼，个个高擎着洁白的哈达蜂拥前来迎接公主，拜谒佛祖圣像。这时，文成公主身着绸衣缎服，佩带金玉宝饰，在美妙的银质琵琶声中来到鲁普岩广场，与臣民一起参加欢庆宴会，观看丰富多彩的歌舞表演。此时，吐蕃赞普松赞干布驾临广场欢迎文成公主，大唐文成公主向吐蕃赞普松赞干布敬献了优质内库哈达，说道：

洁白的吉祥哈达，亲手献给赞普您，
妾入吐蕃历三年，今日幸晤赞普面。

松赞干布关切地问候文成公主道：

大唐文成公主听，进藏途中可顺心？
公主及其众婢女，如何跋山又涉水？
克服困难到拉萨，神人二者真稀奇！

文成公主回答道：

释迦佛像坐车上，天人皆喜车运来。
遇水驾船斩荆棘，黑暗举灯照前程。
路途虽远巧跋涉，唯求吐蕃福祉来！

此时此刻，拉萨圣城出现了数种景象：十方如来反映赞普和公主为利众生所做的十二件大事；十地菩萨显现观音菩萨幻化为松赞干布；至尊救度母显现文成公主在为众生谋利益；普通百姓的视线中赞普和公主互敬青稞酒、互诉衷肠、嘘寒问暖的场面。

接着，赞普松赞干布为迎请使团举行了盛大的接风洗尘宴会，赞普就像父母见了久别重逢的儿女，向使团臣仆讲授了许多治国爱民的箴言，并赏赐了珍宝、绸缎、衣物首饰和骡马骆驼。这时，名叫纳雪比如的大臣因忌妒大臣禄东赞的功劳，便凝目直视着大臣禄东赞，说道："为了汉藏和睦，有位能够代表文成公主的贤臣多好啊！"

赞普松赞干布指责道："聪睿美丽的文成公主之所以能来到吐蕃，完全是贤臣噶尔·禄东赞的功绩，为了汉藏和睦相处，他完全可以代表文成公主！"宴会结束后，赞普松赞干布亲自送走了唐朝送亲使团成员。

文成公主入藏时，从汉地带来了许多府库财帛、金玉器具、烹饪器皿和食谱、玉辔金鞍等马具、各种花色的锦缎绫罗，以及各种优质衣料两万余匹，大大地改变了吐蕃人穿毡裘衣，"以毡帐而居"的生活习俗，不少人开始"释毡裘，袭纨绮，渐慕华风"。

文成公主还带来了"四百零四医方，百诊五疗六炮制，四部配济书，书典三百有六卷，经典书三百卷"，丰富了雪域吐蕃的文化宝库，促进了雪域吐蕃医药的兴盛。

文成公主来到雪域吐蕃后，于公元7世纪中叶，根据汉族历法，在拉萨城中查勘地势，并在她的关怀下助修了大昭寺，将她从长安带进西藏的号称"觉沃"的释迦牟尼圣像供奉在正殿中央。文成公主又令从长安带至拉萨的工匠仿照内地寺庙的建筑风格，于公元7世纪中叶倡建了屋顶斑斓如虎纹的小昭寺，寺中正殿供奉着赤尊公主从尼泊尔带来的释迦牟尼八岁身量的圣像。

文成公主从长安带来了蔓菁种子和其他许多谷物种子，以及农具制造术，帮助雪域高原的百姓发展农业，并使他们逐步掌握了农业生产技术。西藏山南的农民说，二牛抬杠的犁是文成公主传入的，他们亲切地称文成公主为"阿姐甲萨"，即汉族阿姐。

文成公主还带来了演技高超的乐队和管弦笙竽等乐器，丰富了藏族音乐。这些乐器中的五十多件，现在还保存在大昭寺里，于每年的藏历二月三十日展出，供人观赏。

文成公主在雪域高原生活了四十年，于藏历铁龙年，即公元680年逝世。文成公主去世后，雪域藏族人民用两个节日来纪念她：一个是文成公主到达拉萨的日子，即藏历四月十五日；另一个是文成公主的诞辰日，即藏历十月十五日。每逢这两个特殊的节日，藏族民众穿上节日的盛装，到附近寺庙去祈祷祝福。

朗萨雯蚌

李钟霖 译

主要人物

（按出场次序排列）

贡桑迪庆——朗萨雯蚌的父亲

娘察赛珍——朗萨雯蚌的母亲

朗萨雯蚌——贡桑迪庆和娘察赛珍的女儿

扎钦巴——年堆日囊部落头人

索南嘉毛——年堆日囊头人的妻子

扎巴三智——年堆日囊头人的儿子

宁毛尼佐——年堆日囊头人的女儿

拉吾达波——扎巴三智的儿子

宗巴吉——朗萨雯蚌的侍女

索南华结——年堆日囊头人的管家

释迦坚赞——色拉雅隆寺高僧

次诚仁庆——释迦坚赞的徒弟

古时西藏被划分为上、中、下三区，上区称阿里三围①；下区称青康六冈②；中区称前后藏四翼③。其后藏也如的年堆江孜地区，有个叫作江佩库囊巴的普通人家，家里只有丈夫贡桑迪庆和妻子娘察赛珍老两口。这对老夫妻虔心向佛，日夜不停地诵念担木度母④经。因一心向佛的功德，一天夜里，娘察赛珍做了一个非常奇特的美梦，便对老伴说道：

功德无量担木佛母啊，我向你致以崇高敬礼！
命运安排的终身良缘，老伴贡桑迪庆听我言：
昨天晚上做了奇特梦，梦境稀奇兆示好命运。
璁玉庄严度母刹土中，光辉灿烂白螺宝座上，
端坐普救苦难三世佛。目睹佛母心中达姆字，
放射彩光照我头顶上，再经中观之道照心上，
我身顷刻间莲花怒放。空行度母驾临献祭品，

---

① 阿里三围：吐蕃王朝后代尼玛衮在阿里所建的三个小邦，即芒隅、达莫和谷格。
② 青康六冈：色莫冈、擦瓦冈、玛康冈、绷波冈、马杂冈和木雅热冈。
③ 前后藏四翼：公元 17 世纪中期，前后改称为也如、运如、布始和贡如，简称四翼。
④ 担木度母：佛教徒也尊称"揭地洛迦林度母"，属绿度母女神之一。

蜂从四面八方来采蜜，尽情享受莲蕊之精汁。

此梦肯定预示好命运，老伴请你为我来圆梦。

贡桑迪庆听完老伴娘察赛珍所述的梦境，心中十分高兴并回答道：

我的终身伴侣贤夫人，娘察赛珍倾耳听分明：

梦境依稀非真是幻觉，昨夜睡梦却是好兆头。

度母心中达姆字放光，光照顶门直射你心上，

象征三世诸佛功德母，佛母加持之力趋心间。

全身生长莲枝花盛开，象征佛母主尊亲自来。

蜂从四面八方来相聚，尽享莲蕊所赐营养液，

象征化机无论贤与劣，统统给予身语意恩惠。

当年皓齿年富未生儿，而今银发年衰生女儿。

虽是女儿必定胜男儿，祈求十方神佛赐护佑！

夫人娘察赛珍做美梦，老汉贡桑迪庆心欢欣！

自此，老两口更加敬信三宝，慷慨布施乞丐，虔诚供养僧侣，故于土马年猴日——上弦月空行母聚会之日——木曜与行星相遇之吉日，娘察赛珍生下一女婴。女儿刚生下来，便手蘸母亲的乳汁洒向空中，然后双手合十开口说道：

受生三世诸佛贤惠母，我向至尊救度母敬礼！

我为众生事业降人间，祈愿广袤大地获吉祥。

功业卓著光芒照四方，企冀亿万众生皈依佛！

女儿唱出如上偈陀，当地百姓认为唱词中暗含姑娘的芳名，因此就称她为"朗萨雯蚌"①。

---

① 朗萨雯蚌：朗，藏语为"显现"；萨，藏语为"土地"；雯，藏语为"光芒"；蚌，藏语为"亿"。因此说，她在唱词中说出了自己的名字。

朗萨雯蚌出生后，身体发育迅速，她成长一日，其他孩子需要一月，她成长一月，其他孩子需要一年。姑娘体态窈窕，容貌俊美，性情温雅，气度不凡，不像是人间凡妇所生，倒像是天界仙女下凡，老两口视为掌上明珠。父亲对女儿的身语意赞颂道：

父亲的女儿种姓高贵，母亲的闺女花容月貌，
是装饰人间的大美女。闺女朗萨雯蚌倾耳听，
父将世间所有珍贵物，拿来作为饰品给闺女；
眼见女儿即刻心欢愉，我夸我儿身段赛仙女；
噶拉邦噶①画眉与杜鹃，啁啾之声哪有梵音美，
耳闻悦耳之声心欢畅，我赞女儿讲话声嘹亮；
佳喉毛驴可生棕色骡，牦牛黄牛相交生犏牛；
年迈体弱阿爸与阿妈，生下如花仙女真稀奇！

听了父亲对自己的赞扬，朗萨雯蚌马上回答道：

受生三世诸佛功德母，我向救度佛母虔敬礼！
恳请双亲耐心仔细听，女儿愿将身世讲分明。
儿有内外秘密三父母，外父就是您贡桑迪庆，
外母便是您娘察赛珍；内父菩提萨埵观世音，
内母便是白绿二度母；菩萨大乘大乐是秘父，
慧明性空乃是我秘母。向内外秘父亲与母亲，
致以空性大乐双运礼！

从此，朗萨雯蚌夜以继日地诵读观世音六字真言和白绿度母经。她不仅慈善怜悯，勤逸精进，智慧聪颖，而且不烦恼、不骄矜、不疑虑，悟性高，很快就掌握了佛法教理和经典奥义。她非常热爱生活，时常起早贪黑，熬茶煮饭，纺织氆氇，耕种庄稼，样样

---

① 噶拉邦噶：梵语"迦陵频迦"，栖于海岛的一种声音和婉的鸣禽。

精通能干，使江佩库囊巴家很快富裕起来了。

　　光阴荏苒，转瞬间十五年过去，朗萨雯蚌已长成一位亭亭玉立的大姑娘，她的美好声誉传遍了前后藏和塔波、工布地区，慕名而上门求婚的人络绎不绝。然而，朗萨雯蚌只希望自己成为一个虔修佛法的信徒，并不打算结婚做人妻。况且，家里除了她另无兄弟姐妹，在父母的眼里，女儿懂得佛法，热爱世俗生活，虽为独生女却胜有百子。因此，谢绝了所有求婚人的要求，将女儿留在了自己的身边。

　　那时，江孜地区有个大部落名叫年堆日囊，部落首领名叫扎钦巴。此人脾性怪僻，行事比火还灼热、比波涛还凶猛，心眼比马尾还细微，言论比花椒还麻辣，办事比豌豆还圆滑，算计比面粉还精细。他的妻子名叫索南嘉毛，生有一男一女，男孩名叫扎巴三智，女孩名叫宁毛尼佐。索南嘉毛生下女儿后不久便离开了人世。

　　头人的妻子索南嘉毛撒手人寰后，他没有再续弦，精心抚养儿子扎巴三智长大成人后，头人想给儿子娶一位美丽善良的姑娘做妻子。有一年，正好赶上当地尼宁寺举行庙会，无论白发苍苍的老人、年华方富的青年，还是天真烂漫的儿童都赶来观看神舞，祈求加持。日囊部落头人扎钦巴也盛装打扮，带领众多仆人，浩浩荡荡来赶庙会。

　　朗萨雯蚌从小到大，从未去过尼宁寺。这一年她很想到尼宁寺去观看僧人跳神舞，祈求神佛予以加持。父母亲为了显示他们有这样一个漂亮窈窕、智慧勤劳的女儿，也同意她去赶庙会。于是，朗萨雯蚌洗净圆润似皎月的脸庞，梳理长如柳枝密如禾苗的黑发，穿戴好节日的盛装，带上父母为她准备好的祭祀佛像、佛经、佛塔用的哈达等用品，以及奉送给活佛上师的礼品，由女佣宗巴吉陪同，高高兴兴地出门去赶庙会。

当她俩来到尼宁寺后，首先向佛殿献上供品，再向上师敬献礼物，请求赐予灌顶加持，然后围绕寺庙巡礼敬献哈达，最后来到寺庙广场坐到人群中观看神舞。

这时，日囊部落头人扎钦巴和随从仆人们坐在尼宁寺活佛寝宫窗前面朝广场观看神舞表演，突然间在人群里发现了朗萨雯蚌，姑娘的美丽使他失魂落魄。于是，他让管家索南华结去把朗萨雯蚌找来见他。索南华结迅速来到广场人群中，像鹞鹰捕鸟和雕攫山兔一样，生拉硬拽地把朗萨雯蚌带到了头领面前。扎钦巴左手抓住朗萨雯蚌的长袍衣角，右手高举酒杯唱道：

色艳音妙气味与滋味，触摸五种妙欲①你占全，
天趣龙王寻香和人趣，你是谁的女儿说分明，
姑娘父亲大名叫什么？姑娘母亲大名怎称呼？
我是年堆日囊部落长，扎钦巴大名如雷贯耳，
我的子嗣健壮叫三智，对外坚如铜墙与铁壁，
在家便是称心如意宝，风华正茂今年十八岁，
你不愿做他的贤良妻？

朗萨雯蚌听了头人气势压人的表白后十分反感，心想："我闭月羞花的美貌却成了害我的因素，本打算一心向佛，虔诚修法，没想到今天头人逼我做他儿子的妻子。"于是她婉言回绝道：

殊胜至尊救度母，请你保佑朗萨女！
日囊头领扎钦巴，听我朗萨来回答。
我从年堆江孜来，江格佩库有我家，

---

① 五种妙欲：对人的眼、耳、鼻、舌、身五器官所起作用的色、声、香、味、触。

贡桑迪庆是阿爸，娘察赛珍是阿妈，
朗萨雯蚌是我名，普普通通农家女；
杜鹃花儿再美艳，怎当供品献佛前；
葱石虽然称宝石，怎能把它当璁玉；
麻雀虽说能飞翔，怎像雄鹰翱穹苍；
朗萨雯蚌虽娇艳，怎敢高攀嫁高官，
让我朗萨回家去，不坠红尘皈依佛。

听完朗萨雯蚌的陈述后，管家索南华结迅速拿出头人的神魂璁玉①和五彩箭，双手呈给头人扎钦巴说道："外表喜欢内心惧怕，这是男儿出征前的心情；外表忧愁内心喜悦，是姑娘出嫁前的心态。老爷您询问姑娘是否愿意做少爷的妻子，她虽然向往嫁到老爷府上，但当着众人面，显得心有所愿而口相违罢了。现在请老爷把神魂璁玉和五彩箭插在姑娘的衣领上，便立刻知分晓。"扎钦巴觉得管家的话有道理，于是清清嗓子说道：

娇艳美丽似仙女，朗萨雯蚌听分明，
名如雷鸣人人知，职掌世上大权力，
有人竟敢违我命，精明姑娘显愚蠢，
你想修法我不准，来做领主代理人。
太阳高高挂天空，莲花总在地上生，
天壤之差虽分明，命运相同不离分。
饰有羽毛长箭杆，弯如羊角短弓背，
二者长短有差别，命运相同不分离。
广大无垠浩瀚海，白肚金目小鱼儿，

---

① 神魂璁玉：玉佩环内系有红丝线的一块璁玉，旧时迷信所说人的魂魄所依附的绿宝石。

一大一小虽有别,命运相同两相依。
达官子嗣三智儿,家境贫寒朗萨女,
权势福泽虽悬殊,命运注定成伉俪。
一手高擎五彩箭,一手紧握神魂玉,
放在朗萨女头顶,象征成为三智妻。
聚此臣民听仔细,官府已娶朗萨女。
从今开始要牢记,别说富人抢了婚,
莫讲穷人偷了去,别说中等人求婚,
勿谓朗萨飞上天,莫说姑娘钻地下,
头人主宰朗萨女,远近百姓铭于心!

头人扎钦巴说完后,便把神魂璁玉和五彩箭轻轻放在了朗萨雯蚌的头顶。朗萨雯蚌和仆人宗巴吉在头人的权势威逼下,无可奈何地将神魂璁玉和五彩箭藏匿起来,无精打采地回到家里,向父母隐瞒了年堆日囊头人强行订婚的事,像往常一样孝敬两位老人。

头人扎钦巴和随从仆人回到年堆日囊部落后,立即准备好求婚礼酒、各类首饰和乳礼①,便和管家索南华结来到了朗萨雯蚌的家中。管家索南华结上前敲门时,朗萨雯蚌的母亲娘察赛珍从窗户看见是日囊部落头人扎钦巴和他的管家,便对丈夫贡桑迪庆说道:

老伴贡桑听我言,扎钦主仆在门前,
是否迎接请进屋,热情接待设便宴?
老伴贡桑迪庆对娘察赛珍说道:
老伴赛珍听我言,首领扎钦到门前,
有如猛枭落屋顶。阿谀奉承我不会,
情愿回避躲一边。如果仗势不愿走,

---

① 乳礼:藏俗,在求婚之日,男方送给女方母亲以表示感谢她哺育之恩的钱财。

问他登门何贵干？

娘察赛珍遵照老伴的嘱咐，拿上迎宾美酒和哈达，来到大门外施礼问道："二位尊贵的客人远道光临寒舍有何贵干？"头人扎钦巴便把在庙会上向朗萨雯蚌求婚的事细述一遍，娘察赛珍回到屋里向老伴说道："扎钦巴主仆别无他事，是专程前来向朗萨雯蚌求婚的，看来我们的闺女有了好去处。"老伴贡桑迪庆非常赞同地说道："好啊，除了年堆日囊头人外，还从未有富人前来求过婚，现在可以答应他，你去把他俩请进家里来。"娘察赛珍再次来到门外，把扎钦巴主仆让进家里热情接待，头人扎钦巴向贡桑迪庆夫妇敬献了求亲酒、哈达和乳礼，给朗萨雯蚌许多珍贵的首饰。头人扎钦巴说道：

美丽的姑娘朗萨雯蚌，朗萨的父母亲仔细听，
自打今日吉时良辰起，朗萨雯蚌已经许配人，
日囊头人子扎巴三智。莫再说朗萨飞上了天，
不要讲朗萨钻进了地，别说官宦人家抢了去，
也别说流浪汉偷了去，更不许父母亲赖了婚，
朗萨雯蚌莫言不愿嫁，你已是我家的贵妇人。
大外后天是个吉祥日，我派五百骑士来迎娶，
娘家准备嫁妆打发女。

接着又对朗萨雯蚌说道：

朗萨雯蚌倾耳听我讲，你到尼宁庙会朝佛时，
就像众星拱月最显眼，我从人群当中发现你，
把那神魂璁玉五彩箭，放在你的头顶曾记否？
现在把它拿来还给我。

朗萨雯蚌立即回答道："当时，你主仆二人以势压人，我虽不同意，但怕你生气发怒，悄悄藏了起来，现在交还给你，拿去吧！"扎钦巴接过神魂璁玉和五彩箭，再次放到姑娘的头顶，表示完成了订婚大礼，然后大摇大摆地回府去了。

此时此刻的朗萨雯蚌哭笑不得，便向父母说明了她不愿嫁人的苦恼和皈依佛法的心愿，说道：

生我养我恩德重如山，女儿心事要对父母言，
先合后分并非好姻缘，嫁给扎巴三智非我愿。
常聚不散佛法与僧侣，女儿朗萨自愿去皈依。
艰辛敛财最终会散尽，日囊财主地位我不争。
我依无增无减神圣财，无怨无悔一心修正法。
高楼大厦终究会倒塌，日囊官府主妇我不做。
从不倾覆清静天然洞，朗萨当做华屋修佛法。
大恩大德生我父母亲，由衷恳请准女去修行。

听了女儿的祈求，父母回答道：

父母所生美丽如天仙，风华正茂朗萨女儿听，
日囊头人子扎巴三智，性暴似火又比波涛汹，
在此方圆势重掌大权，央求女儿别说不愿嫁，
假使女儿非得去修法，日囊头人必将父母杀，
父母被杀女儿虽出家①，哪来生死轮回引领人？
央求女儿莫说去出家，答应去当日囊府贵妇。

朗萨雯蚌无法拒绝父母的严词训诫，违心地答应了嫁给年堆日囊部落头人的儿子扎巴三智为妻。到了迎娶这天，头人派出的迎亲队到姑娘家门前，贡桑迪庆夫妇拿出嫁妆和丰厚的陪嫁财物。

---

① 出家：剃度出家修法僧人、尼姑，称出家人。

临出门时，父母叮嘱女儿说：

  胜似百子女儿听，今日出嫁将远行，
  妆奁陪嫁很丰盛；璁玉佛母及三身①，
  送给女儿去供奉；金银珊瑚与珍珠，
  陪送女儿去享用；绫罗绸缎做陪嫁，
  各种盛装备齐全；青稞麦子与豆类，
  五谷杂粮陪送你；宗巴吉和各侍女，
  作为伴娘侍候你；架上雄鸡报晓时，
  先于他人早早起；要学门下守门犬，
  人人就寝你晚睡；侍奉公婆爱丈夫，
  对待小辈应无悔；终身伴侣命注定，
  服侍周到应尊重；对待男仆与女佣，
  不分亲疏均善待；祈愿女儿和父母，
  勤谨走动常会晤。

  父母叮嘱完毕，便把女儿的所有陪嫁交给了迎亲者，然后送女儿上路。当迎亲队伍浩浩荡荡来到年堆日囊部落时，年堆日囊部落组织的迎亲队载歌载舞，隆重欢迎，场面十分热闹。新娘迎进家门后举行了盛大的新婚庆宴。

  光阴似箭，朗萨雯蚌嫁到日囊头人家七年后，生下一个非同寻常的、如同天神之子般的可爱男孩，取名叫拉吾达波，还为他举行了庆生喜宴。

  再说朗萨雯蚌，从未沾染上过妇女五种邪恶，而始终保持着梵天女八德。她精心侍奉头人父子，善待男女仆人，疼爱属下普通百姓，而且熟谙农事活动，精通纺织手艺，针线茶饭样样能干，

---

① 三身：佛教指佛像、佛经和佛塔三者。

办事果断,因此得到了府上所有人的赞誉和拥戴。特别是当她为王府生下贵子,加之她聪颖美丽,其所作所为都称心如意,因而深得头人父子的喜爱,简直到了形影不离的地步。由于头人父子对她的极度信任,便把府上的各种钥匙交由她管理使用。不料这引起了小姑宁毛尼佐的不满和嫉妒,因为头人扎钦巴将原本由她掌管钥匙的大权交给了朗萨雯蚌,使自己失去了左右内外的权力,大权旁落,耿耿于怀。宁毛尼佐爱憎不分,她把大家对朗萨雯蚌的爱戴,当作憎恨朗萨雯蚌的理由,开始在头人扎钦巴父子和朗萨雯蚌之间制造矛盾,挑拨离间,还在男女仆人之间大量散布使朗萨雯蚌难以忍受的坏话,硬是从朗萨雯蚌手中夺回了钥匙重掌了大权。平日里她自己好吃好喝,盛装打扮,而强迫朗萨雯蚌吃粗茶淡饭,穿破布烂衫。这更加剧了朗萨雯蚌对世俗的厌离和对佛法的向往。但她不敢将出家修行的心愿向头人扎钦巴和丈夫扎巴三智禀告,只能躲进自己的卧室,抱着爱子拉吾达波流泪,一面给孩子喂奶,一面唱出哀痛的悲歌:

我愿皈依佛法僧,本尊度母予加持,
护法度母消危难,朗萨皈依早实现。
倘若未生轮回儿,朗萨必定去修法。
不忍抛下拉吾儿,携儿修佛是大碍。
假使毅然皈依佛,怎奈璁玉戴我头。
留在府中操家务,小姑尼佐最忌妒。
生我娘家无权住,呜呼姑娘心忧愁。
远近朋友与亲戚,不愿朗萨出家去。
唯独宁毛尼佐她,威逼朗萨去出家。
待到我儿成人时,朗萨雯蚌尚健在,

离开尘世出家去,漫游山间住石屋。

朗萨雯蚌道出心中的苦闷后,为了散闷解忧,便背着拉吾达波来到了自家的花园,这时,丈夫扎巴三智也来到了花园里,他洗了头便躺在朗萨雯蚌的怀里,让她扪虱捉蚁,梳理头发。当时正处秋末,草木遭霜煞,百花凋谢,只有熬霜斗寒的秋菊争艳吐芳,引来群蜂采蜜。朗萨雯蚌触景生情,想起远离此生相依为命的父母,来世需要的圣法无法追求,尤其小姑宁毛尼佐对自己饮食起居横加干预,不由得心潮起伏,悲愤填膺,眼泪像断线的珠子潸潸流下。不料泪珠滴进了丈夫扎巴三智的耳中,惊醒了昏昏欲睡的扎巴三智,当他看见痛哭流涕的爱妻,便翻起身来说道:

百看不厌夺魂妃,朗萨倾耳听明白,
身段窈窕服饰美,宝石钱财都不缺,
佛法世俗皆精通,怀抱爱子背饰玉,
作为日囊首领妻,心里不应有愁悲,
请勿隐瞒说明白,有何忧苦我来解。

朗萨雯蚌心想,如果道出实情,就会挑起是非,使头人父女和兄妹之间不和睦,她也从来没有把小姑宁毛尼佐仗势欺凌自己的种种恶行告诉头人父子。现在,丈夫亲口答应要为我排忧解难,我将自己想皈依佛法的心愿说出来,也许会放我出家修行。如果不同意,我将宁毛尼佐的所作所为告知夫君,就像"钳夹烧红的铁"一样,好让头人父子严加管束宁毛尼佐,今后不再来伤害我,让我安宁过日子。想到这里,朗萨雯蚌唱道:

父亲上师请受礼,母亲度母听启白,
命运注定成伴侣,头领三智听仔细,
妻有心事诉夫婿,朗萨原在娘家时,

因为聪慧和美丽,却成障碍难皈依。
嫁给头领成贵妇,尊敬丈夫爱仆人。
宁毛尼佐屡伤害,我心坦然并无愧。
她却以水报酒恩,以怨报德我容忍。
装聋作哑却说傻,偶尔反唇而相讥,
却骂我是妖精女。空闲待在家中时,
讥讽我是壁上画。想到扎钦眷顾恩,
有心忠诚来侍奉。见到恩爱夫婿你,
情愿终身做伴侣。眼见拉吾达波时,
情愿留在尘世间。想到男女众仆人,
有心留下做主妇。见到宁毛凶相时,
就想张口辩缘起[①]。想到无常轮回时,
就想皈依去修法。为了来世皈依佛,
重重障碍难逾越。想见双亲在天涯,
朝思暮想总无暇。朗萨思亲此悲歌,
头人父子听分晓。

扎巴三智听了朗萨雯蚌的这番苦苦哀求后说道:"你思念父母情真意切,确实很多年没有回娘家省亲了,无论怎么说,都应当早些去拜会双亲了。至于宁毛尼佐嗔恨伤害你的事,是真是假还很难分辨,如果属实,我一定严词训诫。现在秋收在即,过两天便是黄道吉日,组织收割人员到田间去收割,你找宁毛尼佐把秋收工具领出来。"

到了收割吉日,朗萨雯蚌和男女奴仆来到田间地头准备开镰收割时,宁毛尼佐前来送饭监工。正当大伙挥镰收割时,来了两

---

① 缘起:一切有为法都是因各种因缘而成,此理即为缘起。

位布衣苦行僧,自称是师徒,来自拉堆定日。他俩来到朗萨雯蚌面前唱道:

父亲上师请受礼,母亲度母听启白,
引领六趣[①]得解脱。施我衣食和钱财,
授你佛教圣洁法。朗萨夫人暇满[②]身,
犹如东山出彩虹,彩虹虽美无心脏,
现把佛法心脏装。朗萨夫人暇满身,
犹如南方杜鹃鸟,声音悠扬无心脏,
现把佛法心脏装。朗萨夫人暇满身,
犹如北方苍龙吟,龙声虽大无心脏,
现把佛法心脏装。朗萨夫人暇满身,
犹如神殿彩壁画,彩绘虽美无心脏,
现把佛法心脏装。无常轮回降临时,
英雄勇气无处施,胆小迟钝无退路,
下贱淫妇难引诱,富人有钱难赎买,
清官权力也失灵,势单力薄无诉处,
飞毛腿也难逃掉。一生一次暇满身,
不要空返修佛法。

听完这首道歌,朗萨雯蚌深受感动,似乎这歌唱出了自己的心声,觉得情真意切,心中产生极大的信仰和尊敬。她想布施行僧,但当着小姑宁毛尼佐的面不能如愿,便指着美服裹身、油光

---

① 六趣:即六道众生,天道、非天道、人道、饿鬼道、畜生道和地狱。佛教认为,众生在六道中不断流转轮回,形体消亡,灵魂永存。
② 暇满:八有暇和十圆满。八有暇:远离地狱、饿鬼、旁生、边鄙人、长寿天、执邪见、佛不出世、暗哑八种无暇。十圆满:生为人、生于中土、诸根具全、未犯五间罪、敬信佛教、值佛出世、值佛说法、佛法住世、入佛法、有善师。前五为自圆满,后五为他圆满。

满面的宁毛尼佐说:"你俩去求她施舍吧!"两位行僧来到宁毛尼佐的面前乞食化缘时,宁毛尼佐放下手中的活,恶狠狠地训斥道:"你俩找我干什么?你们这些夏天化乳吃,冬天乞酒喝,隐居山洞不修法,待在平原不做事,时而做强盗,时而当蟊贼,平时专靠妄言、诡诈和狡黠过日子的浪荡行僧,我不愿施舍,想得到布施物,就去找那位身段窈窕似孔雀,声音悠扬似画眉,聪慧艳丽如彩虹,出身高贵如须弥,我们年堆日囊部落的贵妇朗萨雯蚌,我是她的女仆,哪有施舍的权力呢?"于是,布衣苦行僧师徒来到朗萨雯蚌面前,把宁毛尼佐的原话复述一遍。朗萨雯蚌听了于心不忍,便给他俩七捆麦子,问道:"二位僧人从何而来,现到何处去?我朗萨雯蚌后半生要皈依圣洁的佛法,谢谢二位为我祈祷!"

布衣苦行僧师徒再次唱道:

父亲上师请受礼,引领六趣得解脱。

朗萨夫人再次听,衷心感谢施舍恩。

我俩来自拉堆地,途经雪山拉齐冈;

米拉日巴是我师,热穷多扎是我名,

现在要到前藏去,再到雅隆觉布镇,

彼地沟头住禅师,那里沟尾有檀越,

平等成佛是缘起,缘起要义是回向,

朗萨布施给贫僧,贫僧施法给夫人,

乃是朝佛的缘起,缘起要义是皈依。

朗萨雯蚌听完僧人的叙述,心中产生了无限的崇敬,又拿三捆麦子给两位布衣僧,并要求二僧给予加持。僧人师徒非常高兴地向朗萨雯蚌表达谢意和祈祷祝福后告别离去。

不料,朗萨雯蚌向僧人施礼布施,僧人向朗萨雯蚌祈祷祝福,

引起了宁毛尼佐的极大不满和愤恨,她挽起大襟小襟,手挥粗棍,冲到朗萨雯蚌面前怒目而视,说道:

身段优美面容俊,包藏祸心胜毒品;
美如孔雀妖精女,倾耳听我宁毛讲。
拉堆定日朗科寺,天竺丹巴桑结住;
上方拉齐大雪岭,米拉日巴曾修行。
靠此善缘日囊地,行僧往来无定期;
任意施舍穷乞丐,你已为母没必要。
年堆日囊河谷地,五谷丰登产粮区;
随心所欲赈乞丐,你也去做叫花婆。

朗萨雯蚌听了回答道:

向皈依处三宝致敬礼,敬请保佑朗萨凡间女!
小姑宁毛尼佐听我言,朗萨未做施舍决定前,
教他应向宁毛去化缘。小姑宁毛亲口对他言,
你是仆人没有施舍权。指认朗萨雯蚌是主妇,
唆使二僧来找我化缘。若不施舍让他空手回,
乞丐散布谣言自沟尾,如同乌鸦飞翔到沟头,
这对日囊头人大不利,损害声誉疑团滚滚来。
虔诚供奉三宝赈乞丐,乃是富人懂得疏财理。
蜜蜂辛勤酿蜜人享受,吝啬之徒敛财有何用?
对于米拉日巴之弟子,不称乞丐应当去尊敬。
对于殊胜施舍朗萨女,别叫妖女应当大赞赏。

宁毛尼佐听了朗萨雯蚌的辩驳,恼羞成怒,暴跳如雷,破口大骂道:"你这鬼祟妖魔女人,不仅看上了僧人身量魁梧,语言甜美,就把麦捆施舍给了他俩,而且喜献殷勤,敬信不已,这到底为哪般?

你凭借怀中有儿子，背后有丈夫的权势，我说你一句，你却顶我十句。你不是我年堆日囊家族的人，但掌握着里里外外的大权还不知足。以前说话你不听，现在到了动手的时候。"于是，她把朗萨雯蚌推倒在地，打得朗萨雯蚌时而仰天求饶，时而俯地痛哭，她还乘势拔下朗萨雯蚌的一缕乌发揣进怀里。心想，现在不马上到扎巴三智那里去制造事端，到头来，吃亏的是自己。于是，跑到哥哥扎巴三智那里去恶人先告状，她拿出那一缕头发，哭哭啼啼地说：

兄长扎巴三智听，阿妹宁毛说分明，
你妻朗萨雯蚌她，心驰神逸不割麦，
专干委托之外事。今天上午割麦时，
两个诡诈布衣僧，来到我家麦田中，
他们擦肩又挨身。好言规劝她不听，
还将羞耻当光荣，拳打脚踢揪我发，
嫡亲骨肉与你妻，惩罚分明兄选摘。

扎巴三智听完宁毛尼佐的哭诉后，心想：妹妹说的可能属实，朗萨雯蚌凭借自己美丽，又是孩子的母亲，再加上全家人对她的崇敬，慢慢养成怪癖，习恶成性。对于女人和小孩要趁早严加管教，不能娇生惯养，放任自流。于是来到田间地头，见到被宁毛尼佐毒打的朗萨雯蚌，正躺在地上痛哭流涕。扎巴三智来到朗萨雯蚌身边，不分青红皂白地指斥道：

叫声朗萨雯蚌妖精女，倾耳听我日囊头领讲，
仔细听我扎巴三智说，出去大门不干正经事，
怎能接待诡诈云游僧；野狗拴在屋顶吠星星，
光照酒饼饼口见饼底；瘸驴伤好想去踢骏马，
船家遇到潮落船底破；乞丐遇上瘦犬扛肩上，

看你魔女所作与所为。

朗萨雯蚌听了丈夫的这些黑白颠倒的指责后，十分伤心。心想：箭射心上弓夸耀，明明是宁毛尼佐打了我，却反说是我打了她，这一定是宁毛尼佐告了我的黑状。好吧，只知怨恨发怒，还为啥修养忍气吞声？我把宁毛尼佐如何打我的情况如实告诉给头人父子，他俩会明白事情的真相和原委，但这样做会导致他们父女和兄妹之间的不和。如果告诉男女仆人，他们会说这是头人家女人之间的内讧嫉妒而已。朗萨雯蚌想来想去，选择了忍气吞声，含怨不露。

扎巴三智见朗萨雯蚌不辩不驳，便以为妹妹宁毛尼佐所言属实，错在朗萨雯蚌，她痛哭流涕，只是愧悔的表现。这使他愤恨不已，便揪住朗萨雯蚌的头发，左推右搡，拳打脚踢，拔出腰刀，用刀背猛击朗萨雯蚌，致使她遍体鳞伤，鲜血淋漓，三根肋骨被打断。朗萨雯蚌疼痛难忍，失声痛哭。这时，男仆索南华吉和女佣宗巴吉于心不忍，勇敢地来到扎巴三智面前，说道：

主人扎巴三智听，男女仆人来说情，
如果主妇做错事，头人应当处罚她，
终身伴侣公子母，怎敢如此下毒手？
朗萨面如十五月，伤痕斑斑鲜血流，
体态婀娜似嫩竹，被你打断三根骨。
日囊头人别动手，朗萨夫人别哭泣。

仆人们一番劝解之后，把扎巴三智和朗萨雯蚌送回各自的住所。

当时，有位德高望重的名僧，法号叫作释迦坚赞，住在雅隆寺。他曾被洛扎玛尔巴译师却吉洛追介绍给了弟子米拉日巴，是一位精通新旧密乘和大圆满的成就者。他神通广大，早就知道年堆日囊部落头人主妇朗萨雯蚌，是位种姓高贵的空行度母的化身，也知道朗萨雯蚌当前虽然处境险恶，但死后会还魂复苏，皈依佛法。为使朗萨雯蚌死后还魂，鼓励尽早皈依三宝，释迦坚赞幻化为一位体貌俊秀、能说会道的玩猴乞丐，来到朗萨雯蚌卧室的向阳窗下，驾驭猴子玩耍各种猴戏，同时放开嗓子唱道：

美如天仙朗萨女，向阳窗内贵妇人，
心勿散逸看猴戏，竖耳倾听乞丐歌。
东方贡布森林里，母猴个个有猴崽，
有的地上玩游戏，有的攀树摘果食，
小猴落入乞丐手，绳索缚脖失自由，
鞭笞训练吃尽苦，只怪猴子太淘气。
南方椰子密林中，雌鸟个个有幼雏，
翅膀长硬高空飞，幼雏待哺在窝中。
妙音鹦鹉国王捕，一条铁链系脚上，
教学人语吃尽苦，只怪鹦鹉舌灵巧。
西方产米尼泊尔，母蜂个个有小蜂，
有缘蜜蜂采花蕊，无缘围着酒缸飞，
斑斓蜜蜂小孩捉，手指搓揉昏死去，
只怪蜂蜜太香甜。北方羊羔吃嫩草，
虽不肥壮惹人爱，短命羊羔屠夫捉，
割喉剥皮被杀死，只为人享吃尽苦，
只怪羊羔肉鲜嫩。卫地年堆金色谷，
母亲个个有闺女，有缘修行去山洞，
无缘在家侍双亲。美如天仙朗萨女，
头人三智娶为妻，小姑宁毛太狠毒，

嫉妒陷害吃尽苦，只因容貌太美丽。
不顾无常与死亡，体貌虽美似孔雀，
生为凡人不修法，身段虽美似垂柳，
不听乞丐我的歌，穿着虽美似壁画。

朗萨雯蚌十分欣赏猴戏和着迷乞丐的歌，儿子拉吾达波全神贯注地观看猴子玩耍。朗萨雯蚌很想给乞丐布施点什么，可她心有余悸，假若布施粮油、糌粑、茶叶、金银和绸缎，不通过宁毛尼佐，自己无权施舍，如果去向她请示，除了自己挨打，乞丐也不会得到施舍。她左思右想，拿出嫁妆中的衣服首饰布施给乞丐。她想："乞丐流浪四方，肯定知道哪里的寺院最好，哪位上师精通佛法，何不请进屋来问问呢？以便我在未死之前，抛下父母和孩子出家去修法。前几日两位云游瑜伽师徒唱的歌，今日乞丐唱的歌，其内容都是针对自己的，我必须下定决心皈依三宝，离开这个充满是非的尘世。"于是，把乞丐偷偷叫进卧室，对乞丐说道：

周游四方玩猴人，请听朗萨诉苦衷，
年迈体衰父母亲，如同黄昏黑阴影，
老来不能去孝顺，朗萨有愧心哀痛，
一心想要皈依佛，愿到僻静深山去。
扎巴三智是伴侣，关系犹如风幡飘，
立场动摇受摆布，朗萨痛心且疾首，
一心想要皈依佛，愿到僻静深山去。
拉吾达波亲生子，美丽无比似彩虹，
娘虽爱他终离开，想到这些心悲痛，
一心想要皈依佛，愿到僻静深山去。
见到宁毛尼佐时，像是巧舌鹦鹉生，

使我朗萨心烦闷,愤恨顿生难容忍,
一心想要皈依佛,愿到僻静深山去。
想到男仆女佣时,全部忠厚像孩子,
虽想怜悯口难开,想到这里心悲痛,
一心想要皈依佛,愿到僻静深山去。
朗萨出家去修行,哪座寺院适合我?
朗萨虔心修佛法,依从哪位上师好?
漫游乞丐耍猴人,见多识广有主见,
赏赐宝玉与珊瑚,请勿保密照实说。

乞丐听此要求,立即右腿膝盖跪地,双手合十,尊敬地说道:
虽是人身美如仙,朗萨雯蚌听我言,
乞丐行乞到处串,到过卫藏和多麦;
所听所闻皆箴言,所言从无半句假。
圣教昌盛卫藏地,清静山寺皆幽雅。
上师法理皆高超,修道精深勿须选。
当今善业显著者,年堆拉齐雪岭中,
米拉日巴曾修行,路途遥远难成行。
由此向北一日程,富饶美丽边远处,
后山犹如狮子跃,前山酷似大象卧,
有座色拉雅隆寺,释迦坚赞住寺中,
该师佛法大圆满,成就卓著大喇嘛,
夫人修行到此处,请到那里拜上师。

朗萨雯蚌听了乞丐的这番话,十分感谢他的指点。当她从乞丐口中听到释迦坚赞的大名时,万分激动,潸然泪下。为答谢乞丐,她从自己的嫁妆中取出五颗珊瑚、三颗瑰玉赏赐给乞丐。

不料，正当朗萨雯蚌和乞丐在屋中交流时，日囊头人扎钦巴想到场院去检查奴隶们打场脱谷的工作，当他下楼来走到朗萨雯蚌卧室前时，听到屋内一男一女正在说话，听那女声显然是朗萨雯蚌的声音，而那男声优雅洪亮，不像是儿子扎巴三智的声音，便起了疑心。他蹑手蹑脚地来到朗萨雯蚌卧室前，偷偷从门缝中向里窥探时，发现孙子拉吾达波正在和猴子玩得不亦乐乎，而朗萨雯蚌正向乞丐赏赐璁玉和珊瑚。扎钦巴肺都气炸了，心想："昨天朗萨雯蚌在收割麦子时，和两个云游僧不仅眉来眼去，还布施麦捆。女儿宁毛尼佐看不惯，好心相劝，她不但不听，反而将宁毛尼佐毒打了一顿。儿子扎巴三智知道后教训了一番，但她仍不思悔改，今天又变本加厉，把乞丐勾引到屋里打情骂俏，赠璁玉赏珊瑚。由此可见，这个淫荡好色的女人，是不配做我年堆日囊头人家的主妇，再这样下去，还会将孙子拉吾达波引到邪路上去。"扎钦巴越思越想越生气，一脚踢开房门闯进屋去。乞丐和猴子闻风跳出后窗逃之夭夭，扎钦巴上前一把揪住朗萨雯蚌的头发，怒斥道：

丧失贞节朗萨淫荡妇，听我年堆日囊头人讲，

昨天田间送麦云游僧，今日又将乞丐引进府，

宁毛无错三智也没错，原来朗萨是个卖淫妇，

出乎意料中的妖魔女。

之前被宁毛尼佐和扎巴三智打得遍体鳞伤，还被打断三根肋骨的朗萨雯蚌来不及辩解，又遭到扎钦巴的一顿毒打，旧伤未愈又添新伤。扎钦巴像鹞子捉小鸡一般，一把拉过拉吾达波交给女佣去抚养，生拉硬拽地将母子分开。朗萨雯蚌由于心忧身伤，怒气填胸，于当晚含怨死在自己的屋子里。

这一夜，儿子拉吾达波因离开了母亲，他似乎预感到母亲离开了人世，整夜无丝毫睡意，通宵达旦哭闹不休。第二天清早，女佣瞒着头人父子和宁毛尼佐，想把拉吾达波悄悄送到朗萨雯蚌身边母子相会。当她带着拉吾达波来到朗萨雯蚌卧室门前时，屋内一点动静都没有，推开房门走进屋时仍旧寂然无声。女佣急忙来到床前，只见乌黑油亮的头发露在被外枕头上，人安静地睡在被窝里。女佣柔声唤道："夫人，天已大亮，该起床了。"连唤几次，毫无反应。女佣把手伸进被窝一摸，发现夫人身体僵硬，全身发凉。女佣不敢断定夫人就这样含怨而死，她反复推摸呼唤，夫人纹丝不动，鼻息全无，这才意识到夫人真的已经死去。于是，急忙跑到头人父子跟前，报告了夫人死亡的噩耗。

头人父子听了女佣的报告，根本不相信朗萨雯蚌真的死了，心想："前几天，朗萨雯蚌布施麦捆给云游行僧，昨天又把乞丐勾引到府中来，又赠宝玉又赏珊瑚。现在，她不服我父子俩的教训，竟然装死作祟起来。"于是跟着女佣来到朗萨雯蚌床前，扎钦巴抓住朗萨雯蚌的右手，扎巴三智抓住左手，把朗萨雯蚌从被窝里拉出来，说道：

日囊主妇朗萨女，听我父子二人讲，
蔚蓝清朗夜空中，皎月像被罗睺食，
实则月亮被云遮，弯月怎被罗睺食？
姑娘醒醒快起床，朗萨莫睡快起来。
王府屋后花园里，莲花像被霜煞死，
不到秋天哪来霜？姑娘醒醒快起床，
朗萨莫睡快起来。卧室美丽睡榻暖，
朗萨贪睡在装死，遍体鳞伤痛是真，

岂能因此而死亡？姑娘醒醒快起床，

朗萨莫睡快起来。

头人父子把朗萨雯蚌从床上拉下来时，才发现朗萨雯蚌身体僵硬冰冷，鼻口无气息，已死无疑。头人父子这才追悔莫及，急忙超度亡灵，祭祀三宝，广放布施，供养僧侣，还请来占星师卜算。占星师占卜后说："夫人寿数未尽，宿业未完，食未餍足，衣未穿够，命不该绝。现在把她的遗体停放到东山顶上去，七昼夜不要移动，不要碰撞。等到七日后尸体可以火葬，可以水葬，可以天葬，也可以投喂野狗。"

头人扎钦巴遵照占卜者的叮嘱，让仆人把朗萨雯蚌的尸体用白布包起来，又用白色氆氇包裹一层，然后放在座椅上，抬到离家不远的东边象鼻山之巅停放好后，怕尸体被鹰啄狗啃、被野兽吃掉，还专门派人守护在离尸体一箭之远的僻静山洞中。

朗萨雯蚌死后，灵魂离体，轮回中阴[1]被阎罗鬼卒[2]带到了阎罗殿阎罗王面前。朗萨雯蚌在阴间看到，凡是生前做了善业的人都被引向一条白道走向三乐趣，凡是做了恶业的人被引入一条黑道走向三恶趣和十八层地狱[3]，在八热地狱[4]中，熊熊烈火烧烤，痛苦难挨；在八寒地狱[5]中，冰雪覆盖，严寒难忍。朗萨雯蚌看到这些场景，心中着实害怕。她被带到阎罗王面前，双膝跪在地上，双手合十说道：

主尊佛母怜悯我，空行度母赐加持，

---

[1] 中阴：佛教所说前身已弃，后身未得者。
[2] 阎罗鬼卒：佛教所说阎罗所部牛头人身的男女鬼卒。
[3] 十八层地狱：独一地狱、近边地狱，加上八热地狱和八寒地狱。
[4] 八热地狱：等活、黑绳、众合、号叫、大号叫、烧热、极热和无间。
[5] 八寒地狱：胞、胞裂、额哳吒、臛臛婆、虎虎婆、裂如青莲、裂如红莲和裂如大红莲。

>　　分辨善恶阎罗王，阎摩狱主听我讲，
>　　姑娘未死活着时，离开人间尘世前，
>　　虽无空暇修佛法，应施善行利大家。
>　　自从懂得死无常，无恋无贪姿色美。
>　　懂得敛财终荡尽，慷慨供施从不吝。
>　　知晓怨家会离分，毫不留恋眷属情。
>　　思谋善法忍让心，对于怨敌不憎恨。
>　　分辨善恶阎罗君，怜悯朗萨指迷津。

阎罗王命令两个与朗萨雯蚌同龄的鬼卒取来黑白石子堆放在两处，看黑白石子滚落的多寡筹算生与死。结果黑石子只滚出两三颗，而白石子滚出许多颗。阎罗王又拿镜子反复照看，才知朗萨雯蚌并非一般凡尘俗女，而是空行度母的化身。阎罗王对朗萨雯蚌说道：

>　　朗萨雯蚌心思莫散乱，听我司命阎王说端倪，
>　　黑白石子分出是与非，白石象征善行得解脱，
>　　我的大名应叫观世音，体现三世诸佛怜悯心。
>　　黑石象征恶行入地狱，我的大名应该叫死主，
>　　是惩治凶顽的愤怒王。不护罪犯不救恶上师，
>　　来到阎罗法庭难逃脱。姑娘并非罪犯是度母，
>　　身为法身岂能去轮回。心悟佛法必证佛果位，
>　　心身均入佛门乃最佳。姑娘不留阴间返人间，
>　　灵魂进入朗萨原体中，还魂复苏广做利众事。

朗萨雯蚌听了阎罗王的嘱咐，心中非常高兴，她虔诚地向阎罗王敬礼，请求加持后，便顺着铺有白氆氇的天趣道，迅急来到那座停放自己尸体的东山顶上，灵魂钻入尸体内，原体立刻复活，

恢复了元气。她把裹在身上的白布作为上衣，把白氆氇作为裙子穿起来。这时，天降花雨，彩虹高挂。朗萨雯蚌双腿金刚跏趺，端坐彩虹中，手结定印，专注做《毗卢七法》[①]和诵念《金刚瑜伽母生圆次第[②]》，紧接着朗萨雯蚌双手合十于胸前，向五部空行度母祈祷道：

祈求佛母诸本尊，救我轮回泥潭中！
东方金刚空行母，身白犹如白海螺，
右手金鼓咚咚响，左手银铃声响亮，
虔修白色五般若[③]，周济种种违逆事。
南方珍宝空行母，身黄如同金发光，
右手金鼓咚咚响，左手银铃声响亮，
虔修黄色五般若，致力顺缘业齐盛。
西方莲花空行母，身红如同红珊瑚，
右手金鼓咚咚响，左手银铃声响亮，
虔修怀业[④]五般若，征服动静世间[⑤]物。
北方羯摩空行母，身绿犹如绿璁玉，
右手金鼓咚咚响，左手银铃声响亮，

---

① 毗卢七法：佛教静坐法，两足跏趺、手结定印、脊椎正直、颈部微俯、肩背后张、眼觑鼻尖、舌尖抵上腭。
② 生圆次第：即生起次第和圆满次第，密宗中修习本尊三身为生起次第，修习风、脉等为圆满次第。
③ 五般若：指佛说《大般若经》《华严经》《宝积经》《入楞伽经》和《大涅槃经》。
④ 怀业：以怀柔方法调伏神天人鬼之业。
⑤ 动静世间：佛教指器世间（物质界）和有情世间（动物界）。

诛业^①制伏一切魔，十恶怨敌^②消灭光。

中央佛陀空行母，身蓝如同青金石，

右手金鼓咚咚响，左手银铃声响亮，

虔修蓝色五般若，赐我殊胜大成就。

在一箭之遥的僻静地守护朗萨雯蚌尸体的仆人们，七天之后突然耳闻朗萨雯蚌的说话之声，便带着惊诧和恐惧，来到停尸处一看，发现朗萨雯蚌穿着白色上衣，下系白氆氇裙子，端坐在木椅上。有人大喊大叫说："这不是起尸鬼吗！"听了这话，胆小者纷纷逃之夭夭，胆大的捡起石块准备去砸朗萨雯蚌时，朗萨雯蚌神色镇定地说："你等且慢砸我，我并非起尸鬼，而是还魂复活的朗萨雯蚌女。"大家听了，在十分惊奇之余相信这是真的，于是叩头祈祷后，迅速跑回日囊头人的府第，向头人父子报告了这一喜讯。

朗萨雯蚌的儿子拉吾达波，自从母亲死后，日不进食，夜不能寐。这天，仆人宗巴吉背着拉吾达波上到屋顶玩耍时，拉吾达波问道："我母亲的天葬台在哪里呀？请你带我去看看，我要向母亲许个愿，我母子此生难相见，我死后也要到空行度母刹土去母子会晤。"仆人宗巴吉听了拉吾达波公子的哀求，不由得悲痛万分、潸然泪下，伸手指向停放朗萨雯蚌尸体的东面象鼻山顶。拉吾达波右手遮在额前远眺，口诵哀歌道：

父亲逼杀我慈母，如同雏鸟落荒野，

抛下拉吾多孤苦，儿唱悲歌忆慈母，

祈求亡母仔细听。宗巴吉请你快看，

---

① 诛业：制伏业，佛教所说以焚烧、镇埋、投掷等威猛之法诛灭制伏怨敌邪魔之业。
② 十恶怨敌：佛教密乘所说应杀不赦的十恶怨敌，即毁灭佛教、摧残三宝、劫夺僧财、谩骂大乘、戕害上师、挑拨金刚兄弟、障碍修行、灭绝慈悲、背弃誓戒、颠倒业果。

停放母亲遗体处,不见食尸兀鹰飞,
只见美丽彩虹屋,请你送我去东山,
亲眼瞻仰母遗体。

这时,山上守护朗萨雯蚌遗体的仆人,向头人和府上所有主仆报告朗萨雯蚌起死回生的消息后,头人父子让仆人背上拉吾达波,上山查看虚实。当他们飞快地爬到东山顶上停放朗萨雯蚌遗体的地方时,只见在天空撒落的花雨中,朗萨雯蚌身穿白上衣,下系白氆氇裙子,端坐在彩虹搭建的帐幔中。头人父子羞愧不已,对自己违背朗萨雯蚌身语意的恶行,进行了忏悔,央求朗萨雯蚌重返日囊头人府上做主妇,苦苦哀求道:

忠心皈依佛法僧,由衷禀告诸度母。
朗萨雯蚌请你听,扎钦父子说苦衷。
绰约身躯似新竹,不知乃是度母身,
贪欲熏染不检点,侮你恶行现收敛。
对你委婉申辩语,从未当作真言听,
却因嫉妒出粗言,毁你恶语今忏悔。
朗萨思想似明镜,未知是空乐双运[①],
就因愚痴使坏心,搅扰你心今道歉。
我等乃是愚昧人,对于度母朗萨你,
冒犯身语意不宁,请你忍让且怜悯。
朗萨不给我老面,看在夫妻情分上,
回家仍做三智妻,不看宁毛尼佐面,
可怜儿子应回府。不看男仆索南面,
应看女佣宗吉面,自小给你当丫鬟,

---

① 空乐双运:空乐,大乐的内心和空性的处境;双运,两种事同时存在而不相冲突者。

请你回家当主妇。不想属民和仆人,
应当思念父母亲,感念恩重老双亲,
请你朗萨回家去。

还魂复苏后一心想皈依佛门的朗萨雯蚌,听完扎钦巴的表白后,说出了她久藏于心的厌离尘世的心境,说道:

变五毒①为五智②慧,向五部度母敬礼!
日囊头人扎钦巴,扎巴三智头人子,
日囊部落父与子,听我朗萨表心境。
母亲生下我朗萨,未死尚在尘世间,
好吃好穿住好房。人生无常我死后,
送到东山弃尸场,由是厌离尘世间,
厌恶四柱八梁③厅。母亲生下我朗萨,
未死尚在尘世间,高头大马代步行。
人生无常我死后,无马步行到阴间,
由是憎恨疾行马,厌恶昂首骏骐骥。
母亲生下我朗萨,未死尚在尘世间,
亲朋仆人拥身边。人生无常死亡后,
仆人顿散独流落,由是嫌弃众仆从,
厌恶亲朋与眷属。母亲生下我朗萨,
未死尚在尘世间,珍贵饰品样样全。
人生无常死亡后,抛弃服饰去漂泊,
由是厌恶美服饰,珍珠玛瑙最讨嫌。

---

① 五毒:佛教指五种烦恼为五毒,即贪、嗔、痴、慢、疑。
② 五智:大圆镜智、平等性智、妙观察智、成所作智、法界性智。
③ 四柱八梁:藏式房屋建筑之一种,即厅内主四柱,双双对正,柱顶架二横梁,共八梁各自相交,彼此衔接。

母亲生下朗萨后，未死尚在尘世间，
珍馐美味养身健。人生无常死亡后，
美食财富肉身丢，由是讨厌食与财，
也嫌女儿美身材。母亲生下朗萨后，
未死尚在尘世间，头人偏听更偏信。
人生无常死去后，假装忏悔与悔恨，
由是讨厌前世夫，更加厌恶扎钦巴。
母亲生下朗萨后，未死尚在尘世间，
终身伴侣施暴行。人生无常死去后，
假心假意来祭奠，由是憎恨前世婿，
憎恶扎巴三智夫。母亲生下朗萨后，
未死尚在尘世间，宁毛做尽离间事。
人生无常死去后，假装悲哀泪汪汪，
因此我恨宁毛姑，宁毛尼佐心歹毒。
母亲生下朗萨后，未死尚在尘世间，
怜爱幼子下苦力。人生无常临终时，
难分难舍心挂念，想到爱子心中酸，
如今更是心伤感。朗萨厌世去修行，
皈依佛法去山寺，即使朗萨远离去，
无碍三智娶新妻，虽娶美女做主妇，
轮回狱中父子住。

　　头人父子听了朗萨雯蚌的这番表白后，明白了朗萨雯蚌出家修行的坚定决心，只能无言以对，心中悔恨不已，泪流满面，哑口无言地待在一旁。这时，幼子拉吾达波从女佣宗巴吉背上下来后，投入母亲的怀抱，眼泪汪汪地对母亲说道：

种姓高贵空行母，母亲朗萨听儿说，
阿妈死去又复活，这是梦幻还是真？
若是梦幻儿伤心，若是现实儿高兴。
还魂复苏真稀奇，这是起尸或还魂？
若是起尸杀死儿，若是还魂赐慈悲。
生离慈母苦命儿，如无上师出家僧，
即便修行难成佛，因此母子不分离。
生离慈母苦命儿，如无首领的百姓，
纳税守法仍欺压，因此母子不分离。
生离慈母苦命儿，如同无知少年郎，
即使精明难持久，因此母子不分离。
生离慈母苦命儿，犹如闺阁女难嫁，
嫁妆再多难打发，因此母子不分离。
生离慈母苦命儿，犹如脱缰的烈马，
跑得再快也无用，因此母子不分离。
生离慈母苦命儿，犹如膘瘦棕色骡，
草料充裕难长膘，因此母子不分离。
生离慈母苦命儿，如无商品破产商，
身心虽佳无裨益，因此母子不分离。
生离慈母苦命儿，像未加持的泥佛，
不会有人来朝拜，因此母子不分离。
生离慈母苦命儿，如无翼力小鸟儿，
飞到上空坠地上，因此母子不分离。
生离慈母苦命儿，像是荒野与空谷，
虽能旅游无人居，因此母子不分离。

生离慈母苦命儿，就像染上麻风病，
见者恶心无人问，因此母子不分离，
祈求母亲回家中。

朗萨雯蚌耐心地听完儿子感人肺腑的央求，悲痛万分，潸然泪下。她伸出无力的双手放在儿子的头顶，一边轻轻抚摸，一边心想：我虽然怜爱亲生骨肉，但依了儿子返回家去，就无法实现我皈依佛法的崇高愿望。想到这里，朗萨雯蚌对儿子唱道：

向本尊诸佛敬礼，向诸空行母启白！
娘身上掉下的肉，拉吾达波听娘说，
母亲并非走尸鬼，而是死后还魂母，
并非梦境幻化身，真真切切是还魂。
人生自古谁无死，死者哪能都复生？
为母若不皈依佛，死殁无常无定期。
儿是雪山绿鬃狮，莫要眷恋雪山我，
巍峨冈底斯永立，我这雪山易消融。
儿是雄鹰翱苍穹，莫要依恋石山我，
须弥①比我高万倍，我这山岩易雷击。
儿是螺角梅花鹿，莫恋我这小草坪，
辽阔草原水草盛，我这草坪易霜煞。
儿是矫捷水中鱼，莫恋我这高山湖，
浩渺大海无边际，我这小湖易干涸。
儿是善歌百灵鸟，莫恋我这河堤柳，
鲁登森林最茂密，我这小柳易干枯。
儿是银翅金蜜蜂，莫要恋我棋盘花，

---

① 须弥：须弥山，也称积善山、妙高山、苏述卢山。

莲园莲花比我艳，我这小花易雹打。
拉吾达波心头肉，劝你别恋还魂母，
头人父子比我强。死殁无常逼近我，
是否听懂母教诲，但应铭记于心间。
听了母亲的教诫，拉吾达波再次郑重地恳求道：
无时无刻关爱儿，祈求慈母再度听，
父母不播轮回种，为儿怎成轮回绳。
雪山顶上雄狮我，若不依恋雪山你，
即使不受风雪灾，也难长出绿鬃来，
幼狮未长绿鬃前，祈求雪山你留下，
待到幼狮成长后，母子共同去皈依，
为保雪山不融化，可请夜影来苫盖。
石山顶的雄鹰我，若不依靠红岩你，
虽不遭受猎手射，小鹰翼羽难长硬，
幼鹰翎毛丰满前，祈求石山你留下，
等到雏鹰翅膀硬，母子共同去修行，
避免红岩被雷击，可请咒师来禳灾。
我这螺角梅花鹿，不靠绿色草坪你，
即使不遭猎狗袭，螺角怎能长鹿茸？
等到鹿角长齐后，母子共同去修行，
避免草坪被霜煞，可请南方乌云来。
高山湖中金眼鱼，不靠湖中清水你，
即使不遭渔夫钓，矫捷游技难练就，
幼鱼不能畅游前，求你湖水留下来，
等我自由游动时，母子共同去修习，

为使湖水不干涸，可请龙王来降雨。
柳林中的百灵我，不依茂密柳林你，
即使鹞鹰不侵害，怎能练就悠扬歌？
百灵未谙音律前，求你柳林留下来，
等我百灵歌娴熟，母子共同去修炼，
如果湖中不聚水，可请春夏天气来。
花园里的蜜蜂我，不依棋盘花儿你，
虽可免受飞禽害，却难长出银翅来，
等到蜂儿酿蜜时，花与蜜蜂同修法，
为护鲜花被霜煞，摘来养在花瓶中。
儿子拉吾达波我，不依恩重如山你，
即使无常不来找，也难茁壮来成长，
儿子尚未成人前，祈求母亲留下来，
等到儿子成人后，母子二人同修法，
为使母亲长安康，长寿灌顶延寿命。
宁毛姑妈挑是非，祖父父亲打母亲，
忍辱本是佛真谛，勿怨勿恨请回家。
亲朋挚友与爱子，痛苦流泪来恳求，
若不怜悯不听劝，如此佛法从何来？
人若具有慈悲心，坐在家里也修法，
虽居静地无慈心，如兽入山无区别。

听了拉吾达波的恳求，在场的男仆索南华结、女佣宗巴吉，以及闻讯而来的附近百姓，都十分赞同和支持，特别是宁毛尼佐对以往的罪过做了诚恳的忏悔，并保证今后绝不做伤天害理的事情。看到这种情景，朗萨雯蚌心想：看来，在场所有人都在真心诚意地恳求,宁毛尼佐的忏悔和保证,特别是儿子拉吾达波虽如此年幼,但能以佛法教义阐明道理,这都是佛的恩典。我借此良机,引导他们皈依三宝不是很好吗?于是,为了满足头人父子、拉吾达波和所有男仆女佣们的愿望,朗萨雯蚌答应了暂时回头人府上的要求。

听到朗萨雯蚌愿意回家,大家欢呼雀跃,很快拿来美丽的服装和贵重的首饰,让她穿戴起来。这时,天空雷鸣三声,花雨纷纷降下,吉祥的征兆遍布四方。

朗萨雯蚌回到扎钦巴府上后,身不离空闻化身,语不离明空受用身,意不离空乐法身,一心想把头人扎钦巴父子和宁毛尼佐,以及府上所有奴仆属民引向皈依佛法的正道,向他们分别讲授了暇满难得、死殁无常、因果报应、轮回罪孽、解脱功德等大乘佛法。但头人父子和宁毛尼佐罪孽深重,一时难以说服他们改邪归正,皈依佛法。朗萨雯蚌虽然非常尊敬和周到地服侍他们,但收获甚微。这样待下去,不仅不能引导他们皈依三宝,同时也会耽搁自己出家修行。因此,内心十分痛苦,常常日不进食,夜不能寐。头人父子和宁毛尼佐看到这种情况后对朗萨雯蚌说道:

身材窈窕贤淑女,日囊主妇听明白,
我等不再造前孽,朗萨心上莫伤悲。
日不进食伤身体,夜不能寐会伤神。
朗萨如此心冰冷,莫非贵体欠安宁?
朗萨雯蚌回答道:
皈依三宝和上师,祈求本尊赐加持,
护法度母除障碍,保佑姑娘去皈依。
父子兄妹三人听,还魂朗萨说分明:

> 心中悲伤与不宁，不为吃穿与住行，
> 身体健康无杂病，心中亦无烦心事，
> 伤心你等不皈依，也恨不放我出家。
> 屋似仙居心不爽，食比甘露无食欲，
> 亲朋似仙无心聚，子似天子不眷恋。
> 父子既然不皈依，放我还魂女出家，
> 坚持不放我皈依，允我回家探父母。

扎钦巴父子得知朗萨雯蚌不吃不喝、心情郁闷的原因后，心想：以往听信了宁毛尼佐的离间谗言，让朗萨雯蚌无罪受罚，含怨身亡，这确实冤枉了她。但她还魂复苏回家后，大家从不说她什么，就连声微如蝇的说话声都听不到，可她还是装出一副愁眉苦脸的样子，太没道理了。现在，如果说的多了，大家仍像以前彼此生疑，互相怨恨；如果闭口不言，她不仅不尽家庭主妇的责任，还整天滔滔不绝地宣扬佛法真谛，真是烦人。看来还不如打发她回娘家探亲去。她自从嫁到我府上后，还从未回过娘家，想念父母乃是人之常情。现在让朗萨雯蚌和儿子一同回娘家去探亲，一来儿子依恋母亲，母亲不会忍心抛下儿子出家去，二来朗萨雯蚌的父母也会劝导她安心世俗生活。于是，头人父子准备了丰厚的省亲礼物，打发朗萨雯蚌母子回江佩老家去探亲。

第二天一大早，女佣宗巴吉背上拉吾达波和朗萨雯蚌离开头人庄园，踏上了回娘家省亲的道路。当他们来到年楚河畔时，只见河水上涨，汹涌澎湃的波涛淹没了江孜通往孜钦的大桥，无法从桥上通过，只能乘皮船过河。朗萨雯蚌上前向船夫恳求道：

> 家住年楚河畔行船人，请为朗萨雯蚌开皮船，
> 姑娘想念娘察赛珍母，朗萨思念贡桑迪庆父。

船家听了朗萨雯蚌的请求后说道：
往来乘客成百而上千，皮船哪能容纳所有人，
姑娘想念母亲可洇渡，姑娘思念父亲跳过去。
朗萨雯蚌对船夫回答道：
船家何出如此刁难言，毋庸赘言恳请放渡船。
不骑膘肥骏马却步行，将它拴在马厩有何用？
辛勤务农却要买糌粑，种植青稞麦豆有啥用？
命该修法却以佛为敌，为何还到深山小寺去？
放着现成皮船却徒涉，姑娘何必求你费口舌？
船夫立即回敬朗萨雯蚌道：
花言巧语陆上人，为何要来走水路？
土匪隘口逞英豪，船家渡口称霸主。
姑娘若有变幻术，请你飞到天上去；
姑娘如果有权势，请在河上修座桥；
如果无权又无势，赶快给我付船费，
无钱岂能白坐船。平日要想去射箭，
事先必备殊胜弓，左射右射不上靶，
要它弓箭有何用？如果想发家致富，
走南闯北去经商，拉账累债度日月，
为啥还要去经商？为显雍容与华贵，
佩戴金银玉首饰，不到市井去炫耀，
高价买它有何益？船家为赚渡船费，
掏钱购买此皮船，辛苦渡人无收入，
驾船摆渡有何益？
朗萨雯蚌心想，这位船家所谓"土匪隘口逞英豪，船家渡口

称霸主"，有些道理，不收船费，船夫哪有收入？于是，再次对船主说道：

　　船家所说是箴言，姑娘付费理当然；
　　我因急切见父母，死去活来难自主；
　　想与双亲见一面，立刻朝圣到寺院；
　　好心船家晓此情，开船渡我到彼岸。
　　姑娘头顶红璁玉，留作供施献上师；
　　这块圣洁白璁玉，权当船费给船家；
　　想与双亲会一面，立刻出家去寺院；
　　好心船家知此情，开船渡我到彼岸。
　　姑娘手上璁玉戒，留作供品奉上师；
　　克什米尔琥珀带，送给船家当船费；
　　想与双亲晤一面，立刻出家去修法。
　　好心船家怜此情，开船渡我到彼岸。

　　朗萨雯蚌唱完这首歌，便拿着答应给船家的首饰，来到船夫面前，船夫发现这位姑娘，不仅体貌窈窕，声音甜美，具有菩萨心肠，而且毫不犹豫地把贵重首饰施舍给人。姑娘的这种慷慨大方、乐善好施的举动，使船夫既惊奇又感动，所以没有收取代付船费的首饰，而是尊敬地问道："请问姑娘尊姓芳名？"朗萨雯蚌回答道："我是年堆日囊部落头人扎钦巴府上的主妇，名叫朗萨雯蚌。"

　　船夫听了大吃一惊，因为他听说过朗萨雯蚌死后还魂复苏，广做利众善业的事迹，于是赶快上前双膝跪地叩头，请求给予加持免罪。

　　这时，汇聚于渡口的人群中，曾听说过朗萨雯蚌还魂复苏的人和附近的男女群众都来看望朗萨雯蚌，并要求她为大家唱首慰

藉心灵的歌。朗萨雯蚌慷慨应允,就以她的首饰为喻,唱道:

皈依三宝和上师,祈求本尊赐加持,
护法度母除障碍,保佑姑娘去皈依。
聚集江边众男女,听我还魂朗萨言,
姑娘怎敢卖弄声,大家要求我唱歌。
我因厌离这尘世,愿以首饰做比喻:
姑娘头上的顶饰,若是金刚持多好;
额前珊瑚的穗子,若是上师有多好;
头戴金镶红璁玉,是根本上师多好;
额前的圆形佩玉,是至宝佛陀多好;
二万一千细发辫,是圣法珍宝多好;
捆扎头发红绸带,是僧伽珍宝多好;
右耳所戴工布坠①,是本尊佛陀多好;
左耳所戴银耳环,是英雄度母多好;
千颗珍珠串髻穗,若是千佛身多好;
颈上所戴琥珀链,是护法佛母多好;
右手所戴白螺镯,是庙中海螺多好;
左手所戴水晶珠,是六字②念珠多好;
手指所戴金戒指,是智悲双运多好;
腰右所挂的勺子,若是法铃该多好;

---

① 工布坠:最初由西藏东部尼洋河上游地区工布流行的耳饰。藏戏王子装饰,右为耳坠,左为圆环。
② 六字:六字真言,也称六字大明咒。它源于梵文,由六个藏文字组成——唵、嘛、呢、叭、咪、吽,是藏传佛教密宗的祈祷心语。六字真言的含义:唵,消除傲慢;嘛,消除妒忌;呢,消除贪欲;叭,消除愚痴;咪,消除吝啬;吽,消除嗔恨。

腰左佩带的明镜，是曼荼罗①该多好；
上身所穿氆氇袍，是黄色法衣多好；
下身所穿蓝色裙，是红色禅裙多好；
斜缠肩胁的披单，象征厌离该多好；
腰间所围护腹裙，象征皈依该多好。
还魂复活朗萨女，是阐法上师多好；
聚集此间众男女，是听法信徒多好；
朗萨厌恶轮回苦，不留尘世去皈依。

朗萨雯蚌善言能歌，歌声清扬高亢，歌词浅显易懂，句句是佛法教义，使听众受益匪浅，纷纷叩头致谢，表示决心弃邪归正，广作善业。朗萨雯蚌深感此次阐法成功，心中十分高兴。之后，让女佣宗巴吉背上拉吾达波，重新踏上回娘家的路。

朗萨雯蚌的阿爸贡桑迪庆和阿妈娘察赛珍，听说女儿朗萨雯蚌带着外孙和仆人宗巴吉快到娘家时，父亲拿上洁白的哈达，母亲拿上美酒出门远道迎接。当父母见到久别的女儿时，心情激动地唱道：

亲爱的女儿朗萨，种姓高贵的度母，
拉吾达波宗巴吉，听我老夫老妻说，
雪山尚未消融前，感谢狮子巡雪山，
狮山久别未晤面，绿鬃是否长齐全？
红岩未被霹雳毁，感谢雄鹰归石岩，
岩鹰久别未会面，雄鹰羽翼长硬否？
草坪未被霜煞前，感谢小鹿回绿原，

---

① 曼荼罗：坛城，密乘本尊及其眷属聚集的场合。本智以为本尊，道果功德以为眷众，眷众环绕本尊游戏庄严，称为轮圆。

鹿离草原时久远，螺角是否长丰满？
高山湖泊未干前，感谢小鱼来游玩，
湖鱼分别时日久，游技是否已矫健？
柳林尚未枯黄时，感谢百灵来栖息，
柳鸟分离未会面，歌喉是否已圆润？
鲜花未被雹袭前，感谢金蜂来花园，
花蜂分离时日长，金蜂银翅长硬否？
年迈父母未逝前，感谢女儿回娘家，
母女离别时日长，女儿身爽体健否？
听完父母的询问，朗萨雯蚌回答道：
生我养我恩父母，听我还魂女禀告，
生生死死是规律，死而复生舍我谁？
白狮绿鬃已长齐，虽遭暴风雪雨灾，
英勇豪迈雄狮我，再次拜谒冈底斯。
雄鹰羽翼已长硬，虽遭猎人曾伤害，
搏击长空雄鹰我，飞到金刚山荣耀。
小鹿螺角长丰满，虽遭猎犬曾伤害，
善于角斗小鹿我，重返平原心情爽。
金目小鱼游技高，虽遭渔夫用钩钓，
游技高超小鱼我，来到玉湖①心欢欣。
百灵小鸟歌喉亮，虽遭鹞鹰曾伤害，
歌喉婉转百灵我，见到柳林心欢畅。
金蜂银翅已长硬，飞鸟虽常来啄食，

---

① 玉湖：指位于西藏普兰县中部的玛旁雍措。玛旁雍措，意谓"未败玉湖"。为译文之需，译者将"玛旁雍措"译为"玉湖"。

为了酿蜜金蜂我，来到莲园心欢喜。
母亲女儿朗萨我，虽遭无常忽死去，
还魂复苏朗萨女，谒见双亲真稀奇。

回到娘家后，朗萨雯蚌向父母详细讲述了她嫁到年堆日囊部落头人扎钦巴家后的情况。她说："我嫁到头人府上，七年后生下了儿子拉吾达波。起初，夫妻关系很好，府上所有人也都非常慈爱我，我也尽到了家庭主妇的责任。可是谁料想小姑宁毛尼佐从中作梗，挑拨离间，使我怒气填胸而死。死后，他们把尸体送到东山顶上停放，我灵魂出窍，漂泊到阴曹地府，阎王查我阳寿未尽，命不该绝，又让我回到了人间还魂复苏。所以，今天来拜会父母，才得以实现。"

父母亲耐心听完女儿的诉说后，悲喜交加，泪流满面，紧握女儿的双手说道："俗话说'尸从墓中回'，这句话应验在了女儿朗萨雯蚌身上，可喜可贺！"接着，对她母子二人和仆人宗巴吉热情接待，欢乐的气氛充满了庭院。

一天，朗萨雯蚌来到纺织房，见到她出嫁前未纺织完的氆氇仍在纺织机上，心想："父母年事已高，丧失了劳动能力而力不从心了，我应当继续完成纺织才对。"于是，她走到纺织机上准备开纺时，母亲走进来说道："我的乖女儿，我家有纺织工，不用你动手纺织。如果现在还让头人家的主妇上机纺织，那就丢人丢大了。"朗萨雯蚌回答道："要说丢人，那些身为瑜伽师，却不去修圣法，终日无所事事，虚度年华，那才叫丢人呢。在母亲看来，女儿做了日囊头人家的主妇后，身份贵重了，地位提高了。可在我看来，我以前未能孝敬恩重如山的父母亲，后来又不能如愿以偿地去出家修正法。现在我才明白，无论修习佛法还是做世俗事，若不彻底完成,那任何愿望都无法实现。因此,还是由我亲自把未织完的氆氇织完才对。"

正当朗萨雯蚌纺织氆氇时,左邻右舍的姑娘们听说还魂复苏的朗萨雯蚌回到了娘家,便带上青稞美酒和各种美食来看望朗萨雯蚌。她们来到纺织房,向朗萨雯蚌献上佳肴美酒,畅谈分别后各自的生活状况。这时,朗萨雯蚌心想,我能否乘此良机将她们引上皈依佛法之道呢?于是以眼前的纺织机作为比喻,用自己婉润的歌喉唱道:

崇敬的本尊度母,请怜悯这些姑娘!
同龄女友倾耳听,还魂朗萨说端详,
我以织机为比喻,唱首皈依佛法歌:
放置机足四方洞,是容身顶囟多好;
铺在下面四方垫,是禅定坐垫多好;
还魂复苏朗萨我,是修行者该多好;
随行女仆宗巴吉,是送僧饭女多好;
机顶两端方木桩,是佛教宝幢多好;
机顶横架固定木,是上师教诲多好;
挂在机背的布囊,是解脱轮回多好;
那经纬交织之处,是空乐双运多好;
那牵引纬线的梭,是皈依处该多好;
固定经线两端绳,是十戒律法多好;
固定经线的滚筒,是钳制手印多好;
洁白柔软的经线,是解脱之道多好;
向上跳动的经线,是引向乐趣多好;
向下压下的经线,是阻止恶趣多好;

分开经线的纬线，能分辨因果多好；
控制经线的挡板，能发菩提心多好；
那喷洒水的竹筒，在排除二障①多好；
那缠绕线的线棍，在积二资粮②多好；
固定氆氇的夹板，是八分八法③多好；
织机发出咚咚声，是诵经之声多好；
纬线来回穿梭忙，是平等互换④多好；
八万四千经纬线，是显密经典多好；
洁白柔软的氆氇，是我的虔诚多好。

听了朗萨雯蚌的讲解，业障较浅的姑娘们，纷纷表示情愿弃恶从善，皈依佛法，其余的姑娘们虽然能听懂朗萨雯蚌以纺织机为喻所讲的道理，但对佛法似乎听不懂也不感兴趣。她们还反过来对朗萨雯蚌说："你美如天仙，心灵手巧，干农活是行家，织氆氇是能手，上有父母，下有娇儿，周围有亲朋挚友，生活富裕，吃穿不愁，金银首饰应有尽有，为啥还要出家修法呢？"

朗萨雯蚌听了姑娘们如此贪恋尘世的回答，便唱了一首人生无常续相催的歌，以开启她们愚昧心灵之门，她唱道：

与我同庚女友们，人生难得暇满身，
此生此世不修法，来世必坠恶趣崖。
人生无常如闪电，忽隐忽现一瞬间，
你等即使不修法，朗萨仍然去出家。

---

① 二障：佛教所说烦恼障和所知障。

② 二资粮：佛教所说的福德资粮和智慧资粮。

③ 八分八法：即八风不动，八法一味。即对利、衰、毁、誉、称、讥、苦、乐世间八法要同等看待。

④ 平等互换：即自他平等相换、自他平等菩提心和自他相换菩提心。

寿命无常似露珠，日照片刻蒸发干，
你等即使不修法，朗萨决意去出家。
寿命无常似彩虹，虽然艳丽无生命，
你等即使不皈依，朗萨毅然去修行。
命如屠夫刀下羊，刹那之间把命丧，
你等即使不修法，朗萨肯定去出家。
人生无常如夕阳，沉沉西下落西山，
你等即使不修法，朗萨决然去出家。
寿命短暂如飞鹰，展翅顷刻无踪影，
你等即使不修法，朗萨决意去修行。
人生无常如地鼠，眼前一晃钻地下，
你等即使不修法，朗萨一定去皈依。
人生无常似瀑布，响声虽大即刻失，
你等即使不皈依，朗萨决定去山寺。
人生无常如乞丐，朝富夕穷无定准，
你等即使不信佛，朗萨岂能不修法。
寿短犹如赶集人，来来去去不常住，
你等即使不修法，朗萨自愿去出家。
寿数无常如经幡，迎风飘荡不由己，
你等即使不修法，朗萨一定去皈依。
生命苦短如美貌，瞬间变成黄脸婆，
你等即使不信佛，朗萨决意去皈依。
除却佛教贤上师，人人都能修佛法，
你等如果不皈依，朗萨情愿去修行。

这时，母亲娘察赛珍来到纺织房朗萨雯蚌面前，劝告女儿放

弃皈依佛法的决定,她唱道:
> 女儿是我心头肉,安心倾听母诉说,
> 抛下老父与老母,竟敢死心去皈依;
> 丢下扎巴三智夫,横下心来去修法;
> 丢弃拉吾达波儿,任性进山去修行;
> 忍心离开众属民,竟然出家去修行;
> 放弃富贵与荣华,愿做贫尼去出家;
> 佛法不能当胞衣①,怎能生出女儿来?
> 不可为则不强为,仍旧去做俗家妇。

朗萨雯蚌回复母亲,说道:
> 娘察赛珍慈母听,女儿朗萨说分明,
> 碧空高悬红太阳,朝升暮落行四方,
> 有朝一日停运行,女儿情愿留家中,
> 太阳仍在四洲②行,女儿还是去修行。
> 东方月亮光强烈,周而复始盈与亏,
> 皓月一旦不盈亏,女儿愿意留家中,
> 明月有圆又有缺,女儿还是去禅修。
> 花园莲池红白莲,夏季盛开冬凋谢,
> 莲花不开又不谢,女儿愿意留俗家,
> 莲花即开又凋谢,女儿还是出家去。
> 江河引水到小渠,顺流而下不逆流,
> 如果河水倒流时,女儿可以留家中,

---

① 胞衣:连接母体以输送养料的胎盘和包裹外围以保护胎儿的胞膜二者的总称。
② 四洲:四大洲,佛书所说位于须弥山四方大海中的四大部洲;东胜身洲、南瞻部洲、西牛贺洲、北俱卢洲。

只要河水向下流,姑娘仍愿去皈依。
烈火熊熊在燃烧,火头朝下仍上窜,
如果火头朝下燃,姑娘愿意留在家,
只要火头朝上冒,姑娘还是去修行。
高山顶上插经幡,疾风劲吹左右飘,
如果风吹幡不动,姑娘可以留家中,
只要经幡随风飘,姑娘决意去修行。
母亲生我死相随,如果生而无死期,
女儿愿意留下来,只要有生必有死,
女儿必须去皈依。慈母娘察赛珍你,
已非少妇年已高,如果常青永不老,
姑娘愿意留在家,若不返老而还童,
女儿毅然去修行。

娘察赛珍听了女儿的辩驳后心想:身为日囊头人府上贵妇的女儿朗萨雯蚌,已听不进大家对她的好言相劝。看来,我必须要严词教训一番不可。于是严厉地说道:

呱呱坠地从小抚养大,如今长大成人不听话,
前世的怨敌转生的你,肺腑之言相劝竟无用。
你是田地里的青禾苗,施肥浇灌不见茁壮长,
也不喜欢细雨和凉风,莫要雹打霜煞才后悔。
膘肥体壮毛细羔羊你,崇汝挚友引领还彷徨,
尚在圈中剪毛不愿留,落入屠夫手中莫后悔。
幻身四大[①]紊乱患者你,良医诊断听觉便闭塞,
不吃不喝拒绝服良药,走到来世路上莫后悔。

---

① 幻身四大:幻身,即如来三身之一;四大,即组成身蕴的地、水、火、风。

声调婉转悠扬琵琶你，琴弦粗细适宜不乐意，
待到弦断音变不中用，更换音箱和弦莫后悔。
体貌美如仙女朗萨你，不做日囊头人家主妇，
又不听从母亲我教诲，待到非僧非俗莫后悔。
女儿不再思念慈母我，母亲何必疼爱女儿你，
如果母女恩断义亦绝，女儿想去哪里去哪里。

朗萨雯蚌的母亲愈说愈生气，说着说着突然一手拿棍子，一手抓一把灶灰，冲到朗萨雯蚌面前，将灶灰撒到朗萨雯蚌的脸上，举起棍子要打时，女友们纷纷上前劝阻。母亲娘察赛珍狠心地将朗萨雯蚌赶出了门外，闩上了大门，不让朗萨雯蚌再进家门。

当天晚上，朗萨雯蚌借住在女友家，夜深人静，思绪万千。心想：有生必有一死，这是自然规律，而我这苦命的还魂女，一生却有二死，已经死过一回了，第二次死不知在何时。因此，现在必须要去皈依佛法。曾经在阴曹地府时，阎王教诲我还魂复苏后，成为女教徒，为众生广做善业。由此看来，我这次顶撞恩重如山的母亲并无罪过，有道是"实话实说会揭朋友的短。"今天，母亲把我赶出了家门，加上我那爱子现在又不在我身边，我若不乘此良机马上离开，还会遭到亲戚朋友的阻拦而无法脱身。但是，到什么地方去好呢？

朗萨雯蚌一时拿不定主意，她想到米拉日巴曾静修过的拉齐雪岭去，可路程遥远，独自难以成行。想来想去，想到以前耍猴的乞丐所说的色拉雅隆寺有位高僧大德释迦坚赞，应当去找他才对。于是乘夜深人静，人们酣睡之机，悄悄溜出大门。当她来到孜钦噶玉前方的孜钦大桥边时，正好十五的圆月从东山顶上冉冉升起，这是多么好的吉兆啊。朗萨雯蚌心情十分愉快，便情不自

禁地引吭高歌：

朗萨来到孜钦大桥上，东山升起十五圆月亮，

孜钦上师保佑我朗萨，利众善业样样皆顺畅。

朗萨雯蚌唱完歌，心情愉快地走下桥来，捧了三捧年楚河的净水撒向空中敬献神佛，然后向雅隆寺方向走去。当她来到雅隆寺前时，朝阳刚刚从东方冉冉升起，再到上师禅堂时，早禅白螺法号正好吹响。朝阳升起，法号吹响，这是多么难逢的吉兆啊！

释迦坚赞上师已经知道种姓高贵的空行度母朗萨雯蚌，应自己的佛法点化来到了寺中，便对弟子次诚仁庆说："你到山门外去看看，门口有位姑娘，不要直接引她进禅堂来，先问问她来此有何贵干。"

次诚仁庆来到寺院门外，向朗萨雯蚌问道：

美如天仙的姑娘，听我次诚仁庆讲，

姑娘早从何处来，天黑又到何处去，

父母亲戚在哪里，终身伴侣叫啥名，

家中儿女有几位，请问芳名怎称呼，

来到这里有何干，请勿隐瞒对我言。

朗萨雯蚌回答道：

上师弟子仁庆听，俗女朗萨说分明，

我从年堆江佩来，今晚去哪无定准。

父母家住江佩库，贡桑迪庆是父亲，

娘察赛珍是母亲，朗萨雯蚌是我名，

扎巴三智是丈夫，拉吾达波是儿子。

丰衣足食不贫穷，服饰华贵不贫困，

因为厌离尘世间，只为皈依到寺院，

请求上师弟子你，引我去见贤上师。

弟子次诚仁庆听了朗萨雯蚌的叙述和要求，再次说道：
身材窈窕声音甜，阿姐朗萨听我言，
姑娘好像雪山狮，雄狮绿鬃好威风，
你来修法不合适，回心转意回家乡。
姑娘好像悬崖鹰，雄鹰展翅多矫健，
你来修法心不诚，放弃皈依回家中。
姑娘好像草坪鹿，螺角长得多丰满，
佛法说修岂能修，劝你放弃快回去。
姑娘好像湖中鱼，金眼闪亮多美丽，
修习佛法多艰辛，你难坚持回家去。
姑娘好像是孔雀，孔雀展翅多美丽，
你来修法不虔诚，放弃妄念回家中。
姑娘好像百灵鸟，歌声婉转多好听，
你来修法心难静，打道回府去务农。
姑娘好像园中花，适值怒放多鲜艳，
你难静心去禅定，劝你早早回家中。
朗萨雯蚌再次向上师的弟子回答道：
尊敬的次诚仁庆，姑娘是头雪山狮，
雄狮绿鬃虽长齐，对我修法无害处，
引我快点拜上师。姑娘是只搏空鹰，
雄鹰翅膀虽长硬，与我修法没矛盾，
请你带我会高僧。姑娘是头绿原鹿，
螺角长得虽丰满，与我修法有何干，
带我去把上师见。姑娘是条湖中鱼，
鱼目虽然放金光，对我修法有何妨，

上师等我去拜访。我是山谷之孔雀，
　　孔雀展翅虽惹人，与我修法无矛盾，
　　快带我去拜高僧。姑娘是只百灵鸟，
　　歌喉妙音虽悠扬，与我修法又何妨，
　　快让我把上师访。姑娘我是园中花，
　　花开艳丽是必然，与我修法无相干，
　　引我去把上师见。

弟子次诚仁庆，被朗萨雯蚌的美貌所倾倒，被朗萨雯蚌的妙语柔音所折服，被朗萨雯蚌向往修法的虔诚所感动。他把会见朗萨雯蚌和与其交流的情况如实禀报给了上师。上师为了进一步考验朗萨雯蚌，没有让弟子带朗萨雯蚌到屋中来相见，而是让弟子关上屋内通向里屋的小门，自己坐在门内，才让弟子次诚仁庆把朗萨雯蚌引进外屋来。

朗萨雯蚌毫不介意，她双膝跪在屋门口，用藏文三十个字母为顺序①的歌词唱道：
　　精晓本性贤上师，姑娘诚心来拜见，
　　恳求上师会我面，幽雅清静雅隆寺。
　　高度信赖上师你，莫像茶渣抛弃我，
　　如同鱼钩钓鱼儿，钓上姑娘这条鱼。
上师释迦坚赞回答道：
　　除却度母佛化身，平庸凡妇难修法，
　　一时热心难持久，美貌少女请回家。
　　剃去发辫成尼姑，日囊头人和父母，

---

① 以藏文字母为顺序进行创作，难度较大，要有高深的文学水平才能完成。在汉译文中，其字母顺序无法表达出来。

必定前来找麻烦,不速之客快回家。

朗萨雯蚌回答道:

来到杂日①雅隆寺,因怕寒热不修行,

何苦急忙来寺中,无异狐狸钻穴洞。

身虽残废能远游,挨饿也要修佛法,

上师若不怜悯我,敢借利刃了此生。

朗萨雯蚌说到这里,悲愤地拔出腰刀准备自戮时,眼明手快的弟子次诚仁庆上前夺下小刀,并高声喊道:"尊敬的师傅,你若再不开门出来见面,朗萨雯蚌就要持刀自杀了。"

上师从里屋回答道:

我怕山羊不合群,紫胶蔗糖要分清,

亲切疼爱详询问,贫僧并非赶你走,

朗萨雯蚌别烦恼,我愿讲授二次第。

上师释迦坚赞这才打开屋门,把朗萨雯蚌请进里屋去。

朗萨雯蚌拜见了上师后马上解下身上佩戴的所有首饰献给了他。上师一见朗萨雯蚌便认定她是种姓高贵的度母化身,是位具有法缘的化机和能够修习密咒的好教徒。于是,上师以金刚瑜伽母坛城仪规为朗萨雯蚌授予身语意大灌顶,并命她在一静房禅修三个月。

光阴迅速,经过三个月的静修,朗萨雯蚌大有长进,不仅提高了证悟境界,而且加深了对佛法的领悟。上师看到朗萨雯蚌修习的成就,心中十分高兴,还给她讲授了许多祈福禳灾、除魔迎喜的密咒。自此,师傅讲修不辍,弟子闻思修②不懈,师徒共修,

---

① 杂日:西藏珞隅地区一大山名,12世纪末,被噶举派藏巴甲热·也协多吉认定为藏传佛教密宗上乐金刚圣地。

② 闻思修:从他听闻,心有领会为闻;依法依理思考所闻,生起定义为思;反复熟练闻思所生定见,扫除疑虑为修。

成就大增，在色拉雅隆寺传为佳话。

再说朗萨雯蚌悄悄离走的早上，朗萨雯蚌的父母不见女儿回家，便带上外孙拉吾达波到朗萨雯蚌女友家找她。

不料，这家所有人都说不上朗萨雯蚌的去向，都以为她老早回家了。老两口心想，这一定是朗萨雯蚌听了大家的规劝和母亲的训诫，幡然悔悟，自己先回婆家了。

贡桑迪庆夫妇带上外孙拉吾达波，急急忙忙赶到日囊头人家一问，朗萨雯蚌根本没有回家。老两口把朗萨雯蚌回娘家发生的事如实向头人父子讲述了一遍，头人父子立即派仆人属民四处寻找朗萨雯蚌。正在这时，有人向头人父子报告说，有人曾看见朗萨雯蚌到色拉雅隆寺去朝佛，已经剃度出家，拜上师释迦坚赞为师，正在雅隆寺修法。

日囊头人父子听了十分愤慨，立即召集十八岁以上六十岁以下的部落士兵及属民百姓，当面宣告要捣毁雅隆寺，杀掉释迦坚赞，夺回朗萨雯蚌，以报心中之仇。由头人父子亲自带领，浩浩荡荡杀向色拉雅隆寺。

当日囊部落的兵民来到雅隆寺旁边时，在此修行的男僧女尼，纷纷指斥朗萨雯蚌："都是这个祸殃魔女引来的祸端。"于是，将寺内的法器和各自的财物藏到了山洞。

正当僧众忙乱之际，日囊头人的兵民已将寺院围得水泄不通，刀光剑影，呼声震天动地，喊杀声不绝于耳，马蹄声碎，尘土飞扬，盖天蔽日，在大炮猛烈的爆炸声中，有些僧侣倒在了尘埃之中，有些被刀剑刺伤，大部分僧人像木棒敲豆堆四处乱窜。弟子次诚仁庆搀扶着释迦坚赞上师准备逃走，但上师年事已高，腿脚不灵便，举步艰难，弟子准备背上师傅逃走时，却被围拢上来的兵民逮住后押送到了头人父子面前。

正在这时，在山洞禅修的朗萨雯蚌，见此凶残情景，心中十分震怒，立即穿上白色法衣，依靠后学的幻术，腾云驾雾，来到日囊头人父子面前，右手抓住扎钦巴的马笼头，左手握住扎巴三智的马缰绳，说道：

日囊头人父子听，还魂朗萨诉苦衷，
雄伟白狮到雪山，不许风暴来侵犯；
雄鹰展翅翱翔时，不准猎手箭射杀；
小鹿安闲吃草时，不许唆犬来追杀；
鱼儿湖中畅游时，不准渔夫拿钩钓；
百灵放声欢唱时，不准鹞鹰来侵袭；
太阳光辉普照时，不准罗睺来偷食；
释迦坚赞护法师，不许扎钦来杀害；
朗萨正在修佛法，不准三智来骚扰；
男僧女尼在修行，不准兵民来侵犯。

日囊头人父子把朗萨雯蚌全身上下打量了一番，发现朗萨雯蚌脱掉俗装，卸去全部首饰，身着瑜伽女僧装，已是怒火攻心，又看到被押在前面的释迦坚赞，更是气得暴跳如雷。扎钦巴双目怒视，手指释迦坚赞骂道：

喇嘛释迦坚赞请你听，也请雅隆寺僧听分明，
黄毛老狗做事太过分，不仅敢与白狮同榻睡，
又将绿鬃拔去竟为何？不仅敢与天界鸟同巢，
又将翼羽拔去是为何？尖唇毛驴做事太荒淫，
不仅敢与野骡同槽吃，又将鬃尾拔去太放肆。
老黄牛你做事太妄为，不仅敢与野牛同圈卧，

又将牛毛剪去有何求？浪荡野猫做下淫乱事，
不仅敢与斑纹虎同居，又将皮毛剪去是何意？
释迦坚赞做事太无耻，不仅敢与头人主妇睡，
又将服饰扒光太霸道。星斗闪烁高挂穹苍中，
光线微弱怎能比日月，夜尽昼来众星皆消失，
到时感到后悔已太迟。卫藏地区官员多无数，
有谁敢和日囊比高低？捣毁寺院驱散修行者，
那时感到后悔为时晚。

扎钦巴父子手持弓箭和利剑，气势汹汹地扑向上师准备射杀时，高僧释迦坚赞瞬间显神通，将东山移到西边，西山移到东边，把伤者治好，使死者复活。上师自己不仅没有受到刀剑戟的伤害，而且敏捷地跃向天空，在云端金刚跏趺而坐，高声说道：

人身兽心父与子，罪恶深重听我说，
天空高悬日和月，煞星罗睺敢吞食。
年堆日囊父与子，竟敢强娶朗萨女，
到底为啥强抢去，竖起两耳听我说，
花园池中莲盛开，若不采来佛前献，
要它怒放有何益，最终凋谢泥潭中。
急驰如飞良骐骥，不到草坪去奔跑，
喂它草料有何用，最终老死马厩中。
饰以鸟羽笔直箭，引弓发矢不中靶，
弓绷筋弦有何用，利箭烂在箭袋中。
寻香①姑娘大美人，不做诺桑王子妃，

---

① 寻香：寻香者，佛教所说欲界中阴身，各依因缘善恶，吸食种种香气和臭气味，故名寻香。

何必动用宝贝索，最终死在猎人手。
种姓高贵朗萨女，若不皈依修圣法，
今生枉有瑜伽身，死在罪恶头人家，
知此让她来修法。为了射箭才弯弓，
为了美丽佩首饰，为了富有才放债，
精通医道买药箱，熟谙修行才收徒。
具有神通适时显，不到时候应保密，
十恶怨敌今来犯，只为皈依显神通，
汝等罪孽吾知悉，为崇佛法显神通。

朗萨雯蚌听了上师的启发和鼓励，立即将白衣袖子作为翅膀展开，像雄鹰腾空而起，盘旋于空，对头人父子说道：

扎巴三智两父子，日囊部落私家兵，
还有部落众属民，听我朗萨说真情，
我乃雪山白狮子，岂能当作看门犬，
绳捆索绑难留住，应到雪山显威风。
我是杂多野牦牛，不是家畜小黄牛，
虽然强穿牛鼻桊，最终仍归野牛群。
我是旷野野骡子，莫要当作是驮骡，
即使强迫备鞍鞯，终究跑回旷野间。
我是石山羊角鸡，莫当家鸡来看待，
终究飞到石山去。我是天空五彩虹，
不要拿它做首饰，彩虹哪能用手抓，
只是幻影高空挂。我是空中白云彩，
莫当棉花织衣穿，白云哪能织成衣，
一遇雷电化作雨。我是森林猿与猴，

不能当作奴隶使，终究跑回森林去。
把我还魂朗萨女，当作终身伴侣看，
头戴璁玉难留住，身飞云端显神通。
朝山进香到杂日，带来竹碗当馈礼，
犏牛返回成就大，大片犁痕是证据。
我像雄鹰翱长空，又像鹞鹰空中飞，
能在空中飞翔者，前有米拉日巴师，
今有朗萨雯蚌我，今后鲜有能飞人。
我劝日囊部落兵，不要继续造罪孽，
赶快向我贤上师，释迦坚赞虔忏悔！

年堆日囊部落头人、部落兵民以及在场的所有男女属民百姓和男僧女尼们，目睹了上师释迦坚赞的幻术和朗萨雯蚌的腾空法术，个个目瞪口呆，信服得五体投地，士兵们将刀枪剑戟扔在地上，双手合十忏悔道：

释迦坚赞贤上师，朗萨雯蚌空行母，
罪孽深重日囊兵，在此由衷来忏悔。
上师本是胜乐[1]师，朗萨原是金刚母，
我等凡眼难辨识，错把高僧当骗子。
盲目毁寺又杀僧，犯下深重无间罪[2]，
对于上师您二位，犯下身语意重罪，
现在虔诚来忏悔，祈求宽恕和怜悯。
罪孽多似富人财，善行太少如乞丐，

---

[1] 胜乐：亦称上乐，梵音译作"泗鲁迦"。指出现证得大乐智道果次第之无上母续及其本尊名。

[2] 无间罪：死后没有往生时间之罪，此处特指"五无间罪"，即弑父、弑母、杀阿罗汉、破和合僧、恶心出佛身血。

虚度年华现醒悟,别让转生三恶趣。
诚恳忏悔所造孽,今后发誓不重犯,
为了我等去践行,请求上师降甘霖。

上师释迦坚赞和朗萨雯蚌听了造孽者扎钦巴父子及其士兵和部落众人的虔心忏悔,深信可将他们引向信奉佛法的正道,心中非常高兴。上师释迦坚赞说道:

幡然悔悟回过头,脱胎换骨从善业,
如同阳光照大地,可喜可贺真稀奇。
虽犯十恶①五无间,应作四念忏悔戒②,
今后弃恶从善业,请听如下实践法:
上师乃是功德源,暇满身似伏魔树③,
难得犹如如意宝。人生无常似霹雳,
死如风中灯难料。死因繁似夜星辰,
生因寡如白昼星,生死如日升和落,
死后灵魂即出窍,留下僵尸像土石。
所积财富像蜂酿的蜜,祭奠的亲朋像赶集人,
善恶因果像随身的影,地狱是阎王的判刑所,
饿鬼的聚地像穷人城,畜生的灵魂像召引梦,
非天好像是发怒的蛇,虽获佛体却当借的宝,
人道好像寻香的村落,六道众生罪孽已营造,

---

① 十恶:即十不善,即杀、盗、淫、妄语、离间语、恶语、绮语、贪欲、嗔、邪见。此为十善之反。

② 四念忏悔戒:佛教三十七种修行方法之一,即通过身念(观身不净)、受念(观受是苦)、心念(观心无常)、法念(观法无我)等观察和分析思考来获得觉悟。

③ 伏魔树:一种常绿灌木,花开叶边,梵音译作优昙钵罗,略作优昙。因其树花难开易谢,常用作稀有和迅速消失的譬喻。

四德①解脱高低见分晓，声闻独觉②像胆怯姑娘，
菩提萨埵像是大力士，显宗佛教像是大乘因，
密宗佛教像金刚乘果，要想证得一世之佛陀，
首先成为基本引路师，思想行为两相不悖谬，
暇满之身非常难获得，一旦获得必须要珍惜，
死殁无常及死无定期，正确取舍善业和恶业，
其后思考生死轮回事，不把功德过失互换位，
应将解脱引向殊胜道，应将三学③当作装饰品，
抛弃声闻乘和独觉乘，实行佛法释迦牟尼法，
修习六度④以及四摄法⑤，树立拯救众生的精神，
把众生引上解脱之道，为此自己必须要遍知，
如果不能尽快具智慧，应当了解众生在受苦，
为了尽快证得菩提果，一是刻苦修习六度乘，
二是勤逸修习瑜伽部⑥，因为无望证得一世佛，
就应皈依深密金刚乘，严格遵守四灌顶⑦誓言，
生圆次第瑜伽到彼岸，证得四种双运⑧佛果位。
听了上师释迦坚赞的教诲，业障深重的兵民立下抛弃罪孽、

---

① 四德：法、财、欲、果皆为圆满的四种条件。法即佛法盛行；财即资财具足；欲即享受五妙欲；果即修习佛法能证解脱涅槃之果。
② 声闻独觉：声闻，三乘中的声闻乘人；独觉，独觉佛。
③ 三学：戒学、定学、慧学。
④ 六度：布施、持戒、忍辱、精进、禅定、智慧。
⑤ 四摄法：布施摄、爱语摄、利行摄、同事摄，即菩萨摄持众生的四种方法。
⑥ 瑜伽部：以修习内心方便瑜伽为主，或以修习胜义和世俗二谛的修习方法。
⑦ 四灌顶：宝瓶灌顶、秘密灌顶、智慧灌顶、句义灌顶。
⑧ 四种双运：观空双运、慧空双运、乐空双运、明空双运。

修习善法的誓言。头人父子重新叩拜释迦坚赞上师和朗萨雯蚌圣母，并立下誓言，等到拉吾达波年满十五岁后，将全部家务和财产交给他管理，头人父子等到色拉雅隆寺皈依上师师徒修法。

后来果然没有爽约，扎钦巴虽已高龄，但毅然跟随上师到山野静地修行。那时，朗萨雯蚌不仅能腾云驾雾，还在修行石洞的顶部和地面留有自己的头印和脚印。

扎巴三智回家后扶持儿子拉吾达波管理家务，不久将一切权力交给儿子，自己偕同妹妹宁毛尼佐和朗萨雯蚌的父母亲来到色拉雅隆寺皈依了三宝，拜上师师徒虔心修法。拉吾达波按十善法和在家道德规范十六条[①]，将家务治理得井井有条，还保证了上师师徒、头人父子、朗萨雯蚌父母的一切修行费用。自此，每个人都沐浴在幸福的阳光下。

[①] 十六条：即吐蕃王松赞干布制定的在家道德规范十六条：敬信三宝；求修正法；报父母恩；敬重有德；敬贵尊老；利济乡邻；直言小心；义深亲友；追随上流，远虑高瞻；饮食有节，货财安分；追认旧恩；及时偿债，秤斗无欺；慎戒嫉妒；不听邪说，自持主见；温语寡言；担当重任，度量宽宏。

智美更登

尕藏译

主要人物

（按出场次序排列）

格丹桑毛——智美更登的母后

萨君知巴——智美更登的父王、柏岱国国王

智美更登——国王萨君知巴的儿子

达拉泽——国王萨君知巴的魔臣

达哇桑布——白玛兼国国王

蔓代桑毛——智美更登的妃子

香赤赞布——泄麻香种国国王

罗哲——香赤赞布的一婆罗门使臣

达哇桑保——国王萨君知巴的大臣

松保——六十个属国的国王之一

华丹——属民和侍从们的代表

智美更登

在很多劫数以前,柏岱国有一名叫萨君知巴的国王。国王统属着三千名大臣,六十个诸侯国。国库中奇珍异宝样样齐全,其中有能满足各种欲望的祖传国宝——"管多宏觉"①。

至高无上的国王萨君知巴,虽有五百个优等种姓的王后,五百个福德双全的王后,五百个才貌出众的王后,却没有继承王业的后裔。国王经常长吁短叹,为了求得一个英俊的王子,按照卜卦者的吩咐,虔诚地供养三宝,施食八部鬼神,布施贫穷的男女老少。没过多久,聪慧贤良、具有女人八种功德的王后格丹桑毛,做了一个好梦,便向国王禀告。她说道:

尊敬的国王听我言,昨晚三更好时辰,
我做了一个奇特的梦,从全身三百六十个小脉络,
到头顶大乐轮②,现出了一个金光闪耀的金刚杵,
金刚杵顶端触到天空,耀眼的光芒普照四方,
天际布满了美丽的彩虹,空中吹响了三千海螺号。
这是从我玉体的无量胎宫,将要诞生一个王子的预兆,

---

① 管多宏觉:藏语,意谓"毁军如意宝",即能够摧毁敌军的如意宝贝。
② 大乐轮:密宗所说头部眉间中脉分出三十二脉瓣,构成伞形脉轮。

请求国王虔奉佛门做法事。

萨君知巴听后非常高兴,说道:

心心相印的格丹桑毛,你我形影相随没分道,
从你天女一样的贵体,到慈悲无量的大乐轮,
生出金光闪耀的金刚杵,是诞生万民贤君的先兆。
光和彩虹搭起的天幕,是诞生菩萨化身的先兆,
空中吹响三千白螺号,是旗幡招展四方的先兆。
上敬三宝[①]的加持力,下行布施的加持力,
敬奉无欺处[②]的加持力,终为我赐送王子,
是由你实现我心愿的先兆。我定会按你的话虔敬佛门,
邀请德行高尚的智慧上师,
五百班钦[③]共同念诵《心要经》。
"吽""呸"之诵咒声隆隆如雷鸣,
把猛烈咒符法物投向顽敌,使败坏佛法的怨敌成齑粉,
为招财招运招来吉祥福祉,将施食与灵物[④]统统抛出!

国王萨君知巴说完,马上进行了祭祀。

过了九个月零十天,王后格丹桑毛生下了一个王子。王子一生下来,口念六字真言[⑤],眼流慈悲泪水,后来成为一位像母亲对待自己唯一的孩子那样慈爱众生的贤君。

王子的诞生,使国王和大臣们无不欢欣鼓舞,便取名为智美更登,以丰盛的供养精心抚育,迎进了犹如珍宝一样辉煌的安乐宫。

---

① 三宝:指佛、法、僧。
② 无欺处:依靠处、皈依处,指佛法僧。
③ 班钦:大学者,此处指伏魔法师。
④ 灵物:用以供神和布施鬼类的各种模拟物。
⑤ 六字真言:唵嘛呢叭咪吽。

五年以后，五岁的智美更登学会了文字，精通了五明①和各种经典，并宣扬六道众生②皆为父母的教义。智美更登说道：

呜呼！像我在生死轮回苦海深处的人，

留恋着幻术一样虚无的金银财宝，

想到这里世间众生真可悯。

呜呼！在欲望火海中的三界生灵，

跳不出生死轮回的火坑，留恋着缥缈幻变的妙欲，

顽固执着我执邪念难解脱。追求夫妻恩爱的人们，

不时地发誓永不分离，最终犹如拔帐迁徙人去地空，

执着爱慕不悟真可怜。父母本为六道众生所共有，

哪有你我之区分。如同蜜蜂酿蜜积财物，

却被别人拿去享用真可怜。背着沉重罪孽的包袱，

坠入恶趣③深渊真可怜。不把良言当作真谛看，

愚昧无知的众生真可怜。身为王子的我，

生活在无明凡夫之中真可怜。父王辛勤积攒财富，

如此之多有何用，请求父王大发慈悲，

让我把它统统施予人。

父王萨君知巴说道：

智美更登我的儿，未生你前求子心迫切，

父王同意把所积的财物，按你的意愿去施舍。

从此，王子大行布施，使很多人从贫穷的苦难中得到解脱。

一天，奸臣达拉泽求见国王萨君知巴，启禀道：

---

① 五明：此处指大五明和小五明。大五明即工巧明、医方明、声明、因明、内明，小五明即韵律、星象、修辞、戏剧、辞藻。

② 六道众生：佛教指天、非天、人、地狱、饿鬼、畜生为六道众生。

③ 恶趣：六道众生中的天、非天、人为三善趣；地狱、饿鬼、畜生为三恶趣。

敬禀大王陛下，您所积攒的珍珠财宝，
却被王子智美更登施舍尽。国王若把国库捣腾空，
将会变成他人的属民。小臣叩求大王陛下，
给王子娶妃并封存财物。

经众臣共同商议，一致同意将邻国白玛兼国国王达哇桑布的美丽动人、白皙沁芳、虔诚佛教、心胸宽广、喜欢布施并像仙女一样迷人的蔓代桑毛公主迎娶为智美更登的妃子。

这位公主自从嫁给智美更登为妃之后，就像对待自己的上师那样尊敬智美更登。一日，她对智美更登说道：

污垢不染像佛陀，品德高尚功德深，
吉祥如意享荣华，诸事圆满转轮王①，
桑毛嫁你心欢畅。

智美更登也深情地爱恋着蔓代桑毛公主，他赞美道：

天生丽质胜天仙，歌声悠扬舞姿美，
倾国倾城淑女你，令我神魂皆颠倒，
你我有幸成伉俪，共享福贵不分离。

智美更登和蔓代桑毛在富丽堂皇的安乐宫里，共同修习神圣的佛经并过着安闲舒适的生活。多年后，蔓代桑毛先后生下两男一女，老大名叫鲁丹，老二名叫鲁怀，女儿名叫鲁泽玛。每生一个孩子时，都要举行盛大的庆典仪式。

有一天，国王带着侍从和众臣，在花苑赏花时，那里聚集了很多人，他们像绵羊进了屠场见到了屠夫一样，一双双无助的眼睛惊奇地望着国王。王子智美更登看到后叹惜道："善哉，诸本尊和大慈大悲的观世音菩萨啊！"然后悲伤地回到宫中，口中念着六

---

① 转轮王：佛教指能统治一切众生的王。

字真言，茶饭不思，沉睡不起。

这时，国王萨君知巴来到王子智美更登的榻边，说道：
亲爱的孩子智美更登，你在华丽的安乐宫里，
应该享受富足的生活，可为何如此悲哀痛苦？
你要如实地告诉父王！
智美更登回答道：
帝释天一样的父亲啊，生死轮回的各种苦难，
是我产生忧伤的根源。命运促使的六道众生，
掉进了生老病死的深渊。如果众生能从痛苦中得到解脱，
孩儿就会变得无比安然。
萨君知巴说道：
智美更登儿仔细听：众生的痛苦是命运所注定，
为此忧伤不会有什么效果。你尽管享受安乐富贵，
违背父意是不好的品行。
智美更登回答道：
父王啊请您听我说，遭受磨难的众生多可怜，
如果把父王积蓄的财物，布施给一贫如洗的穷人，
孩儿的忧伤就会得到解除。
萨君知巴说道：
英俊善良的王子智美更登，我的心全搁在你一人身上，
只要能解除你的忧伤悲痛，万事都可随你的愿望去做。

于是，国王将全部国库赐给了智美更登，让他尽情地享用和布施这些财物。从此，智美更登把国库的财物聚集在一起，为南瞻部洲的黎民降下了布施的甘露。王子又教众人口念"唵嘛呢叭咪吽"六字真言，皈依佛门，把他们从贫穷的痛苦中拯救出来。

毗邻的泄麻香种国国王香赤赞布是个品行不正的人，有一天他召集自己的部下，商谈国是，他对大家说道：

诸位属下倾耳听本王言，最近街头巷尾人人都传说，
富足的柏岱国的京城里，有个王子叫智美更登，
他慷慨舍散国库的财物，
如果谁能讨到该国的国宝"管多宏觉"，
我愿把半壁江山让给他。

部下们听后，都不敢上前领命，他们低头寻思：别说讨到国宝"管多宏觉"，说不定连命也会丢在柏岱国。这时，有个老婆罗门罗哲上前说道："国王陛下，只要赐给我足够的盘缠，小人愿为您效劳。"

国王香赤赞布赐给老婆罗门罗哲所需的一切路途费用后，命他立即出发。老婆罗门罗哲翻过了无数的高山峡谷，来到柏岱国的都城，当他昏花的眼中流着老泪，双手撑着下颌，在安乐宫外歇息时，走来一个大臣问道："老人家，你从何处来？到这里有什么事？"

老婆罗门罗哲回答道："小人来自泄麻香种国，想找王子智美更登施舍一些衣食财物。"大臣进宫向王子智美更登禀告了老人的诉求，智美更登非常高兴地来到宫外，对老人说道：

远方的朋友啊，你翻山越岭来到这里，
一路一定吃了不少苦吧？需要什么请你告诉我，
任何愿望都可满足你。

老婆罗门罗哲双手合十，热泪盈眶地说道：

像众生眼珠一样的王子，我家住在泄麻香种国，
香赤赞布是我们的国王。因患胃病三年前驾崩，

部下和属民也逃得精光。我的名字叫婆罗门罗哲,
是吃了上顿没有下顿的一家之长,
孩子们一个个瘦得像饿鬼,整天围着我要吃要喝,白天没有食物填肚子,
晚上没有铺盖裸身卧地上。假如你能赐给我所求的物品,
我发誓终身把真言颂扬。
智美更登带着老婆罗门罗哲走进国库,赐给了各种各样的珍贵财物。
老婆罗门罗哲说道:
尊贵的王子啊,我所求的不是这些东西,
而是无价的"管多宏觉"。请求王子智美更登,
把国宝"管多宏觉"赐给我。
智美更登说道:
婆罗门罗哲啊,父王没把国宝赐给我,
我也无权把它送给你,施舍国宝给别人会招惹是非,
请你接受我能做主的东西,不要妄想得到如意国宝。
老婆罗门罗哲说道:
听说你布施财物很慷慨,我才长途跋涉来到这里,
没想到原来你这么小气,就连"管多宏觉"都舍不得,
还说什么对人按需施舍?你违背了自己的誓言,
这些珍宝还是请你自己受用,我要返回我的故乡去。
老婆罗门罗哲说完,生气地走开。智美更登追上老婆罗门罗哲,说道:
朋友啊请你别动怒,国宝"管多宏觉",
是白龙女献给阿弥陀佛的礼物,

阿弥陀佛又把它赐给了父王，并非赐给了我智美更登。由于有了国宝"管多宏觉"，父王的社稷才这么牢固；由于有了国宝"管多宏觉"，才有了达桑等三千侍臣；由于有了国宝"管多宏觉"，我们才享受着安乐富足；由于有了国宝"管多宏觉"，金银珍宝堆满了国库；由于有了"管多宏觉"，凶恶的仇敌不敢来侵犯。"管多宏觉"是三界稀有的珍宝，是大千世界最好的宝物，虽然父王没有赐给我，但为了佛门的善事，哪怕降下杀头之罪，我也要把它布施给你。

于是智美更登将国宝"管多宏觉"如意宝瓶和一头大象交给婆罗门罗哲，并对婆罗门罗哲说道：

善良的婆罗门罗哲啊，快把"管多宏觉"这个宝物，
驮在身高力强的大象上，不然父王知道会抓住你，
不仅要夺回国宝和大象，而且还会将你千刀万剐。
请快快踏上艰难的回程，但愿于己于人圆满如意。

老婆罗门罗哲回答道：

王子嘱咐的话我都记住了，
你是救护三界众生的菩萨，你是指引三界众生解脱的圣贤，
你是应该朝拜的贤良国君，你是弘扬佛门的圣徒，
你是乘渡轮回河水的大船，你是毁灭生死轮回的勇士。

老婆罗门罗哲赞颂完毕，便把国宝驮在大象上，高兴地告别智美更登启程回国去了。智美更登祈祷道：

十方如来及佛子，智美更登由衷来祈祷，
为了满足众生的愿望，了却我大乘的施舍缘法，
保佑婆罗门罗哲带着"管多宏觉"，平安地回到泄麻香种国去。

智美更登祈祷完毕，便回宫去了。

过了一个月，柏岱国的臣民们这才知道国宝"管多宏觉"已经不在自己的国家，举国上下都为此感到不安。

有一天，柏岱国的内外大臣们进行商议，推选魔臣达拉泽前来向国王奏道：

尊贵的国王陛下，您的国宝"管多宏觉"，

已被王子送给了敌人，如果不信臣所奏，

陛下亲自去调查，没有国宝有儿有何用？

应当依法治他的罪。

萨君知巴说道：

达拉泽的话可当真？本王听了后似信又不信，

请你不要用谎言来离间，他怎敢把国宝送敌人？

魔臣达拉泽说道：

我目睹国宝"管多宏觉"，被王子送给婆罗门罗哲。

陛下如果不信我告发，就难制止王子滥施舍。

魔臣达拉泽说完便生气地走了。国王就像喝了烈性毒药，全身麻木，脸色发紫。

翌日，太阳刚刚升起，国王便来到智美更登的寝宫。智美更登见了父王，既不敢抬头，也不敢说话。萨君知巴对智美更登说道：

我儿智美更登听，莫说假话说实情，

父王传家如意宝，光芒照耀万座城，

你是否送给了敌人？智美更登请你快回答。

智美更登双手合十地叩拜父王，不敢说出真情。萨君知巴继续说道：

我虽有九万二千座城池，六十个属国和三千个内臣，

五百个如意珍宝和无数金银，但没有第二个"管多宏觉"，

你是否把它送给了敌人?

智美更登很害怕,但没有了国宝,无法掩饰住真情,只好说出实情,便仗着胆子说道:

怙主国王听儿说,门外来了一位婆罗门,

跋山涉水来求我施舍,贫穷潦倒无依又无靠,

饥饿折磨得像骷髅,为了实现我的诺言,

就把国宝送给了他。

国王一听顿时晕了过去,经众王后和仆人的抢救,才慢慢地苏醒过来。国王萨君知巴又说道:

北方妙音香柏那单国,扎羊那扎国王权重势又大,

但没有如此稀世国宝;盛产珍宝的南瞻部洲,

扎巴它迈国王虽然有权且有势,

但没有这样稀有的珍宝;中央盛产珊瑚的恩扎火哈国,

恩扎波德国王虽有权势,但没有这样稀有的珍宝。

我的如意宝藏大宝瓶,是攘外安内的无价宝,

却被你这个败家子送了人,从此国运犹如被风吹!

智美更登说道:

尊贵的父王听我言,孩儿想走乐善好施路,

发誓别人要啥就给啥,如果有人要我施妻儿,

我也一定送给他,即使是生命也敢施舍,

请求父王不要贪财物。

萨君知巴说道:

昔时因有无价镇国宝,社稷兴盛百姓很幸福。

现在无价国宝已不在,我的社稷将被敌人夺去。

你这前世注定的冤家,为何不问父王和母后,

却把国宝送给了敌国？

智美更登说道：

尊贵的父王啊，当年你我有言在先，

不但情愿施财救黎民，就连生命和亲生的孩子，

以及"管多宏觉"我也愿布施。

萨君知巴说道：

当时我答应各种如意珍宝，铜铁金银和五谷，

还有牛马大象及水牛，任你施舍济黎民，

可那"管多宏觉"和你的生命，哪能随意布施给别人。

智美更登说道：

父王请您听儿说：

蜂儿虽然每天辛勤地酿蜜，到头来却不能享受甜美的蜜汁。

父王虽然积储了无数财物，

到头来会感到毫无意义。

就连拥有三千世界的国王，

当离开阳世人间时，也只能两手空空去。

尊敬的父王啊，请不要留恋魔幻一般的财富。

哪怕吝啬的心肠结成疙瘩，施舍出去的国宝难以归还。

萨君知巴说道：

前世的冤敌变成了儿子，国宝"管多宏觉"的丢失，

像温暖的太阳沉落在天际，哀哉哀哉请看这件事情，

像妖风吹走了我的社稷。

智美更登说道：

不要把无常的财物吝惜，对六道众生要仁慈怜悯。

只要远离吝啬皈依佛门，普照众生的太阳就会升起。

萨君知巴说道：

亲生的儿子变成了仇敌，固执邪念将我的国库洗劫一空。

敢把国宝献给敌国的仇人，不依法惩治留你有何用！

国王把智美更登交给了刽子手，刽子手们把智美更登的服饰扒光，双手倒绑，绳拴脖子牵出王宫进行游街。

这时，乌发零乱、眼盈泪水的蔓代桑毛带着儿女，紧紧跟着王子智美更登。蔓代桑毛说道：

英俊善良的智美更登，未离开人间却受着地狱的酷刑。

天上的神兵为何不来拯救？四方的诸佛为何不来作证？

四方的诸佛天上的神兵，请对无罪的王子发发慈悲之心。

英俊善良的智美更登，对佛门善业非常虔诚，

可毫无见识的众大臣，却忍心让他受酷刑。

父王不要王子却要国宝，这种国法天理难容，

即使是敌人也难忍这酷刑。光明诸神和夜叉群，

帝释天和土地神，紧那罗①和威猛的众天神，

你们有没有普渡众生的神通，

如果从苦海中救出我们母子，

我们定会知恩报恩。哀哉哀哉与其看这种惨景，

倒不如趁早了结这苦难的一生。

众刽子手的箭袋中插有白藤箭，背有硬角弓，腰挎刀剑，手执象鼻鞭子，吹着恐怖的号筒，这种披甲戴盔的场面，真是吓煞人。有的刽子手在后面推着智美更登，有的在前面牵着智美更登，白天进行游街，晚上把智美更登囚禁在漆黑的地牢里。

这时，全城的市民都汇集到这里。悲痛欲绝的蔓代桑毛母子，

---

① 紧那罗：梵文译音，人非人，传说天龙八部化作人形在佛前听法，似人而非人。

捶胸顿足，泪如涌泉。蔓代桑毛说道：
　　智美更登你是众生的指路恩人，
　　为救被贫困折磨的苦难穷人，
　　按需布施满足了众生的愿望。谁知今日善业功果未修成，
　　却要承受惨不忍睹的酷刑，我们母子的福德已尽。
　　说完蔓代桑毛失声痛哭。
　　这时，国王召集了一些大臣众僚，商议惩处王子智美更登的办法，国王说道：
　　诸位臣僚听本王言，谁料意外事情已经发生，
　　王子把国宝送给了敌人。诸位臣僚细细想一想，
　　应当怎样处置他？
　　大臣甲说道："如果犯了罪，虽然是王子也该定罪，依我看，应该剥他的皮，抽他的筋！"
　　大臣乙说道："不，应该送上绞刑架！"
　　大臣丙说道："应该断肢分尸！"
　　大臣丁说道："应该活活地掏出他的心肝肺腑！"
　　大臣戊说道："把肉体拉入网眼！"
　　大臣己说道："不论头足，到处放血！"
　　大臣庚说道："应该用棒槌打成肉浆！"
　　大臣辛说道："砍下首级，挂在城门上！"
　　大臣壬说道："把王子、王妃和孩子一起抛进深洞。"
　　大臣们议论纷纷，谁都认为该定智美更登死罪。
　　萨君知巴却不忍心地说道：
　　诸位爱卿再作商议，王子智美更登是菩萨化身，
　　他为了善业犯了死罪，但谁能忍心判他死刑？

这时从文臣中走出了一个虔诚佛法、喜欢佛经的大臣,名叫达哇桑保的说道:

聚集在这里的众大臣,你们这是胡言乱语,
尊贵的国王就只有一个王子,
如果没有国王万民该咋办?想起这些我感到很忧伤,
恨不能逃到天涯海角。大王请您放宽心胸,
莫要轻信愚臣们的滥言。像顶饰一样的智美更登,
是杰出的佛陀化身,无量功德语言难表明,
当押着游街的时辰,市民们见王子受刑谁不痛心?
王妃蔓代桑毛母子,跟在后面似颠似疯。
全城的大臣和黎民,一个个都愿替王子赎罪顶命。
我请诸位仔细听,蒙古和吐蕃诸法律,
怎能同时罚于一个人?
犹如一匹骏马怎能同时备上两个鞍?
对王子施舍国宝的罪,现已罚够应开释。

萨君知巴说道:"带王子上殿!"达哇桑保急忙走出王宫,命人给智美更登松绑,并献上衣袍让王子换上,并对王子说道:"大王宣你进宫见驾。"智美更登欲行,王妃蔓代桑毛母子怕国王要杀智美更登,边哭边死死地抓住不放。达哇桑保难过得鼻子发酸落下眼泪。转身急忙走进王宫,来到国王面前禀告道:

我去解开绳索请王子,不料蔓代桑毛和子女,
害怕要杀王子智美更登,双手拉住王子不肯放松,
大王请您仔细思忖。

萨君知巴说道:"那么,把他们都带上来!"
达哇桑保迅速出宫,带着智美更登和蔓代桑毛母子五人进宫。

智美更登和蔓代桑毛母子来到国王面前向国王叩首问安。萨君知巴说道：

前世的仇敌化身成儿子，把国宝送给了敌人，
将国库洗劫一空，干出了亲者痛仇者快的恶劣事情。
很多国是皆被你败坏，很多国计坏在你手中，
为了惩罚你的罪孽，流放到鬼哭狼嚎的哈香地方去，
在魔山哈香上住十二年整，命你快快离开柏岱城！

智美更登说道：

儿请父王仔细听，不按佛法治理国家，
无疑是国王的失误。父王对我不讲慈悲，
却交给刽子手折磨，浑身关节遭敲打，
头和双足用荆棘鞭挞，像一匹野马被绳捆索绑，
像囚犯被刽子手围攻，像被俘的战士游街示众，
像一具尸体裸露荒原，白天像虔诚的信徒去转经，
夜晚像偷来的珍宝藏于地洞，像罪犯受尽了酷刑摧残。
我所忍受的种种苦难，可别降在别人的身上，
云幻般的财物我丝毫不留恋，孩儿愿遵父命流放到远方，
趁这离别的时刻，敬祝父母亲属贵体安康，
祝愿臣民幸福万万年。

智美更登和蔓代桑毛母子五个人回到自己的宫室，把剩余的财物施舍给穷人，准备去魔山哈香。王公贵族和臣民们前来饯行。每一个诸侯国王送给他一枚金币，每一个大臣送给他一枚银币，九万多市民送来了很多马匹和大象，而智美更登却把这些财物统统施舍给了穷人，自己仍然两手空空。

智美更登对爱妻说道：

贤妻蔓代桑毛听我讲，我遵父命要去魔山，
你带着儿子和女儿，到白玛兼国你父王身边去，
祝你们母子幸福平安，十二年后我们再团聚。
蔓代桑毛说道：
我怎忍离你到那白玛兼国去，我怎忍离你去那安乐宫，
我怎忍你独身一人去魔山哈香，哪能有福夫妻共同享，
遇难却把夫君弃，患难与共莫分离，
带我母子四人去魔山哈香。
智美更登说道：
蔓代桑毛请别那么说，在那幸福欢乐的王宫，
有难事可请教父母亲，痛苦时孩子可以慰藉你心灵，
衣食起居婢女服侍你，情投意合的挚友陪伴你，
坐在圣洁莲花坐垫上，百味佳肴可充饥，
香茗甘露可解渴，欢歌曼舞可慰藉。
暑寒无常的魔山哈香上，饿了只能用野果草根填充饥肠，
渴了只能用潺潺的流水来润嗓，冷了只能身披树叶铺草垫，
忧伤时只有飞禽走兽来作伴，白天千里无人最凄凉，
夜里鬼哭狼嚎太阴森。狂风暴雨昼夜不间断，
魔山并非你们的安身地，我劝妻儿回到父母身边去！
蔓代桑毛拉住智美更登的手说道：
王子如果不带我们去，今日情愿以死相别离，
请求智美更登发慈悲，恩准全家一起去魔山哈香。
智美更登说道：
爱妃桑毛听我言，我生性乐善又好施。
如果有人来乞讨，妻子儿女敢施舍，

即是生命也舍得，到时你会阻碍我施舍，

因此我劝你们留下来。

蔓代桑毛说道：

祈求王子听我桑毛讲，只要肯带我们去魔山哈香，

我来帮助你施舍，如果需要施舍我母子，

我一定满足你的愿望，请你带上我们去那流放地。

经过蔓代桑毛的百般请求，智美更登答应带他们母子去魔山哈香。于是，王子智美更登来到母后格丹桑毛的宫中，向母后叩头请安，并说道：

养育三时[①]诸佛的慈母，具有四无量[②]和十度[③]，

满足了心愿的母亲，请听孩儿智美更登言，

我把国宝施给了敌人，父王降罪进行了严惩，

罚我去魔山哈香的荒山野岭，去过流放生活十二年，

祝您寿比南山福气旺，祝您无痛无恙常健康，

如果儿还活在阳世上，母子相会畅享天伦之乐。

格丹桑毛听后昏厥倒地，半晌苏醒后泪流满面，双手紧握智美更登的手，说道：

英俊善良的智美更登，阿妈的心肝宝贝儿，

你怎能忍心丢下阿妈去魔山，谁知阿妈能否再活十二年，

你去魔山我将依靠谁，生离死别令我多伤感！

不知你父王现在心中怎么想，当初没有王子多惆怅，

---

① 三时：过去、现在、未来。

② 四无量：四种无量心，佛书所说大乘人为一切众生修行，引生慈无量、悲无量、喜无量、舍无量等四种无量福果之心。

③ 十度：十波罗蜜多，十到彼岸，即脱离三界苦海，依次证得十地果位：布施、持戒、忍辱、精进、禅定、智慧、方便、力、愿、智。

上奉三宝虔诚求加持，下行布施广泛积功德，
三宝无欺神力来加持，生下王子夫妻心欢畅。
正当国人倾慕王子时，为何驱逐王子去远方？
难道鬼迷心窍失理智？

智美更登说道：
请求慈母莫悲伤，三界轮回诸众生，
有聚有散是法则。慈母如此疼爱儿，
血脉相通是缘由。企盼放逐刑满后，
今世母子能相会。假如此生难相逢，
来世净土再相见。

王后格丹桑毛抓住王子智美更登的手，泪如雨下。但又一想王子要去很远的地方，痛哭流涕对远行的儿子不吉利，遂拭去泪水，朝十方的诸神磕头祈祷道：

多如瀚海的十方佛陀，阿罗汉和观世音菩萨，
威力勇猛护法四天王，财神毗沙门及诸空行，
祈请诸神听我虔启白：保佑我儿一路乘顺风，
平安抵达流放哈香地，跋山涉水穿越深谷时，
莫让劳累困怠折磨他。到达魔山哈香服刑时，
赐他一座帝释天宫住。把他所食各种野生果，
变成百味俱全的美食。把他要喝的山间溪水，
变成营养丰富的乳汁。把护体树叶和铺床草，
变成五色艳丽莲花座。把凶禽猛兽的吼叫声，
变成诵大乘经的妙音。把峡谷深涧的流水声，
变成口诵六字真言声。当深谷的酷热难忍时，
请天女下凡给他遮凉。当他住在恐怖荒山时，

请诸佛帮他分担忧恐。当他身体染上疾病时，
自找天然良药来医治。无论住在荒岭或深谷，
驱除艰难困苦享幸福，消除违缘创造诸顺缘。
祝愿佛子智美更登儿，施宏愿像如意树茂盛。
千言万语汇成一句话，祝愿母子早日得团圆。

当智美更登和蔓代桑毛母子五人准备出发去魔山哈香时，有两匹马驾着智美更登的车辇，两匹马驾着蔓代桑毛母子四人乘坐的车辇，三头大象驮着生活必需品启程了。

出发时，以母后格丹桑毛为首的一千五百个王妃，以松保为首的六十个属国的国王，以达哇桑保为首的三千个大臣，以华丹为首的属民和侍从们在一片怅然的悲叹声中，跋涉了很多山山水水，为智美更登他们送行。这时，智美更登对大家说道：

感谢母后和众王妃，松保及桑保众大臣，
华丹属民侍从们，跋山涉水来相送，
智美更登很感动。长期相聚今分离，
聚散无常是常情。我的决心已下定，
现在请回别远送。临别忠言来劝告，
回家虔诚礼佛法。死殁无期慨施舍，
诚心信奉佛法僧。为获加持敬上师，
消除灾难祀空行。待到流放期满后，
返回家乡喜相逢。此生无缘来相会，
来世净土再相逢。

听了王子的这番临别忠言，送行的臣民难过地和王子智美更登叩首相别。这时，母后格丹桑毛抓住智美更登的手悲伤地说道：

善良的王子智美更登，你是阿妈的双眼和心肝，

如今要流放到荒凉的地方去，
犹如将阿妈的心抛向荒山野岭，
就像众生的太阳已近沉沦。父王被魔臣所左右支配，
干出这些意想不到的事情，让我今后去依靠谁？
具有菩萨心肠的智美更登，阿妈劝你别痛苦莫忧伤，
当我想起你的时辰，从心底唤一声智美更登。
当听到三夏的苍龙怒吼时，便是我想起你的信号，
我唤你三声智美更登，你也喊三声阿妈，
再喊三声格丹桑毛给回答；当三冬的寒风怒嚎时，
便是我想起你的信号，我唤你三声智美更登，
你也喊三声阿妈，再喊三声格丹桑毛给回答；
当三春的布谷鸟啼鸣时，这便是我想起你的信号，
我唤你三声智美更登，你也喊三声阿妈，
再喊三声格丹桑毛给回答。你把阿妈牢牢记在心，
咱母子此生会相逢。倘或今世无缘难相见，
来世菩提道上再相会。

说完，格丹桑毛泪涟涟地返回皇宫。

告别了母后，智美更登和蔓代桑毛五人走到一个峡口回望时，送行的众人已经走远。智美更登他们继续前行，当来到下一个隘口时，遇上了三个婆罗门穷人上前化缘。智美更登非常高兴地说道：

能负重善行的宝象，是来自宝岛的珍宝，
我虽然非常需要它，为满足你们的愿望，
我愿意布施给你们。

于是，王子智美更登把大象和驮在大象身上的财物全部布施给三个婆罗门穷人。

他们又走了一由旬^①之路，在名叫嘎郎结达的地方，又遇见五个穷人，乞求把马匹布施给他们。智美更登愉快地答应道：

宝马奔走如疾风，车辇饰有莲花环，

慷慨施舍有誓言，愿它神力大无穷。

王子智美更登把马匹和车辇布施给了五个穷人。此后，智美更登亲自在前面开路，中间是三个孩子，蔓代桑毛背着行李和干粮跟在后面。他们来到一个路边绿草茵茵、鲜花盛开、高山耸立、大地清静、溪流潺潺、野果累累、野兽出没、鸟类嬉飞的地方，智美更登一行五人在一棵多罗树下乘凉休息。这时，蔓代桑毛走到一条清澈的小溪边，喝了一口水后，抬头前后凝视半晌，除野兽嬉戏以外，再也见不到一个人影。触景生情，蔓代桑毛非常伤心地说道：

呜呼举目四处张望，使我蔓代桑毛多惆怅。

除了嬉戏的野兽飞禽，到处呈显一片凄凉，

口渴只得喝生水，积蓄财物还有啥用场？

这种凄凉出乎我想象，莫非前世造孽遭报应？

智美更登见蔓代桑毛看着荒无人烟的山沟发呆，心想：前方还有很多艰难的路程和凶残的猛兽，时刻威胁着生命安全，我应该劝她回去为好。于是来到妻子的身边说道：

蔓代桑毛听我讲，前面山高路遥远，

跋山涉水多艰难，毒蛇猛兽常出没，

如此环境落脚难，打道回府最安全。

蔓代桑毛听了王子的好心相劝，便上前叩首施礼道：

王子智美更登听我说，刚才桑毛信口随便说，

---

① 由旬：古印度的一种里程计算单位，一由旬等于四千弓，一弓等于五尺。

离开你让我去依靠谁？毫无疑虑决心跟你走。

他们又走了一段路，来到一片绿草如茵的平地上歇息时，蔓代桑毛越发伤心，但为避免智美更登听见，便默默自言自语道：

杂草污垢污染我衣衫，荒无人烟唯见野蜂飞，
野兽出没百鸟在欢唱，越看使我心中越忧伤，
夫妻儿女流放到边疆，不知社稷是否仍兴旺？

他们启程上路，又来到一个山清水秀、野果累累、野兽嬉戏，使人心旷神怡的地方，蔓代桑毛心情豁然开朗，说道：

尊贵的王子听我讲，你看这迷人的地方，
各种鲜花竞相开放，清澈的溪流潺潺流淌，
美丽的布谷鸟尽情歌唱，遍地的果树一望无际，
野兽悠闲嬉戏多欢畅，我们在这安家有多好！

智美更登说道：

违背父命会造孽，一定得去哈香山。

于是，他们又走了一程路，三个孩子的脚肿得不能行走。智美更登祈祷道：

上师本尊空行母，土地神祇护法神，
听我虔心来祷告：尽快到达流放地，
夫妻尚能赶路程，年幼儿女脚肿痛，
祈求怜悯缩路程。

祷告完毕，这座山突然缩短了五百由旬的距离。

他们来到一条大河边，岸边有座天然大林苑，名叫郎丹玉娃园，园内盛开着各种莲花。蔓代桑毛对着馨香的莲花说道：

水生莲花离戏论①，亭亭玉立展笑容，

---

① 戏论：佛教用语，远离戏论，谓为不执著偏见，指空性和法性。

头顶花蕊像施礼，彬彬有礼在起舞。

前行，他们又来到一个名叫桑郎华吉伟的地方，又遇见三个婆罗门上前向智美更登叩首乞求布施。智美更登说道："见到你们非常高兴，但我已经没有什么东西可布施给你们了。"

三位婆罗门齐声说道："请你把三个孩子恩施给我们吧？"

智美更登说道："孩子尚小，不能服侍你们，再说孩子们离开阿妈也怪可怜的呀。"

三个婆罗门说："可怜什么？我们又不杀他们，主要是让他们干一些力所能及的杂活罢了。"

智美更登心想："看来，我得把三个孩子送给他们，因为我曾经发过誓，别人需要什么我就布施什么。但蔓代桑毛又怎能忍心施舍呢？"遂对蔓代桑毛说："你去采摘一些野果，准备招待三个客人。"

蔓代桑毛应声去采野果时，智美更登握住三个孩子的手说道：
鲁丹鲁怀鲁泽玛三兄妹，长期相聚今日却要离别，
和睦共处而又各自分离，这是聚而又散的无常特征。
美丽可爱的三兄妹，并非我不疼爱你们，
轮回中的六道众生，谁没有生离死别的苦痛？
你们不要留恋狠心的阿爸，也不要留恋慈善的阿妈，
去服侍无依无靠的婆罗门。

说完把三个孩子交给婆罗门，他们手牵三兄妹离开时，鲁丹对三婆罗门说要拜别父亲，婆罗门答应了鲁丹兄妹拜别父亲的请求。鲁丹对父王智美更登说道：
阿爸为完成伟大的善业，立誓把我们送给了别人。
我按阿爸的旨意快走了，但未见养育我们的阿妈，

心里充满了无限的悲痛,但此刻的悲伤又有何用?

说完失声痛哭。

弟弟鲁怀接着说道:

阿爸发誓要将儿慷慨布施,

如果我们不去将会违背您的意愿,

为了阿爸的善业圆满我们即将离开,

但没有见到阿妈我们非常哀痛。

谁知这一生能否和父母重逢,

如果这一生无缘再相见,祝来世在菩提道上咱们再相逢。

说完失声大哭。

妹妹鲁泽玛说道:

像小孔雀一样的鲁泽玛,将离开菩提树一样的双亲,

去做贱种婆罗门的仆人,为遵照父旨孩儿们要启程。

未见用乳汁哺育我们的阿妈,使我们兄妹三人悲痛万分。

如果这一世咱们不能再相见,愿来世我们一家再重逢。

说完失声痛哭。

智美更登眼泪夺眶而出,说道:

你们是我胸中的心,未曾想心胸会分离。

这次的施舍是法施,放宽心胸不要流泪。

诸神和慈悲的三宝,请在途中保佑他们,

不要让他们身患疾病,也不要让妖魔缠住身。

我以最虔诚的语言,祈求全家早日团圆。

三个婆罗门带着兄妹三人走了一段路后,就跟随来自不同地方的婆罗门各自分手了。

蔓代桑毛带着采集的野果回来,不见三个婆罗门和孩子们,

于是就猜想到孩子们一定是被智美更登布施给了婆罗门。蔓代桑毛哀痛得捶胸顿足,哽咽着说道:

像太阳一样美丽的三个孩子,

刹那间聚集了一团婆罗门乌云,

使我心灵的庄稼遭到了无情的雹灾。

土地神祇和护法神,上师本尊和空行母,

为何无常来的这等快,为何无常偏偏降在我头上。

我和三个心肝宝贝儿,刹那间被活活拆散,

贱种婆罗门太可恨!

说完,蔓代桑毛昏了过去。智美更登朝她的胸前洒了一些凉水,可怜的蔓代桑毛这才渐渐苏醒过来。

智美更登说道:

爱妻蔓代桑毛听我说,你难道忘了昔日的誓言,

我们出发来魔山哈香时,我曾郑重告诉过你:

我生性喜欢施舍济人,如果有人来乞讨,

妻子儿女和我的生命,样样可以布施给他人。

你曾答应不阻碍我施舍,还要帮我积累菩提二资粮[①],

谁知今日你却如此悲伤,我跋山涉水来到这荒凉的地方,

唯有你是我亲爱的伴侣,可你的悲伤搅得我心烦意乱。

智美更登挥泪如雨,蔓代桑毛上前拭去智美更登的泪水说道:

智美更登请你听我言,孩子们临走未能见一面,

身为母亲难免以泪洗面,并非成心把王子的心搅乱。

我的三个心肝宝贝儿,被婆罗门带走各自离散,

想起他们灵动明亮的双眼,我的心被撕成了一块块碎片。

---

① 二资粮:佛教语,即福德资粮和智慧资粮。

但我永远不违背王子的诺言，为了实现你乐善好施的心愿，

你说什么我都乐意去干，请带我一起去魔山哈香。

他俩又走了一段路，来到一个森林茂密、野果丰盛的地方。蔓代桑毛采来野果献给智美更登，经智美更登的祈祷，野果变得味美可口。智美更登手捧野果说道：

并不可口的阿摩罗果[①]，变成上等果品美味芳香，

想给三个孩子都尝尝，却不见孩子心忧伤。

蔓代桑毛听了王子的这番表白，忍不住泪流满面。智美更登继续说道：

哎呀呀，一张口就信口开河，

未深思私心杂念迷心窍，定神一想是我乱了方寸，

桑毛请受用阿摩罗果。

食毕上路，他俩来到一条大河边，这条河不仅很宽，而且也很深。智美更登祈祷道：

慈悲的上师本尊和度母，土地神祇和护法神听，

大河拦道阻挠到彼岸，河上劈条大道让我过，

我若过不了这条大河，将会违背父王的旨令，

来世怎能修证菩提果？祈求劈开一条过河路。

祈祷完毕，河水上游逆流回旋，眼前出现一条大道，他俩迅速走了过去。到了彼岸，智美更登心想，河水如果一直聚集不流，将会伤害很多生灵，遂对着河水说："现在请河水继续流淌吧！"话音刚落，河水又同以前那样向着下游缓缓流去。这时，王子智

---

① 阿摩罗果：梵语音译，亦称天果、无垢果、柉果，是生长在印度森林里的一种热带野果，味涩难吃。

美更登和王妃蔓代桑毛继续上路前行,来到名叫龙丹忧卫昌①的地方时,帝释天和大梵天想试探一下王子智美更登的施舍到底是胜义施舍②,还是世俗施舍③,遂变成两个婆罗门前来向王子智美更登乞讨布施。智美更登心想,在这荒无人烟的地方,哪来的人?遂疑为是紧那罗所幻变的,于是问道:"你们两位从何处来?我已无物可施了。"

两位婆罗门说:"我们是帕哇地方的人。没有亲戚和仆从的痛苦时常折磨着我们,请你把王妃布施给我们吧!"

智美更登知道,这一次不把蔓代桑毛施舍给他们,那么以前施舍财物的善业就会前功尽弃。如果施舍,那么蔓代桑毛依恋我来到这么遥远的地方,我于心何忍?看来我只得忍痛割爱,承受生离死别的痛苦。于是,对蔓代桑毛说道:

蔓代桑毛美貌妻,前世积德得人身。
佛法精髓是施舍,舍生取义以护法。
终身伴侣怎施舍,但有誓言实难违,
今天你若拒绝去,我的善业成泡影,
来世你难归净土。你我满足婆罗门,
如同待我侍他们,请把我话记心中。

智美更登把蔓代桑毛施舍给了两位婆罗门。蔓代桑毛对王子说:"求王子别把我布施给婆罗门,如果把我施舍给他们,那么以后谁来伺候你?"

智美更登说道:

---

① 龙丹忧卫昌:藏语,意谓窄路,隘口。
② 胜义施舍:胜义,解脱的意思,即真实。胜义施舍,有益众生的施舍。
③ 世俗施舍:世俗,假有、虚伪的意思。世俗施舍,沽名钓誉的虚假施舍。

蔓代桑毛请你别再那么说，我曾发誓要满足别人的愿望，
请不要妨碍我施舍的善举，帮我修行成就菩提二资粮，
别恋我快去侍奉婆罗门，这才是对我最好的回报。

蔓代桑毛洒泪应诺，智美更登对两位婆罗门说道：

请两位听我言，终身伴侣桑毛她种姓高贵是公主，
烹饪佳肴是能手。为修善业将桑毛献给两位婆罗门。

两位婆罗门带着蔓代桑毛约走了百步之后，转身返回来把蔓代桑毛还给王子，说道：

开开玩笑请宽恕，修证暇满真稀奇，
胜义布施济众生，敢将生命施众生，
虔向王子致敬礼。

智美更登说道："我已经把她施舍给了你们，怎么又能要回来呢？还是请二位带走吧！"

两位婆罗门现出帝释天和大梵天的原形，说道："高贵的王子，我们不要你的王妃。我们是来试探你是否根除了贪婪欲望。"这时，帝释天朝空中注视片刻，瞬间招来众神变成的一个很大的牧民部落，部落的人们将智美更登和蔓代桑毛服侍得圆满周到。帝释天王向王子顶礼说道：

你是至尊的圣主，牺牲此生修来世，
普度众生成佛陀，你是世间的明灯。
诚心诚意祝愿你，成为举世无双人！

智美更登和蔓代桑毛离开帝释天走了一段路回身一看，那个牧民部落宛若雨后彩虹一样消失不见了。他俩在行进的途中，遇到一个手捻水晶佛珠的英俊少年。他对王子说："王子殿下，请你再走一由旬路，就受到大梵天的供养。"

说完少年不见了。王子夫妇来到一条大河边,大梵天在他自己神变的一座大城市里,把智美更登和蔓代桑毛供养了七天。尔后,智美更登和蔓代桑毛打算起程时,大梵天变成一个少年对王子说道:

王子殿下住在这儿吧,男仆女婢我来献给你,
房屋饮食由我供给你,父王的惩罚到此受完。
那荒无人烟的魔山哈香,到处是鬼魅罗刹和猛兽,
地势凶险实在难通过,到那时你将后悔莫及。

智美更登说道:

前世积德获得了今世的人身,慷慨布施从来不享受,
倘若终日贪恋财富享受,发放的布施等于零,
我的施舍善业被断送。如果无故逗留和拖延,
父王的圣命就难以实现。为了不背叛我的诺言,
我愿去那可怕的魔山哈香。

王子说完,夫妻俩又上路了。那座城市如同对镜哈的气立刻消失了。智美更登见此情景后说道:"由于我对三宝的祈祷和敬奉,今生今世已经有报应了。"

当王子夫妻二人又来到一个密不透风的大森林旁因找不到前行的路而不知所措时,迎面走来一个发辫缠在头,长有黄胡须和黄眉毛,手拿法鼓的瑜伽师,对他俩说道:"执着的人啊,你从何处来,要到何方去,大名叫什么?从这儿再往前走五由旬路,就会到达魔山哈香。那儿山势陡峻,狭谷窄险,一颗盐粒大的石子也有长矛一样高的黑影;那儿有繁茂的毒树毒花,有滚滚沸腾的毒海,毒蛇的毒气就像空中的云一样密布,神鬼白天聚集在一起伤害生灵。另外,像狮子、老虎、黑熊等猛兽们一嗅见人味,就会毫不犹豫地扑上来撕吞。那儿不仅是使人毛骨悚然的地方,而

且一路上还会遇见难以言喻的痛苦和恐怖。"

智美更登说道:"我是王子智美更登,从柏岱都城而来,我夫妻就是要去魔山哈香。"

瑜伽师说道:"我听说过王子智美更登将国库财富和国宝布施殆尽,现在能亲眼见到你,也是我的福气。你从这儿再向前走一由旬路,就会碰上一条名叫拿嘎拉的河流,你沿着河的左边走,那里有条野兽走过的小道。祝来世咱们再相见。"瑜伽师说完立即不见了踪影。

智美更登夫妻二人来到一个鬼怪罗刹和邪魔出没、凶禽猛兽飞奔吼叫、毒海沸腾的地方。蔓代桑毛忧伤而又恐惧地说道:

哎呀呀!这个地方实在太可怕,

魔鬼罗刹成群白昼闹,变化多端面貌太狰狞,

显然是座死神魔鬼城。老虎狮子"人熊"等猛兽,

龇牙咧嘴使人胆战心惊,毒海沸腾使人魂飞魄散。

此地没有解脱道,似乎死亡要降临,

上师本尊佛法僧,给我夫妇指活路。

智美更登见蔓代桑毛害怕,便祷告道:

妖魔鬼怪和夜叉,紧那罗和土地神,

虎狮狼熊众猛兽,听我王子虔祈祷:

与生俱来好布施,性命身躯愿舍弃。

为使桑毛心神宁,祈请厉鬼和野兽,

放弃邪念勿伤害。慈悲生灵发善心,

和睦相处享太平。

王子祷告完,众猛兽就像家犬那样摇头摆尾,驯顺地只顾嬉戏觅食,各种飞禽也以悦耳动听的啼鸣声迎接智美更登和蔓代桑

毛来到魔山哈香。

王子夫妇终于来到了魔山哈香上，山顶白雪皑皑，山腰赤土乱石，山涧溪水潺潺。智美更登来到这儿后，枯树抽枝发芽，枯泉涌出了清水。住在山上的神、龙、夜叉、千闼婆、食肉鬼、瓶腹鬼、厉鬼、行尸、大鹏雕、紧那罗等部众；老虎、豹子、黑熊、棕熊、野狼、豺狼等众猛兽；大象、水牛、牛王等野兽群；鹤、鹅、鸭、孔雀等飞禽群，以及这座山上的各种动物聚一起，前来迎接智美更登和蔓代桑毛。

魔山哈香坐北朝南，太阳出得早，落得迟，没有嘈杂的声音，潋滟的溪水在流淌，欢乐的百鸟在嬉戏。林中果实累累，盛开着五彩缤纷的鲜花。他俩在这个清净优美的地方，用树枝盖了一间茅屋。智美更登想着心事，蔓代桑毛坐在较远的地方，间或采一些野果敬给智美更登。

时光荏苒，不知不觉王子夫妻二人在魔山哈香度过了十个春秋，一天，蔓代桑毛来到智美更登前说道：

智慧超人的智美更登，心灵纯洁的智美更登，
咱们在这儿待了整十年，若加上来回途中的两年，
该到了返程的时间，依我看咱们趁早赶路回家吧！

智美更登说道：

蔓代桑毛请你仔细听，在我佛预言的这片森林中，
没有令人烦恼的嘈杂声，我愿在这安乐的禅定地，
静心禅修佛法不愿回。

一天，蔓代桑毛来到森林的边缘寻找野果，见到一只毛色艳丽的鹦鹉。蔓代桑毛对鹦鹉说道：

能言善语的绿鹦鹉，美丽得人见人爱，

红嘴绿翎更加倾心。我和王子智美更登,
来到荒无人烟的魔山,由于短缺了果腹的食品,
我来到林中把野果觅寻,善言的鹦鹉请你告诉我,
哪儿有甜美可口的果子?
鹦鹉在树上来回飞了三次以后说道:
美丽善良的蔓代桑毛,你肌肤散发着芬芳,
你这绝代的佳人啊,容貌像十五的月亮,
摄去了我的魂魄儿,见到你这充满笑容的仙女,
使我的心儿无比欢畅。请你快快跟我来,
我可以领你到有果实的地方。
鹦鹉把蔓代桑毛带到一个野果丰盛的地方,落在一棵杧果树上,抖落了很多的果子。蔓代桑毛高兴而又满足地说道:
飞禽精灵谢谢你呀,为我带来了这么多野果。
祝你们鸟类相亲又相爱,但愿你我不久再相见。
鹦鹉从树上落到地下,把蔓代桑毛送到八十步远的地方,说道:
出身高贵品行端,体态窈窕似天仙,
就此拜别请回还,此生不见来世见。
蔓代桑毛告别了鹦鹉,在返回的途中,遇见一条哗哗作响的河流。蔓代桑毛心想,这也许是流经柏岱国的河水,沿着这条河走下去,说不定能见到我的三个孩子。于是对着蜿蜒流淌的河水说道:
身披白绫的圣水啊,你像解渴的甘露一样香甜。
清澈碧绿的河水啊,听你潺潺奔流的歌声,
使我如痴如醉。当你流向远方的时候,
若看见我那三个可怜的孩子,请你给他们捎个口信,
就说父母无疾无恙很平安,转达三个美丽的娇儿,

祝他们无痛无恙身体健康。母子分别有十年，
无时无刻在思念，掏心割肝的痛苦哟，
父母不得不承担。十二年的流放将期满，
咱们全家不久就会团圆。

叙说完毕，便朝着王子禅定的茅屋走去。

此刻，他们的三个孩子正沿着这条河的下游拾柴，河水把父母的口信捎给了他们，孩子们悲喜交加，越发想念父母，高声哭喊着父母的名字。

女儿鲁泽玛爬上一座高高的山顶，望见空中飞来三只婉转啼鸣的迦陵频伽鸟。忧伤的鲁泽玛心想，这三只鸟可能要去魔山哈香，也许能见到自己的父母，便开口说道：

自由飞翔的迦陵频伽鸟啊，听到你的啼鸣使我无限惆怅。
可爱的鸟儿请不要惊慌，请听听姑娘我的悲伤。
假如你路过魔山哈香，向我的父母转达我的问候：
父母是否平安无恙，我们三个孩子在这里，
未曾患病身体健康，只是离别双亲的痛苦呀，
折磨得我们无限哀伤。不久相逢的口信已收到，
兄妹三人欣喜若狂。倘有早日会面的机遇，
早早返回全家大团圆。

就这样给迦陵频伽鸟捎了个口信。三只鸟儿一直飞到魔山哈香，给智美更登和蔓代桑毛转达了三儿女的口信，他俩听后流出了悲喜的眼泪，他俩的眼泪汇聚成了一个湖泊，从湖泊中长出一株莲花，莲花上绽开了一千个花朵，每一个花朵里诞生了一个菩萨。这些菩萨的体性相聚，幻化为大慈大悲的观世音菩萨。智美更登和蔓代桑毛围绕着湖泊顶礼祭祀，口诵赞词。其后，蔓代桑毛因

想念孩子,便向智美更登说道:

聪慧的王子听我言,在此整整熬过十二年,
加上来回路程需两年,十三年已超过惩罚期限,
桑毛请求王子回家园,我想念三个孩子和父母,
请你不要拒绝快启程!

智美更登知道蔓代桑毛思念亲人心切,便说道:"蔓代桑毛请不要流泪,咱俩现在就回家。"说着从坐禅的褥垫上起身准备启程上路。此刻,住在这座山上的神、龙、夜叉、猛兽、飞禽等聚集在一起,含着泪水用它们各自的语言请求智美更登和蔓代桑毛不要离开这儿。智美更登怜悯这些鬼怪罗刹和众生,举起右手施皈依印①,说道:

鬼怪夜叉和寻香,一切动物和诸有情,
我们长期以父母般的慈爱,以亲人般的恋心和睦相处,
今日却要忍痛相分离。三界轮回的所有众生,
有聚有散是自然法则。你们要皈依佛教信奉三宝,
慈爱众生千万莫伤害。再见吧我的伙伴们,
如果此生无缘相见来世再相逢。

这里的众生怀着极大的悲伤,把智美更登和蔓代桑毛送了很远的一段路程。王子夫妻告别众生启程,当他俩来到一个名叫奥堤垄的地方时,遇到了一个双目失明的婆罗门乞求布施。智美更登说道:"见到你感到特别高兴,可我没有什么东西施舍给你呀。"

婆罗门说道:"祈求你把双眼布施给我吧!"

智美更登认为这是布施功果圆满的征兆,遂愉快地盘膝而坐,对蔓代桑毛说道:"请你不要心疼我,自轮回开始,不论转生为什

---

① 施皈依印:佛教上层高僧垂右臂,屈右肘,掌心朝外,举至胸前的手势。

么样的肉体，它都是虚幻无意义的。这次我要进行一次有益的施舍。"于是，用右手拿起一把锋利的尖刀，左手撩起眼皮，将刀子深深地扎进眼眶，眼睛里顿时鲜血横流。

蔓代桑毛见状哭喊着，抓住智美更登的手，悲痛欲绝。智美更登安抚道："蔓代桑毛，请不要这样，你如此悲伤哭泣，实际上不是爱我，而是在妨害我。假如你阻拦我施舍双目，那么无论轮回多少劫，咱们也无法相会，请你不要妨碍我布施。"说完智美更登用尖刀剜出了自己的一对眼珠，蔓代桑毛被这个恐怖的场面吓得昏了过去，而智美更登却将剜出的双眼放进了婆罗门的眼眶里，说道：

善良的婆罗门，为满足你看清三界的心愿，
我把双眼布施给你。祝你获得一双具有法力的眼睛，
它是透视轮回并得到解脱的明灯，但愿我的布施功德圆满。
说完，坦然地盘膝而坐。

这时，婆罗门的双眼重见光明，什么都看得一清二楚。他欣喜若狂地对智美更登顶礼，说道：

您这如愿施舍的圣裔王子，是驱散世间黑暗的明灯。
您这三界无敌的王子，对众生都有大慈大悲的洪恩。
我这可怜的婆罗门，永远会对恩人王子顶礼赞颂。
说完，婆罗门返回柏岱城。柏岱城的人们围着这位重见光明的婆罗门问道："你的眼睛是怎么得来的呀？"

婆罗门答道："我的这双眼睛是王子智美更登根据我的乞讨，用刀剜出自己的双眼布施给我的。"

这事传开后，上至国王和侍臣，下至黎民百姓都感到大为震惊，并派大臣达哇桑保带人去迎接王子智美更登。

过了好长时间，吓得昏厥不省人事的蔓代桑毛慢慢苏醒过来，看见脸上和胸前都沾满鲜血的王子智美更登就坐在眼前。蔓代桑毛眼泪汪汪地哭诉道：

啊呀呀！曾在魔山度过十二年，

今日准备去会父母和众乡亲，不料途中遭遇此大难，

哦哟哟！我俩的命运怎么这么苦！

说完痛哭不止。智美更登听到蔓代桑毛号啕大哭，便安慰道：

蔓代桑毛莫要悲伤，弘佛法再苦也承当。

生死轮回无始无终，时到今生始得人身，

往事虚幻业积何在，今施双目功德圆满。

蔓代桑毛不要悲伤，请你引路带我回家。

蔓代桑毛扶着智美更登来到名叫蒂巴哈热的地方时，大臣达哇桑保和侍从们前来迎接王子智美更登和王妃蔓代桑毛，大家向王子和王妃磕头行礼，并说道：

呜呼！聪慧的伟大王子，

您历尽种种困苦与艰辛，是慈悯和睿智做后盾，

为了臣民摆脱轮回的痛苦，

恳求您和王妃蔓代桑毛返回柏岱国。

说完，众人痛哭流涕。智美更登手摸大臣达哇桑保的头顶说道：

达哇桑保及随从们听，先开个玩笑开开心，

我并没死去还剩一口气！请问柏岱国的政权可稳固？

父母臣民安康否？

这时，达哇桑保和蔓代桑毛左右搀扶着智美更登开始踏上返程的路，当来到一个十字路口歇息时，智美更登祈祷道：

十方的善逝佛陀请听我讲，为了解除蔓代桑毛的悲伤，

为了满足达哇桑保的愿望，使我的眼睛比以前更明亮。

祷告完，智美更登不仅生出一双眼睛，且比以前的眼睛更加明亮，大家非常高兴地继续赶路。当又走到一个路口时，香赤赞布国王前来迎接智美更登和蔓代桑毛，并迎到王宫盛宴招待，并把从前骗去的国宝"管多宏觉"和很多珍宝一起献给了王子智美更登。香赤赞布说道："贤良的王子，您长期受苦受难都是因为我不好，乞求您谅解我吧！我愿把自己的社稷臣民全部敬献给您，请您把我从轮回的痛苦中拯救出来吧！"遂祈求宽恕，并施归属礼仪。智美更登答应了他的全部要求，把父王的仇敌编进了自己的属下。

他们又走了一段路程，只见以前的那三个婆罗门带来了三个孩子，向智美更登施礼说道：

聪颖神奇的王子，美丽贤淑的桑毛，

我等骗走三兄妹，服侍我们功劳大，

为报王子大恩德，今日特地来奉还。

说完把三个孩子交给了智美更登和蔓代桑毛。智美更登说道："我已经把他们送给了你们，怎能领回来呢？还是带回去让他们干力所能及的杂活吧！"

蔓代桑毛请求王子说道：

王子殿下请你听我言，孩子是我们的心和肝，

你我的三个亲骨肉，为婆罗门当奴十二年。

即使大道拣朵青莲花，莲花哪比孩子更金贵？

他们是尊贵皇族的血统，却在下等人家吃尽了苦，

为何不把他们赎回家？

智美更登说道："那么就依你吧。"又对三个婆罗门说道："请你们随我到皇宫去，我要用财物赎回三个孩子。"

王子说完，急忙赶路。他们又走了一段路程后，来到了王妃蔓代桑毛父王的封侯国，只见臣仆属民们在离城十二由旬的路上迎接他们。再往前走，国王萨君知巴亲自率众来到七由旬路程的地方焚香迎接他们。一路上欢迎的人群络绎不绝，从柏岱国的拜莫箭皇宫到弄旺奥城镇间的大街小巷里人山人海，他们高举伞、胜利幢、旗帜、扇子、拂尘，有的怀抱琵琶，有的手持銮铃，还有的手举大号、喇叭等各种乐器，乐声喧天，歌舞蹁跹，盛况空前。

智美更登、蔓代桑毛、三个孩子和三个婆罗门来到弄旺奥城时，小邦国弄旺奥城的更色国王向智美更登和蔓代桑毛等叩首敬礼，敬奉礼物，并说道：

昔日沉落的太阳哟，升起来仍然像以前一样灿烂。
众生的父母智美更登王子，魔山哈香十二年如今又回返。
您是一切众生的恩人，能消除臣民的一切苦难。
无与伦比的智美更登，给人布施孩子和眼珠，
如雷贯耳早有听闻，何况国王的镇国宝，
施舍给敌人有何惋惜。威德圣洁似佛法宝幢，
无垢无秽大名扬四方，迎接宝驾返回极乐宫，
以佛法治国保护黎民，我愿永生永世做您的侍臣。

接着，各诸侯国的君臣和属民举行欢迎仪式，设宴招待。赛肩等各属国国王敬献了一枚金币，拉桑东丹等大臣每人敬献了一枚银币。此外，邻近的属民们敬献了白银、吠琉璃、珊瑚、黄金等许多宝物。

尔后，在华凑墨脱城中，王子智美更登、王妃蔓代桑毛以及三个孩子拜见国王萨君知巴。王子抓住父王的手哭诉离别之情。萨君知巴说道："今天是父子相逢、全家团圆的良辰吉日，请你们

不要哭了！"

智美更登和蔓代桑毛擦干了眼泪，坐在父王身边。

萨君知巴说道："三个宝贝孙子，快到爷爷的怀里来！"

三个孩子因久别陌生不愿意亲近爷爷。

萨君知巴看了看智美更登和蔓代桑毛问道："这是为什么呀？"

长孙鲁丹说道：

如意树上掉下来的果实，落到海里被水族们享用。

我虽然是国王的后裔，却被惩罚流放到边鄙地方，

在遥远的荒山空谷里，我与鲁怀和鲁泽玛兄妹三人，

被阿爸施舍给三个婆罗门。我们虽是父王的亲生骨肉，

却成为婆罗门的仆人。肮脏腐臭的食物充饥，

破烂污秽的衣服遮身。肮脏污秽险恶的环境，

使我们兄妹三人变得愚昧无知。

我们怕给爷爷染上污秽，不敢到您的怀抱里去亲热。

鲁丹叙说了不愿让爷爷拥抱的原因，国王让三个孩子在浴盆里用香水沐浴，换了新衣。然后为赎回鲁丹，给三个婆罗门五百枚金币，为赎回鲁怀给了五百枚银币，为赎回鲁泽玛给了三百头大象，又给了足够的盘缠后，打发他们回家去了。

智美更登王子对父王禀告道：

福气殊胜的萨君国王，人主父王请您听我言，

遵照父王的流放敕命，去那酷热的魔山哈香，

凶禽猛兽满山遍野跑，鬼怪夜叉日夜恐吓骚扰，

儿臣和桑毛在惊恐中煎熬。身披树叶杂草铺睡窝，

渴饮溪水饥食酸野果，忧伤坐听林间众鸟唱。

世人辛辛苦苦积财富，个中艰辛只有我尝过，

但愿众生不再忍受这般苦。自从布施国宝"管多宏觉"起，
直到刀剜双眼施于人，但愿我布施功德已圆满。
祈愿我的善业威慑力，助一切众生获得安乐和幸福。
特别企盼人主父王您，解除臣民的命运障蔽得解脱，
祈祷来世大家再相逢。我所布施积累的二资粮，
满足众生成佛的功德圆满。
国王萨君知巴对智美更登说道：
你说的话句句是真谛，我偏听偏信加罪于你。
奸邪谄媚将你发配到魔山，使你经受了如此多艰辛，
都怪君臣议事不周全。听说你在流放路途中，
将车马粮驮和财物，统统施舍给了乞施人，
尤其把娇儿和眼睛，毫不吝啬布施给他人，
所以把国宝"管多宏觉"，布施给敌人也毫不悔恨。
现在我听了你的善行，使我感到万分激动，
以前给你定的种种罪名，要多加原谅心里要想通，
为以后解除世俗障蔽，我愿把国库的珍宝赐给你，
请如愿布施给黎民百姓。

然后，国王萨君知巴领着智美更登和蔓代桑毛把三个孩子扶上车辇，朝皇宫行驶，王后格丹桑毛带着众王妃前来迎接。国王说道：

乐善好施的王子，被你布施的国宝，
缘福德之力收回。现在我要下敕令，
金银财富与国宝，黎民百姓和臣仆，
全部赐给王子你。

国王当着王后和侍臣之面，向王子赏赐了珍宝首饰，将臣民、

属国、军队全部交给了王子,把王冠戴在他的头上,让王子坐到皇帝的宝座上,将王族的大法轮——治国权力交给了王子。然后对王子说道:

令人敬佩的王子智美更登,请把我的财物尽情地布施;

请保住"金轭"一样的国法,保护好属国和属民;

竖起佛法教规的宝幢,用权势把罪孽抛得无踪无影;

要把僧人顶在头顶,把国家建成万民祀奉的圣地;

务必刻印宝贵的佛经,照顾好信仰者的修行;

用慈悲之心降服敌人,用宽宏和气保护内亲。

父王训示的语言金链,授给帝释天化身的你;

把父王的告诫的珠串,请你要牢牢记在心间。

紧接着,国王把菩提树根刻的玉玺、水晶玉玺、白猫眼石玉玺都交给了智美更登。

王子智美更登接替了国王萨君知巴行使王权,在四十五由旬之范围内进行了盛大的庆宴。

此后,智美更登保护着繁荣昌盛的社稷,用自己的福德和能力使国家比以前更为繁荣富强起来。

有一天,帝释天对智美更登这样说道:

施舍无度别人喜回向,惹恼父王发配到魔山。

你为了众生的利益,承受了巨大的苦难,

布施了亲生的儿女。二十二日那一天,

你虽施舍了自己珍贵的双眼,可得到了比别人更亮的慧眼。

虽然回国后当了执政的国王,可你懂得了纷繁复杂的国政。

广泛布施救济一切众生,立下誓言要证得菩萨果。

像你这样功德圆满的富贵人,是广袤大地上的一盏佛法明灯,

再没有胜过你的转轮王。智美更登你从这儿驾崩后,
将会降生在东方的普陀山。成为誉满世间的佛陀子,
普度孽障众生到彼岸,你是转轮佛陀身再现。
你的父王虽称护地王,经过千百万劫轮回后,
劫数到了光明劫之时,降生雪域大地为佛子,
使政教二业繁茂昌盛。你的母后格丹桑毛,
逝后驾归度母刹土去,成为一切众生的母亲。
你的贤妻蔓代桑毛,下世不在此地去桑哈地方,
成为国王德谢的转世。王子后裔三兄妹,
来世转生印度南,鲁丹下世成为国王东丹的转世,
鲁怀成为帝王郑吉华增的转世,
鲁泽玛成为王子督绕杂迪的转世,
将掌握萨达国的政权。大臣达哇桑保,
在名叫楠乃的圣洁地方,成为国王更尕桑吾王子的转世。
福德圆满的智美更登,创立尽善尽美大事业,
父母臣民孩子得安宁。你是诞生在人世的佛陀,
你是大慈大悲菩萨的化身。神奇的王子智美更登,
祝你长盛不衰永精进,祝你在稀奇的莲花园中,
藉无量睿智的滋润,长出吉祥圣洁的青莲树,
待到枝繁叶茂功德圆满时,盛开艳丽灿烂的鲜花,
天生娇艳的花蕊吐芬芳。此世积德下世享清福,
名扬天下似春雷。待我神寿终结后,
下凡顶礼膜拜你足下,身影相随永远不离分。
帝释天祝福完后,幻化而去无影无踪。
蔓代桑毛向智美更登发问道:"如此美丽的身影,为什么一瞬

间就变得无影无踪了呢？"

智美更登回答道：

蔓代桑毛请你听我说，锦葵花在花园盛开，

待到百灵鸟啼鸣时，锦葵花儿便凋谢；

秋天草上晶莹的露水，当太阳升起时就会干涸；

空中显现的五色彩虹，刹那间便会消失殆尽。

母亲子女虽团圆，也像菩提树开花，

瞬间一闪便凋谢。须知人生本无常，

朝不保夕赴地府，因此令人心悲伤。

人生虽活一百三十年，难免轮回死后到阴间。

现在我将皇位和政权，交给两位裔子来继承，

为利众生勇于挑重担。

智美更登把国家社稷交给了两个小王子，两个王子娶了以空行度母措嘉的化身为首的五百个美丽漂亮的姑娘为妃，在十二由旬以内的范围内举行了盛大的婚宴。

鲁泽玛公主嫁给婆罗门迪杰为妻。

王子智美更登、王妃蔓代桑毛、大臣达哇桑保、大臣扎杰之子、大臣尖参等人到锡兰的一高山上去隐居修行，两个王子在朝治国理政。

过了五年，智美更登和蔓代桑毛圆寂后化作两朵金黄色莲花，被风吹向印度的南方。正在修行的众大臣返回柏岱国，向两位王子禀报了智美更登和蔓代桑毛圆寂的噩耗。两位王子得悉父王和母后逝世的噩耗后，非常虔诚地为父母奉献了一千卷金汁写的《般若经》。

卓娃桑姆

马红武 译

主要人物

（按出场次序排列）

泽玛——卓娃桑姆之母

洛吾——卓娃桑姆之父

卓娃桑姆——度母化身

嘎拉旺保——曼哲冈国国王

哈江——嘎拉旺保的妃子（魔妃）

恭度列巴——卓娃桑姆之子

恭度桑姆——卓娃桑姆之女

色玛拉果——哈江妃子之婢女

智那增——曼哲冈国的大臣

达娃桑保——莲域国的大臣

从前有位名叫泽玛的婆罗门妇女,一晚她做了一个梦,当她从梦中惊醒,感到梦境异常奇妙,无比美好,便告诉丈夫婆罗门洛吾:

老伴洛吾听妻言,我身轻爽胜以前,
昨天晚上一场梦,祥梦缭绕我心间:
心升日月光满天,四洲诸岛都看见。
从那须弥山顶上,正教妙音高声喧。
仙子仙女簇拥中,仙女为我洒浴水。
回味梦境这般美,莫非要生一儿男。

老伴洛吾喜悦地说道:

爱妻泽玛听我言,你我之愿将实现,
从今衣食多检点,脏衣粗食均莫沾,
净体洁身静养好,菩萨化身会降凡。

泽玛依照丈夫的吩咐,闭门静养。过了三个月,忽闻腹中胎儿说道:

唵嘛呢叭咪吽,但愿世间众生远离三恶趣!

泽玛一闻此言，不胜惊奇，即刻来到丈夫洛吾跟前说道：
老伴洛吾听我说，多么奇怪多蹊跷，
胎儿刚刚三个月，竟在腹中把话讲，
开口便是六字言，并祈世间诸凡夫，
远离恶趣得解脱，尽享乐园无尽福！
年轻之时不得子，年老鹤发却怀胎。
哪是菩萨来转世，定是白哈①来作怪！
印度法王权势重，大祸或许临我身，
印法藏法霍尔法，三法逼我难生存！
莫不江河葬魄魂？莫不悬崖绝了命？
莫不持刀来自刎？我这妇人苦难深，
开恩救救苦命人！
丈夫洛吾说道：
爱妻泽玛听吾言，听我把话说分明，
开口便是六字言，这是藏北护法神，
肌体洁净着兽皮，口中常诵六字经，
生男定是菩萨身，生女则是度母身。
现你衣食要检点，独处幽居戒粗俗，
你我夙愿定实现。

她遵照丈夫之嘱，安心静养，口中常念六字真言：唵嘛呢叭咪吽！

九月已满，在土猴年初月十日良辰，一阵剧烈的疼痛后，从泽玛的右肋处生下一个女孩，她刚刚临世就祈念道："唵嘛呢叭咪吽！"

此时，天空中祥光普照，彩虹悬挂，瑞云缭绕，五部空行度

---

① 白哈：白哈王，被莲花生大师降服后的一神祇名。

母共聚于白云帐围中，给她起名叫夸卓玛·卓娃桑姆，赐予她无数珍宝，并预示道：

姑娘卓娃桑姆呀，你将身经三弘期。
前期将在曼哲冈，要与嘎拉旺保王，
哈江妃子在一起；中期生儿又生女；
后期运衰遭磨难。你需生离父母亲，
割舍丈夫弃儿女，离开人间飞苍穹，
直奔南隅空行洲，五部空行度母处。

言毕，隐身而去。

刚刚临世的女孩对父母不讲别的，只宣佛法。对父亲说道：

阿爸大人听我言，人生无常如闪电，
转眼之间命归天；虔向本尊发誓愿，
六字真言常诵念，借此来把自心鉴；
时刻胸怀菩提心，怜悯之情铭心间。

言毕，又对母亲说道：

阿妈请您听我言，人生如花落有期，
弹指一挥死期至。白天不断修现空①，
夜间不忘修明空②；时时胸怀菩提心，
不惜财帛尽舍施；菩萨本尊一心修，
六字真言常诵念。

父母听得心花怒放，竟忘了给孩子哺乳呢。二人立即给孩子穿了乳衣，静居于寝宫中精心照料孩子。

且说这曼哲冈有一国王名叫嘎拉旺保。有一天，旗幡蔽日，

---

① 现空：现空无别，即方便与智慧无二无别，为对境之现空双运无别。
② 明空：明空无别，即体性与智慧无二无别，为对境之明空双运无别。

螺号喧天，鼓震宫楼，国王召开群臣百姓大会，并昭告天下曰：
群臣百姓听吾言，明后两天破晓时，
东山顶上去打猎，各带弓箭背猎枪。
若无武器府库领，速去准备莫遗忘。
这时，名叫智那增的大臣走出人群，顿首启奏道：
高贵国王听臣言，请求放弃这打算。
国王若是去狩猎，四境敌国会入侵。
率众狩猎误民生，黄口乳子发笑声。
国王嘎拉旺保听后生气地说道：
各位臣仆听吾言，本王说一不道二。
严令好似落崖石，悬崖落石无可阻。
严令犹如大江水，滚滚江水不回流。
不见四方邻邦国，财帛如山盈府库。
本王宝物没一件，唯有一犬能猎物。
不去打猎围山林，豢养猎犬有何用，
快快闭嘴去准备！

国王嘎拉旺保听不进诤谏之言。到了第二天，君臣仆民，手持弓箭，领着猎犬久查阿喜，浩浩荡荡地出发了。但踏遍了印度的千山万岭却未获一猎物，后来就到印度和曼域两地交界处的一座大山里，意外地发现了各种野兽，他们放开猎犬去猎物，当下猎获麝鹿三十有七。到夜幕降临时，没想到那猎犬竟像云霞消散一般不见踪影了。国王焦虑不安地说道：
诸位臣仆听吾言，今日此情真恼人，
本王猎犬无踪影，此犬乃是本王宝，
吾今宁愿死猎场，定把猎犬找回宫，

今宵此山权过夜,明日一早去寻犬。

当夜,君臣仆民各自头枕弓箭,在山上度过一夜。次日一大早,国王嘎拉旺保推醒正在鼾睡的大臣智那增,说道:

智那增听本王言,快快起来去探听,

有无人语犬吠声,有无猎犬踪和影。

智那增领命起身,四处找寻,听不到人语和犬吠声,看不见猎犬一点踪迹。他又登上山顶,四下张望,发现印度东部方向一片茂密的森林深处有一席平地,有一幢房屋建造得十分壮观,那里炊烟袅袅。大臣心想,猎犬肯定在那儿,想毕即返回来禀告国王道:

高贵国王前启禀,万民之主听臣言,

不闻人语犬吠声,不见猎犬留足迹,

我登山顶细查看,东方有片大森林,

森林深处一平地,一幢小屋真壮观,

炊烟袅袅绕屋顶,猎犬可能在那边。

国王嘎拉旺保听后喜出望外地说:

心腹大臣智那增,博通五明言不谬,

猎犬定是在那边。

言毕,国王立即率领群臣仆民直奔印度赫若迦檀林。当他们来到一家婆罗门的门口时,发现了猎犬足迹。大臣智那增上前敲门,过了一会儿,一个鹤发绿眼、满口无牙、手拄拐杖的婆罗门老翁从屋内应道:"谁在敲门呀?"等老翁开门后国王手举吉祥的哈达挂在老翁的手杖顶端说道:

婆罗门老听吾言,本王来自曼哲冈,

嘎拉旺保是我名。昨日一早离宫廷,

闲来打猎到这里，猎获麝鹿三十七，
日薄西山近黄昏，猎犬失踪到处寻，
今见犬踪你门口，快快交出莫迟疑。

老翁闻言，不胜惊慌，心想：平常只是听说那国王嘎拉旺保法度严明，权大势重，可我根本没有见过他，他怎么会找上我的门来了呢？老翁战战兢兢地俯地叩拜道：

尊贵无比的大王，请您细听我来说，
我们两个老夫妇，头白年迈力又单。
暮年苍凉实可怜，哪有能耐顾猎犬。
两耳未闻外边事，不曾听来不曾见。
大王若是持疑心，请到屋内细查看。

说毕，打开屋门，君臣仆从一拥而入，东寻西找，枉费工夫，没见到猎犬的影儿。他们又进了中门，发现一个鹤发绿眼、满口无牙、手持拐杖的老太太坐在那里念嘛呢。国王暗想：这婆罗门二老如此长寿，这般富有，全是由菩萨在保佑。想到这，国王顿生敬重之心，可是念那猎犬尚无下落，使他心事重重。这时，他发现屋内有一门紧锁着，上去踢了一脚，对着老妇人说道：

老太太你快开门，我的猎犬在此屋！

老太太合掌叩拜道：

尊贵无比的国王，嘎拉旺保听我言，
我俩年老体又衰，生来没有啥能耐，
如今已是垂暮年。大王丢失宝贝犬，
不曾听说亦未见，见了定给主人还，
大王若是不相信，这就开门请您看，
还请大王莫斥责。

老太太言毕开了门。国王嘎拉旺保进门一看,玉榻上有一位姑娘,好似下凡的仙女,她身着锦缎,肌体沁香,贤淑本分,体态迷人,语似百灵,容貌美如智慧度母,令人神魂颠倒。国王心想:我突然丢失了猎犬久查阿喜,恰在婆罗门老人的门前发现了猎犬足迹,这般情景倒像是五部度母给本王预示祥兆,暗暗引本王到此处。想到这里,将脖子上一颗闪闪发光的松耳石解下来戴到卓娃桑姆头上,然后向着老夫妇说道:

二老须把这姑娘,嫁于本王做妃子,
从今往后要牢记,别说姑娘上了天,
莫道姑娘入了地,别说贵族抢了去,
莫说富翁聘了去,别说大盗偷了去,
莫说贱人娶了去,莫让姑娘露颜面,
莫要走漏这消息,若是姑娘失了踪,
你俩性命难保住。明日后日做准备,
后天便是吉祥日,本王前来送乳礼①,
侍童女仆任你要,金银财宝送上门,
姑娘嫁我做妃子。

言毕,君臣们兴高采烈地扬长而去。

此时,卓娃桑姆坐卧不安,心烦意乱。她想,我与其做这暴君的妃子,倒不如死了的好。这时,她耳边又回响起五部度母的预言,对了,度母不是说我要身遭磨难吗?原来指的就是这事。想到这儿,她奔出房门,舒展衣翅,准备飞奔天界。不料被父母知晓,父亲洛吾上前拽住卓娃桑姆的衣襟泪涟涟地央求道:

卓娃桑姆听父言,你要飞奔去天界,

---

① 乳礼:藏俗在求婚时,送给女方父母养育之恩的聘礼。

抛下阿爸和阿妈，父母怎能把心放？
曼哲冈的君主他，王法铮铮权势重，
圣旨降下谁敢抗？儿离父母去远方，
二老性命顷刻丧，反复琢磨细思量，
为报父母恩和爱，莫离年迈的双亲。

这时，母亲泽玛泪珠涟涟，拽住女儿的左襟苦苦劝道：

心肝女儿听母言，女儿奔天令人奇，
起初降临人间时，空行度母有预言，
到了佛法后弘期，飞赴仙境莫迟延。
目下正值前弘期，提前飞升实不宜，
卓娃桑姆要三思，为报父母爱和恩，
留在膝下莫离开！

经阿爸阿妈这番苦劝，卓娃桑姆也动了心。是啊，难道不可怜可怜自己的阿爸阿妈吗？想到这，她不禁流下泪来，答应不再飞往天界。老两口一听，破涕为笑，不胜欢喜。

且说到了国王约定的吉日，曼哲冈的君臣奴仆，马驮如意宝珠，象驮金银绸缎，送来种种财宝难以计数，并带来许多奴婢，作为姑娘的聘礼。两位老人看见这些很欢喜，赶紧拿出金银首饰、绫罗绸缎，将姑娘打扮了起来。梳妆打扮好后，卓娃桑姆、国王及智那增大臣各骑骏马，由智那增大臣带路，朝皇宫而去。这里，迎亲的人流长达几十里，他们欢腾跳跃，载歌载舞，拥卓娃桑姆入了宫。这时，国王嘎拉旺保和卓娃桑姆各坐金银宝座，这金银宝座，交相辉映，把宫殿照得通亮透明，宫里宫外一样亮堂，使人里外难辨，几乎成了一座无量宫。宫里大摆筵宴，君妃尽享欢乐。

卓娃桑姆心想，我正是为了这些造孽的君臣和百姓们皈依佛

门而来的,做此等善事何乐而不为呢?于是,她对国王说道:

嘎拉旺保大王听,臣妾有话向你禀,
凡尘寻欢似泡影,荣华富贵是孽根。
因缘和合皆无常,应为来世修善德,
人生无常终有期,六字真言常念诵。
一心只把本尊修,信守十善抛十恶[1],
时时胸怀慈悲心,随意自在执空性。

国王嘎拉旺保听了这番话,喜悦地说道:

金口玉言句句真,本王一一来践行。

言罢,国王命令在皇宫楼顶插满旗幡,吹响螺号,敲锣打鼓,召集臣民聚会。国王说道:

诸臣仆听本王言,猎犬显灵成婚姻,
婆罗门前留足迹,疑是新妃所变幻。
卓娃桑姆修正法,本王也要皈佛门,
臣民也来奉正法,远离十恶近十善。
一心只把本尊修,时时念诵六真言。
片刻莫忘慈悲心,随意自在执空性。
造孽作恶事莫为,否则身心受严惩,
群臣百姓牢记心。

自此,曼哲冈国君臣属民广行善业,生活幸福。

卓娃桑姆为普救众生超脱八畏[2],在度母宫中静修期间,生得一女,取名为恭度桑姆。当公主三岁时,卓娃桑姆又得一子,取

---

[1] 十善、十恶:十种善行和十种恶行。十善:不杀生、不偷盗、不邪淫、不妄语、不两舌、不恶口、不绮语、不贪婪、不嗔怒、不邪见。反之,为十恶。

[2] 八畏:佛教用语,亦释作八难。即狮难、象难、火难、蛇难、水难、牢狱难、贼难和非人难。

名为恭度列巴。自从生了公主和王子,国王嘎拉旺保与卓娃桑姆尽享天伦之乐。国王按嵌字诗对卓娃桑姆唱道:

爱妻艳姿胜芙蓉,本王有语倾耳听,
万物皆空何足惜,吾要诚心皈佛门。
自今独居神殿中,要像僧人去修行。
快乐活泼姐弟俩,如花似玉妃子你,
本王特地来辞行,忍痛告别去诵经,
爱妻把话牢记心。

卓娃桑姆说道:

英明君王倾耳听,女儿命苦离父母,
无权身边常厮守,犹如乳牛和牛犊,
套绳系颈相隔离,又如母羊与羊羔,
分圈两处何孤独,严酷八畏似杂日①,
似处酷热魔女地。若弃眷属去修行,
如走狐王解脱路,帽子暖头却空心。
荣华富贵虽享尽,若不矢志去修行,
阎王殿里受煎熬,群羊围定一山羊,
欲要突围是休想。虽然君王疼爱我,
深宫大院母子忧,王妃哈江欲吞我,
还是让我回天界。

卓娃桑姆说完心中的忧苦,便回到度母宫,母子三人闭门静坐。

时过不久,嘎拉旺保前妃哈江(魔妃)的奴婢色玛拉果,偶然登上宫楼,无意中发现了母子三人,心想:哎呀呀,这岂不是把哈江妃子打入冷宫了吗!原来国王嘎拉旺保又娶一妃,这下国

---

① 杂日:拉萨东南方珞隅地区一山名,后辟为佛教圣地。

王可就有了继承王位的太子,也有了联姻皇戚的公主。于是,立即向哈江妃子禀告道:

贵妃仔细听奴言,国王嘎拉旺保他,
另娶一女立为妃,生有太子可继位,
生有公主可衍亲,您没生子需担忧。

哈江魔妃听了心想:那些道听途说只能信一半。可是现在听到的是眼皮底下的事情,看来未必不真。她来到宫楼,看见卓娃桑姆母子三人果然住在度母宫中,气得哈江魔妃七窍生烟,愤愤地自言自语道:"我是嘎拉旺保的妃子哈江,大名鼎鼎谁人不知?你卓娃桑姆却来与我作对,我今日誓与她不共戴天,我定要吞噬这母子三人,若不遂愿,就让护法本尊来惩处我!"

说完,哈江魔妃咬牙切齿地返回寝宫。

此时,卓娃桑姆深感不安。她想:那五部度母早已对我垂恩保佑,赐予锦翅,预示说我会身遭磨难,指的不就是哈江魔妃造孽吗!这么一想,便把爱子送到父王身边,把出水芙蓉一般的公主搂在怀里,满含泪水,伤心地说道:

恭度桑姆听母言,阿妈当初临世时,
五部度母有预言,说我定遭大磨难。
大难来自哈江妃,存心要害咱娘仨。
阿妈服饰遗女儿,速离此地莫久留。
祸福难料托父王,阿妈即刻奔仙洲。

卓娃桑姆说罢,泪如雨下,解下饰品,脱去衣服,赤身裸体,展开双臂,腾空而起,直奔南隅空行度母洲。公主也想去侍奉阿妈,举身起飞,竟没能飞出半步。她失声痛哭,独自返回阿妈的寝宫,寂寞异常,好似鸟去巢空。阿妈遗在地上的服饰妆奁一片狼藉。

这凄惨的情景使公主难过极了,她哭得死去活来。这时,王子恭度列巴走进寝宫,不见阿妈,只见阿姐悲痛欲绝,王子问道:

公主阿姐我问你,阿妈为何不见面,
如此伤心为哪般?

恭度桑姆回答道:

恭列弟弟听姐说,昔日你我和慈母,
朝夕相聚度母宫,多么快乐和幸福,
享尽母爱和欢愉。色玛拉果此婢女,
曾经见我母子仨,谗言挑拨哈江妃。
魔妃为了探虚实,亲自来到度母宫。
见到我们母子仨,气急败坏出狂言,
我乃驰名哈江妃,卓娃桑姆来捣乱,
今日吞噬你母子,若不吃掉你三人,
甘愿承受神处罚。咬牙切齿悻悻去,
面目狰狞实凶险。母亲难忍魔妃话,
谆谆告诫女儿我,说是她要遭磨难,
磨难来自哈江妃,扬言吃掉母子仨,
阿妈难留度母殿,飞返仙境不容缓。
首饰衣服遗女儿,姐弟托给父王管。
言毕腾飞碧云天,你我如今怎么办?

说完,泪水似瀑布一般倾泻下来。弟弟恭度列巴说道:

如此看来难久留,魔妃要来吃咱俩,快找父王想对策。

说毕,姐弟二人直奔父王面前,恭度列巴叩拜父王,泪水涟涟地说道:

嘎拉旺保父王听,母子欢聚度母宫,

相依为命享天伦，怎料哈江一婢女，
色玛拉果来窥探，发现我们母子仨，
回头去对哈江说。哈江自来探虚实，
七窍生烟出恶语，我乃驰名哈江妃，
卓娃桑姆来捣乱，今日吞噬你母子，
若不吃掉你三人，甘愿承受神处罚，
言毕咬牙又切齿。母亲哪忍这恶语，
谆谆告诫阿姐道，当初阿妈降人间，
度母预言要遭难，恶魔正是哈江妃，
母子岂敢再久留，久留必遭魔妃吃，
衣服首饰遗女儿，阿妈要去度母洲，
姐弟托靠父王管。临行谆谆教诲后，
腾空而起飞上天。姐弟离母肝肠断，
祈求父王多悯怜。

言罢，姐弟二人齐拜父王，流泪不止。国王嘎拉旺保一听没有了卓娃桑姆，顿时昏厥于地。奴婢们急忙送来檀香汁，洒在脸上，国王这才苏醒过来。国王泪如泉涌，痛苦地说道：

道听途说有真假，今日姐弟亲口讲，
孩儿说话似不假，我要亲自去探详。

国王嘎拉旺保飞也似的来到度母宫一看，只见宫内如同遭了劫匪，凌乱不堪，卓娃桑姆的服饰用具也是一片狼藉。国王精神昏聩，如疯如癫，蹲在屋顶上抱头痛哭，悲恸至极。这时，王子上前扶住父王安慰道：

呜呼父王听儿言，阿妈已升神仙境，
并非世间阳寿完，只为众生飞上天，

父王不必多忧伤，快来发愿莫迟缓，
多作祈祷向青天，阿妈定会早临凡。

国王嘎拉旺保听了心想，我这孩儿不愧是观音化身，你看他不到三岁竟能如此宽慰人心。想毕，右手领着王子，左手牵着公主，来到度母宫顶上，仰望天空，虔诚祷告道：

祈求无欺佛法僧，保佑万事能如愿。
卓娃桑姆听我言，莫在天际把身隐，
快快回返王宫中，恶魔只是戏弄你，
你却当真实不该，求你快回王宫中，
莫在天间把身隐。丢下王子怎忍心？
丢下公主不伤情？遗弃君王真无义，
无视玉帛真愚笨，求你怜悯众生灵，
夫妻早日得相逢，我的祈祷早实现！

国王嘎拉旺保祷罢，别说看到卓娃桑姆妃子的身影，就连个回声都没有，父子三人只好绝望地蹲在宫旁发呆，十分悲伤。

这时，哈江魔妃正在向臣僚们训话道：

众臣倾耳听我言，君王嘎拉旺保他，
若是诚心守诺言，除我不应娶妃子。
如今他却食了言，暗将卓娃桑姆娶，
这般做事太绝情，六载没把我搭理，
实在叫人气填膺。瞧那印度诸君王，
虽是一王娶几妃，一样宠爱无差异。
国王如此对待我，身为王妃岂能忍！
卓娃桑姆避身去，跑了和尚庙尚在，
快快准备鸩毒酒，我要敬给君王饮，

醉倒君王发癫狂，从此监禁六年整。
众臣个个得重赏，金银财宝任你选，
天下百姓也施舍，众臣赶快去执行！

众臣僚慑于哈江魔妃之淫威，违心屈从于哈江魔妃之毒计，一齐拿来鸩酒来到国王嘎拉旺保身边，齐奏道：

无比尊贵大国王，嘎拉旺保请您听，
卓娃桑姆虽上天，知心王妃仍在旁。
生有太子可继位，生有公主可衍亲。
大王健康身无恙，臣民因此有福享。
大王无须太惆怅，葡萄美酒敬大王，
请君开怀来畅饮，且把法事多宣讲。

奏毕，向国王嘎拉旺保连连敬酒。国王哪里晓得这是鸩酒，还以为是群臣敬酒来宽慰自己呢，高兴之下，只管畅饮，当时就醉倒了。他一会儿跳舞，一会儿唱歌，一会儿又仰天大叫："我的卓娃桑姆，你在哪儿啊？"他又是唱，又是跳，真是醉态百出。哈江魔妃得意扬扬地说道：

臣僚快快来动手，此时正是好时候，
嘎拉旺保牢中囚，色玛拉果来监守，
送饭用绳天窗吊。

过了很久，哈江魔妃心里又暗算道：小小火星儿，会烧毁大山一样的草堆；小小溪流，会淹山盈谷，这姐弟二人现在虽然还弱小，若不趁早除掉，长大了我就奈何不了了呀。嗯，看来得除掉才好。如果叫臣僚去宰杀这姐弟俩，他们一定不肯下手，看来我不得不另想办法了。噢，有了，有了，装个大病，卧床不起好了。想到这，她收拾床铺，铺了烂牛皮，脸上涂了腐脑汁，左面颊上涂了赭色颜料，右面颊上涂了蓝靛，咯出紫痰，像死人一样躺在那儿。得知哈江魔妃得病的消息，群臣都来到床前，启问病情道：

贵妃娘娘听臣言，贵体哪儿不舒坦？
身上有点发烧吗？求神祛病可有利？
祭神求方可有益？用何良方请开口。

哈江魔妃说道：

我已病得这般重，求神祛病有何用，
祭神求方亦枉然，莫要假意献殷勤。

群臣说道：

贵妃倾耳听臣言，你身染病多沉重，
如何治疗才有效？姐弟二人尚年幼，
吃穿住行指望您。

哈江魔妃说道：

诸位臣僚听我言，病魔缠身遇危难，
神医良药亦枉然，药方在手汝难办。
良方灵药我自有，尔等按方快去办，
姐弟与我冲相属，扒出他俩心与肝，
若是吃了二童心，疾病再重即刻痊。

群臣诧然说道："公子和公主绝不可杀害呀！"

哈江魔妃说道：

这事与臣无相干，曼哲冈有两弟兄，
宰牛杀羊造孽深，将他请来万事成。

群臣领命将二人找来，二位屠夫来到哈江魔妃枕边请命道："王妃何事召唤，请吩咐。"

哈江魔妃说道：

一大一小屠夫听。老大去掏公主心，
　　老二去挖王子心，热气腾腾端上来。
　　这是良药治我病，事成本妃有重赏，
　　莫要违命快去办！

两个屠夫领命而去。他俩迅速来到度母宫，闯入姐弟房间一看，发现这姐弟二人尚年幼，只顾贪玩。王子看见屠夫，十分惊骇地问道：

　　屠夫请听孩儿言，往常你们到身边，
　　我无惧色多坦然。今日你们来身边，
　　吓得我俩心胆战，二位来此有何干？
　　魔妃暗召群臣去，合谋杀害王子嗣，
　　令你前来戮姐弟？姐弟到底有何罪？
　　无端屠戮心何安？作孽不怕恶报应？
　　兄弟二人请三思！

王子说完，潸然泪下。年轻屠夫一听这话，既同情又敬佩，眼泪汪汪地说道：

　　屠夫兄长听弟言，年事虽高不算老，
　　神志昏蒙方是衰。姐弟有父有母时，
　　谁敢动他半毫分，今日岂敢妄杀戮，
　　饶他姐弟二人命。掏出守院狗的心，
　　假充人心把妃蒙。

老屠夫听后非常赞同，便对王子公主说道：

　　公主王子洗耳听，魔妃授命众臣僚，
　　委派我这造孽人，前来剜取姐弟心。
　　卓娃桑姆在世时，毫毛影子谁敢碰，

今日身旁没阿妈，妄杀二人岂忍心。
殊胜姐弟听我言，从今别在花园玩，
若叫哈江看见了，二人性命在旦夕，
权当父母来教诫，姐弟二人牢记心。
屠夫自有法蒙哄，办妥差事交众臣。

说毕，放过了姐弟二人，宰杀了宫门前的两条小狗，扒了心肝，来到哈江魔妃枕前回报道：

贵妃仔细听我言，身为屠夫是贱辈，
毫无怜悯杀姐弟。大的就是公主心，
小的便是王子心。敬献贵妃讨欢心，
半壁江山我不要，只求依旧多关爱。

哈江魔妃拿起两颗心，调了佐料，吃得一干二净。遂将赭色蓝靛全部揩净，穿戴一新，赐予屠夫美味佳肴，各样财宝。哈江魔妃显出极其爽快的样子，每天上宫楼散心。

且说这姐弟二人只顾玩耍，哪管其他。有一次正在花园玩时，不料被哈江魔妃看见。她想，这造孽的屠夫说是杀了姐弟，可他俩还在花园玩，看样子，臣僚们暗地里还是疼爱姐弟俩，我还得重新算计算计。想毕，她又收拾好床铺睡下了，首饰衣服堆在枕边，弄得乱七八糟，如针扎一般地不时呻吟，群臣又到跟前启问病情道：

敬请贵妃听我言，贵体为何不舒服，
疼痛是否可忍耐，怎样才能心畅快？

哈江魔妃听了，气得发抖，转过头去不理睬。群臣又过来面向妃子启问病情道：

贵妃殿下请开口，病魔缠身成这样，
什么方子最灵验？卓娃桑姆上了天，

国王已被囚囹圄，姐弟二人已丧生，

众臣唯独担心您。

哈江魔妃说道：

诸位臣僚听我言，何必假意买人情，

拿着狗心充人心，还说扒了姐弟心。

如今病重痛难忍，又染脏病入骨髓，

干脆让我死了好！

哈江魔妃说完便倒了下去，一言不发。群臣急忙说道：

贵妃倾耳听臣讲，留下王子要继位，

留下公主要衍亲，今天又要杀二人，

小人岂敢来违命。

哈江魔妃说道：

杀人不必臣动手，曼哲冈有二渔夫，

从来不把善恶分，快把二人传进宫！

群臣领命，找来渔夫，到哈江魔妃枕边问道："王妃有何懿旨，请吩咐。"

哈江魔妃说道：

老渔翁你听清楚，去把公主扔海中。

小渔夫你听端详，去把王子抛海中。

无量财宝作报酬，命你二人快动手。

渔夫兄弟领命而去，闯进房间一看，这姐弟二人可怜巴巴的。看见渔夫进门，王子开口说道：

渔夫大人听我言，往常二人到身边，

心中自在无疑点。今日看到二人来，

令人心惊又胆战。祈请二人说实情，

群臣听信魔妃言，出谋划策降下令，
前来取我姐弟命？妄杀无辜怎忍心，
宰杀性命无恻隐，作恶不怕有恶报，
渔夫二人细思忖。

言毕，泪流不止。渔夫弟兄回答道：
姐弟两人仔细听，魔妃群臣共暗算，
派我造孽打鱼人，前来杀害你姐弟，
下令抛入汪洋中。

王子说道：
只因前世积福德，今世身贵为太子，
怎料落入渔夫手。请看宫外大树上，
鹞子势大攀高枝，小雀失魂叶下躲，
飞禽也知强和弱。虽是太子和公主，
就像鹞巢下小鸟，姐弟无母得此报。
盼望阿妈眼欲穿，夜中常把阿妈梦，
梦醒母去意怅然，祈母下凡救儿女！

言罢，泪水涟涟。渔夫弟兄说道：
二人花言又巧语，今日任你耍花招，
骗得屠夫难骗我。

言毕，把二人五花大绑，如获仇敌，从楼顶拖了下来，连推带搡，押到城门外时，镇上的男女老少见此情景，无不痛心疾首，唉声叹气地说道：

姐弟美貌比日月，花蕾怎能献祭坛，严霜煞花痛烂心。

言毕，个个哭成泪人，伤心极了。可是慑于哈江魔妃的凶残，爱莫能助，只好做罢。渔夫又带着二人赶路，快要临近大海时，王子对阿姐恭度桑姆说道：

恭度桑姆阿姐听，请你瞧瞧这海里，
雄鹅在先把路引，雌鹅在后来守尾，
雏鹅安然游中间，水禽母子多恩爱。
贵为王子和公主，难比海中一雏鹅，
母子何时聚一道，没娘姐弟多孤凄，
卓娃桑姆贤良母，下凡来救你儿女！

王子声泪俱下。渔夫二人解去姐弟首饰，扒去衣服，那小渔夫抱起可怜的王子，正准备投入大海时，王子说道：

渔夫哥啊渔夫哥，稍停片刻容我言，
临死再三来祈祷，若能灵验死无憾！

渔夫说道：

容你诚心来祷告，不许胡乱来咒骂。

王子说道：

哪想把你来咒骂，兹因前世把孽造，
落得今日遭夭折，我向度母做祷告，
听我虔诚唱祷歌：东部金刚度母啊，
从东请把绫索抛。南部宝生度母啊，
从南请把绫索抛。西部莲花度母啊，
从西请把绫索抛。北部成就度母啊，
从北请把绫索抛。中部明照度母啊，
从中请把绫索抛，姐弟攀绳去神洲。
可怜姐弟无母亲，阿妈来把儿女救！

歌罢，泪流满面，那伤心悲泣的样子使小渔夫也忍不住痛哭起来，说道：

渔夫大哥听弟言,姐弟父母在宫时,
谁敢动他一根毛。而今失去双亲护,
怎敢忍心下毒手,不如饶命为上着。
天下何处不存身,带上家小异乡走,
免得造孽太深重。

说得老渔翁也扑簌簌流下泪来,连忙给姐弟二人穿戴整齐,说道:

姐弟二人听分明,魔妃群臣歹毒心,
命我造孽二渔夫,前来杀害你二人。
你俩从今逃他乡,别再误入曼哲冈,
恶毒妃子众奸臣,岂能饶命弃杀心,
不杀二人心不死。离开此地投印度,
印度百姓秉正教,慷慨善良好施舍,
此番到那脱笼牢,莫像盲人迷方向,
快奔印度是正道。

姐弟二人听了如同父母的教诲,心中十分感动。渔夫二人远送姐弟一程,挥泪告别。自此,二渔夫也携妻带小离开曼哲冈投奔他乡。

姐弟二人恰似离群之羊,散群之鸟,不知所向,只好四处张望。心想,只因贵为王子,身处皇宫,深居简出,落得今日道路不识,方位不辨。这时恭度桑姆对弟弟恭度列巴说道:

恭列[①]王子听我言,坐待衣食哪里来,
渔夫二人已说明,依言速奔印度东,
投奔圣地讨生活。

---

① 恭列:王子恭度列巴的简称。

王子回答道：

阿姐说得有道理，请劳阿姐做向导。

就这样，五岁的公主恭度桑姆带着三岁的王子恭度列巴朝着印度东部方向走去。走近一处森林时，王子悲伤极了，加上口渴难忍，不由得念叨起来：

公主阿姐听弟言，今日上路已疲劳，
不知明日路多遥，今日讨得食些许，
不知明日讨多少。今日总把阿妈想，
明日是否会晤面，孤儿孤女泪滔滔。

王子声泪俱下。公主只好假装识途，开口宽慰弟弟道：

恭列王子听姐言，今日行程虽遥远，
往后路途会缩短。今日讨得食虽少，
明日定能吃得饱，美味香果一定有。
今日总把阿妈念，来日相会终如愿，
天伦之乐会偿还。卓娃桑姆贤良母，
快为儿女降恩泽。

弟弟恭度列巴听了无限悲伤，几乎昏倒，悲泪纵横。阿姐恭度桑姆也泪流不止，继续领着王子朝着印度东部那片森林深处走去。这里林木茂密，四处鸟雀叽叽，不绝于耳，猕猴野兽，不时出没，再往前走，处处毒蛇盘绕。这时，王子已是饥肠辘辘，饥渴难忍，悲伤至极，泪涟涟地说道：

公主阿姐听我言，照料弟弟全凭你，
水难找来食难寻，何处若有清泉水，
取来救命最要紧。

公主恭度桑姆泪涟涟地说道：

恭列王子听我言，跟着阿姐快攀山，
攀上山顶去寻水，喝了清水把路赶。

言毕，阿姐心疼弟弟，泪流满面地牵着弟弟的手，艰难地攀上山岭，对弟弟说道：

阿姐我去寻水来，弟弟在此等片刻。

言毕，留下弟弟一人去寻泉水。

这时，一只鸽子落在山顶，公主见了心想，那鸽子落脚处肯定有水。上去一看，虽没见到泉水，倒有点泥浆，她就爬下来吮吸，又想带点回去给弟弟解渴，可是手头没有盛器，看看腰间，有一条带子，是阿妈给她的，便解下带子包了一点泥浆往回走。这时的王子真所谓"屋漏偏遭连阴雨"，盼水水不来，又遭毒蛇咬。王子被蛇咬伤，像砍断的树一样倒在地上。公主赶到时，发现弟弟恭度列巴已经死去，她摸摸身子，已经变得冰冷冰冷的了。她紧紧地搂住弟弟，悲恸地哀叹道：

呜呼此情多凄惨，哀哉叫我怎么办，
公主我呀好伤心。卓娃桑姆赴天界，
丢下苦命两姐弟。父王被囚进监牢，
弃下儿女无依靠。弟弟途中一命亡，
丢下阿姐好悲伤！呼天唤地心欲碎，
谁料这般苦难当！不如让那渔夫害，
同归深深大海洋。

说罢，抱住弟弟的尸体，失声痛哭，悲恸欲绝。

这时，卓娃桑姆在西部空行洲正在给那些度母宣法讲道，众度母发现她泪痕满面，便问她为何流泪？卓娃桑姆说道：

诸位度母听我言，五部度母曾授意，

要我快到门隅①地，嫁给国王做妃子，
幸得一男又一女。不料我又遭磨难，
宫中魔妃叫哈江，色玛拉果是婢女，
登上宫楼来窥探，发现我们母子仨，
回头告于哈江妃。魔妃亲来探虚实，
看见我们妒火起，七窍生烟出恶语。
大名鼎鼎谁不知，不料卓桑②来捣乱，
若不吞噬你母子，愿让护法神吞我，
言罢咬牙又切齿。我因遵从度母言，
为度众生来仙境，丢下心肝儿和女。
魔妃加害他二人，撵出宫如丧家犬，
毒蛇咬伤我孩子，顷刻之间一命息，
女儿悲伤气欲绝。今日宣法暂停止，
需显化身下凡去。

说罢，卓娃桑姆瞬间变为一条白蛇，来到王子身边，从他的脚掌咂出毒汁。王子苏醒过来，睁眼一看，阿姐还在身旁。这时，那条白蛇已经从一棵树梢上腾跃而去。王子对公主说道：

公主阿姐听我言，望眼欲穿姐不还，
突如其来蛇咬伤，中毒倒地命将亡。
晴空降下无情祸，弟弟幼弱难承当。
另有一蛇叮脚心，醒来见它飞上天，
阿姐是否也看见？我想那是母化身，
化作蛇形来团圆，可惜白蛇飞上天，

---

① 门隅：西藏错那县一地名。
② 卓桑：卓娃桑姆的简称。

无可奈何受煎熬。

说罢,向阿姐要水喝。

阿姐恭度桑姆对王子说道:

王子贤弟听姐言,近处未得水一点,
山下仅有浊泥浆,没有盛器腰带包,
山高坡陡误了时,回来见弟一命亡,
搂住贤弟悲欲绝,忽见白蛇叮脚心,
弟弟苏醒喜若狂,忘了去把白蛇抓,
带中泥水也渗完。

说罢,公主把腰带递给王子,王子拿起潮湿的带子吮吸起来,恰似困鱼得水,雨洒将枯的鲜花一般。说道:

恭桑阿姐听弟讲,为防毒蛇再行凶,
快离此地莫再停,从速投奔印度东,
奔向那里讨生活。

姐弟二人立刻动身上路,不久又走到一处森林。这时,母亲幻化为一只猴子,向姐弟俩投以慈祥的目光,说道:"看这姐弟俩多可爱啊!"王子想,这猴子莫非是森林之王?于是上前对猴子说道:"美丽的猴子,你给我姐弟俩施舍些野果吃吧。"猴子说道:"请你俩再往前走,坐到如意树荫下休息吧。"猴子说完,便攀上杧果树梢,抛下很多美味杧果,姐弟二人饱餐一顿。这里果实繁多,百味俱全,二人饱享百味,算是遇上了遭难之后的第一个美好时光。

再说时过不久,哈江魔妃上楼散步,依仗魔鬼的幻眼发现了姐弟二人正在印度东方的一片密林中。于是,在宫楼上插满旗幡,遮天蔽日,螺号声声,锣鼓喧天,哈江魔妃召集群臣说道:

诸位臣僚听我说,两个渔夫实可恼。

没把姐弟抛汪洋，印度密林正徜徉。
享食野果我眼见，孽种渔夫逃天边。
群臣各把兵器带，快去擒拿姐弟俩。
扒掉衣服捆住手，五花大绑押回来。

群臣遵命，各带兵器，顺着一条去往大海的足迹，赶到印度东部那片森林。王子恭度列巴看到许多大臣来到这里，便对公主说道：

恭度桑姆听弟言，魔妃派臣来到这，
像是来杀我们俩。

这时，诸臣站在离二人不远的地方唱起诱骗之歌：

姐弟二人听仔细，父王得释出囚狱，
卓娃桑姆已回家。父母眷念姐弟俩，
常问姐弟去何方，怀疑魔妃和奸臣，
合伙残忍被暗害，誓言不见二儿女，
甘愿自杀了此生，臣等闻言真伤心，
特来接应你二人。

王子恭度列巴信以为真，不胜欢喜。于是群臣逮住姐弟，扒光衣服。一位大臣把姐弟二人的衣服捆起来背上，其余的人把姐弟俩捆绑起来，押着他俩向曼哲冈走去。这时，王子恭度列巴对公主恭度桑姆说道：

公主阿姐听弟言，看来我俩命不保，
故向三宝虔祈祷，祈求观音降恩典，
拯救姐弟离此难！母去父离多灾难，
慈母卓桑睁慧眼，明察姐弟遭磨难！

王子言毕，潸然泪下。公主恭度桑姆对群臣说道：

诸位大臣容我言，昔日双亲在身旁，

群臣对我多疼爱，如今离开父和母，
转脸无情太炎凉，要杀就杀我一人，
姐弟思念父母亲，几番曾在梦中会，
现在盼望见真容。

说罢，流泪不止，但群臣不予理睬，毫无怜悯之心，带着姐弟二人来到曼哲冈宫门外广场。百姓们见此情景，悲伤地说道：

姐弟美貌似日月，花蕾怎能献祭坛，
严霜煞花痛烂心！

平民哀叹不已，可是怎耐那哈江魔妃弄权，无力相助。这时，哈江魔妃来到姐弟跟前说道：

姐弟二人听我言，你俩无父又无母，
就像无顶的宝幢，不是牦牛长毛垂。
今日过夜地牢下，明日东方红日出，
交于下贱两猎人，抛到印度东山顶，
座座山顶雪覆盖，尖尖雪峰似观音，
座座山腰逞赤色，红山逞显莲花容，
座座山峰高又高，巍巍耸立入云霄，
座座山根长又长，深深扎在大海底，
鸟鸣兽嚎堪惊心，推下悬崖命立丧！

这一夜，哈江魔妃将姐弟二人关在地牢里，让婢女色玛拉果监守。二人赤身裸体，饥肠辘辘，严寒难挨，只好偎依在一起，曾几度昏死过去，幸好由母亲卓娃桑姆施展法术得以救活。到天亮时，两个猎人到哈江魔妃前启请魔妃把旨降。哈江魔妃说道：

命你猎人二弟兄，带着姐弟到印度，
抛到东山悬崖下，功成回来领重赏。

天下黎民亦布施,赶快上路莫怠慢!

猎人领命,将姐弟二人五花大绑,用刀柄推推搡搡地带往印度东山顶。途中碰见一群鹿在山洼中行走,其中有牡鹿、牝鹿,也有鹿羔。王子触景生情,对公主说道:

公主阿姐听弟言,你看那边山洼里,
牡鹿引领走前头,牝鹿在后护幼崽,
一群鹿羔中间走。兽类尚有父母护,
你我公主和王子,不如这群小鹿羔。
可怜二人没阿妈,思母之心何时休。

说完泪如雨下。到了山顶,那年轻猎人拦腰抱住可怜的王子,准备抛下悬崖时,王子说道:

猎人大哥听我言,别忙把我扔下山,
容我临死做祷告,做完祷告情愿死。

猎人容许王子恭度列巴在临死前做祷告,王子祈祷道:

谨向法身菩萨虔祷告,谨向报身菩萨虔祷告,
谨向化身菩萨虔祷告,祈求助我意愿能得偿。
五部度母请开恩,东部金刚空行母,
肌体洁白光闪闪,头顶发髻美而艳,
右手金鼓咚咚响,左手银铃响叮当,
双脚频蹈舞翩翩,从东抛下白绫索,
牵我王子入佛门,可怜阿姐发慈悲,
可怜无母姐弟俩。卓娃桑姆贤良母,
惠顾儿女发慈祥。

祷告完毕,王子恭度列巴声泪俱下。老猎人见此情景,也伤心得泪水难禁,说道:

猎人弟弟听我言，屠夫弟兄发善心，

放了姐弟饶了命。渔夫二人心肠软，

赦放姐弟免遭难。姐弟父母在身边，

就是影子谁敢欺！今朝没了父和母，

我等害命良心丧，早早释放理应当。

年轻猎人听完老猎人的话，立即回答说："猎人大哥，我生下来就是杀生的，你若不敢将姐弟俩抛下悬崖去，就让我来推好了。"老猎人又说道："我们早有分工，你推王子，我即使去死，也要把公主放走。"

这时，公主恭度桑姆来到年轻猎人前，泪流满面地叩拜求饶道：

年轻猎人听我说，这番饶过王子命，

姐弟二人报大恩，终身不忘你猎人。

年轻猎人听了仍然不答应放走王子。王子对公主说道：

公主阿姐听我言，咱俩死别期已临，

阿姐活在阳世间，弟我命将归地府，

今日死别无会期，但愿色界①再相逢。

说到这里王子已是声泪俱下，泣不成声断断续续地说道："现在我即使死也无怨言，猎人把我推下崖去吧！"于是，年轻猎人抱起王子，从悬崖峭壁上扔了下去，可怜的王子像一只被击落的飞鸟悬空而下。

这时，卓娃桑姆在度母洲含泪显神，她起先化为雌雄二鹫，雄鹫展翅托住王子恭度列巴，使王子免撞岩石。而雌鹫没有看见公主恭度桑姆坠下悬崖，便隐身而去。

这时，当王子落入大海时，卓娃桑姆又突然化为公母二鱼，

---

① 色界：色界竟天，色界天之第八层即最上层，色界最极胜处。

公鱼用鳞翅托住王子恭度列巴,使王子再度幸免于难。可是母鱼不见公主恭度桑姆坠入海水,也便隐身而去。

王子恭度列巴只身孤立海边,冻得直打哆嗦,他走投无路,伤心地流泪不止,心想再也没有个去处了,便呆呆地站在那里。这时,母亲幻化成一只鹦鹉,从海面展翅飞来,对着王子说道:

看这孩子真可爱,今天你从哪里来?
今夕打算到何处?父母姓名怎称呼?
姐弟性命遭何险?

王子听到鹦鹉如此询问,便回答道:

鹦鹉到此询问我,我把实情照直说:
我今获得霞满身,虽然身贵为王子,
命苦不幸遭磨难。慈母卓桑赴仙境,
父王嘎旺囚牢狱。恭度桑姆是我姐,
恭度列巴是我名,魔妃派来二屠夫,
欲杀姐弟绝王嗣,我俩再三求饶命,
屠夫手下留了情。年幼无知花园玩,
又被魔妃来窥见,魔妃又命二渔夫,
绳捆索绑到海边,再三祈祷神保佑,
渔夫心软放了我。姐弟忙奔印度东,
密林之中奸臣擒。魔妃复令两猎人,
将我抛下万丈崖,空中踩在鹫翅上,
免撞岩石落海中,海中一鱼托背上,
背往陆地命未亡。我是来自曼哲冈,
今夕过夜在海边,一无食来二无衣,
人地生疏路茫茫,求求鹦鹉助一力,

感谢救我危难中。

鹦鹉对王子说道："请你骑在我背上。"说罢，展翅而飞。鹦鹉回过头来说道：

我那莲域诸臣民，人人信奉观世音，

六字真言不离口，可惜王位没人继，

今番幸好遇着你，你可做那莲域王。

王子回答道："我哪能当王呢？"

这时，鹦鹉祈拜四方时，王子亦跟着祷告四方神灵，顿时，从天降下一件赤黄色袈裟、一条紫红色腰带、一双白色皮靴、一方头巾，鹦鹉帮王子穿戴整齐。王子问道："我能当莲域王吗？"

鹦鹉说道："当个王有何难！"

说罢，独自飞往婆罗门大禅师那里。鹦鹉来到禅师身边说道："莲域无人继承王位，现有位菩萨化身为年仅三岁的孩子，现在在檀香树荫下静坐，我看请他继承莲域王位正合适。"

禅师闻言大喜，放下手杖，来到莲域，绕城三圈后，对年迈的老国王和王后说道："莲域人向来信奉观世音菩萨，有只鹦鹉对我说，现在观音菩萨幻化为三岁灵童，正在檀香树下静坐，若把他请来当国王，莲域一定会变得国富民强。"

年迈的老国王夫妇听了禅师的话，感到无比兴奋，便召集莲域百姓，将禅师的话传达给大家。黎民百姓听后议论纷纷，有的说："议论我莲域王位继承的除了禅师你别无一人。"说着便蓦地冲向前，欲杀禅师。这时有人出来劝阻道："这样对待禅师太鲁莽，还是听听老禅师的话，看看鹫翅救王子的事实，不是说鹦鹉有预言吗？"

于是，众人按鹦鹉说的地方前来探看，果然王子坐在檀香树下。大家欣喜异常，立即组织迎请队伍，从莲域牵来坐骑，高举胜利宝幢、锦旗彩幡，敲锣打鼓，乐器齐奏，手捧香炉，隆重迎请王子，拥戴他登上莲域王的宝座。从此，莲域国富民强，兴旺昌盛。

再说，公主在山顶心神不安。心想，我那弟弟已被抛下峭壁，我还活着有什么意思。想罢准备自刎时，却被老猎人制止，背到山下。老猎人想，我因前世造孽，落得今日身为猎人，现在又造下如此罪孽，让这姐弟受了这么大的委屈，我死了也只能转成地狱饿鬼，还不如早早死了，免得再造罪孽。于是丢下公主，拔出腰刀欲要自刎。公主心想：我这么一个连乞丐都不如的姑娘，让一个刚强的汉子丢掉性命多不该啊！于是，她伸出纤纤嫩手抓住猎人那鹰爪一般的粗手，犹如飞蛾扑火般扑向老猎人，说道：

猎人救了我的命，我也该把猎人救。
倘若自杀丢性命，自此轮回五百年。
每回都得自杀死，我劝恩公莫自尽，
罪恶自有元凶负。

老猎人听了公主的肺腑之言便丢掉了手中的刀，不禁潸然泪下，说道：

恭度桑姆快快去，莫再迟疑奔莲域，
翻过一山一梁时，其后就是莲域地，
快到那里去乞食。

说罢，老猎人伤心不已，独自返回家乡。

公主下了山坡，先由救她性命的那两位渔夫兄弟带她越过一座座山峰，其后由一位侍臣带她翻山越岭，再后由屠夫二兄弟带她跋山涉水。后来，公主恭度桑姆的脚痛得实在走不动了，只好停下来休息。这时，一位仙女下凡来到她面前，用嘴在她的膝盖处一吮，脚的疼痛一下子就消失了。

当公主来到悬崖下面，心想：要是看不到王子，至少也拾得几根头发或几块尸骨吧，当她走下山来到海边，哪有王子的影儿，只见一堆一堆的尸骨，看来也是被摔死者的尸骨，里面有白的、黑的，也有花的。她不管这些是不是王子的骨头，随手拣了些，来到婆罗门禅师那里。为纪念王子做了三个小佛像，放到佛塔中，绕塔礼拜。尔后她一路乞讨来到莲域一个大牧场，见人就说："可怜可怜我这小乞丐，施舍一点食物来充饥。"

　　一个好心的牧民给了她饭食。她就这样一路乞讨，不料却被狗咬伤了脚，三个月内动弹不得。快要痊愈时，几位牧人送给她一件打了黑白花三色补丁的衣服、一根打狗棒和一口小碗，然后说道："小姑娘，你由此翻过一道山梁就可以看到莲域金碧辉煌的大宫殿了。莲域的人们乐善好施，你到那里讨饭食去吧。"

　　公主一路流泪，来到宫门口，脸朝宫楼，拖着细长的声音喊道："求求国王降恩泽，可怜我这苦命的女乞丐，施舍一些吃的和穿的。"

　　此时，王子正在宫楼上散心，公主的乞讨声像箭声一般传入他的耳朵，这声音好熟悉啊，莫非是我的阿姐？立即向大臣达娃桑保下令道："大臣快到宫门口去，问清宫门口的乞丐是何方人氏，父母弟兄又是谁。"

　　大臣达娃桑保领命来到宫门口，向站在门口的女乞丐问道：
　　乞女是从何处来，到此途经何地方，
　　准备要往何处去，父母弟兄是何人，
　　亲戚邻居又是谁，照实把话说明白，
　　我要回去禀大王。
　　公主回答道：
　　呜呼大臣听我言，本人来自曼哲冈。

嘎拉旺保是阿爸，已被魔妃囚牢房。
卓娃桑姆是阿妈，早已飞往神仙乡。
恭度列巴是我弟，魔妃陷害命已丧。
恭度桑姆是我名，无衣无食来行乞。
叩求大臣发善心，禀报国王恩赐舍。

说完泪流不止，连连央求。大臣回宫禀报实情，大王闻言，声泪俱下。

王子说道：

我也来自曼哲冈，原是阿姐到门上。

说完，急忙奔下楼，跑到宫门口一看，来人正是阿姐恭度桑姆，姐弟俩紧紧地拥抱在一起，悲喜交加，昏倒在地。仆人端来檀香汁，将二人沐浴后便苏醒过来。公主梳洗打扮一新，进入皇宫。王子恭度列巴坐在金宝座上，公主恭度桑姆坐在璁玉宝座上。自此以佛法治理莲域，国家空前兴旺发达起来。

没过多久，有一日，曼哲冈的哈江魔妃大升旗幡，螺号喧天，锣鼓咚咚，召集臣民议事。臣民启禀道：

呜呼哈江王妃听，今日升旗又插幡，
螺号声声响连天，锣鼓声急令人眩，
准是出了大事情，来犯之敌在何方，
黎民百姓穷且弱，黔驴技穷无良方。

哈江魔妃说道：

呜呼臣民听我言，屠夫弟兄留遗恨，
王子公主仍生存，没有摔死东山崖，
现已继位莲域王，如此现实怎能容。
星火不灭必燎原，小流不堵盈山谷。

后天是个大吉日，曼哲冈有十万军，
举兵进攻莲域城。妃子我来做统帅，
臣民快去做准备！
言毕，哈江魔妃起身回宫。

到了大举发兵之日，曼哲冈的十万大军集中在宫前广场上，哈江魔妃身着铠甲，手持金弓铁箭，骑着黑妖马，张口露出獠牙，妖臣欢呼雀跃，摇旗呐喊，而忠臣良将却忧心忡忡，虽无心参战，但因慑于哈江魔妃的权威，只好屈从。于是哈江魔妃领兵来到莲域谷口。莲域人一看大敌压境，无不惊骇。正在这时，大臣达娃桑保进谏道：

大王倾耳仔细听，臣请大王莫担心，
魔妃妖军来压境，允臣率军去退兵。

王子目视上方，对年迈的父王母后启禀道：

在囚父王听儿言，天界母后听儿讲，
是死是活儿出征，请速打开兵器库。
让我取出金铠甲，金弓配备绿翎箭，
铁弓配备鸟羽箭，铜弓配备铜箭头，
出征遇敌要用它，种种武器都给我。
黄色天马能飞翔，请求赐我做战马。
三万大军我统帅，请为王子做后盾。

王子祷告完后，又对大臣达娃桑保说道：

妖军难抵你大臣，消灭魔妃与妖军，
不失良机今出兵，不灭魔妃誓不还，
不让哈江逞顽凶。

这时，王子想起父王曾夸奖他"长大会成为一位胸襟开阔的英雄"的话，心中万分高兴。于是，穿上铠甲，手持弓箭，骑上飞马，统领三万大军直奔莲域谷口。

哈江魔妃一见王子，怒火中烧，即刻在马背上拈弓搭箭，咬牙切齿地说道：

孽种王子听我言，你已身临阎罗殿，
犹如小虫入蚁穴，今日不吃你心肺，
愿叫护法食我肉。

言毕，哈江魔妃獠牙半露，飞扑过来。王子见此凶相，稍有惧色地祈告道：

祈告十方诸天神，五部度母发慈悲，
祈求保佑我大军，助我射杀那妖妃。
箭头托付诸天神，箭尾托付海龙王，
箭腰托付诸凶神，三宝为我张弓弦。
拈在手中这支箭，不射天神在天界，
不射龙王在海中，不射凶神在一旁。
请求天兵来助战，请求凶兵来支援，
请求龙卒来参战，三宝导箭敌胸间。

言毕箭发，正中哈江魔妃心脏，哈江魔妃滚下马来。曼哲冈的士兵一看，发箭人正是昔日的王子，赶忙上前跪拜告饶，缴了弓箭。这时，王子下了飞马，拿弓压住哈江魔妃胸口厉声说道：

呜呼哈江魔妃听，睁眼看看我是谁，
我是恭度列巴王，我是莲域城国君。

哈江魔妃用假装赞美王子的口气说道：

呜呼王子听奴言，有眼无珠不识君，
不知你是真菩萨，求你这番饶性命。

我将爱你如亲子,请你待我似阿妈,
共来匡扶曼哲冈。恭度桑姆公主她,
可以扶持莲域地,不分尊卑理国政,
请放我回曼哲冈。

王子说道:
哈江魔妃听仔细,卓娃桑姆遭你害,
阿妈飞赴度母洲。弃下幼小姐弟俩,
无依无靠受孤凄。父王受骗被你害,
囚入监牢去受苦,罪大恶极实难数,
回想这些怎饶你。你命屠夫害姐弟,
又派渔翁杀无辜,再派猎人来行凶,
将我扔下东山崖。回想这些怎饶你,
今日擒获哈江你,岂能放虎归山去!

言犹未了,只见四面刀矛齐逼,八方飞矢如雨,哈江魔妃一命呜呼。他们将哈江魔妃尸骨深埋在九层地狱下,上方立一座镇魔大黑塔。

这时,王子站在塔旁厉声说道:
佛法永恒不泯灭,魔鬼休想弄妖术,
魑魅魍魉镇塔下,众生从此享安乐。
北方雪域乐土广,有我王子来治理,
佛法昌盛永弘扬。

言毕,特为曼哲冈士兵大设军宴,以示宽宥。莲域黎民百姓听到哈江妖魔被斩杀的消息,无不拍手称快,处处设宴庆贺。

正当军民庆贺胜利之时,王子说道:
我要速去曼哲冈,因为魔妃囚父王,

尚在监牢受煎熬，去救父王出牢房。

于是命令大臣达娃桑保等，组织一千五百名士兵，带上起死回生的药物，随他前往曼哲冈。大臣达娃桑保奉命做好了充分准备后，大队人马出发来到了曼哲冈。到了宫门，抓住了婢女色玛拉果，把她流放到荒无人烟的地方。入得宫门，先将牢门打开一看，只见父王皮包骨头，已是奄奄一息了。见此惨景，王子难过得昏厥于地。过了好一会儿，方才苏醒过来，便抱住父王痛哭不止道：

父王遇难多不幸，只怪魔妃在作祟，

这般残忍世少有。久久不见父王面，

父王快醒训诫儿。

父王已不省人事，他两眼深陷，不能开口。王子挤来白牦牛的奶冲好一包起死回生药灌入父王口中，又冲一包来擦洗身子。见父王面露红润，冰冷的身体也逐渐温暖起来，他又冲两包，一包灌入父王口中，一包擦洗父王身子，父王便能开口讲话了，说道：

身旁这个小孩子，不是恭度列巴吗？

咱们一家受大难，都怪哈江来作乱。

父王略闻前两日，魔妃统兵去莲域，

近日将返曼哲冈，王儿快回莲域去，

免遭魔妃吃了你！

王子恭度列巴回答道：

魔妃领兵伐莲域，吃了败仗丧了命。

我已返回曼哲冈，父王启驾回宫去。

父王启驾入宫，父子俩同登金宝座，宴庆数月。这时，大臣泽旦和智那增等上殿向王子忏悔道：

国王王子公主听，请为逆臣多开恩，

吾等逆臣从魔妃，国王三人遭大罪，
大王无故囚监牢，王子公主险遭杀，
今日无恙重返宫。早先姐弟逃山林，
吾等诱擒罪恶重。今日大王重回宫，
敬奉厚礼赎罪行。

说完，有的献上金子，有的敬献银子，有的奉献大象、水牛、骏马等，国王嘎拉旺保说道：

众位大臣听吾言，你等原本无反意，
只缘中了魔妃计，此事既往再不咎，
改邪归正理当然。抛弃十恶择十善，
六字真言常诵念，诚心诚意修本尊，
保国保民保平安。

王子说道：

屠夫兄弟情似海，渔夫二人恩如山，
快把恩人请进来！

一大臣领命而去，把屠夫和渔夫一一请来，王子把群臣献的金银，还有府库中的财宝，粮仓中的各种谷物，赐予他们，动情地说道：

屠夫渔夫大恩人，情深似海恩如山。
屠夫渔夫仔细听：赐封屠夫兄弟俩，
曼哲冈国做内臣，赐封渔人兄弟俩，
莲域国里做内臣。

说完，父子引领五百臣民来到莲域国。在这里大设筵席，百日不散，自此君臣百姓洪福齐天，饱享幸福吉祥的美好生活。

苏吉尼玛

李钟霖 译

主要人物

（按出场次序排列）

达伟代本——森吉洛哲国老国王
拉益华姆——森吉洛哲国老王后
达伟森格——老国王的长子、国王
达伟旋努——老国王的次子
阿吾纳格——森吉洛哲国大臣
柔唵吾毛——达伟森格的妃子
猎人之子——御花园管理人、宫廷猎人
苏吉尼玛——达伟森格的王妃
图巴钦茂——苏吉尼玛的法名
尼玛森格——达伟森格之子
甘迪桑姆——柔唵吾毛的侍女
斗格热巴津——森吉洛哲国奸臣

迎入宫中，封为王后

话说昔日古印度，有个名叫森吉洛哲的王国，国王名叫达伟代本，王后名叫拉益华姆，长子名叫达伟森格，次子名叫达伟旋努。

这个王国，在老国王的精心治理下，国力强大，百姓富庶，疆域辽阔，拥有城池三百六十万座；财富丰裕，拥有国库三百六十座，奇珍异宝满仓；金柄白伞等器物无数；国王有个如意禅定钵盂，十分灵验，有求必应；有条幻化宝索，能伏魔降妖；有专奴为国王饲养天鹅飞马、赤鼻大象、如意奶牛、红目水牛、巧舌鹦鹉、鸡豕猎犬等；有座花园，百花争艳，常年不谢。国王有位聪慧绝顶的贤臣，专在御前为国王出谋划策；有个猎人之子，专为国王狩猎，寻求山珍海味。整个皇室和谐吉祥，无所纷争。

漫漫岁月，使国王显得老态龙钟，难以理政。一日，老国王达伟代本对长子达伟森格说道："吾儿听旨，王若无权，犹如飞禽折翅、虎脱斑纹、狮离雪山、鱼离江河，王离皇族是无法驾驭百姓，治理国度的。父王已年老体衰,应当把王位传给你,该由你来执掌国政了。"

长子达伟森格启禀道:

昔日由祖辈治理国家,其后由父辈治理国家,

而今国政交由我治理,治理国家必依两种道①,

内外两道谁优父赐教。

父王饬谕道:"诚如皇儿所言,治理国家,必依两道。若依内道之法治理,今世幸福昌盛,来世必有善报;若依外道之法治理,会立显效应,军威浩大,权势无穷。当今,我等适逢浊世②,用温柔手段是难以制伏众生的。因此,必须依赖大自在天③的威慑力,暂藉外道之法,恩威并施,但最终还得依仗内道之法治理国度,才能达到国泰民安的目的。"从此,老国王把治理王国的大权交给了长子达伟森格。

达伟森格继承王位后,命臣属准备举行祭神赐福仪式和各种祭祀贡品。到了选定的吉日,以赤鼻大象领头,其后紧跟驮运鲜肉、鲜血、湿皮张、供果等敬神祭品的骡马、水牛以及马车等。国王骑乘一匹快如闪电的高头大马,在大臣阿吾纳格、猎人之子及众随从的簇拥下,浩浩荡荡前往王城东面的一个神秘的地方。这个地方是个毒蛇盘踞的茂密大森林,阴森可怕。森林中有块天然巨石悬于空中,石上有尊天生的外道大自在天的天王神像。新国王就是来祭祀这尊天王神像的,祈求赐福加持。

在前往森林的路途中,看见一群姑娘在河中洗澡嬉戏,其中

---

① 两种道:佛教分宗教为内外两道,佛教徒自称内道,称非佛教徒为外道。

② 浊世:五浊恶世,佛教所说的寿浊、烦恼浊、众生浊、劫浊、见浊。

③ 大自在天:佛教徒和非佛教徒共同承认的一位天神,一面三目,手捧颅器,持白牛幢,颈青色,顶以月亮为天冠。

有位名叫柔唵吾毛①的姑娘在河边洗过头后,戴上美丽的头饰,在草坪上载歌载舞,自娱自乐。国王被姑娘优美动人的舞姿、婉转悠扬的歌声、窈窕迷人的体貌所倾倒。神魂颠倒的国王,就像母兽盯着怕丢失的幼兽一样,目不转睛地盯着姑娘,问大臣阿吾纳格道:

姑娘的父亲姓甚名谁,姑娘的母亲姓甚名谁,
姑娘本人叫什么名字,姑娘的出身家境如何?

大臣阿吾纳格从国王的询问中,领悟到了国王已经深深地爱上了这位姑娘,便开口回答道:

勾魂诱人之美女,父亲姓名臣不知,
母亲是谁也不知,出身必定是杂工②,
财富仆人两空空。

大臣阿吾纳格禀告完后,便牵着国王的马缰绳离开姑娘,向着有外道大自在天王神像的森林走去。

国王和随从来到大自在天王神像前,供献各种各样的祭品,特别是举行杀牲祭祀,宰杀各种动物无数,用其热血浴佛,敬献鲜肉,展示整张人皮,用兽肠做成华盖悬在神像顶上。总之,祭品丰富,仪规庄严,虔诚祈神灌顶加持。

国王达伟森格在祭祀仪规圆满结束后,便心满意足地打道回府。在回宫的途中,又见那位姑娘在一群浑身散发着香气的少女的陪同下,笑盈盈地载歌载舞迎上前来,停在了国王的面前。特别是勾引国王神魂颠倒的那位姑娘,身上散发出檀香的芬芳,笑

---

① 柔唵吾毛:意为种姓低下的姑娘。古印度四种姓中等级最低的戍陀罗。
② 杂工:古印度人的四种姓之一,依次是婆罗门、刹帝利、吠奢、戍陀罗。戍陀罗,等级最低下,即杂工、杂役。

逐颜开，露出满口洁白的牙齿，比原先更显得美丽娇艳。国王情不自禁地伸出右手握住姑娘的手说道：

面容美如十五月，牙齿洁白似白兔①，
凉光②灿然照着你，皇家花园地喜花③，
难道姑娘不爱它④？

姑娘未及回答，大臣阿吾纳格抢先禀告国王道：

呜呼国王听我言，黄铜色艳虽美观，
怎比真金还值钱？蓝色葱石虽好看，
怎比碧玉还值钱？种姓低贱虽窈窕，
怎能配偶做王妃？

国王回答道：

不曾攀登雪山顶，怎能目睹白雄狮？
未曾进入大森林，怎能观赏虎斑纹？
从未到过海岛屿，怎能得到如意宝？
不听不问似聋哑，怎能相遇心上人？

国王提出如此驳议后，大臣阿吾纳格来不及回答，只见国王将姑娘扶到马背上，扬鞭催马，一同朝森吉洛哲城进发，并派遣猎人之子快马加鞭，先到皇宫向父王母后及臣民报告国王新纳王妃消息，让他们做好吉祥喜庆的准备。

猎人之子催马趱程，疾驰两日后来到森吉洛哲城，向老国王夫妇和宫中杂役人员转告了新国王达伟森格的敕命。老国王夫妇听到这个消息喜悦万分，命令臣民抓紧准备。于是全城臣民沐浴洁身，

---

① 白兔：为使文章更显华丽，藏文著作中常常用藻饰词进行修饰，白兔是月亮的异名。
② 凉光：月亮的异名，凉光即月光。
③ 地喜花：即睡莲，月出则开，日出则合。
④ 爱它：此处，国王自比睡莲，问姑娘爱不爱他？

盛装打扮,分别到各十字路口载歌载舞,热情迎接新国王和王妃。

当新国王达伟森格带着美丽的姑娘来到王宫时,那只能说会道的鹦鹉站在国王的宝座扶手上抱怨道:

达伟森格国王听,看似娇艳此王妃,
她是哪国的公主,父王母后名叫甚,
家世血统怎么样,给她彩礼是多少,
带来嫁妆有多少,对上能否尽孝道,
对下能否怜百姓,能否生育敛财富,
女人贞操怎么样,针线茶饭怎么样,
聪明才智有与无?

达伟森格国王听了鹦鹉接二连三的责问,面露怒色,十分难为情地对鹦鹉说道:

体态娇艳可倾城,气度雍容又倾国。
本王一见便钟情,迎进宫来做王妃。
鹦鹉所询朕不知,还请闭嘴莫多言。

鹦鹉听了国王的辩驳后,很不以为然地说道:

英武国王听我说,贪恋此女窈窕身,
钟爱此女容貌美,迷恋此女姿色娆,
国王惑乱鹦鹉晓。

国王怒视鹦鹉说道:

巧舌鹦鹉少饶舌,花言巧语尽瞎扯,
看似聪颖却愚昧,虽具智慧是畜类。
本王钟爱此美女,鹦鹉闭口少多嘴,
宫中聚有五百妃,家世种姓都高贵,
仆人服侍享清福,谁敢能与此女比?

鹦鹉听了国王的斥责，双目斜视，压低声调，怯生生地说道：
达伟森格国王听，刀斧虽利终会钝，
弓虽强硬终将折，明年终将会后悔，
莫当我言是戏谑，现在马上离开你。

鹦鹉说完后，展翅飞离，回到王宫屋顶胜利宝幢下的飞檐窝中去了。

国王坚持己见，把自己做太子时从各地小邦中娶来的五百美女，和这位种姓低贱的柔唵吾毛一起都纳为王妃。国王自己坐金宝座，种姓低贱的柔唵姑娘坐碧玉宝座，其他妃子分别坐铜、铁、青铜等宝座，共同享受着五妙欲的幸福生活。特别是这位种姓低贱的柔唵吾毛无拘无束、无忧无虑地享受着幸福的宫廷生活。

有一天，天刚蒙蒙亮，一头野猪突然闯进了御花园，将争艳怒放的花朵统统吃掉，将含苞欲放的花骨朵啃食殆尽，将地面拱得坑坑洼洼，到处拉屎撒尿，整个花园被践踏得一片狼藉、臭气熏天，不堪入目。

以往，花园从没有被任何野兽糟蹋过，这次被这头野猪破坏得令人发指。花园管理者猎人之子看到这种惨象，怒火中烧，立即拿起弓箭，沿着野猪留下的脚印一直追上山去。这时天已大亮，眼看就要捉住这头野猪时，突然从密林中窜出一只香獐来。猎人心想：杀死野猪，只能弄点肉吃，如果杀死这只香獐，不仅有肉吃，还可以剥下香獐皮用。于是毅然放弃逃命而疲乏的野猪，去追捕活蹦乱跳的香獐。这正如谚语所说："嗔恚过盛起贪心，猎人弃猪捕香獐。"

猎人放走野猪追捕香獐，一直追到密林深处时，突然跳出一头大鹿来。猎人心想：杀死香獐，肉少皮又小，如果杀死这头鹿，不仅有肉有皮，还有贵重的鹿茸，岂不是一举三得嘛！于是又放弃疲于奔命的香獐，去追捕奔跑如飞的大鹿。这又如谚语所说："贪心不足似乞丐，犹如猎人追大鹿。"

疲惫不堪的猎人追到太阳落山时，大鹿钻进了无边无际的密林深处不见踪影。如同格言所说："起手工作未完成，后续之事难进行，前事无着后事弃。"有格言教诲人们说："俗人过分选择做官人，僧人过分选择贤上师，就像贪心猎人追野猪。"

猎人追鹿追进密林，加上夜幕降临，弄得自己晕头转向，搞不清到森吉洛哲城应朝哪个方向走，又找不到来时的路，独自一人困在漆黑阴森的森林里。猎人又饥又饿，冷冻难挨，只好摘野果子充饥，收集树叶当床垫。怕野兽袭击和窃贼骚扰，将弓箭枕在头下，在惊恐万状中度过了一个恐惧的夜晚。

第二天，太阳冉冉升起，他四处打量一番，仍然难辨方向。这时，他饥肠辘辘，便四处去寻野果当早餐吃。正当他聚精会神地寻找时，突然发现前方有一口具有八功德水①的清泉，在四方形的泉口旁有放置罐子和水瓢的痕迹。猎人心想：看来这林中肯定有人居住，我何不等等看有无人来取水呢？果不其然，他没等多久，便有一位超凡脱俗的姑娘迈着轻盈欢快的步伐飘然走来。只见她右腮上绘有金色金刚像；左腮上绘有银色莲花；额头上绘有珍宝图；鼻尖上绘有红太阳；下颌绘有水晶月亮；牙齿洁如白海螺，满口散发出檀香的芬芳；肤色白里透红，举止温文尔雅，简直像下凡的仙女。她右手拿水瓢，左手持罐子，来到泉边取水。猎人之子心想：若把这位姑娘献给国王，国王一定会喜出望外，我也会得到国王

---

① 八功德水：佛书中所说一甘、二凉、三软、四轻、五清净、六不臭、七不损喉、八不伤腹的优质水。

丰厚的奖赏。便主动向姑娘打招呼，问道：

尊敬的姑娘你早上好，请问你的父母叫什么，
姑娘的芳名怎么称呼，门阀种姓属于哪一级，
家中财富仆人有多少？鄙人来自森吉洛哲城，
森吉洛哲城里有国王，老国王名叫达伟代本，
新国王名叫达伟森格，你愿意做他的王妃吗？

姑娘听了既不回话，又不正眼看猎人之子，只是急忙将罐子灌满水后，就像野兽见了猎人似的仓皇离去了。猎人之子心想：我真笨，今天没有把国王的人品和财富向姑娘夸耀一番，所以她表现出无动于衷的样子。她既然住在此森林里，那明天必定还会来取水，我今晚就住在这里，等明天她来再详细介绍一番。于是，猎人之子摘了些野果充饥，当晚就露宿在泉水旁的大树下。

第二天，姑娘照旧前来取水。猎人之子急忙走上前去恭敬地问道："尊敬的姑娘，你家中有当家男人吗？如果没有的话，那就做国王达伟森格的妃子好吗？国王达伟森格权倾天下，财富雄厚，拥有城池三百六十万座，国库三百六十座，金柄白伞等器物无数，有如意禅定钵盂，幻化宝索，天鹅飞马，赤鼻大象，如意奶牛，红目水牛，巧舌鹦鹉，鸡豕猎犬等应有尽有，还有一座永不凋谢的花园。国家如此强大，国王如此富有，难道你不愿意当他的王妃吗？"

姑娘像昨天一样，急忙灌满罐子，既不看猎人之子，又不跟他搭话，仍然像野兽见了猎人似的逃走了。

猎人之子有点心灰意冷，想回家却因迷失了方向，找不到回去的路。心想：这个姑娘是人还是神？也许她知道我走出森林回家的路，我何不等到明天她来取水时问问呢？于是，当晚又留在

森林里住了一宿。

第三天，姑娘来取水时，猎人之子上前说道："尊敬的姑娘，我在此几次三番地向你介绍了国王达伟森格的情况，你却闭口不说一句话，使我很是失望。今天我要问你话，请你务必回答我。你到底是凡间的人呢还是神？抑或是位夜叉女？或者是家居当地的家庭主妇？或者是皈依三宝的修行女？我误入这密林深处，迷失了方向，找不到回家的路，现在请你为我指点迷津，指明我回家的路，尤其请求你保护我免遭窃贼的侵袭和野兽的伤害。"

姑娘听了猎人之子的恳求，给他指点了归途，并手拔一把孤沙草①，口诵密咒予以加持后交给了他，并郑重嘱咐道："你千万不要向任何人说起在这密林深处住着一个姑娘的秘密。"

猎人之子心想："姑娘一定是嫌我长相不佳，衣服褴褛，孤单一人而不予理睬，我若把国王请到这里来，姑娘一定会答应做国王的妃子的。"他为了确保他和国王再来时免遭盗贼侵袭和野兽伤害，便恳求姑娘说道："尊敬的姑娘，你为了我一路平安，只给了这点孤沙草，可我归途遥远，不够路途撒用，请你再给些孤沙草。"姑娘又拔了些孤沙草予以密咒加持后交给了猎人之子。不料，这予以加持的孤沙草法力极大，原本两天半的归途刹那间便回到了森吉洛哲城。

再说猎人之子的妻子，估计丈夫应该快回家了，便邀请亲戚朋友到家，对大家说道："我丈夫去追捕野猪已经五天时间了，这回肯定会带来不少猎物，到时会分给大家享用。现在，我请你们上山帮帮我丈夫把肉拉回家来。"她自己在家支起一口大铜锅，拿

---

① 孤沙草：也称吉祥草，一种长有芒的草，梵文译作除邪草，说此草点燃后可以祛除邪气。

出皮火筒，准备烧水待用。

　　猎人之子在回家的路上想："我有五天未进一粒粮食，现在家人肯定做好了饭菜在等我吧。"因为饥饿难挨，于是加快步伐赶路，很快就回到了家里。

　　猎人之子的妻子想："这次丈夫出门五天了，肯定打了不少猎物，自己拿不走，所以来叫我们去拉肉的。"于是，兴高采烈地出门迎上前去说道："肉在哪里，有多少？要不要把家人和亲戚朋友请来帮忙？要嫌人少，去请求国王派差役来？"

　　猎人之子回答道："哪来的肉，我连野兽的影子都没见过，请你们谅解。我五天未吃一口饭，你们清闲地待在家里，也没打算给我送点干粮来？"

　　妻子听了大发雷霆，说道："你这个不中用的东西，去当仆人也能挣点钱混口饭吃，可你连自己都养活不了，还埋怨我们没有给你送干粮来，真没出息！"

　　这时，被妻子请来准备上山拉肉的亲戚朋友们，个个怒火中烧，有的往猎人之子身上撒灰，有的拿起木棍追着打。这正如谚语"老头希望得孙子，老婆希望得赏赐"一样。

　　猎人之子啼笑皆非，心想：我把这几天的经历报告给国王，肯定会得到奖赏，至少也能赏些美味佳肴充饥。于是，他顾不得给家人解释，便跑到王宫去见国王。

　　到王宫去见国王，必须要经过七道门。当他来到第一道宫门时，卫兵问他来此何干？他对卫兵说道："我有喜讯启奏国王，快让我进去吧。"卫兵不屑一顾地说道："你一个猎人之子还有什么喜讯可言，尤其是你种姓低贱，浑身散发着晦气，放你进去，我们会受到斥责和处罚的。"

卫兵和猎人之子的争执被第二道门的卫兵听到了，于是告诉了第三道门的卫兵。这样，一直传到第七道门时，被国王听到了，国王问第七道门的卫兵："猎人之子在门外叫嚷什么呀？"卫兵奏道："说是他有特大喜讯要启奏国王，我看他是肚子饿了来向国王讨饭吃罢了，哪有什么喜讯。"

国王不满地说道："猎人之子跋山涉水，翻山越岭，无处不到，他若没有喜讯，你们这些门下站岗的人还会有什么喜讯？快让他进来见我！"

卫兵遵照王命，把猎人之子放进宫门，首先让他沐浴身体，然后往身上洒檀香水，换上新衣后带到了国王面前。国王问道："你有什么喜讯报告给我啊？"

猎人之子启禀道："尊敬的国王，在禀告喜讯前，请您先赏些饮食给我吧。"国王命人拿来三白三甘[①]赏给了猎人之子，让他吃饱喝足。

国王坐在黄金宝座上，柔唵吾毛坐在白银宝座上，其他五百名妃子分别坐在各自的宝座上。猎人之子吃饱喝足后，国王命令他报告喜讯。

猎人之子有点为难起来，心想：我要如实上奏，势必引起包括柔唵吾毛等五百名王妃的忌妒，从而迁怒于我，说不定还会严加处罚我。我应当很隐秘地说出事情的经过来，好让国王自己去判断。于是启禀道：

谨奏国王听我讲，我到森林深处时，
听说在您王宫中，有着甘泉一千口，
无数金鱼游其中。每口甘泉出口处，

[①] 三白三甘：三白指乳汁、乳酪、酥油；三甘指红糖、冰糖、蜂蜜。

都有一个铜窟窿，若用铁钉堵塞它，
如意奇珍与异宝，统统归国王所有，
国王受益寿无疆，国家强盛无后虞，
百姓幸福且吉祥。聪慧国王请思量，
此事能否称喜讯？

听了猎人之子报告的喜讯后，在座的五百名妃子心花怒放，欢呼雀跃，有的赐美食，有的送佳茗，有的竟脱下外套赏赐给猎人之子，还有的赠送珍贵的首饰，整个大厅沸腾起来。

国王端坐宝座，静静沉思。心想：猎人所说宫中有甘泉千眼，指的是五百妃子的双眼；所说无数金鱼在游动，是说五百妃子在明争暗斗，争风吃醋；所说每眼泉有一个铜窟窿，是指五百妃子的耳朵；所说要用铁钉把铜窟窿堵死，是说妃子们的耳朵太聪太长，要我设法堵住泄密通道；所说如意宝贝统统归我所有，是说我会遇到一位漂亮贤惠的妃子。国王想到这里，想和猎人之子单独谈谈，便高声宣布道："宫中有如此宝泉，宝泉中有如此多的宝贝，真是喜出望外，我们每个主仆都应沐浴净身，以表庆贺。请妃子们用鹅颈壶打上水回到自己的寝宫去净身，我也要去池塘洗澡。猎人之子你把我的洗澡巾和鹅颈壶准备好。"王妃们遵命纷纷离去。

猎人之子拿着国王洗澡用的用具来到池塘边，国王对他说道："你把宫中所说的喜讯再详细说一遍！"

猎人之子双膝跪地，双手合十，从野猪毁坏花园，自己追捕野猪上山，误入密林迷失方向，回家后妻子痛斥的经过全部报告给了国王。特别是把在森林中遇见一美人的事更加详细地报告给了国王。他描述姑娘的美丽时说："姑娘右腮上绘有金色金刚像；左腮上绘有银色莲花；额头上绘有珍宝图；鼻尖上纹有红太阳；

下颌纹有水晶月亮；牙齿洁如白海螺，满口散发出檀香的芬芳；肤色白里透红，举止温文尔雅，简直像下凡的仙女。若将她聘为王妃，把现在五百王妃的所有优点加在一起，都没有这位姑娘美丽漂亮，也比不上这位姑娘聪慧贤良。"

国王听了猎人之子的介绍，满面笑容地对猎人之子说道："聪明忠厚的猎人之子，森林深处有这样美丽的姑娘，你快领我去见她，如果去迟了，她一旦迁移到别处去，或被其他国王娶去为妃，那后悔也就迟了，走，现在马上就走！"

猎人之子奉劝道："尊敬的国王陛下，你我主仆二人，不能如此仓促赶去，我得换件新衣服，国王您更应该盛装打扮一番。还有为了防止流寇盗贼的侵袭和野兽的伤害，国王应当佩戴护身符，我带上足够的生活用品再出发才对呀！"

国王非常赞同猎人之子的远见卓识，说："你说的很对，俗话说'男人靠衣裳，女人靠首饰，百姓靠救济'，就按你说的办吧。"

国王命侍臣为自己打扮一番，身穿噶希噶产优质布衣，胸前佩戴吉祥结，上身戴上轻柔发光、冬暖夏凉的南赡部洲无价之宝的八吉祥徽，颈部佩戴蓝宝石项链，手腕脚脖戴上金、银、珍珠、碧玉、珊瑚等手镯、戒指和足钏。国王和猎人准备好后悄悄离开王宫，直接向大森林奔去。

他俩很快来到了森林深处的泉水旁，当晚住在了泉边大树下。第二天早晨，猎人之子对国王说："启奏国王陛下，我现在去寻找野果来吃，您就在此等候，等到姑娘来取水时，你俩好好交流一番。"说完便离开国王寻找野果去了。

国王在泉旁没等多久，果然有位美丽的姑娘从东南方向走来，正如猎人之子所描述的那样，她右腮上绘有金色金刚像；左腮上绘有银色莲花；额头上绘有珍宝图；鼻尖上纹有红太阳；下颌纹有水晶月亮；牙齿洁白如白海螺，满口散发出檀香的芬芳；肤色白里透红，她虽未佩戴手镯、戒指、脚钏等首饰，但容貌显得如此自然标致，体态是如此的轻盈，步态是那样的稳健，举止是那样的温文尔雅，真是眼见着迷，闻香倾倒，听声陶醉，触摸动情。她右手拿水瓢，左手提水罐，走到泉边打水，国王上前对姑娘说道：

美丽娇嫩姑娘听，取水打柴贱民役，

美味佳肴供上师，我乃治国贤君王，

你似磁石吸住我，随我回宫意如何？

国王详细介绍说："朕乃森吉洛哲城的国王达伟代本之长子达伟森格，你不会不愿做我的妻子吧？我国力强大，百姓富庶，疆域辽阔，拥有城池三百六十万座；财富丰裕，拥有国库三百六十座，奇珍异宝满仓；金柄白伞等器物无数；我有个如意禅定钵盂，十分灵验，有求必应；有条幻化宝索，能伏魔降妖；有专奴为我饲养天鹅飞马、赤鼻大象、如意奶牛、红目水牛、巧舌鹦鹉、鸡豕猎犬等；有座花园，百花争艳，常年不谢。"

这时，姑娘灌满了水罐，连正眼都不看国王一眼，提着瓦罐，像野兽见了猎人一样迅速离去。

猎人之子回到国王跟前问道："尊敬的国王，姑娘对您说了些什么呀？"

国王回答说："我温言细语讲了一大堆，可她就是不说一句话。不仅不回话，连正眼都不看我，打了水就匆匆忙忙地逃走了。"

猎人之子心想："是我把国王引到这个深山老林中来的，若不把姑娘弄到手，我不是前功尽弃了吗？"于是向国王说道：

尊敬的国王请听我讲，慢步缓行终达目的地，

细嚼慢咽有利肠与胃，温言细语谁都能接受，

放宽时限床榻细询问，麻雀虽小能飞到山顶。

国王说道："你说的不无道理，如果明天还跟今天一样不给回答，那我俩只好打道回府了。"这样，当晚又留在森林过夜了。

第二天，姑娘依然来取水，在国王的眼里，姑娘比昨天漂亮了百倍，心里暗下决心，若追求不到她，死也不回王宫。心想：昨天我夸奖了权势国威，没得到姑娘的认可，今天我要大赞特赞姑娘的美丽贤良，一定会得到姑娘的欢心。于是对姑娘说道：

你是非天还是人非人？或是梵净遍入天主宰？

美貌倾国倾城无人比，自在天母和吉祥天母，

梵天母和大自在天后，诸母娇美集于你一身；

你是天神龙王寻香女，世间无人敢与你媲美，

我的魂魄全被你摄去，你竟自忍心将我抛弃？

姑娘对国王的过誉心有不悦，将瓦罐灌满了水后，仍像野兽见了猎人似的飞快地逃走了。

猎人之子回来后问国王今天进展如何，国王回答说跟昨天一样，一句话未说就走了。猎人之子说道：

尚未完成是好事，未成即返非正士；

如同石上作绘画，死不放弃是君子。

国王默不作声，心想：大凡年轻美丽的女人，都喜欢听赞美之语，明天我对她赞美一番，也许能博得她的欢心。

第三天，姑娘来取水时，国王对姑娘说道：

见到你骄阳似的面容，我满身莲花立即怒放，

碧绿的青莲花也盛开，那花蕊艳丽的青莲花，

你亲手折下来有多好。

姑娘仍不愿正眼看国王，等取了水仍像野兽见了猎人似的逃走了。

猎人之子回来后询问国王道："今天的战果如何？"国王讲了姑娘不言而去的情况。猎人之子心想：这个姑娘太难对付了，看来很难让她回心转意。不过，即使是她答应嫁给国王做妃子，而对于我来说却毫无益处可言，这岂不是白费功夫吗？于是对国王说道：

国王请您听我讲，无雪山岳虽冲天，
威武雄狮不流连。黄柏刺丛再茂密，
也非老虎倨傲地。无宝大海再深邃，
蛟龙不会贪恋它。森林深处虽寂静，
也非国王宜居地，国王对此不厌烦？

国王正在思念着远去的姑娘，没有理睬猎人之子。心想：这两天我温言柔语不厌其烦地和她讲话，她却装聋作哑不动声色。女人胆小怕事，明天我用粗暴的语言对她讲话，也许会收到意想不到的效果。

次日，姑娘仍然前来取水，国王用强硬的口气说道：

假作正经卖风骚，夸耀年华傲慢女，
平心静气你不理，温言柔语你不听，
我乃强大末劫风，你是弱小小蜜蜂，
刹那之间被吹走，看你害怕不害怕！

姑娘听了这令人恐惧的话，还没等将瓦罐灌满水，就像见到刽子手似的提上罐子逃跑了。

猎人之子回来后问国王道："今天有结果吗？"国王说道："和昨天一样，没说半句话就跑了。"猎人之子对国王说道：

国王请您听我讲，食物美味舌尖尝，
河水深浅鱼知晓，姑娘底细终败露，
跟踪到底见分晓。

国王准奏，主仆二人跟上去紧追不舍。当追了五百步弓[1]之距离时，前面是一片平展如手掌的平原，方圆有一由旬大小，四周种有核桃、梨树、石榴、芒果树、椰子树、余甘子、花椒树、葡萄、诃子等树木。远山森林中有狐狸、獐子等各种猛禽野兽，有的在安详静卧，有的在奔跑觅食，听不到嚎叫咆哮之声。香獐、鹿、羚羊、斑鹿、野山羊、黄羊、岩羊等，有的在悠闲地觅食，有的在相互打斗嬉戏。孔雀、杜鹃、长颈鹿、黄鸭、迦陵频伽鸟等，有的在池塘游戏，有的在树间歌唱。青莲、睡莲绽放着红、白、绿、蓝各色花朵，压得大地要沉没似的。沉香、紫檀、白红檀香遍地皆是，散发着馥馨的芬芳。

在平原中央部位，有座一庹高的平台，平台用洁白的玉石砌成。平台中间盖有两座相对的茅草小屋，互为照应。其中一间里坐着一位婆罗门大修行师，一间里坐着那位取水姑娘。国王和猎人之子来到茅庵前时，婆罗门修行师和姑娘正双手合十，跏趺端坐在孤沙草编制的坐垫上，静心禅定大日如来世间八法[2]。这时，猎人之子对国王说：

国王请您听我讲，温言柔语她不听，
应当采取强迫法，如同鹞子捉麻雀，
刹那功夫捕到手，此法可行不可行？

国王对猎人之子说："这样蛮干怎么行，一则我们是信教徒，

---

[1] 五百步弓：一庹，一弓，古代藏族长度单位，平伸两臂之长度。
[2] 世间八法：对自己稍有损益即生喜怒的世间八事，即利、衰、毁、誉、称、讥、苦、乐。

如此做派会自食恶果；二则不仅伤害佛教徒，而且也伤害本教徒，会给王国政权带来灾难；三则要谋大事必须要有耐心，俗话说：'饥不食背盟弃信之食，寒不著盗窃不义之衣'，因此采取强迫的手段是不妥的。"

猎人之子说道：

国王请您听我讲，河流性相我不具，
黄牛入水不见背，天鹅落水爪沉没。
国王性相我无有，清闲住在王宫里，
嫌弃软垫扎屁股，美味佳肴不享受。
来到寂静森林中，就像猴子攀树枝，
寻摘野果填肚子，您看这样好不好？

国王什么都不愿说，带着猎人之子退回泉水旁，熬过一宿。次日天亮时，姑娘仍旧来泉边取水，国王上前抓住姑娘的手说道：

婀娜多姿姑娘听，多次温言问姑娘，
闭口不言难猜度，也不媚眼于睨视，
害得寡人欲自杀，如此是否合佛法？

姑娘听了国王的话，感到惊愕万分，声音颤抖地说道：

国王不用为我死，我不可能为你妻，
此事要对师傅讲，我去为师摘野果，
请你单独对师说。

国王来到禅师面前，叩了三个头，献上金币一枚后坐在禅师身旁。这时，姑娘拿着一铜盆新摘的野果献给了禅师。禅师将野果分为了四份，口诵"班扎布叉"咒语后，将第一份敬献给了三宝；口诵"阿拉拉霍"咒语后，将第二份留给了自己；口诵"唵啊吽"咒语后，将第三份施舍给了近旁的飞禽走兽；口诵"塔热特"咒语后，将第四份给了国王。国王接过野果说道:"尊敬的大禅师,我有求于您,您若答应了我的要求,我就把您赏赐的野果吃掉,若不答应,我便不吃。"

禅师说道:"只要不伤害我的生命,我就答应你。"

国王回答道:"我是森吉洛哲城的老国王达伟代本之长子即新继位的国王达伟森格,请求把您的女儿嫁给我。"

大禅师听了国王的请求后说道:

国王种姓虽高贵,却犯少年贪色病,
姑娘不宜嫁给你,种姓低微家境寒,
只配住在森林里,除了捡食野果外,
其他样样都不会。性情懒怠斑鹿女,
种姓低贱此女儿,无法延续王子嗣,
国王请你回宫去。

达伟森格国王回答禅师道:

禅师请别如此说,我爱姑娘美身貌。
若说种姓高贵女,虽有五百我不爱。
今天必须娶此女,如果拒绝我必死。
我死牵连父母亲,弟弟家人受痛苦。
均以善根为首的,三百六十万城池,
所有人畜皆悲哀。特别是猎人之子,
大臣阿吾纳格等,悲痛欲绝毋庸言。
无限痛苦滚滚来,所有痛苦之根源,
起因便是您女儿,岂不违背修法愿?

禅师听了国王的这番表白后说道:"如此说来,姑娘不得不嫁给你了。但是我的女儿皈依了三宝,信守内道,而你皈依了大自在天,信守外道。你俩信仰各异,对于国运昌盛无益,也不会给属民百姓带来幸福。如果国王你能皈依三宝,奉行十善法,我可以把女儿嫁给你。"

国王听了禅师的要求,愉快地答应下来,并在禅师面前发愿皈依佛法。说道:"请禅师授予我居士戒,即日起抛弃外道,信奉内道,绝不反悔。"

大禅师将女儿叫到面前说道:"我年事已高,你是我一刻也离不开的手杖。可是,你必须得答应做国王的妃子,若不答应,国王就会自刎而死去,而他的父母和弟弟也会悲痛而亡,全国的属民百姓,大臣和猎人之子也因失去了国王而悲伤不已。作为佛教徒必须提防罪孽的发生,必须为众生的利益而着想。因此,你除了跟他而去,别无选择。你去当了王妃,必须做到爱民如子。我老人已作好了为利众生而舍弃性命的准备,我希望女儿你也这样去做!"

姑娘听了禅师父亲的话,深受打击,昏倒于地。禅师立即向姑娘胸口喷洒檀香水,使女儿苏醒过来。女儿完全恢复了神智后,以加行七支①的仪规双膝跪地,双手合十,说道:

尊贵上师为何如此讲,平时教我慷慨去施舍,
却因国王之财逼我贪?教我表里一致守戒律,
却要我去做国王之妻?教我为避祸殃修忍心,
却把愤怒扔进贪嗔渊。教我为了善业去奋斗,
却陷我于懒惰泥潭中。教我心勿散逸勤禅定,
却让我藏懈怠于闹市?教我为驱黑暗举明灯,
却使愚昧藏于黑暗中。教我依恋俗家难修法,

---

① 七支:佛教徒修习佛法时加行的七种方法,即积资七支、忏罪七支、密乘七支。

却将我关进皇宫囚笼。常说恶趣道中最痛苦，
却要将我推入地狱去。

禅师回答道：

聪明胆小的姑娘，智慧心小的姑娘，
寡闻的姑娘你听，人情世故我熟谙，
国王府库财富多，由你慷慨去施舍。
虽然舍弃了戒律，但可以心护戒律。
虽然戒除懈怠业，但能乐意行善业。
虽难产生亲善义，但可禅修宽恕敌。
虽无禅定修习处，但可将心来比心。
虽然不见证悟果，终久总能成正果。
所见能见相分离，是我禅师的思维。
此欲能生善逝莲，关爱宫中六众生。
种种痛苦发生时，首先解除他人苦。
不要因此去表功，善业必得人人夸。

姑娘听完禅师父亲的训诫后，转身对国王说道："我不能违背父亲的教诲，但我恳求国王允许我留家三年，等我侍奉父亲三年后就嫁给你。"

国王回答道："不行，别说三年，一宿也不行！"

姑娘见国王如此坚决，便要求说："三年太长，那三个月总可以吧？"

国王还是不答应。于是禅师对国王说道："为了满足我女儿的心愿，看在我的面子上就留她三天吧，三天后就让她跟你到王宫去。"

国王答应了禅师的要求，就留了下来。但这三天，在国王看

来就像煎熬了三年,心急如焚,恨不得立刻飞回王宫去。而大禅师却利用这短暂的三天时间,向女儿讲解了与佛法相关的十善和十不善法,讲授了许多处理人世间人际关系的道理,特别是为姑娘讲授了禅师自己领悟和积累的像一百零一颗珍珠念珠珍贵的一百零一条经验体会。还郑重地教导女儿说:"生活在这个五浊尘世的众生,极喜欢挑拨离间,罪恶世间的妖魔厉鬼,常常以魔法咒人,你们女人心胸狭窄,见识短浅,容易发生冲突,你必须要提高警惕,认真防护,那么人或非人都无隙可乘。我的这些话,不要告诉任何人,不能告诉国王,也不能告诉给你亲生的子女。"随后为女儿诵经加持,祈祷她富贵吉祥。

　　三天过后,国王、新妃子、猎人之子启程返回森吉洛哲城。大禅师亲自送行五百步弓的距离。姑娘每前行七步,便回过身来向父亲磕头七次,感谢养育之恩德,说道:

三世间①师佛法僧,三界②怙主观世音,
三身③主尊贤上师,三门④虔诚致敬礼,
三地⑤六道诸众生,三毒⑥之害来袭时,
三学⑦之识来对治;三时⑧恒久爱姑娘,

---

① 三世间:天世间、龙世间、人世间。
② 三界:即欲界、色界、无色界。
③ 三身:如来三身,即法身、报身、化身。
④ 三门:指身、语、意。
⑤ 三地:指三善趣和三恶趣,三善趣:天、人、阿罗修;三恶趣:畜生、恶鬼、地狱。
⑥ 三毒:贪、嗔、痴。
⑦ 三学:戒、定、慧。
⑧ 三时:过去、现在、未来。

给予三皈依①加持。

姑娘祈祷和要求加持之后，禅师抓起一把花瓣撒在国王和女儿的头上，说道：

佛法僧三宝真谛，善逝二资粮②真谛，
因果无诱之真谛，永不变的佛法谛，
仙人所说真实谛，我忠贞不渝之德，
愿国王如法治国，给百姓带来幸福，
愿女儿称心如意，愿善业圆满成功，
愿解脱之路吉祥，无比吉祥普天降，
永恒佛法传天下，万事如意降吉祥！

国王、姑娘和猎人之子等禅师祝福完后，一齐跪在禅师脚下磕头致谢，牢记老人家的教诲。接着，恋恋不舍地告别了老人，返回森吉洛哲城。一路上，姑娘心事重重，心里总是牵挂着曾相依为命的父亲，她每走七步便转身磕头七次，口诵七句赞颂父亲养育之恩的颂词，不愿走但不得不离开了大森林。

禅师送别女儿后，为了想多看一眼女儿，便艰难地爬上了一颗老干树杈远眺女儿一行。当女儿渐渐消失在视线之外时，老人伤心得潸然泪下。不料，这时一股强风袭来，年老体衰和伤心过度的禅师从树杈上跌了下来，永远地闭上了双目，魂归净土。

这时，天空彩虹高挂，仙乐缭绕，天降花雨，大地震动，禅师的遗体上生出许多舍利，其中有一尊大悲观世音菩萨像和一藏升舍利子，多数被天界迎请而去。

话说国王达伟森格和猎人之子突然失踪后，老国王达伟代本

---

① 三皈依：指皈依佛、法、僧。
② 二资粮：福德资粮、智慧资粮。

夫妇和森吉洛哲城的百姓悲伤万分。因为国王杳无音信，使整个皇宫显得寂然无声，门庭冷落，王宫屋顶乌鸦筑巢，檐下麻雀盘窝，人头上虱子繁衍，老国王和王后心情悲伤，生活失调，生命垂危。

以聪慧过人的大臣阿吾纳格为首的百位大臣，带领千军万马四处寻找国王主仆二人，均无结果，不知所踪，毫无线索。甚得国王宠幸的大臣阿吾纳格心急如焚地对其他大臣说道：

呜呼佛法僧三宝，无比怙主天之子，
我等臣民皈依处，驱除黑暗月亮①您，
不在世间苍穹中，是否被阎王带走？
雪山顶上雄狮你，不在雪山之巅住，
难道被魔锤击死？我愈思愈想您呀，
就像飞禽想鸟卵，如同鱼儿离开水，
恰似骆驼失驼崽，想得我心灰意冷，
极度悲伤懒得动，你等回到皇宫去，
扶持国王护百姓。

大臣阿吾纳格打发走其他大臣和军队后，他独自一人走进森林，边走边喊道："我的国王啊，我的国王您在哪里啊！"悲伤的呼唤声在森林中回荡，寂寥的森林令人恐惧，他走着走着极度的疲乏袭上身来，喊得舌干口燥，头昏脑涨，双目快要失明。心想：我与其如此受罪，还不如死了的好。在舍弃了生存的信念后，他来到一棵大树下，把绳拴在树枝上准备上吊自杀，这时突然从林间传来人的呼唤声，他立即高声回喊三声后，猎人之子跑步来到了面前。阿吾纳格有气无力地问道：

你是天上的神仙，还是龙宫的龙王？

---

① 月亮：此处指国王达伟森格，因其名字中含有"月亮"。

或者是厉鬼夜叉，抑或是世间的人？
见过我的国王吗？未曾见过我国王，
不要打扰我寻死！

猎人之子上前紧紧握住大臣的手说道："大臣阿吾纳格，请您冷静些，千万别胡思乱想，国王和新王妃马上就要来到这里了。"

阿吾纳格听到猎人之子的话，激动得热泪盈眶，几乎昏厥过去。等他神志清醒后，对猎人之子说道："你马上回森吉洛哲城去，把这个喜讯报告给极度悲痛中的老国王夫妇和所有臣民，让他们转悲为喜，做好迎接国王的准备，我陪国王和新王妃随后就到。"

猎人之子遵照大臣的指示，一路奔跑很快就回到森吉洛哲城，把国王回城的消息告知了老国王、老王后和全体臣民。于是，全城沸腾起来，城内外所有路口竖起宝伞佛幢，插上经幡，到处扯起经幡彩鬘，大旗处处随风飘扬，各种香囊挂满大街小巷，点燃沉香、柏香、檀香等熏沐整个城市。男男女女盛装打扮，载歌载舞，迎接国王和新王妃的到来。宫廷仪仗队拿着八吉祥物[①]和七政宝[②]出来迎接。就在欢迎仪式空前隆重、气氛极为热烈的氛围中，把国王和新王妃迎进了森吉洛哲城。婆罗门女苏吉尼玛被正式敕封为森吉洛哲国王后。

当王后苏吉尼玛被迎入皇宫后，迦陵频伽鸟等飞禽纷纷唱起悦耳动听的歌，各种果树枝头挂满了丰硕的果实，花园里百花争艳，田间庄稼茁壮成长。遍地喜气洋洋，所有臣民都沉浸在欢乐幸福之中。

---

① 八吉祥物：镜子、奶酪、长寿草、木瓜、右旋海螺、牛黄、黄丹、白芥子。
② 七政宝：金轮宝、神珠宝、玉女宝、主藏臣宝、白象宝、绀马宝、将军宝。

挑拨离间，分道扬镳

国王达伟森格依靠十善法治理国政，派遣使者前往下属小邦，敲响十善法大鼓，举起佛法大旗，吹响佛法螺号，使全体臣民丰衣足食，无忧无虑地生活。自此，各下属小邦必须以身语意三门遵守国家法令、律义规定：

身，即行动方面，不准杀生，抛弃贪欲，崇信三宝，敬佛求安，修造佛像、佛经、佛塔，修建寺院。如若违纪，必须受挖眼刖膝之酷刑。

语，即言语方面，不妄语，不挑拨，不绮语，不恶口，时常诵经，口诵六字真言。如若违纪，必须受到割唇、断舌、挖眼等酷刑。

意，即思维方面，抛弃嗔心恶意，时常以四无量①标准发菩提心。如若违纪，要受到杀不赦、流放边地、割鼻子等惩罚。若犯偷盗罪，要受双倍或八倍的罚款惩罚；在亲朋之间挑拨离间者，要受到断其四肢的刑法。

总之，国王新定国法一百条后，全国奉行，举国安定，无争斗，无战争，经济得到发展，百姓生活幸福美满，寺院遍立，佛像、佛经、佛塔新增无数，供养瑜伽之风盛行，布施贫穷，施舍乞丐。由于大力推行佛法，国家处处出现吉祥如意的繁荣景象。

然而，由于往日没有有力地制服烦恼邪魔，特别是在祭祀外

---

① 四无量：佛教大乘人要求一切众生修行，要引生无量福果之心，称为四无量心，即慈无量、悲无量、喜无量、舍无量。

道大自在天时,宰杀成千上万只牲畜,其恶因慢慢成熟,其恶果现于国王的当世。这是后话。

不过此时,护法国王达伟森格和婆罗门苏吉尼玛,稳坐在金宝座和玉宝座上,相互交流佛法,探讨善业,无忧无虑地畅饮着除灾生福的醇甜饮料,国王的润光映射着王后,王后的光彩照射着国王,整个宫殿一片光明,内外透亮,富丽堂皇,简直是一座美丽无量的水晶宫。

国王对苏吉尼玛的无限疼爱,引起了柔俺吾毛妃子和五百名王妃们的嫉妒和仇恨。加之国王从不去理睬她们,即使她们偶然来到国王面前,国王也不予正眼相看,这引起了王妃们特别是柔俺吾毛妃子的极大愤恨,像是被鹞子掏走了心肝一样难忍和气愤。

柔俺吾毛妃子身边有一个名叫甘迪桑姆的侍女,她恨不得把苏吉尼玛活生生地吃掉。这个女人精通幻术,神通广大,懂咒语,善炮制毒药,心肠十分狠毒。她对柔俺吾毛妃子说道:"美丽的王妃,你独居深宫不感到寂寞吗?你的气色不佳,有什么急事和不顺心的事,不妨告诉我,我帮你去办。"

柔俺吾毛妃子说道:

我等群星在欢聚,众星共拱满轮月,
待到三五月满轮,十四黎明曙光升,
月亮便被太阳吞,如果请求遍入天[①],
慈悲怜悯来救济,我等今后会供养。

甘迪桑姆明白,王妃所谓"群星"和"众星",指的是她和五百名妃子;所谓"满轮月",指的是国王达伟森格(名字中含有

---

① 遍入天:古印度婆罗门教徒崇奉的造物主,因遍满一切器世间和情世间,故名为"遍";以十种方法入世救济众生,故名为"入"。

月亮——译者）；所谓"三五"，指的是上弦月十五日；所谓十四黎明升起的"曙光"，指的是王后苏吉尼玛（名字中含有太阳——译者）；求"遍入天"来相救，指的是甘迪桑姆；所谓"今后会供养"，说的是甘迪桑姆把苏吉尼玛赶走，王妃会奖赏她。

甘迪桑姆完全理解了柔唵吾毛王妃的话后说道："王妃你说得对，以前，国王对以你为首的五百名妃子疼爱有加，感情融洽，尤其是你柔唵吾毛更受国王宠幸，即使把你塞到国王的眼睛里，国王也绝不会说痛。但自从苏吉尼玛进宫后，情况大变，你等全部失宠，连国王的影子都见不到。不过你们放心，我有办法除掉苏吉尼玛。"

甘迪桑姆能歌善舞，精通音乐，便带上琵琶、笛子、腰鼓等乐器，来到国王的宫殿前，奏响天籁之音，唱起委婉动听的歌曲，跳起优美的舞蹈。

国王命中注定有难，他对甘迪桑姆的歌舞迷恋不已，便叫她进宫，做帮助苏吉尼玛排忧解难的伴侣。甘迪桑姆愉快地答应了国王的邀请，来到宫殿给国王和王后演唱了很多优美的歌曲，一直到太阳落山。等到夜深人静时，甘迪桑姆将三十二味药配制的使人沉迷昏聩的毒药悄悄放入国王、王后和侍臣们的饮料中，然后来到了柔唵吾毛妃子处说道："今夜后半夜，我能除掉苏吉尼玛，事成后你必须重重赏赐我。"

等到半夜后，甘迪桑姆拿了一根三庹长的细绳和一把金柄匕首悄悄地钻进了王宫。只见国王、王后和侍臣们毫无睡意，他们的瞌睡像炒荞麦的烟雾即刻消散，仍在兴致勃勃地交谈佛法之事，其他侍臣和仆人仍在谈笑风生，尽情地享受着歌舞的愉悦。

甘迪桑姆见此景况，心想以往我配制的毒药，不要说喝到肚子里去，就是闻到它的气味，也得昏睡三天三夜，可这次的药量如此大，却不见丝毫昏迷现象，连半点睡意都没有，看来，这个苏吉尼玛法力极大，如果不是一位修习佛法有特殊证悟的女成道者，就无疑是一个母夜叉，或者是梵天、大自在天的女儿，或者她身上带有护身符，我要彻底弄清这些问题，否则很难对付她。于是，她溜出宫来，把这些疑问告诉了柔俺吾毛王妃。

柔俺吾毛王妃对甘迪桑姆说道："我们用占卜、占卦和圆光三种方法弄清苏吉尼玛到底是什么身份。"首先拿出明亮的神通镜放到垫子上，再取出执实筹码摆在上面，又拿出一支系有彩带的箭，按六十甲子运算法运算，又按印度和中国的占卜法推算，最后用本教占卜法和神通占卜法进行卜算。所有卜算结果一致证明婆罗门苏吉尼玛的护身符殊胜无比，若不把这灵验无比的护身符从身上夺走，即使是调来四方军队和妖魔厉鬼，也奈何不了她。

第二天，甘迪桑姆和柔俺吾毛王妃商讨一番后，又带上各种乐器来到王宫前面。国王看见后说道："啊，能歌善舞的甘迪桑姆，快进宫去为苏吉尼玛演唱！"甘迪桑姆又为苏吉尼玛奏乐唱歌跳舞，其乐无穷。跳罢舞后，甘迪桑姆来到苏吉尼玛身旁坐下，十分柔顺温良与苏吉尼玛说长道短，特别是教苏吉尼玛如何保护百姓，怎样服侍国王，如何教诫内外大臣，等等，说得头头是道。苏吉尼玛毕竟年轻幼稚，对甘迪桑姆的话信以为真，非常高兴地和她谈了许多话，还赏赐了玉液贡酒。甘迪桑姆心满意足地返回了柔俺吾毛王妃住处。

次日，甘迪桑姆照旧来到王宫，得到国王的允许，又为苏吉尼玛献歌献舞献殷勤。她对王后说道："在这五浊世间，因为国家难以治理，所以，心里话不能告诉别人，对敌人不可面露好恶，对亲人不能阿谀奉承，对百姓不要表白功德。特别是现在你受到国王的独宠，扶助国王治理国家，这就难免有人会到国王那里挑拨离间，对你说三道四。我劝你要保重身体，提高警惕，保护好自己。自从你来到国王身边后，以柔俺吾毛王妃为首的五百名王妃，就没有机会见到国王了，就连王宫的门槛都跨不过去。从前，国王非常宠幸她们就是把她们塞到国王的眼睛里去，国王连声都不吭。可现在不同了，她们由于恨您，会在您的食物中下毒，或贿赂个别大臣暗杀您。因此，您要认真检查食物中是否投了毒，特别是不要独处单行。我对您说的这些话，千万不能向国王、大臣和属民们讲。"

婆罗门苏吉尼玛听了甘迪桑姆这番话，对她更加喜欢和信任，说道："阿妈甘迪桑姆，你说得太对了，我生身的父母也从没有像你这样热情地教导过我，你对我的恩情比我的生身父母还要大。"

甘迪桑姆心想，我毫不费力就制服了她，找到了下手的机会，她说道：

> 我的王后听我讲，种姓低贱大美人，
> 还有王妃五百名，您是她们眼中钉，
> 痛苦如同火烧心，又如尖刀捥其心。
> 召集咒师本教徒，祈求鬼神加害您，
> 您要谨慎来防范，大凡我等女人辈，
> 心胸歹毒城府浅，晓此道理应提防。
> 谨防彼等加祸害，虔心供奉佛法僧，
> 请求上师赐灌顶，谨守福德与吉祥，
> 谨言慎行最要紧。

苏吉尼玛回答道："你说得很对，但我的大禅师父亲，曾把凡人或非人都无法伤害我的珍珠璎珞传给了我,此宝物能防住她们对我的侵害呢!"

甘迪桑姆心想,现在,苏吉尼玛已完全信任我,并被我所控制。于是,装作非常尊敬的样子对苏吉尼玛说道:"我昨晚做了个好梦,梦境就像您刚才所说的一样,快拿出来看看,让我也接受它的加持吧。"

苏吉尼玛说道:"别的东西我可以给你看,但大禅师父亲教诫我说,珍珠璎珞千万不能给人看,即使是亲爱的国王和自己亲生的子女,都不能让他们看到。我要信守这一誓言,请你不要不高兴。"

甘迪桑姆假心假意地说道:"我虔诚地向您的大禅师父亲致敬,他不愧是位德高望重的高僧大德,懂佛法,知世故。大禅师说的是真谛,您若给国王看,国王因统治着所有臣民,权倾天下,轻而易举地从您手中将宝物夺走。若给儿女看,因为儿女是父母财富的继承人,不抢不夺也会落入他们的手里。看来只有我,抢不走,偷不走,我不会对任何人说出此宝物的神秘性,我只求一睹为快,而且衷心希望得到珍珠璎珞的加持而已。"

苏吉尼玛心想,甘迪桑姆说得很忠恳,看来是她肺腑之言。于是,慎重地要求她:"你千万不能将此事说出去!"然后拿出珍珠璎珞交到了甘迪桑姆手上。

甘迪桑姆接过珍珠璎珞后,首先将宝珠在头顶绕了三圈,祈求赐给身加持;将宝珠在咽喉上绕了三圈,祈求给予语加持;将宝珠在心窝处绕了三圈,祈求给予意加持;将宝珠在胳肢窝下绕了三圈,祈求给予身语意功德加持。这时,她心中在默默祝告:"神佛啊,保佑我如愿以偿!"

甘迪桑姆祈求神佛加持后,拿着珍珠璎珞仔细观察,默默记住宝珠的颜色、珠粒的数字、宝珠的形状、宝珠的大小之后，恭恭敬敬地还给了苏吉尼玛，并连声说谢谢之后，走出王宫，回到了柔唵吾毛王妃那里。这真是令人感慨万分，正如格言所说：

伪装孝子刽子手，能使英雄败下阵，

花言巧语奸佞徒，能使智者变愚夫。

甘迪桑姆来到柔唵吾毛王妃那里，把在王宫欺骗苏吉尼玛得手的情况详细陈述了一遍。他对王妃说："尊敬的王妃，你现在还有机会到国库去，下次到国库去时把各种珍珠偷出来，我要仿造一串苏吉尼玛的珍珠璎珞，然后以假去换真。"

柔唵吾毛王妃听了甘迪桑姆的唆使，便急急忙忙地溜进国库，从长梯爬进楼上库房，偷出各种不同的珍珠七盘。甘迪桑姆从这些珍珠中分拣出与苏吉尼玛宝珠同色的珍珠，然后精心仿制出了一串与苏吉尼玛的宝珠一模一样的珍珠璎珞。

次日，甘迪桑姆把仿制的假珍珠璎珞藏在腋下，拿上乐器来到王宫前。国王仍叫她进宫为苏吉尼玛唱歌跳舞。甘迪桑姆演奏完毕后，故伎重演，很是柔顺地坐在苏吉尼玛身旁，说了许多诱骗的话。她夸奖老禅师说："你的父亲真了不起，是位威德极大的成就者，我昨晚三更时做的梦也很好。"她装作追忆梦境的样子说道：

日月从心中升起，一口喝干了大海，

一口吞下了山岳，把星辰穿成念珠。

苏吉尼玛又被灾难之障所蒙蔽，对甘迪桑姆之梦不做任何思考和分析，认为睡梦真实可信。她说："你的梦真好啊，我的大禅师父亲是位修成佛果的大瑜伽师，他的功德无量。"

甘迪桑姆迎合着说道："好啊，我要皈依佛法，请你把珍珠璎珞给我，我要再次请求加持，我对你的大禅师父亲心生无限敬仰，祈祷早日拜见他。"

苏吉尼玛心想：平日听说甘迪桑姆心术不正，忌妒佛法，可今天心生虔诚的敬仰，不能不说是三宝加持的结果。她若真的成为佛教徒该多好啊。于是，将珍珠璎珞从颈项取下来交给了甘迪桑姆。

甘迪桑姆将宝珠璎珞骗到手后，又假装十分虔诚的样子，将宝珠璎珞轮流放在头顶、咽喉、心窝和腋下，口中念念有词祈求加持。就在这求佛祈祷瞬间，甘迪桑姆将苏吉尼玛的真珍珠璎珞藏起来，迅速从腋下取出她和柔唵吾毛王妃仿制的假念珠交还给了苏吉尼玛，说道："尊贵的王后，您的珍珠璎珞无损无毁，完璧归赵，请您仔细收好。因为尊贵之人多忘事，今后不要说我给错了。"她把假珍珠璎珞交给苏吉尼玛后，飞也似的跑回了柔唵吾毛王妃住处。这正如天界流传的偷换宝珠的事：

> 智慧如此高尚者，也会悖逆师教诲，
> 心神散逸交怨敌，只怨自己女流辈。

如果对甘迪桑姆的梦加以寻思分析的话就会明白：所谓"日月从心中升起"，是说国王和王后已被她控制；所谓"一口喝干了大海"，是说老百姓福尽苦来；所谓"一口吞下山岳"，是说国库空荡无物；所谓"把星辰穿成念珠"，是说臣民被绳索捆绑起来。这些不祥之兆早被婆罗门智者发现，并传遍了四面八方。

甘迪桑姆来到了柔唵吾毛王妃处，对她说道："苏吉尼玛的珍珠璎珞终于弄到了手，再用不了多久，您的愿望就会实现了。"说罢，将宝珠璎珞交给了王妃。

次日，甘迪桑姆仍旧来到王宫，国王允许她做王后苏吉尼玛的歌舞伴侣，为苏吉尼玛奏乐、唱歌、跳舞，陪苏吉尼玛聊天，逗王后开心。等到太阳落山夜幕降临时，她将三十二种药品配置的毒药掺入饮料中，让国王、王后和侍臣们喝下去后，离开王宫来到柔晻吾毛王妃处进行汇报。等到半夜时分，她戴上绳索、匕首又来到王宫。只见国王、王后和各侍臣睡得像死人一样一动不动。甘迪桑姆立即将国王的赤鼻大象杀死后来到宫中，把大象的前半身放到苏吉尼玛的右侧，后半身放到左侧，内脏堆放在枕头旁，将鲜血涂在苏吉尼玛的嘴唇上，然后迅速离开王宫来到柔晻吾毛王妃处。

第二天早晨，国王因为中毒较轻醒得早，但王后尚在沉睡中。国王来到王后寝宫后发现，与他寸步不离的赤鼻大象被杀死，王后的寝宫变成了罗刹的殿堂。国王感到极度恐惧。心想：以前大禅师曾告诉过我，苏吉尼玛并非凡妇所生，那么她是什么东西现身呢？是母夜叉，或是罗刹，还是寻香女呢？看来，如果再继续把她留在宫中共同生活下去，将会王族不保，子孙断绝，臣民遭殃。想到这里，国王不寒而栗，于是毅然拔出宝剑准备杀掉苏吉尼玛时，突然飞来一只能说会道的鹦鹉，对国王说道：

请求国王且住手，凡事调查后再做，

未经调查不该做，犹如象奴与乌鸦。

国王忙问道："象奴和乌鸦是怎么回事，快说来听听。"鹦鹉对国王说道：

国王请坐宝座上，宝剑插入剑鞘中，

听我慢慢对您讲，国王听话坐垫上，

巧舌鹦鹉开始讲：从前有位养象人，

赶着大象去放牧，丢失一头去寻找，

漫山遍野都找过，不见大象饥难熬。

艰辛来到一山洼，见有一颗多罗树，

石岩渗水积叶上。牧人来到大树下，
等到叶满欲喝时，突然飞来一乌鸦，
一翅扇掉多罗叶。如此三番又复四，
牧人棒杀黑乌鸦，乌鸦头破鲜血流。
牧人百思不得解，乌鸦为何如此干？
仔细查看水滴处，种种生物均死去。
牧人愈益犯糊涂，决定顺流找水源。
来到沟壑深处时，但见一颗大树根，
盘睡一条大毒蛇，原来此水是蛇涎。
至此后悔时已晚，恩将仇报杀乌鸦。

国王听了鹦鹉的话，觉得很有道理，便来到苏吉尼玛的枕边，说道："苏吉尼玛，你睡得太久了，做了什么好梦？快起床吧！"说着连唤带拉地将王后从床上扶了起来。苏吉尼玛醒后对国王说道："尊敬的国王，我睡得太死沉，神志也不太清楚，什么梦都没有做啊。"

第二天，甘迪桑姆又来到王宫，国王照旧让她为王后唱歌跳舞。等到天黑人静，又将毒药渗入饮料，让大家喝下去后离开王宫，回到了柔唵吾毛王妃住所。等到半夜时分，又拿上绳索和匕首来到一尸林中，从坟墓中挖出一具死尸，背到了王宫。国王和王后及侍臣们像蜜酒灌醉的野猫，嘴噗噗吹气，喉咙鼾声如雷，个个睡得不省人事。甘迪桑姆将尸体背到苏吉尼玛床前，掏出匕首来分尸，将上半身放在苏吉尼玛的右边，下半身放在左边，把内脏全部堆放在苏吉尼玛的枕头旁边，嘴唇涂上尸血后，迅速离开王宫来到柔唵吾毛王妃住处。

次日，天亮后，王后和侍臣们都在沉睡未醒，唯独国王醒后来到苏吉尼玛身旁，发现王后身右侧放着死尸上半身，左侧放着死尸下半身，枕旁堆放着死人的五脏六腑，口唇上留有流血的痕迹。国王见此情景，怒不可遏，拔出利剑欲斩杀王后时，那只鹦鹉又突然而至，对国王说道：

国王请您听我说，凡事调查后再做，

不经调查不该做，如婆罗门与猫鼬。

国王对鹦鹉说道："婆罗门和猫鼬有什么故事，快讲给我听吧！"鹦鹉便说道："请国王坐到垫子上，把宝剑插到剑鞘里。"国王按鹦鹉的要求坐到了垫子上，宝剑插到了剑鞘中，听鹦鹉说道：

从前在古印度有座城，名叫迦毗罗嶓窣都城。

城里有位婆罗门纺女，生有一位聪明小男孩。

母亲要到山前去打水，家中无人陪伴小孩玩。

以往总是托人来照看，此时村中正好无闲人。

村前村后到处都找遍，除去一只猫鼬别无人。

母亲忠恳请求猫鼬说，我到山前打水回家前，

孩子托付猫鼬你看管，事后必备厚礼感谢你。

母亲背上水桶到河边，猫鼬情愿接受此重任。

猫鼬慎将小孩放树下，自己爬上树梢去放哨。

此时树根下面两毒蛇，口喷烈火迅速爬出来。

猫鼬见此险情心发慌，心想婆罗门女将小孩，

交给畜生我来暂看管，此非托管小孩是托心，

我应尽职尽责来完成，猫鼬奋勇跳到蛇身上，

张开大口咬死两毒蛇。猫鼬迅速来找婆罗门，

婆罗门女看见猫鼬来，见它嘴唇上面有血迹，

怀疑猫鼬吃了她小孩，举起铁勺猛击猫鼬头，

猫鼬顷刻毙命倒地上。婆罗门女返回找小儿,
孩子安然睡在大树下,两条毒蛇死尸在一旁。
见此情景悔恨时已晚,此乃恩将仇报典型例。

国王听了这个故事,觉得很有道理,便命令仆人把房屋打扫干净,自己来到苏吉尼玛身边,说道:"亲爱的王后,今天你又睡过头了,做了什么好梦没有?快起来吧,我们应当共进早餐了。"

王后苏吉尼玛醒来后对国王说道:"敬爱的国王,我昨晚睡得又太死沉了,做了许多杂乱无章的噩梦,头脑也很不清醒,现在什么都说不清楚,只觉得心力衰竭,体力消退,食欲不振,我想,我或许身染污秽,或因遭逢晦气而中邪。"

国王听了王后的陈述,也找不出是什么原因来。俩人闷闷不乐地在谈论发生这些怪事的原因。

柔唵吾毛王妃和甘迪桑姆,两人觉得二害王后都以失败而告终,国王和王后欢乐依旧。甘迪桑姆说:"第一次我杀死赤鼻大象,布置了苏吉尼玛作案的假现场;第二次将死尸分解后,分别放置在王后周围,布置好了王后杀人的现场。但是,这两次都没有引起国王的怀疑。好吧,这次我要来个大幻术,完成杀害王后的任务。"

当天,中午时分,甘迪桑姆带上音乐舞蹈器具来到王宫。国王对她说道:"你能歌善舞,快去做王后解除忧愁的伴侣,唱歌跳舞,让王后快快乐乐地生活。"甘迪桑姆听命来到苏吉尼玛住处,献歌献舞献殷勤,哄逗王后开心。

此时此刻,国王正在召集众大臣议事。突然间那只巧舌鹦鹉飞到国王面前说道:

启奏国王细心听,颜色鲜艳的红铜,
镶在白螺门槛上。鲜红朱砂大门上,

上等绸缎来装饰。正在娱乐王后处，
失宠妃子去捣乱，似乎日月掉地上。
龙妖搅得海翻腾，波涛快将须弥淹。

甘迪桑姆听到鹦鹉的歌唱，怒火中烧。心想：这个该死的小畜生，迟早会败露我的秘密，坏了我的大事。于是，立即将十二弦琴放在右大腿上狠狠地弹奏起来，嘴里哼着迷人的邪歌。然后放下琴，又拿起琵琶弹奏起来，音调优美动听。这时，国王转过头来对鹦鹉说："你看过这样精彩的歌舞吗？"鹦鹉回答道：

国王请您听我言，我看的每个表演，
比她演唱胜千倍。口无小齿獠牙露，
年仅五岁老太婆，转动火轮做纺机，
引来流水纺水线，要说精彩这精彩。

在座的所有人听了鹦鹉的表白，都非常气愤，认为鹦鹉在胡编乱造，不可相信。嘴里没牙哪来的獠牙，年仅五岁的老太婆谁见过，火轮怎能用作纺织机，用水纺线又有谁见过？大家异口同声地说："我们不听鹦鹉胡说八道，还是看甘迪桑姆的歌舞表演。"

这时，鹦鹉仍不气馁地说道：

在座各位听我言，我在去年就预言，
不料今年便应验，表演逐日在恶变，
你等今后莫后悔。

鹦鹉说完，便展翅飞出宫外。歌舞表演继续进行。等到天黑，甘迪桑姆又将三十二味药配制的毒药灌入大家的饮料中，加入苏吉尼玛饮料中的毒药更多。她乘机离开王宫回到了柔唵吾毛王妃住处，对王妃说道："巧舌鹦鹉在国王面前暗揭我俩的秘密，看来迟早会被鹦鹉揭穿。今天晚上我要了断此事，结束苏吉尼玛的生命。"

甘迪桑姆和柔唵吾毛王妃经周密计划，定了许多方案。最后，甘迪桑姆对柔唵吾毛王妃说道："今晚，我悄悄钻进老国王寝宫，将王子达伟旋努杀掉，然后偷偷背到苏吉尼玛的住处，将尸体分解开来，放在苏吉尼玛身边，布置好她作案的现场，国王和侍臣肯定会相信，达伟旋努是苏吉尼玛杀死的。但杀掉王子达伟旋努，你会不会心痛？"

柔唵吾毛王妃回答道："只要把苏吉尼玛除掉，除国王、我和你三人之外，其他人都无需去怜悯。你要是除掉了苏吉尼玛，你个人也会脱离苦难，享受荣华富贵，你快去完成使命吧！"

当晚，三更时分，甘迪桑姆来到王宫，只见国王和侍臣们被毒药迷倒，有的脱得精光躺在地上，有的仰卧，有的趴在地上睡，有的流鼻涕，有的口吐白沫，有的鼾声如雷。甘迪桑姆见此情景，高兴得心花怒放，这正是她需要的效果。她离开这里，偷偷钻进老国王卧室，将年仅六岁的王子达伟旋努，从沉睡的老国王腋下轻轻拉出来，迅速背到苏吉尼玛住处，用匕首将这个美丽可爱的王子斩为两半，上身放在了苏吉尼玛的右侧，下身放在了左侧，内脏堆放在了枕头旁边，在苏吉尼玛的嘴唇上涂上鲜血，布置好了苏吉尼玛杀人的现场。甘迪桑姆心想：这回做得天衣无缝，我的大事完成了。于是，兴高采烈地回到了柔唵吾毛王妃住处。

"丢掉小儿心先知。"这句话是非常正确的。第二天早上，天快大亮时，老国王达伟代本发觉小儿子不在腋下，找遍了屋内各处，又到房前屋后和房顶去找，仍未找到。无奈之下找来长子达伟森格，二人共同来到苏吉尼玛住处寻找。当推门进到屋里一看，屋内一片狼藉，惨不忍睹。国王发现小儿子达伟旋努的上半身在苏吉尼玛的右侧，下半身在左边，内脏堆放在枕边，苏吉尼玛的嘴上滴

着鲜血。见此情景,老国王父子义愤填膺。当国王达伟森格拔出宝剑欲杀苏吉尼玛时,巧舌鹦鹉又突然飞到国王面前,对国王说道:

国王请您听我说,凡事调查清楚做,

没有查明不该做,就像国王与鹦鹉。

国王气愤地对鹦鹉说道:

猎人之子把我骗,娶此嗜血女为伴。

当初杀我大象时,就应斩杀此妖女。

听你相劝未杀她,今日又来哄骗我。

如今王宫尸成堆,不该再次来搅扰。

你这鹦鹉真可恶,我送你到阎罗殿。

国王挥剑砍去,斩断鹦鹉的脖子,鹦鹉即刻死去,坠落于地。

紧接着,国王怒气冲冲地来到苏吉尼玛身边举剑去杀时,只见熟睡的苏吉尼玛美丽可爱,国王不忍心将利剑刺向雍容华贵的王后。转身将宝剑交给父王说道:"儿曾费尽周折将她迎入宫中,又和她共同相敬相爱地生活了这么长时间,今天要我亲手将她杀死,实在于心不忍,还是请父王您来处决她吧。"

父王达伟代本接过宝剑,来到苏吉尼玛身边举剑欲割断她的脖颈时,看见苏吉尼玛如此美丽,更不忍心杀死她。于是,收起举起的宝剑,来到儿子身边。父子二人经过商量,决定召集臣民共同商讨处决的办法。

经过讨论,一部分人认为不要杀她,应当流放到边远的地方去;一部分人认为杀掉她再找一个像她这样美丽的王后,实在不易,干脆找个替罪羊算了。总之,意见分歧很大,拿不出统一的处理方案来。

这时,有个性格粗暴、嗜杀成性的奸臣,名叫斗格热巴津(意谓"毒狮子"——译者）的站出来说道："大家的意见很难统一，依我看，把苏吉尼玛千刀万剐后丢弃在三岔路口喂狗和野兽。如果国王父子不忍心这么做，就将苏吉尼玛交给三个刽子手，送到最远最恐怖的地方去。从森吉洛哲城出发，向东南方向走三天时间，有个叫作赤措科瓦（意谓"血海沸腾"——译者）的大尸林，非常恐怖可怕。那里凶神厉鬼出出进进，豺狼嚎叫，猛禽捕食，罗刹恶鬼成群。白天血海翻腾，油脂飞溅。夜晚处处鬼火闪烁，狐狸觅食，野人吼叫，毒蛇吐出的毒气如云笼罩，鬼魅妖精无数，骷髅起舞，尸首起尸，爆裂之声不绝，实在太可怕了，我们让刽子手就把苏吉尼玛送到这个大尸林中去分尸洒血。对三个刽子手要给予重赏，把国王三分之一的属民奖赏给三个刽子手。如果不这样做，国王父子会丢掉性命，国政也会丧失殆尽。"

当时在座的所有侍臣属民都拥护这个办法，把苏吉尼玛交给了三个刽子手，嘱咐他们把苏吉尼玛带到那个血海沸腾的尸林中去杀掉。完成任务回来后，会得到国王三分之一的属民领地的奖赏。

三个刽子手来到苏吉尼玛身前，用手铐铁链锁住了苏吉尼玛的手脚，脱光身上华贵的衣服，夺走所有珍贵的首饰，用粗黑的牛毛织物遮住下身，一条黑绳套在脖子上，刽子手牵着绳子，用荆棘条驱赶着来到了王宫外面。

这时，种种不祥骤现，大地震动，日月无光；永不凋谢的花园顿时失去了往日的繁荣艳丽，百花凋零，各色莲花犹如霜煞一般凋零，花蕾枯萎；各种树木叶枯花落，果树干枯，果实掉落；八功德泉水干涸，草坪干枯焦黄，池塘干涸；歌声优美动听的迦陵频伽鸟等飞禽，静静地卧在地上，嘴里发出痛苦的哀鸣；狐狸、豺狼等野兽跑进城里乱窜，口中发出凄厉的嚎叫，使整个森吉洛哲城被恐惧笼罩着。

全城居民陷于无比恐慌之中，都认为这是不祥之兆，担心会不会给两位国王的生命和国运带来灾难？于是，纷纷来到王宫前打探消息。

当臣民们来到王宫前面的广场时，只见三个刽子手用绳索牵着美丽的王后苏吉尼玛，边走边打，惨不忍睹。臣民们看到荆条抽在王后身上，却痛在自己心里。有的捶胸顿足，怨声载道；有的摩拳擦掌，怒目斜视；有的在地上打滚，哭声连天；有的昏倒在地，不省人事；有的目瞪口呆，欲言又止。整个森吉洛哲城的臣民都处于无比痛苦的境地。

三个刽子手牵着苏吉尼玛，不断地用荆条狠狠地抽打她。当刽子手牵着苏吉尼玛走到人前时，痛苦难挨的苏吉尼玛含泪对臣民们说道：

呜呼聚此臣民听，如此折磨是何因？
姑娘无过罪加身，嗟呼国王怎么想？
铁链锁身痛难忍，哎呀竟然无人救！
这是前世因果报，我劝你等弃十恶！

听了这近乎于悲号的哀诉，从民众中走出一位知识渊博的老人，对着王后苏吉尼玛说道：

美丽尊贵的王后，被害寡助无亲友。
扒去华服夺首饰，强拉硬拽离亲友。
可恨阎摩敌捕捉，梵音颈喉毒索套，
脚镣手铐锁贵体，如此狠毒是何罪？
难道法王被魔惑？虽未恸哭眼下陷，
哭时双目泪带血。记忆犹新灵魂失，

身虽硬朗脚步晃,如此凌辱是何因?
我等属民捐巨资,甘愿为您来赎罪。

苏吉尼玛回答道:

谢谢来此众臣民,姑娘无罪公于众。
今受此苦始反思,兹因懒怠闻思修[①]。
生死轮回义何在?人生无常无自由。
聚敛财富有何用?伴侣恩义难永恒。
知耻朋友有几人?阿谀之徒谁交心?
生存住行即如此,抛弃轮回修善法。

这时,国王达伟森格听到民众的抱怨声和哭喊声,走出宫外来到民众之中时,在场所有的臣民异口同声地对国王说道:

自找吃苦甘轮回,自吃己肉是恶鬼,
自送死亡是飞蛾,自掏心肺给阎王,
自献鲜肉鲜为见,自找侮辱给子孙。

跟随国王的奸臣们,听了民众的讥讽后十分生气。他们对国王说道:"尊敬的国王陛下,前面说过的话不能后悔,俗话说'法官不包庇罪犯,上师不引导凶顽',国王只能晓谕百姓一次,若长期待在罪犯所在地,一定会污秽中邪,我们恳求国王立即回宫吧!"于是,连拉带推地将国王送回了王宫。

苏吉尼玛心想:我的恶业尚未解脱之际,民众纷纷谴责国王,这会因我而连累臣民,使他们受到惩罚。于是,她对在场的臣民们说道:

---

① 闻思修:从他人听闻,心有领悟为闻;依法依理思考所闻,生起定义为思;反复熟练闻思所生定见,扫除疑虑为修。

从前戍陀罗[1]崇信外道，如今改奉佛法崇内道。
释迦圣教隆昌似花园，信徒畅饮甘露似蜜蜂。
正当聆听佛法铃铛声，突遭魔霜邪风来侵袭。
莲园花谢群蜂被驱散，达瓦[2]却被奸佞乌云罩。
苏吉尼玛惨遭罗睺擒，放逐旷野尸林把命送。
国王无错姑娘竟何罪，勿以恶言秽语侮辱我。

臣民们听了苏吉尼玛的这番表白，悲痛不已，痛哭流涕，说道：

你是我等的皈依处，无父无母的孤儿母，
施舍穷人的衣食母，广赐幸福的如意母。
抛弃我等到何处去？除愚明灯到哪里去？
扶贫济困的你走后，我等便即刻成孤儿，
今后还能够指望谁？

苏吉尼玛眼泪汪汪地看着悲痛欲绝的臣民们，心中产生了无限的怜悯和慈爱，说道：

唯一指望是三宝，唯有三宝可皈依。
三宝永久保佑我，众生归趋唯三宝。
为我忧伤众臣民，纯洁泪水沐浴佛。
手指擦去满脸泪，一把撕乱美发髻。
双手拍胸似敲鼓，引吭哀唱悲痛歌。
心身倦怠左右摆，脚下土地成舞台。
悲痛忧伤广场上，人人似跳厄难舞。
无依无怙众臣民，祈求三宝来保护。

---

[1] 戍陀罗：古印度社会中以屠宰为生的屠户，被视为是不可接触的种姓之一。

[2] 达瓦：藏语为"月亮"，此处指代国王达伟森格，因国王名字中含有"月亮"，是说国王被奸臣迷惑。

兹因难觅寄托处，祈求怙主赐怜悯。

这时，三个刽子手像赶牲口一样，将苏吉尼玛押向血海沸腾的尸林。在场的臣民们抱着和王后同生死的决心，紧紧相随其后。但人各有志，走不多远，有的因吃不了苦便半途而废留在了半路上，有的因疲乏而掉队，有的因饥渴而落伍，但大多数坚持走完了两天的路程。三个刽子手也因极度疲劳，就地住了下来。

当天晚上，跟随而来的臣民们聚集到苏吉尼玛身边，对苏吉尼玛说道：

阳光拥抱雪山躯，声音优雅似鼓鸣。

心胸敞亮似莲花，五谷丰登如大地。

心满意足如意宝，尊贵王后听我说。

众臣民接着又异口同声地说道："像您这般美丽可爱、百看不厌、肤色白嫩的姑娘，那些刽子手都敢于割肉剖腹喂饿鬼，那么我等这些体貌丑陋，肤色黢黑的贱人，还有什么可害怕死亡的呢？让我们同你一起来面对死亡吧！或者，我们把衣服首饰拿去贿赂三个刽子手，然后集体逃往异国他乡有何不可呢？"

苏吉尼玛回答道："请大家不要这么想，也不要这么说，更不要这么做。我这次惨遭厄运而逼迫丢掉性命，完全不能自主。你等要知道'暇满'难得，既然得到了就得珍惜，不能无谓地丢掉性命，否则就会遭受五百次受生和丢弃生命的无限痛苦。你等也不必仗义疏财去贿赂三个刽子手，然后背井离乡，逃离他乡。我看刽子手们不会答应的，同时这样做也是违法的，刽子手们也会因此而受到王法的惩处。再说你等想想，刽子手们完成了任务，就会回去领取国库三分之一财富的奖赏，怎能瞧得上这些普通的衣服和不起眼的首饰呢？因此，这样做除了造孽，并无有益可言。我劝大家回到森吉洛哲城去，服从国王的治理，团结亲朋挚友，敬老扶幼，抛弃不善之业，安分守己，不违国法，你等何必为我一人之死而如此伤心呢？你们若不忍心我被冤屈而死去，就应该好好活下来，敬奉三宝，供养比丘，施舍乞丐，祈求贤德上师赐予佛法教诫，遵守戒律，虔心修法，取得成就。这样，我就心满意足了。"

臣民们听了苏吉尼玛的这番苦口婆心的教诲，痛苦地号啕大哭，有的口吐鲜血昏倒在地，有的痛哭捶胸悲痛欲绝，悲凄的哭声惊天动地。一阵撕心裂肺的悲伤之后，大家请求苏吉尼玛，说道："尊敬的王后，您已下决心不带我们去尸林，非劝我们回家去，就请您为我们讲授如何超脱生死轮回的圣法吧，我等洗耳恭听。"

苏吉尼玛义不容辞地讲授道：

教训当从反面找，我的处境可明鉴。
生死轮回皆空虚，请看阎王要命时。
亲情友谊有益否？身体财富有益否？
百姓权力有益否？丈夫妻子有益否？
城堡田产有益否？伉俪丈夫有益否？
皆似水泡无所益。亲情友谊没有用，
身体财富没有用，百姓权力没有用，
城堡田产没有用，统统皆为瞬间梦。
我劝不崇圣法者，闲暇修法勿造孽。
呜呼各位再细听，酷爱打扮同龄女，
女人夥里耍嘴皮，男人中间失贞节，
欺诈挑拨为能事，街头巷尾似狗窜，
看见财宝就想占，看见女人想为伴，
遇到男人想联姻，即成丈夫有何用，

我的下场最明显。呜呼在场男人听，
我为你们讲常识，罪过暴露别留恋，
达伟森格例在前，娶一妻子不满足，
贪色广纳五百妃，最终大家都倒霉，
从小出家皈依佛，虔诚修行该多好，
呜呼在场男女听，睁眼看清死无常。

她继续说道："生死无常，即使是获得金刚身的佛祖释迦牟尼也难免涅槃。那些心获灌顶的高级男女修行大成就者们也不是圆寂了吗？我等在世的乡亲、邻居、朋友、怨敌统统都要去见死主阎王爷。今天，我苏吉尼玛和你们大家在一起，明天就被刽子手拉到尸林去，肢体分割，血肉飞溅，然后投喂猛禽野兽，骨发不剩。到那时，我苏吉尼玛只留空名在世上，生命、富贵等统统消失了，这个事实请你们大家铭记于心，牢记除了圣洁的佛法，别的任何事物绝无益处可言。记住了这些，我们还有相遇之际。现在，你们也难料死亡哪天临头，谁能保证明年还活在人世间？"

"你们在尘世间睡最后一次觉，吃最后一口饭，说最后一句话，喝最后一口饮料，喘最后一次气，最后看一眼亲朋好友。此时，瞬间双目紧闭，灰暗一片，神智昏迷，精神迷乱，隐隐约约有离开人世的感觉。阴司鬼卒引导中阴[①]走在狭窄的暗道上，离开了亲人独自流落，忍受着无限的痛苦。自己的肉体已成遗尸留在了人世间，灵魂不知去了哪里，自己的空名于此阴间无法单独行走，因为由于他前世所造的罪孽，还必须要经过六道众生[②]之地。假若

---

① 中阴：或称中有，前身已弃，后身未得者。
② 六道众生：佛教认为，众生在六道中不断流转轮回，形体消亡，灵魂永存。六道：天道、人道、阿修罗道、畜生道、饿鬼道、地狱道。前三道称为三乐趣，后三道称为三恶趣。

转生为三恶趣，就要经受无限的痛苦折磨。若坠入地狱，就要遭受火烧、煮沸、刀剐、剥皮等惩罚。对此，能不能够忍受？敢不敢于面对？可不可以承受？如果转生为饿鬼，就要遭受饥饿、干渴、贫困等折磨。对此，能不能够忍受？敢不敢于面对？可不可以承受？如果转生为畜生，就会遭到喑哑、役使、剥皮流血的苦难。对此，能不能够忍受？敢不敢于面对？可不可以承受？总之，无论转生为三恶趣中的哪一趣，除了遭受痛苦之外，并无幸福可言。那么，为什么不超脱生死流转呢？

"呜呼，在场的各位臣民们，你等一定要深刻反省，此生修习了多少佛法？言行不一的事到底做过多少？违背佛法而所造的罪孽有多少？因为我对你等的自信有所疑虑。如何避免坠入地狱和转生为饿鬼，我做了详细的讲解，你等是否有了正确的领悟？你等不必担心被邪魔厉鬼夺走生命，我来讲授无常有为法[①]，这是身躯我执智不断增盈之法，固不必惧怕因为恶业而丢掉性命。人不会向往死亡，不要怕死到临头会饿死。

"我还想告诉你等，不积德却想得到幸福，不积二资粮[②]就想获得佛果，这是以虚假欺骗自己。愚昧的人们，千万别向往这种事。你等应当考虑这三件事：殊胜死时能否乐观；中等死时是否会恐惧；下等死时是否会后悔。

"临死时感到乐观，这是将自己介绍给神佛；临死时感到恐惧，这是生前善行在胸中；临死时感到后悔，这是生前许诺的总结，表明生前誓言未被罪业所污染。对此，必须抽空加以修行。此时此刻，应当想到一切有情皆为父母，从而努力修行慈善和怜悯，

---

① 有为法：由众多因缘聚会而造作所生起的事物，即五蕴所摄诸法。
② 二资粮：佛教所说福德资粮和智慧资粮。

为利众生而发至高无上的菩提心，勤奋修习三学，为自续成熟而修习六度彼岸①，为他续成熟而修习四摄法②，做到闻思修齐头并进，努力实践。

"各位臣民们，我苏吉尼玛是死是活，除以上所说，别无遗言要留给大家。"

臣民们听了苏吉尼玛的教诲，增长了不少佛法智慧，对她产生了极大的崇敬之心，大家异口同声地说道：

教诲铭心感谢您，我等请求您加持！

众生度母请放心，如您所教去执行。

度母无论到何处，请求怜悯与保佑。

臣民们纷纷议论道："教理如此渊博，功德如此高尚的王后，都无瑕来修习佛法，却把美如天仙的她交给了杀人不眨眼的刽子手去碎尸万段，投喂禽兽，这实在太可惜了。"

苏吉尼玛回答道："你等不必为我惋惜，我现在去死也没有什么可后悔的。"她无怨无悔而非常坚定地说道：

虔向三宝致敬礼，无悔婆罗门女我，

遵照尊师闻思修，教诲国政遵佛法，

也以慈悯护属民，现在死也不后悔，

你等别做亏心事，遭遇艰难困苦时，

首先分担他人苦，完全彻底心甘愿，

现在专做利他事，即使去死我无悔，

你等别做亏心事，永不谋划利己事，

专门利人记在心，这是菩提心根本，

---

① 六度彼岸：布施、持戒、忍辱、精进、禅定、智慧。
② 四摄法：布施摄、受语摄、利行摄、同事摄等菩萨摄持众生的四种方法。

现在去死我无悔，你等别做后悔事。
人人皆以我为敌，我以笑脸去奉迎，
绝不丢弃忍辱心，现在去死我无悔，
你等别做后悔事。我曾施恩诸臣民，
即使恶言来指骂，我亦笑脸去奉迎，
现在去死我无悔，你等别做后悔事。
执着表象蔽真谛，善于拨乱而反正，
我于惑乱获真谛，现在去死我不悔，
你等莫做后悔事。呜呼此说指何意？
凡法证悟始假立，立则毁于执着手。
不经寻思空有名，执着无有连根拔。
胜义[①]法身不自立，世俗[②]幻身无畏惧。
现在去死我无悔，你等莫做后悔事。

　　臣民们听了佛法教诲，对苏吉尼玛越加崇敬，对生死轮回有了更深的领悟而产生了极大的反感和厌弃，大家纷纷发殊胜菩提心，便对苏吉尼玛说道："尊敬的王后，感谢您为我们讲授了如此广泛而深刻的佛法教义，对我们受益匪浅，我们都铭记于心。我们虔诚的祈求您，祈祷我们今生来世都跟您在一起，祈祷我们今生和您不分离，来世转生在您的身边。"

　　苏吉尼玛回答道："一切祥瑞幸福均依赖于祈祷之功德，我很情愿为你等祈祷祝福。"

广大无边十方佛，圣者独觉阿罗汉，
尊敬度母护法神，勇士佛母与仙人，

---

① 胜义：真实。诸法本性远离言说思议，依分别自证慧所行镜之法性。
② 世俗：假有。覆蔽真实的一切虚伪事物。

见证我来发佳愿。三宝莲花宝座前，
三门虔诚叩大礼。敬献供品虔忏悔，
赞许信徒行善业。不吝赐福转法轮，
祈求祛除诸忧伤。

苏吉尼玛三门虔诚地祈祷后说道："现在，我三时所积的福德之身，被面容黢黑丑陋的金刚忿怒母——杀生三刽子手绳捆索缚，铁链锁身，手持利刀宝剑，恨不得将我千刀万剐。将来我要张开二谛之大口，露出智慧的獠牙，手持锋利的闻思修宝剑，来追究三个刽子手的邪念，就像他们给我戴手铐上脚镣一样，将来我也用记忆和明知的镣铐锁住他们的感官[①]和灵魂。今天，他们给我穿上囚衣，颈套魔索，引到这个狭路上来一样，将来我也要给他们穿上懂得谨慎行事的外衣，把慈悲和怜悯的慧索套在他们的脖子上，引领到狭路上去找到仁慈。三刽子手把我押到鲜血沸腾的尸林，将我分尸万段一样，将来我要让他们远离三毒、驱除罪孽和堕罪的障蔽。就像那些挑拨离间我和国王达伟森格分道扬镳的所有奸臣和女人一样，我将来要说服他们厌离轮回和三恶趣，使生死流转和三恶趣名存实亡。就像把我从王宫中赶出来，交给刽子手押送到尸林中去一样，将来我要把国王和仆从们从王宫中请出来，交给能使人脱离生死涅槃的经师，把他们带到方便智慧的平原上，然后再送到脱离死亡的圣地佳境中去。"

"总之，那些嫉妒我、仇恨我、嗔恚我、鄙视我而积下罪孽的人必会遭到报应，但我发殊胜菩提心，发誓经过三门精进，给他们带来饶益和喜悦。愿我的誓言'诱骗'了众生，同样，三宝以

---

① 感官：也称根门，如五根，即五有色根、五清净根、五杂染根、以及身语意根等。佛书说人有五千感官。

同样的说教'诱骗'了我苏吉尼玛。由此，依仗三宝的加持力和我的衷心，三门虔诚地预祝造下罪孽的众生，从三恶趣的痛苦中解脱出来。又因我而痛哭流涕，远道相随而来的臣民们，将来我通过佛法把大家带到大乐世界观赏空乐①歌舞，欢跳证悟的舞蹈。

"总而言之，你等在尚未成佛之前，我会给予法施和财施，做到忠言教诫，身体力行，做利众之事，即以四摄法方式，准确讲授戒律，最终抵达三学阶段。"最后苏吉尼玛祝愿道：

仰仗三宝二真谛，忠贞不渝我所言，纯洁心愿定实现。

苏吉尼玛虔诚祈祷后，对臣民们说道："现在，我们到了分别的时刻，希望你们不要阻拦我上路，安心回家后三门虔诚地尽力修习佛法。前程险峻，往前再走一闻距②的地方，常有虎、豹、熊、豺、狼等猛兽出没，危及行人生命。再往前走一闻距的地方，栖有吞噬血肉成性的老鸦、鸱鸮、食尸鹫鸟等，往往啄食行人的眼睛，吸食人的脑汁，令人毛骨悚然。又走一闻距的地方，有无数大毒蛇穿梭，口吐毒气，笼罩大地，使人窒息而亡，令人畏惧却步。继续向前行走一闻距的地方，便是食人罗刹的家园，凶残的夜叉会将人捉到虚空吃掉，让人退避三舍，不敢前行。最后再前行一闻距的地方，便是血海沸腾的大尸林，那里是众生汇聚的地方，是魔鬼、罗刹、妖精、鬼女等欢居的殿堂，是勇士空行转动法轮的圣地，是飞禽、野兽、人等丢掉性命的魔地。因此，你等不必随我前去，还是返回家园去为好。这三个刽子手，是专门给尸林厉鬼送去食物的人，不会受到伤害的。"

三个刽子手不由分说，像鹞子捉小鸟似的将苏吉尼玛押向血

---

① 空乐：空性和大乐。即大乐的内心和空性的外境二者之合称。
② 闻距：梵音作俱卢舍，或拘卢舍。古印度长度单位名，一俱卢舍相当于二百五十市尺。

海沸腾的尸林而去，不久便押到了大尸林中。

这时，两个年轻的刽子手私下议论道："我俩风华正茂，不应将这位美如天仙的王后杀害，把赏赐让给老大，要杀害就让他去杀害吧。"于是，对刽子手老大说道："大哥，杀害苏吉尼玛，我俩有点于心不忍，还是由你单独去完成吧，关于赏赐全归你所有，好吗？"

老大回答说："这样最好，人我杀，赏赐全归我。"说罢，便提着利剑来到苏吉尼玛身边，准备杀掉她时，却发现王后实在太漂亮太美丽了，也不忍心杀害。便对两个年轻的刽子手说道："二位兄弟，赏赐还是归你俩所有，杀害苏吉尼玛的重任也由你俩去完成，我也是实在下不了手。"

两个年轻的刽子手回答道："我们都不忍心杀害王后，怎么向国王交差呢？那就让我俩一起杀掉王后吧。"于是，两个年轻的刽子手提着利剑来到苏吉尼玛身边，见她如此美丽可爱，仍然不忍心杀害。便和老大共同商议良策，最后刽子手老大说道："看来我们三个人谁都不忍心杀害王后，但若不杀掉王后，不仅领不到国王的奖赏，反而会受到严惩。既然我们不忍心杀王后，今晚就把她单独留在尸林中，让妖魔厉鬼和凶禽猛兽吃掉她，免得我们亲手去杀害。"

主意已定，等到太阳落山后，他们把苏吉尼玛带到尸林中央，取掉脚镣手铐，剥光衣服，抬到专放尸体的血脂石台上，仰面朝天地放好后，把四肢用绳索紧紧地拴在巨石四周的竹桩上，然后退到距血脂石台一闻距远的悬崖下面的崖窠下隐藏起来观察动静。

这时,苏吉尼玛六类一味①地诵念《入菩萨行论》②经,继而祈求道:
恩泽无诱佛法僧,姑娘信赖无疑虑。
我生命中的风息③,四大④聚集的幻身⑤,
上师本尊空行母,勇士空行护法神,
今夜祈求去皈依,今夜阎罗来追捕,
今夜偿还世宿债,今夜寂灭骨肉分,
今夜举行血肉宴。上自三有⑥之顶端,
下至十八层地狱⑦,应有尽有聚此处。
邪魔一千八百个,厉鬼三百六十个,
天神龙王与魑魅,食肉罗刹与瓶腹⑧,

① 六类一味:六种平等,即寻思为道用、转烦恼为道用、转疾病为道用、转鬼神为道用、转痛苦为道用、转死亡为道用。

② 《入菩萨行论》:印度佛学家寂天论师著,全书共十章,前三章叙述菩提心功德、忏悔、受菩提心,以求世俗和胜义菩提心未发而令生;次三章叙述不放逸、正知、忍辱,以求已生而不退;再三章叙述精进、禅定、智慧,以求辗转增长;最后一章,以此后果为利众生发愿回向。

③ 风息:密乘所说体内风、脉、明点三者中之风息,遍布体内一切脉道,其性能动,故名为风息。

④ 四大:身体的四大种,即地、水、风、火。

⑤ 幻身:无上密乘圆满次第所说虽无行相而有种种现分,虽有现分而无自性,故名幻身。

⑥ 三有:生有、死有、中有。

⑦ 十八层地狱:孤独地狱(随时使用狱门、火柱、洪炉、绳索等刑具的地狱)、近边地狱(在热地狱四方所有诸地狱)、八热地狱(等活、黑绳、众合、号叫、大号叫、烧热、极热、无间)、八寒地狱(皰、皰裂、頞哳吒、臛臛婆、虎虎婆、裂如青莲、裂如红莲、裂如大红莲)。

⑧ 瓶腹:一种瓮形鬼,梵音译作鸠盘荼。佛书所说大海中的一种似人的夜叉鬼怪,头上生有各种动物的头颅,肘部、膝盖和耳轮都长有发状肉丝。

腹行①自在与厉鬼,食肉厉鬼统统来,
争抢享受鲜肉山。饮血夜叉统统来,
争抢饮干鲜血海。剥皮妖魔统统来,
整张人皮当衣穿。各取所需玛绕亚②,
自欲厉鬼扎拉染,我持之上吽吽吽,
君王之上普普普,无忧无劣索索索。
如此血肉祭祀海,善逝佛子皆欢喜,
六道众生解饥渴,宿债偿清怨恨消,
无漏安适六道乐。

苏吉尼玛祈祷完毕之后,围绕在血脂石台周围的所有凶禽猛兽和食肉厉鬼,就像有缘的弟子遇到了善智尊师一样,有的磕头、有的绕天葬台巡礼、有的献供品、有的在忏悔、有的在赞颂功德,像孩子围绕在母亲身边一样,恭恭敬敬地围绕在苏吉尼玛周围。

第二天天刚蒙蒙亮时,三个刽子手前来察看结果。他们来到血脂石台一看,眼前的情景使他们大惊失色,只见许许多多食肉夜叉、妖魔厉鬼、虎豹豺狼熊禽,不仅没有伤害苏吉尼玛,反而极为虔诚地围绕在她的身边。当这些凶煞厉鬼和猛兽凶禽看到三个刽子手走来时,纷纷猛扑过来,把三个刽子手围困起来。这种情况极为罕见,以往刽子手很受凶煞厉鬼和虎豹豺狼的欢迎,可这次却见了仇敌一样,个个张牙舞爪,怒目而视,怒吼嚎叫,大有撕碎刽子手而后快的架势。

三个刽子手见此情景吓得心惊肉跳,紧急商量道:"如今非但我们三人杀不了苏吉尼玛,就连罗刹和凶禽猛兽不但不吃苏吉

---

① 腹行:大腹行,梵音译作摩睺罗伽,一种魔鬼名。
② 玛绕亚:扎拉染,吽吽吽、普普普、索索索等皆为咒语。

尼玛，反而恭恭敬敬地服侍着她。现在我们如果杀不掉苏吉尼玛，回到森吉洛哲城，非但得不到奖赏，反而必定会受到严厉惩罚，还是三十六计走为上，我们远遁他乡，让苏吉尼玛回到原地去吧。"

于是，他们来到血脂石台前，解开拴在竹桩上的绳索，恭敬地对苏吉尼玛说道："我们三个不敢杀你，准备远走他乡避难，请您从哪儿来，就回到哪儿去吧。请您怜悯我们三个，并为我们祝福祈祷吧！"

苏吉尼玛接受了他们的请求，为他们祈祷道：

我三时所积善行，祈三刽子手终身，

抛弃愚昧五毒根，三门虔诚行善业。

你三人赖我善根，四人皆晓四圣谛①。

共同证得四种身②，为众发扬四摄法。

诚心诚意为五趣③，授予驱除五毒法。

树立大乘五道④法，证得善逝五身⑤果。

从此世世代代中，我与你等不分离。

舍弃恼怒嗔恨心，互敬互爱相亲善，

虽然同处轮回道，漂泊六道轮回中，

但愿和睦如母子。自此世间众有情，

托观音菩萨之福，皈依佛法享吉祥，

---

① 四圣谛：释迦牟尼初转法轮时所说总括一切生死涅槃因果、应取舍事之四种真谛，即苦谛、灭谛、集谛、道谛。

② 四种身：佛所具备的自性身、智慧法身、受用报身、变化身。

③ 五趣：六趣中的阿修罗，有属天趣，有属龙趣，其分别归属之后，只剩有天趣、人趣、地狱、饿鬼、旁生五趣。

④ 五道：资粮道、加行道、见道、修道、无学道。

⑤ 五身：五种佛身，或称果法五身，即法身、报身、化身、不变金刚身、现证菩提身。

相辅相成一家亲。

苏吉尼玛祈祷完后对三个刽子手说道:"你们放我离开尸林,挽救了性命,我也把你们三人救出轮回之狱引向解脱之光明大道,解除痛苦,赐予幸福,你们要好好珍惜啊。"

三个刽子手立即将自己的衣服首饰和武器交了出来,发誓抛弃十恶业,从此不操旧业,专做利众善业。然后毅然逃到异地他乡谋生去了。

苏吉尼玛单独踏上了重返故地的路程,希望早日见到分别已久的大禅师父亲。

清白无罪,重见天日

当苏吉尼玛经受千难万险,来到大禅师父亲居住的静寂的密林时,只见树林干枯,像死尸似的直立在地上;迦陵频伽鸟和各种叫声悦耳的小鸟飞得无影无踪;八功德泉和池塘全部干涸,成为一个个坑洞;各种莲花叶枯花凋;狂风肆虐,飞沙走石,天昏地暗;两间茅草房像被木棍搅过的鸟巢似的零零碎碎;这里除了留有一只母鹿之外,其他动物和野兽全部跑光,那只母鹿也不去觅食,静静地卧在破茅屋里,十分可怜。

苏吉尼玛心想:大禅师父亲难道被邻国的国君,或者其他人请去供养不成?或者到更加寂静的石岩雪山去闭关静修去了?她百思而不得其解,便没精打采地走进破败不堪的茅屋,发现父亲曾使用过的法铃、长腰鼗鼓①等法器，以及衣物和祖衣②，多半被埋在土里发了霉，上面长满了荨麻等绿芽。各种经书像茅草一样散乱地丢弃在地上。见此情景，苏吉尼玛心想："看来父亲并非被邻国君王或其他人请去，也没有到石岩雪山去闭关静修去了，而是早就离开人世了。"于是，到处去寻找父亲的遗骨。可是，连一块碎骨都未找到。内心感到极端痛苦，泪水犹如雨下。回到茅屋后，伤心地祈祷道：

具备三分时③上师，无敌父亲具法身，

您虽证得金刚身，却难留在儿身边，

不在欲界在净土，无论父亲在何处，

怜悯女儿赐加持，祈求禅师现法身。

苏吉尼玛如此虔诚恳切地祝告后，忽然一道红光射进了茅屋，直射在那只母鹿的脑门。这时，母鹿奋力站了起来，摇头三下，抖掉身上的露珠，绕茅屋转了三圈，然后向东方走去。苏吉尼玛紧跟不舍，大约走了五百弓的距离，发现有座光环围起的虹宫，里面端坐一非人正在专心修行。

苏吉尼玛急忙向虹宫修行者致七支修行大礼，然后走进虹宫去，发现了从大禅师遗体上生出来的一尊清净无垢的观世音菩萨像和一升舍利④。

---

① 鼗鼓：宗教法器之一，两面鼓皮之间，有绳互相连缀，可松可紧，以调节音调，腰部较长，故名长腰鼗鼓。

② 祖衣：十三资具中三袈裟之一，比丘在礼拜、乞食、讲闻佛法，羯磨仪轨聚会时所穿的黄色上衣。

③ 三分时：佛书所说人类的法、财、欲、乐，即道德、财富、享受、安乐四者中，只能具备三者的时代，期间为一百二十九万六千年，有拘那舍牟尼佛出世。

④ 舍利：佛与高僧圆寂后遗体火化时所留骨珠。

这时，又有一道红光射进母鹿脑门，母鹿来到苏吉尼玛身边，围绕她转了三圈后向茅屋方向走去。苏吉尼玛紧跟其后来到茅屋，捡起大禅师留下的旧衣，穿在了自己的身上。整理大禅师用过的经书，其中一大半已经残破不能阅读，一半还能继续阅读，看了后能懂得一些内容。大禅师用过的檀木念珠、水晶念珠、颅骨念珠撒了一地，她一颗颗捡了起来，共得一百零一颗，用线穿起来留作自己的佛珠。

苏吉尼玛心想：我若无目标地到处去找父亲，肯定不会如愿以偿。再说，我一个女人，到处抛头露面很不方便，同时还会耽误修行。看来倒不如就留在这里虔心修法，广做利众善业岂不更好？于是，下定决心留下来，把茅屋重新维修一番后开始诵经修法。自此，大森林又恢复了生机，草木繁茂，百花盛开，百鸟归来，呈现出欣欣向荣的景象。

苏吉尼玛在这里修行了十二年的时间，但她因为以前违背了大禅师的教诲，把珍珠璎珞暴露给妖女甘迪桑姆看，所以她无论怎样向大禅师忏悔祈祷，总是毫无成效，连个美梦都不做，使她心里感到十分悲哀。

不过，有天深夜，她做了个好梦。梦中，一位英俊的少年拿着一串水晶佛珠走来。她心里想：这必定是本尊的化身。因此，以极为悲痛的心情向大悲观世音菩萨祈祷道：

无比的导师无量光佛，受佛祖灌顶的弥勒佛，
大慈大悲菩萨观世音，大圣您若心存大怜悯，
祈请听我申述心中苦。昔日受尽了无限痛苦，
身被轮回之索紧捆缚，堕入黑暗笼罩的深谷。
身不由己无奈堕下去，请用悲悯之钩钩上来。

从前生死轮回无始时，今后生死轮回无了期。
轮回不已烦恼似流水，烦恼骤增痛苦来折磨。
痛苦剧烈幸福难获得，贪欲过胜复趋轮回道。
无论如何难得解脱时，所证暇满白白被耗空。
病老死衰一起来侵袭，难道依怙尊[①]您不拯救？
曾立伟大弘法大誓愿，时刻不忘解脱众生苦。
无缘无福女儿在漂泊，难道依怙尊您不愿管？
具有佳运缘分众化机，大悲观音菩萨会怜悯，
坠入背道而驰深渊我，无依无靠独自在险境，
难道您也不分亲与疏？不能真实理解其所知，
陷于二取[②]寻思图圄中，不见女儿单独在监禁，
您对妙智领悟太片面。如果不被罪孽所制服，
除您还有谁能拯救我？懒散懈怠之中度日月，
瞬间想起向您来祈求，不从轮回大海救出我，
大慈大悲名号不属实。呜呼贤劫慈尊弥勒佛，
大慈大悲菩萨观世音，智行溅薄无缘分的我，
为何祈求菩萨赐怜悯？兹因前世积恶太深重，
沉入百罪[③]之源轮回海，被无明黑暗的大山压，
掉入三毒摩迦罗[④]之口。一切罪孽均由自己造，
如果依怙尊您不相救，无缘女儿力争有何用？

---

① 依怙尊：佛教徒对活佛和上层喇嘛的敬称。
② 二取：精神和物质，意识和外境，旧译二取，能取和所取。
③ 百罪：一百一十二恶作之略称。五堕罪中的著作罪十、行聚罪二十、坐聚罪九、受食聚罪八、进食聚罪二十一、用钵聚罪十四、说法聚罪二十六、修行聚罪三、攀登聚罪一，共九聚一百一十二条。
④ 摩迦罗：传说中大海里的大鳖、鲸鱼、巨鳖，梵音译作摩羯，或摩迦罗。

自今直至证得菩萨果,紧紧追随尊师你之后。
为了普天之下诸众生,勤逸修习殊胜菩提心。
坚定不移致力众生事,不落一人统统得幸福。
大力弘扬佛教传十方,人人都像大智诸佛子。
精通显密经典深奥义,思想纯正像佛与佛子。
准确领悟佛法传他人,祈求怙主教会我践行。
痛苦轮回汪洋浩瀚海,海水尚未完全干涸前,
像您立下弘法大誓愿,让我成为众生依附处。

苏吉尼玛哭诉完后,梦中的白色少年钻进了光环中摇晃着说道:"姑娘你不听从上师的教诲,不遵守所发誓言,恶因成熟,因此再无获得大手印成就的缘分。现在,你要去云游四方,口诵六字真言,祈祷有情安康,以恢复大禅师身、语、意三门誓言的威慑力。只有这样做,中阴始能证得殊胜成就。"

那少年说完后,那道光环围着苏吉尼玛绕了三圈,然后从她的脑门隐了进去,苏吉尼玛也从梦中醒了过来。

苏吉尼玛从睡梦中醒来后心想:我并没有违犯悖逆父亲教诲的事,只是父亲曾教诲我不要让任何人见到珍珠璎珞,可我把它拿给甘迪桑姆看了。说我违背了父亲的教诲,大概就是这件事,也因此带来了报应。

为了摆脱大禅师身、语、意三门教诫的孽障,苏吉尼玛建造了百座佛塔,塔内装进大禅师的舍利、衣物、经书等作为塔像内藏,由苏吉尼玛亲自开光。

苏吉尼玛又根据梦中少年对她"云游四方,口诵六字真言,祈祷有情安康"的要求,身穿父亲遗留下的旧衣和牛毛披风,手拿讨饭碗和打狗棍,准备出发时,突然想到:"就这样出去,又要

吃容貌美丽而被骗的亏。"于是，找来烟灰，拌上蜂蜜涂在脸上，遮住了她天生的美貌。做好了各种准备后，她易名为瑜伽尼图巴钦茂，开始踏上了云游四方的艰辛路程。

话说森吉洛哲城的国王达伟森格和臣民们，自从和王后离别后饱受痛苦的煎熬，特别是国王达伟森格自从离开美丽出众的苏吉尼玛王后以后，从不接触以柔唵吾毛为首的五百名王妃，连看都不看一眼。国王整日茶饭不思，精神衰弱，无精打采，身体消瘦得像骷髅。老国王看到儿子如此萎靡不振的样子，有些于心不忍，不知道儿子为什么会变成这个样子，问道：

种姓高贵英俊儿，并非四大违和病，
往日健壮今消瘦，到底为何心悲伤？
只要国政不衰败，有何忧伤说出来。

达伟森格回答父王道：

尊贵父王听我讲，锲而不舍找伴侣，
苏吉尼玛疼爱我，却被罗睺捉了去，
囚我忧伤洞穴中，兹因不知取舍法，
由是心忧身又衰，祈请父王能理解。

老国王回答道：

年轻有为我儿听，尼玛[①]具有两重性，
既能使庄稼成熟，又能晒干财富海。
对此毋弃置不顾。尼玛有两种功能，
离它远可防严寒，离它近身体灼伤。
对此毋弃置不顾。尼玛有两种威力，

---

① 尼玛:藏语中"尼玛"为太阳,这里暗指王后苏吉尼玛,因为她的名字中含有尼玛(太阳)，此处直接用藏语名"尼玛"。

苏吉尼玛

既能够驱逐黑暗，也能烧焦器世间①，
对此毋弃置不管。倾国倾城五百妃。
雍容华贵居宫中，尽情乐享五妙欲。
驱散忧愁心舒畅。

国王达伟森格回禀道：

父王安康国运昌，王妃群集如星宿，
如果没有七马主②，星光岂能驱黑暗。
父王请您听我讲，我对苏吉尼玛妃，
犹如母鸡恋鸡蛋。当我恋恋不舍时，
却被刽子手牵去，押到恐惧大尸林，
如今可能已死去，早被阎罗与厉鬼，
狮虎豺狼与夜叉，食肉饮血享大宴，
我欲拯救是徒劳！

老国王又劝告道：

我儿达伟森格听，她杀害达伟旋努，
又宰死赤鼻大象，杀害生灵刽子手，
岂能将她当仙女？

国王达伟森格回禀道：

上自天堂兜率天③，帝释天王之女儿，
下至地下龙世间，安止龙王之令媛，
若与苏吉尼玛比，哪个敢与她媲美？
我被囚进痛苦穴，快救我出悲伤牢。

---

① 器世间：佛教指四大洲、须弥山、日、月等三千大世界，亦称情器世间。
② 七马主：藻饰词，太阳的异名。此处暗指苏吉尼玛。
③ 兜率天：亦称喜足天，睹史多天。六欲天之一，妙欲资足胜于其下诸天，身心安适，且喜具足大乘法乐，故名喜足天。

247

国王达伟森格毅然下令打开国库，拿出三分之二的财物，作为能够引生一切利乐的善资，广泛上供下施，并祈求大禅师赐福禳灾，保佑苏吉尼玛安然无恙。

由于国王夜以继日地思念苏吉尼玛，慷慨施舍财物，终于得到了三宝的怜悯，即如本尊所预言，瑜伽尼图巴钦茂在周游四方后，来到了森吉洛哲城。

当她走进森吉洛哲城一看，发现自己又来到了从前住过的地方。心想：哎呀呀，我怎么又来到了这座城呢？是留下来，还是一走了之？如果留下来，就会被人们认出来，从而灾难就会临头，倒不如离开这里到其他地方去的好。

不料，事与愿违，当她一来到这个城市后，许多百姓把她作为弘法瑜伽尼供养起来，请她宣讲佛法，祈授六字真言大灌顶。因此，瑜伽尼图巴钦茂只得暂时留下来满足大家的愿望。

在祈求听受佛法的人群中，甘迪桑姆亦在其中。她想：我从前造下不少罪孽，看来，瑜伽尼图巴钦茂确实是位道行高尚的弘扬佛法者，我也要请求和她结下法缘，忏悔自己的罪孽。因为我是把国王和侍臣等投进了痛苦深渊的罪魁祸首，更应该虔诚忏悔。

当月十五日晚，甘迪桑姆在自己家中陈设了丰富的供品，把瑜伽尼图巴钦茂请到家中，让她坐在了宝座上。这时，甘迪桑姆对家中所有人说道："你们统统离开这里回避一下，我要单独向瑜伽尼图巴钦茂求授深奥佛法。"家人全部离去后，甘迪桑姆双膝跪在瑜伽尼图巴钦茂面前，双手合十说道："尊敬的瑜伽尼图巴钦茂，我是个罪孽深重的人，请你慈悲保佑。"她以四力忏悔道："十方佛陀和菩萨，殊胜的导师，我甘迪桑姆自出生以来便做下大量恶业，还得到了别人的赞赏，特别是听信了柔俺吾毛的唆使，妄想得到管理国库的权力,曾千方百计骗取婆罗门王后苏吉尼玛的护身珍珠璎珞,然后给她和侍臣们灌了毒药,使她昏迷不醒。接着我亲手杀死国王的赤鼻大象,并将其血肉堆放在苏吉尼玛的周围,造成大象是被苏吉尼玛宰杀的假象。其后又从尸林盗来一具死尸,仍旧放在苏吉尼玛的身边,做成苏吉尼玛杀人的现场。最后杀害了王子达伟旋努,又将其尸体放在了苏吉尼玛的身边,嫁祸她是杀人凶手。此后,挑拨国王杀死了巧舌鹦鹉。"

她继续忏悔道:"由于我做得似乎天衣无缝,国王相信这些恶业就是苏吉尼玛所为,于是将苏吉尼玛交给三个刽子手押到血海沸腾的尸林去杀害了。可是造下这种种罪孽的罪魁祸首是我。由于我造下诸多罪孽,国王和王后苏吉尼玛分别后,相思成疾,悲伤欲绝。国王一旦驾崩,以我们森吉洛哲城为首的三百六十万个小邦的百姓,都要为国王死后的善根缴纳大量财物,使百姓遭殃。这是因为我的罪孽所造成的,我向您衷心忏悔,我说的这些都是大实话,毫不隐讳地向您坦白交代出来。"

甘迪桑姆接连忏悔三遍后,将以前骗去的珍珠璎珞拿出来交给了瑜伽尼图巴钦茂。

这时,苏吉尼玛才恍然大悟,原来陷害我的真正凶手是她,恨不得上前揪住她的头发咬几口。然而转念一想,对于有情应该有苦海轮回的肚量才对,于是强压怒火,接受了她的悔罪。

甘迪桑姆又虔诚地向瑜伽尼图巴钦茂请求道:"尊敬的殊胜瑜伽母,我打算在本月三十日,正式向您忏悔,请求您答应我的要求。"瑜伽尼图巴钦茂痛快地接受了她的要求。

正在这时,大臣阿吾纳格听说城里来了一位道行殊胜的瑜伽尼,他想把她请到王宫来宣讲佛法,这样做也许能够消除国王的悲伤。主意已定，他便去找瑜伽尼入宫宣法。

大臣阿吾纳格走出了王宫来到一个三岔路口，走进一个僻静无人的小巷时，偶然和瑜伽尼相遇。他急忙上前施礼，并把自己的上衣脱下来奉送给瑜伽尼，说道："尊敬的瑜伽师，我衷心请您到王宫去，为解除国王父子的痛苦讲经说法。因为十多年前，我们的王后苏吉尼玛，莫名其妙地被三个刽子手押送到血海沸腾的尸林中去后，我们没找到她被杀的尸体，三个刽子手也未曾回来，不知跑到什么地方去了。您云游四方，见多识广，也许听说过或知道他们的下落。"

瑜伽尼图巴钦茂回答道；"我曾听说过这件事，但没有亲眼看见过。"说到这里，哈哈大笑起来。

就在瑜伽尼图巴钦茂张口一笑的瞬间，阿吾纳格发现她满口洁白如海螺般的牙齿。聪慧的大臣阿吾纳格一下认出了她，急忙问道："您不就是我们的王后苏吉尼玛吗？"

瑜伽尼图巴钦茂严守出家人不说诳语的戒律，含糊其辞地承认说："也许是吧。"

阿吾纳格惊喜万分地说道："哦，真是天下奇闻啊！"说着上前一步给王后行礼，叙说了王后离开王宫后，宫中发生的一切情况和国王及臣民们所遭受的痛苦。

瑜伽尼图巴钦茂对大臣阿吾纳格说道："你所说的这些完全是事实，从前所发生的一切悲剧，始作俑者是甘迪桑姆和柔唵吾毛二人。关于详细情况，这个月的三十日，甘迪桑姆要向我忏悔，到时候你们也来听听吧。"

阿吾纳格说道：

王后苏吉尼玛听，当初与你晤面时，

以为您是天仙女。尔后屠夫押去时，
犹如地狱的饿鬼。比起当初未离时，
今日复会更欢喜，感谢王后又回来。
有何懿旨请吩咐，千万别到异地去。

阿吾纳格说完后，忙不迭地跑回王宫。他对国王禀报道："尊敬的国王，王后苏吉尼玛和那三个刽子手，还活在人世间，请您不要悲伤，赶快沐浴净身，我们去迎接王后回宫。"

国王达伟森格疑惑地问道："你听说她死而复活了吗？你不要撒谎骗我了。"

阿吾纳格回答道："不是撒谎，绝对是真话，因为是一位不讲诳语的瑜伽尼亲口告诉我的，怎么会是假的呢？"

国王听了虽有点喜出望外，但还是半信半疑。不过在阿吾纳格的催促下沐浴，之后准备迎接苏吉尼玛回宫。

到了月底三十日，阿吾纳格陪同国王父子，带上宝剑隐藏在甘迪桑姆的外屋中。甘迪桑姆准备了丰盛的供品，把瑜伽尼请到了家中。等到天黑后，她把所有家人撵出门外，把瑜伽尼请到宝座上，自己双膝跪地，把自己所做的坏事一五一十地说了出来。

国王父子听完甘迪桑姆的坦白，再也忍不住心中的怒火，起身要杀掉她时，阿吾纳格劝阻了国王父子。等到甘迪桑姆对自己的罪孽忏悔了三遍后，君臣三人同时拔出宝剑准备杀掉甘迪桑姆时，瑜伽尼图巴钦茂赶紧护住甘迪桑姆，对君臣三人劝说道：

国王父子听我说，应当以仁治国家，
慈悲怜悯爱百姓，罪犯也应怜悯她。
所见所闻慎考察，财富应当懂享用，
过分奢侈会患病，杀生还得已偿命。

国王回答道：
女人本性是愚蠢，但你是盏照明灯。
女人本质是憎恨，但你柔软似绸绫。
女人自性是贪婪，但你却像如意宝。
本王悉听你所言。
瑜伽尼图巴钦茂对国王的这番比喻表白稍嫌不满，说道：
当初我随大禅师，专心致志修行时，
国王强迫我入宫。来到王宫不多时，
将我交给刽子手，押送恐怖尸林时，
魂飞魄散有九次，几乎气绝有三次，
濒临死亡有五次，身受热冷说不尽，
几乎葬送我生命，幸好保住贱性命。
听了瑜伽尼图巴钦茂的叙述，国王马上回答道：
洁白皓月当空照，有时难免有黑点。
光滑柔软白莲花，也长花蕊似黑刺。
铮亮洁白的佛塔，难免被灰尘污染。
多数聪颖大智者，有时难免出差错。
我因一时犯糊涂，造下罪孽请谅解。
国王说完后，大臣阿吾纳格说道：
愚痴轮回苍海中，国政隆昌稳如山，
却被贪婪者围困。智者目光朝下看，
贱人之足向上伸，罪恶之根即在此。
大臣阿吾纳格说出自己的看法之后，国王召集诸大臣进行商议，大家一致认为严惩争风吃醋者柔俺吾毛时机已成熟，应当剜去她的双眼。对惯用歌舞欺骗诱人，用毒药迷魂夺命，陷害苏吉尼玛的甘迪桑姆，应当撕破嘴巴，剜去双眼，割掉耳鼻，刖膝断筋，抛到僻静的小道上去喂狗。

苏吉尼玛听了众大臣的严惩议论后心想："我应该遵照本尊预言授记去周游四方，念诵六字真言才对。"于是，收拾东西准备离开此地。

国王和臣民不忍苏吉尼玛离去，便纷纷恳求她留下来，异口同声地说道："仁慈的王后，自从您离开王宫，被三个刽子手押送到血海沸腾的尸林后下落不明，国王和臣民们经受了极大的痛苦。现在您又要离我们远去，这会给国王达伟森格带来无穷的悲痛。因此，我们恳求您无论如何留下来继续当王后，千万不能为了您个人的安危，抛下我们而远走高飞，这怎么能说是在发殊胜菩提心呢？"

苏吉尼玛听了臣民们的这番在情在理的忠言后，觉得臣民们说的话非常重要，又想到本尊曾教诲自己，要以解除众生的痛苦为己任的预言，便答应大家的请求留了下来。

臣民们非常感激王后的允诺，在以大臣阿吾纳格为首的臣民们高举大伞、胜利幢、经幡、彩旗，扯起彩旗鬘、张挂帷幕，举着七政宝和八端祥物，在舞蹈队的簇拥下，迎请瑜伽尼图巴钦茂回宫，国王再次封她为王后。

享受欢乐，摄受解脱

婆罗门女苏吉尼玛回宫后，国王举行隆重仪式，再次封她为王后。这时，大地出现了许多不可思议的奇观：大地震动六次，迦陵频伽鸟等各种鸟儿唱起悦耳动听的歌，各种树木枝繁叶茂，果树开花结果。特别是在永不凋谢的御花园中，原本枯萎凋谢的莲花和各种花卉，重新繁花怒放，馨香扑鼻，尤其是一道五彩光芒射进了永不凋谢的花园，令众人欣喜万分，引得国王和臣民们前呼后拥地来到花园中观赏，陈设丰厚的供品，祭祀神佛，庆祝盛世的到来。

苏吉尼玛心想：花园里出现这些生机勃勃的景象，说明在主体莲花中诞生了一位品德高尚的正士，要求国王准备丰盛的祭品，到花园中虔诚祈祷道：

完美无缺善逝身，引领众生幻化身，
降生纯洁莲蕊中。莲叶繁茂幼婴你，
照亮我的五门识[1]，带给众生甘露汁。
苏吉尼玛自身光，促使莲花都怒放。
祈酿无漏[2]甜蜂蜜，满足众生所需求。

由于苏吉尼玛祈祷之威力，除了主体莲花之外，围绕在它周围的莲群也争艳盛开，片片花瓣互不遮压，里外鲜亮透明，无比艳丽。果树开花结果，百里花果飘香。

苏吉尼玛祈祷不久，从正西方向闪出一道红光，端端照射在主体莲花花蕊上，大地又震动六次，从空中传来美妙的仙乐声，整个花园呈现出一片吉祥昌盛的景象。

这时，在主体莲花的花蕊中，出现了一位肤色洁白的小孩，只见他头梳五髻，鹿皮遮护左乳，身披仙衣，右手持百颗水晶佛珠，左手持莲花齐耳，面露笑容，对国王说道："国王请听，你前半生

---

[1] 五门识：依于眼、耳、鼻、舌、身五种根门生起之识。
[2] 无漏：不同作为所缘，均不增长烦恼之法。

持有邪见，曾亲自祭拜外道大自在天，无故宰杀动物无数，由此自食恶果，受尽痛苦，死后还要坠入地狱，为了给宰杀的每条生命偿命，在万劫中遭受没完没了的痛苦。不过，现在你只要发誓诚心对待我的追随者婆罗门女苏吉尼玛，依佛法治国理政，扭转逆缘，最终与我会面。现在你为了消除自己的孽障，应该修建身语意所依处，建一百零八座寺庙，每个寺庙中组建一支有一万个僧人的僧团，虔心供养他们。慈悲对待属民，最终将他们引向菩提道。与此同时，你还要到偏远的幽静地修行瑜伽二次第即生起次第和圆满次第。只要这样去做，才会使中阴获得殊胜成就。否则，死后会坠入地狱，转生为饿鬼和畜生。"

国王听后回答道：
无罪无过智渊博，种种功德皆圆满。
莲生童子持晶珠，祈请托庇怜悯我。
我从智力成熟前，直到懂得因果时，
请求怙主赐怜悯。识透我心真稀奇，
呜呼我遇佳缘分，有幸与你来会面，
又遇慧女婆罗门，遵从教诲虔执行。
你到天涯与海角，时时别忘保佑我。
莲花生童子回答道：
我来无影去无踪，不生不死法界中。
无阻无碍离戏论[①]，无住涅槃[②]成正觉。
莲花生童子讲完，突然化作一道虹光消失在虚空中。

---

① 离戏论：远离戏论，不迷乱执着。意指空性和法性。
② 无住涅槃：无所住涅槃界，即不住生死轮回及涅槃寂静二边，入大涅槃，成正觉等。

255

自此时开始，国王父子花费七年时间，用五宝①塑造善逝佛像一万余尊；在寺庙内殿中用五宝仿建寺庙一百零八座，每个仿寺庙宽一由旬，长半由旬，屋顶造有纯金柄的白伞盖；寺庙四面八方竖立着镶有蓝宝石的宝幢，其间串连着銮铃和小铃铛；飞檐上垂挂着宝珞；寺外大旗小幡迎风飘扬；寺内宝座周围镶嵌着壮士、大象、骏马、孔雀、共命鸟、狮子等，宝座上端坐水晶石观世音菩萨像，身披各种宝物装饰的法衣，像前摆着各种各样的供品；每个寺庙中成千上万的僧人，有的在佛前叩头，有的在献供养，有的在忏悔，有的在赞颂善事，有的在诵经，有的在为脱离痛苦而祈祷，有的在向善根菩萨回向。

国王父子在建造仿寺庙期间，还拿出国库三分之二的财物，供养三宝和比丘，全体臣民戒十恶修十善，举国上下呈现出和睦相处、欣欣向荣的景象。

不久，王后苏吉尼玛生下一位英俊无比、人见人爱的小王子。国王和王后商量给小王子起名字，结果决定在国王达伟森格和王后苏吉尼玛的名字中各取两个字，合在一起叫作尼玛森格（意谓太阳狮子——译者）。

这时，所有婆罗门术数士②异口同声地赞叹道：

黑暗消除年景好，王子俊美是太阳，

攻者畏惧有爪兽，王子乃是众兽王，

三界统统归他管。

王子长到八岁那年，王后苏吉尼玛对国王达伟森格说道：

---

① 五宝：金、银、瑙玉、珊瑚、珍珠。亦有说金、银、铜、铁、锡为五宝者。
② 术数士：旧时一种迷信职业者，凭借人的面貌、骨骼、气色，以及天文星象、梦境等，以预言未来祸福的相士、星数家、占梦师等。

生死无常难自主，反复流转无福果，
千万别贪轮回道，同赴静地去修行，
求证解脱菩提道。

国王达伟森格因为眷念国政，贪恋尘世生活，因此，对王后苏吉尼玛的请求未置可否。当他正在犹豫不决时，王宫外来了一位身穿黄色祖衣，手持钵盂、禅杖、鹅颈壶的比丘，他性情温和，举步坚稳，目光炯炯。国王上前问道："圣者阿罗汉从何而来，要到何处去？"

阿罗汉回答道："我并非圣者，是统治其他世间四洲的国王，因悟出国政空无意义，故出家皈依善逝教门，前来会晤释迦牟尼的声闻弟子们。可你为何还迷恋着这饿鬼城针尖大的安乐而不去出家呢？"

阿罗汉的话像支利箭射在了国王达伟森格的心上，立即来到王子尼玛森格的身边，说道：

智力无穷王子听，阎王步步紧逼我，
对此别无出路逃，只有去寻解脱道。

王子尼玛森格回禀道：

寒冬腊月三九天，赤身安卧雪山顶，
除非绿鬃大雄狮，其他野兽难为家。
春季月份春三月，冰层下面欢快游，
除非水族鱼类外，其他畜生难为家。
如今五浊泛滥时，稳操治国大权力，
除父达伟森格外，小邦头领难驾驭，
愚儿更难担此任。

国王达伟森格回答道：

雪山若怕雾笼罩，小兽不是兽王崽。
河流若怕冰覆盖，小鱼不是金鱼儿。
执政不懂保属民，王子不是我子嗣。
切记教诲执国政，父王母后去修行。

王子尼玛森格看到父母去意已决，便询问道：

敬祈父王听儿讲，子承父业执国政，
何处是我供施处，国事向谁去请教，
如何驾驭臣与民？

国王达伟森格嘱咐道：

严守戒律如同爱双眼，取舍智慧应崇四真谛。
慈爱众生应发菩提心，百人僧团便是供施处。
智慧渊博门阀又高贵，品质高尚可向他求教。
尊崇上师更应爱属民，依靠贤良大臣不分离。
热爱宗族保持贤德者，怜爱仆从尊重众朋友。
吃喝不缺可以自享用，育儿生财应靠贤德妻。
无论宫里宫外诸大事，经过商讨然后做决定。
凡事绝不专断靠大家，善于仰仗才能做人主。
我儿勿忘铭记于心中！

听完父王的教导，王子尼玛森格来到母后身边，说道：

父王圣旨不可违，牛犊交给牛犊牧，
里里外外所有事，为儿如何去处理？

母后苏吉尼玛教诲道：

提防敌人日久永亲善，不贪钱财最终成富豪，
恒常积善必征佛陀果，呜呼吾儿聆听母教诲。
刁民妄为千奇百怪事，开动脑筋明断真与假，

是非曲直从容去思考，时常祭祀虔诚献衷心，
独生王子千万记心上。有益忠言句句记心上，
父王母后出家皈正法。

这时，猎人之子上前对王子说道：
土块圆石是砌城堡之魔，仆人犯上乃是糌粑之魔，
女人泄密乃是计谋之魔，庸人出规乃是主人之魔，
抛弃四魔依法治理国家，我追随国王王后去服侍。

大臣阿吾纳格听了猎人之子的表白后心想，他说得很对，我也应向王子嘱咐几句话，然后跟随国王和王后到静地去修行，说道：
话到嘴边留三分，实话实说才稳妥，
吃穿可让外人看，财富隐藏在家中，
一视同仁侍奉者，恒常行善结硕果，
言简意赅铭心中，准许我亦去修行。

这时，王子尼玛森格对国王、王后、大臣及属民说道：
父王母后及大臣，治理国家最昌隆。
如今由我来执政，谨遵教诲愿负重。
执意坚持去修行，我将遵从愿放行，
不断奉献修法资，祈求引我升天界。

于是，国王达伟森格将以森吉洛哲城为主的三百六十万小邦及臣民全部交给了王子尼玛森格管理。国王、王后、大臣、猎人之子及随从人等，诚心出家来到静谧的森林，虔诚修法，最终证得了佛果。

王子尼玛森格继承王位之后，谨依佛法治国，使全体臣民过上了幸福安乐的生活。

顿月顿珠

扎西才让 译

主要人物

（按出场次序排列）

多吉拉——桑岭国国王

贡桑玛——桑岭国王后

根尼扎——桑岭国卦师

巴扎——桑岭国相师

顿珠——桑岭国国王之长子，王后贡桑玛所生

达热——桑岭国大臣

白玛坚——桑岭国王多吉拉的后妃

顿月——桑岭国国王之次子，后妃白玛坚所生

拉丹——桑岭国大臣

嘎亚达热——桑岭国大臣

格瓦华——郭恰国国王

智希——郭恰国奸臣

勒白洛智——一隐居山间的智博上师

袄丹玛——郭恰国公主

华贝——郭恰国法臣

杂亚达拉——郭恰国法臣

阿南达——郭恰国法臣

很久以前，佛教圣地印度境内有一个叫桑岭的大国，国王名叫多吉拉，他是一位治国有方、虔敬佛法、慷慨施舍的国王，因而在他的统治下国政兴盛、政通人和、人民安乐。王后名叫贡桑玛，也是一位虔信三宝、皈依佛法、诚实忠厚、心地善良、慈悲为怀的贤惠贵妇。然而，多年以来，国王和王后未能育有一男半女，使得国王、王后以及宫廷的侍臣们都万分焦急，因为王族将会面临政权后嗣无人、国败民乱的境地。有一日，诸大臣通过反复商议，意见一致后前来拜见国王，奏请道：

至高无上的陛下，请听我等谨进言。
为使社稷永昌盛，更为臣民谋福祉，
慈悲为怀度众生，期盼早日得子嗣。
敬佛驱鬼设道场，若能了结心所愿，
我等臣子为社稷，竭尽全力效忠您。

国王答道：

喜闻贤明众臣言，尔等为求皇子嗣，
所言甚是合我意。为此需要敬三宝，
祈福禳灾行佛事，取舍分明莫混淆。

邀请卦师来宫廷,我必亲自问分明。

于是,国王为了求得王子,给众大臣颁布了供奉三宝、布施贫民、供养僧侣等经忏佛事的旨意。

众臣依国王之命,前去恭请当地名叫根尼扎的卦师到王宫,引见给国王。国王对卦师下旨道:

皈依无诱佛法僧,身语意三门致敬!
桑岭王臣虔祈祷,心想事成赐加持。
执政兴国靠谋略,依赖佛法治国家。
不同政见应统一,不分亲疏待众生。
祈求降生贤王子,卦师仔细来占卜。

卦师回国王道:

国王旨意贵如金,
倘若违令害己身,
容我尽心卜算后,
前来禀告国王您。

卦师按照国王的旨意,回家后设坛场敬供神佛,虔诚念诵谛语道:

仰仗三宝之圣谛,尤其阎魔护法力,
赐生桑岭国王子,无谬无错示卜词。

经过卦师的努力,卜算所显结果样样吉祥,卦师喜出望外,欣喜地跑到王宫,向国王禀告道:

磕头礼敬文殊菩萨,赐予吉祥如意智慧。
至高无上国王陛下,敬请聆听卦师详言,
大约行百余逾缮那[①],渡海可达陆地之腹,

[①] 逾缮那:亦译为由旬,古印度长度单位名。五尺为一弓,五百弓为一俱卢舍,八俱卢舍为一逾缮那,一逾缮那约合二十六市里许。

就有仙境廓沙①宝地。在此敬供祈祷三宝,
祭祀诸神祈求保佑,定能如愿喜得王子。
国王听完,高兴地对卦师说道:
闻知卜算结果,内心无比宽慰,
此法若能得子,我将重赏于你。
卦师走后,国王召集众臣下旨,说道:
我按臣意召卦师,令其仔细卜算出,
从此渡海至陆地,行走一百逾缮那,
可达圣地廓沙地。在此虔诚供三宝,
祭祀众神求保佑,预示定能得王子。
抉择黄道吉祥日,众臣随我赴廓沙,
祭祀拜神求王子。

随后,国王和王后率领众臣及上千大军,穿着艳丽盛装,大象驮着祭品,前往目的地廓沙。大军坐船航行五天五夜后,终于到达圣地廓沙,连续七日虔敬供奉三宝,敬奉神龙,祭祀迪哇扎牟尼扎等护法神,施食八部②,国王虔诚祷告道:

咯咯索!上师本尊及佛法僧,
空行佛母护法众神,一切神祇八部鬼众,
供施一尘不染食子,祈求诸神保佑我等,
成全桑岭君臣心愿。为了王室后继有人,
恩赐后嗣王子降生。

第七日夜晚,国王在睡梦中见到一位手持水晶念珠的游方僧,

---

① 廓沙:藏语为灵芝。廓沙宝地,就是生有灵芝的吉祥宝地。
② 八部:天龙八部,指拥护佛教的天、龙、夜叉、乾闼婆、阿修罗、迦楼罗、紧那罗、摩睺罗迦,因天与龙居上首,故称"天龙八部"。

对他说道：
　　你等到此虔诚敬佛，足以可见求子心切。
　　恩赐世间怙主观音，文殊菩萨化身二子。
　　不久之日天遂人愿，心怀喜悦净身抚育。
国王向游方僧问道：
　　身相白皙魁伟僧，其言使我甚欣喜。
　　请问大德尊法号，从何而来望细说。
游方僧回答道：
　　吾从西天极乐来，无量光佛是我名。
　　廓沙地祇护法神，迪哇扎牟尼扎等，
　　三代祖孙守护神，时常供施求护佑，
　　将来悲悯救众生。

　　国王从梦中醒来，之后几天相继出现了各种吉祥的征兆，心中越发高兴，于是君臣心满意足地回到了桑岭王国。

　　几个月后，王后贡桑玛怀孕了。期间，空中出现飘落花雨，显露彩虹等祥瑞之兆。特别是每逢吉祥之日，众人目睹身穿洁白绸衣的天女从天降洒甘露浴佛的景象。

　　一天，王后向国王说道：
　　至高无上国王陛下，安定心神听我禀告，
　　昨夜梦境奇特美妙，我身处在佛坛中央，
　　梦中化为观音菩萨，大海围着菩提萨埵，
　　佛陀个个赞颂于我。天女洒露沐浴我身，
　　众神顶礼敬献供品。我身闪烁无量光辉，
　　清除地狱寒热之苦。手心喷出如泉奶汁，
　　解救饿鬼饥饿之苦。口中吟诵六字真言，

解除天人昏昧灾难。心怀世间空性大乐，
静若止水远离苦闷。如此稀奇祥瑞梦兆，
着实使我喜不自禁。

国王回答道：

皈依怙主无量光佛，稀有殊胜观音菩萨，
王后所言令人喜悦。无量光佛曾留预言：
恩赐观音文殊菩萨，化身诞生两位王子。
如今王后身怀六甲，定是观音文殊化身。
你应时常净身沐浴，虔诚敬仰礼佛修行。

过了九个多月，王后诞下一位具有三十二相[①]和八十随好[②]，胸间有一"𒊹"（释姆）字的王子。王子刚诞生便开口说道：

唵嘛呢叭咪吽！大慈大悲观世音，
慈悲怜悯弱众生。若无前世积功德，
今生难得暇满身。沉迷世俗荡不羁，
虚度光阴真可怜。灵魂游荡三恶途[③]，
只有苦难无享乐。地狱之苦殊难忍，
自作自受度此生。往后难闻善趣声，
跟随恶趣真可怜。

随后，为了庆祝王子的诞生，王宫里大摆酒宴，上献供品恩谢三宝和护法神，下施供食酬谢地方众神。

此时，相师婆罗门巴扎来到王宫，看到王子及其殊胜吉相，感到非常惊奇。他目不斜视地看了又看，然后说道：

---

① 三十二相：佛书所说三十二种大丈夫相。

② 八十随好：佛书所说如来所有八十种微妙细相。

③ 三恶途：六道众生中的旁生、饿鬼、地狱。

王子相貌堂堂似佛陀，八十随好微妙似观音。
此生虽能驾驭国兴旺，只因我等福薄难相聚。
威慑世间慈悲护众生，因此命名大名叫顿珠[①]。

听到此番吉祥言语，国王、王后和侍臣们都喜出望外、欢呼雀跃。此时，宫楼上吹起法螺，扬起彩旗，钟鼓齐鸣，热闹非凡。国王当众奖赏了卦师和相师，并将卦师任命为桑岭国的大臣。

此后，国王按佛法治理国家多年。王子顿珠五岁之时，便能口诵"唵嘛呢叭咪吽"六字真言，大家都感到颇为奇妙。谁知就在这一年，王后贡桑玛突然得了一场暴病，求神问卜，服药针砭，皆没能见效，无奈抛下国王和王子顿珠，一命逝去。举国上下顿时沉浸在悲恸之中，众人忧伤万分，痛不欲生。一年后，众臣再次商议，认为虽然在这世上很难再找到第二个像已故王后这般贤德之女，但国王还年轻气盛，气宇轩昂，应有个妃子才行。便开始四处寻觅妃子。一连找了几个月，却没有找到一个能与国王般配的贤女。眼看到了朝拜佛塔的季节，国王父子也应邀前往参加盛典，年轻的女子都穿着节日的盛装，从四面八方赶来参加庙会。在这如潮涌般的人群中，国王发现了一个相貌出众、娇美艳丽、仪态优雅的普通女子，打听得知是民女白玛坚。她的美貌吸引了国王，使国王一见倾心，马上招呼身边的侍臣达热，对他细语道：

宫中美女成千上万，唯白玛坚美艳绝伦，
她风姿绰约虽娇艳，若堪配国王做王妃，
是何种姓父母是谁，暗中打听回来禀报。

达热听后，回禀国王道：

虽说此女千娇百媚，不知种姓是否高贵，

[①] 顿珠：藏语意谓"众生诸事皆完成"。

若娶贱民立为王妃，岂不引得众臣非议？

国王回答道：

种姓高低在父系，这与女儿无关系，

迎娶美女做王妃，臣民为何要讥讽？

达热不敢多作声，奉命来到白玛坚身边，对她说道：

花容月貌白玛坚，你的家族何种姓？

父母是谁年几何？不要隐瞒如实讲，

国王派我来询问，回去如实奏国君。

白玛坚得知使臣达热的来意，便回答道：

恕我直言大使者，我是平凡贫家女，

父母也为普通人，贫姑岂能成王妃，

浓妆艳抹虽耀眼，也难成为王美饰。

姑娘种姓太贫贱，怎能奢望做王妃？

使臣达热又对她说道：

前世注定做伴侣，种姓父母难抗阻，

莲花虽然长于泥，却作供品献神佛。

第二天，国王在花园的水池旁闲步时，大臣达热把白玛坚带来献给了国王。国王和白玛坚没有举行任何迎娶仪式就生活在一起了。对此，臣民们众说纷纭，都在暗中叱骂白玛坚为行为不良的贱民女子。

有一日夜晚，白玛坚做了一个梦，梦中一位身着大黄袍，手中持有法轮，自称是怙主无量光佛的弟子游方僧，闪现在白玛坚眼前，他说要在她这里借宿一夜，说完，便隐没于她的头顶。第二天早晨白玛坚对国王说道：

昨夜之梦极为奇特，梦见一位游方僧人，

手执法轮身着黄袍,说是阿弥陀佛高足,
要求在我处住一宿,说完隐没在我头顶,
由是立感身心舒畅,想是吉兆请您判定。

国王对白玛坚说道:

这是无量光佛之弟子,文殊菩萨幻化为我儿,
如今梦中投进你胎中,王妃务必净身保养好。

过了九个多月,没有正式迎娶为妃的白玛坚,生下了一位殊胜王子。于是,宫内供佛礼敬,大摆"汤宴筵",欢庆恭贺。邀请相师婆罗门巴扎看相取名。巴扎仔细地端详了王子后,说道:

因忠诚发心三宝悲悯力,又因按照佛法爱民治国,
赐文殊菩萨化身为子嗣,王子引领我众生享幸福,
王子引渡五趣类①得解脱,顿月②王子难留我桑岭国。

此时,天降花雨、大地轰隆震动,祥瑞之兆不绝。臣民都清晰地看见婴儿的手足上嵌有的法轮,闪闪发光。顿月生下来除了吃奶,不愿和父母太亲近,却喜欢和兄长顿珠生活在一起。平日里兄弟俩也是同吃、同睡、同玩耍,形影不离,难舍难分。

顿珠和顿月逐渐长大,有一天兄弟俩在王宫的楼顶上玩耍,当他们鸟瞰全城时,兄长顿珠看到世间一切之法,生灭迁流,刹那不住,变化无常,就对弟弟顿月和侍从们说:

年华至极必衰老,寿命终将为死吞。
犹如点亮酥油灯,燃料耗尽灯自灭。
呜呼此乃谓无常,朋辈常思无常法。

---

① 五趣类:即六道众生中除去阿修罗后的天、人、地狱、饿鬼、旁生为五趣。
② 顿月:藏语意谓"不空""有意"。

祈求观音救众生，四漏①烦恼五蕴②体，
风胆涎③病常缠身。犹如秋花渐凋谢。
诸友常思无常法，祈求观音救众生，
有生必然就有死，财富亲友何足惜，
犹如铁匠铸工具，死后只留破烂铁。
呜呼此乃谓无常，恳切劝告诸朋友，
亲友常思无常法，祈求观音救众生，
劝告众生勿懈怠，勤勉修习圣佛法。

听到此番话语，侍从们也一心向佛，把顿珠当作上师，都虔信佛法。

有一天，白玛坚也来到王宫的楼顶上闲步，在埠垸间四周俯瞰，向城南望去，草滩上聚集着很多青年男子，进行射箭、跳跃、抱石等活动；向城西望去，又见很多妇女正忙着纺线织布。中午避暑时，男女各自围在一起交头接耳闲聊起来，无所不聊、无所不谈。这时，传来了由谁继承桑岭国王位的话题，大家都认为王位应该由长子顿珠继承，次子顿月不能继位，理由是：

顿珠理当继王位，一则顿珠为长子，
二则母亲是公主。顿月一则为次子，
二则母亲是贱民，继承王位不合理。

王妃白玛坚听到这里，又向城北和城东望去，看到很多小孩正在玩模仿王位继承人登基仪式的游戏。他们找来许多砖坯垒成

---

① 四漏：佛书所说欲漏、有漏、无明漏和见漏。
② 五蕴：分为有漏五蕴：色蕴、受蕴、想蕴、行蕴和识蕴；无漏五蕴：戒蕴、定蕴、慧蕴、解脱蕴和解脱知见蕴。
③ 风胆涎：风，指密乘所说遍布体内各脉道的风、脉、明点三风息；胆，指藏医所说胆血并发的寒热症；涎，指藏医所说的寒湿病。

宝座，有人充任长子顿珠坐在宝座上，有人充任大臣和属民，有人充任次子顿月，站立在国王宝座的边上。他们一起跪拜在宝座前，不约而同地说道：

　　王子顿珠继承了王位，桑岭升起幸福的太阳，

　　年轻智慧的善男信女，一心敬修殊胜的佛法。

　　与此同时，宫廷内的所有大臣也反复商议，同意并决定把王子顿珠作为王位的继承人。王妃看到此情此景，心中暗自吃惊，独自思量：宫廷内外众说纷纭，大家都觉得顿珠理应继承王位，看来顿珠继承王位已是大势所趋。若真这样，我的亲生儿子顿月自然就当不了国王，作为母亲我也不会得到臣民的尊重，这该如何是好呢？于是，白玛坚想出了一个要趁早把顿珠赶出王宫，好让自己的儿子顿月继承王位的诡计。

　　有一天，她将红土涂在右颊，蓝靛涂在左颊，假装自己吐血又吐痰。于是找来一些兽肢和象脑熬成汤喝下肚去，以使自己咳出像血一样的浓痰。她算好时机，从宫廷的卧室向大厅走去，突然倒在地上翻滚不已，恰好让正在大厅诵经念佛的国王父子看到，王妃"哎哟，哎哟"呻吟不止，国王便连忙问道："王妃何故突然患病？"然而王妃却只顾呻吟而故意不回答，假装病得很重。国王想到王后就是突然身患重病而早年离世，十分惊慌。立即下旨，要侍臣大设坛场，念经拜忏以消灾祈福。但是王妃一卧不起，没有一点好转的迹象。于是，国王命令侍臣赶快请卦师来占卜，算算如何能使王妃康复起来。卦师奉命赶来，国王对卦师说：

　　先知卦师听我言，妃子患病快咽气，

　　诊察风胆涎诸疾，有何良方经忏法，

　　若不尽快治愈她，死神逼她离人间，

本王一筹也莫展，请你详查细卜算。

卦师马上占卦卜算，回国王道：

王妃所患之疾病，并非风胆涎疾病。

病根在于心不正，治愈请问她自己。

卦师说完，国王顿时意想错乱，疑惧惶恐。立即来到王妃面前，问道：

秀丽爱妃白玛坚，如何治愈你的病，

有何妙法如实讲，即舍王位也治病。

王妃听了国王的话，答道：

国王欲治妾病有良法，只是难以启齿禀陛下，

病魔死鬼附身夺我命，死到临头默默奏陛下，

若依我的良方治我病，请求国王佛前宣誓言。

国王救妃心切，在佛前发誓赌咒，保证顺应王妃的意愿。此时，王妃谨慎地向国王说道：

君王身衰权力减，又害妻子索性命，

全赖顿珠不孝子，他乃非人魔化身，

出生之时夺母命，如今又来祸害我，

近日做了一场梦，梦中神主有预言，

要以魔心做药引，才能保住我性命，

或者流放廓沙地，猛兽厉鬼要他命。

国王听了这一番言语，心中大为吃惊，暗暗思索：死去的妻子，她是一位温柔贤淑的妃子，一心皈依三宝，虔诚佛法，上供下施，舍己为人。当年生下顿珠时，相师预言在我有生之年，他能继承王位执国政，使国富民强，繁荣昌盛。莫非这也是魔鬼的神变之策？他又转念一想，还好白玛坚如今也为我生下王子顿月，况且我已

起誓赌咒，不可反悔，所以只能按此行事了。于是对王妃说道：

王妃用心听我言，王室素来奉佛法，
善积福德为众生，戒除杀生治国家。
三宝赐我顿珠子，继承王位把国治，
取他性命心不忍，驱逐蛮荒如你愿。

听见国王答应驱逐顿珠，王妃假意显出自己的病情有了明显好转的迹象。国王召集宫内众臣，对他们下旨道：

顿珠乃魔鬼化身，若不除蠹政害民。
更是危及白玛坚，险些使她丧性命。
他本廓沙神所赐，现在驱逐去原地。
准备盘费快执行！

众臣经过商议，恳求国王道：

廓沙无人鬼怪地，路途遥远且荒凉。
水道不通陆路险，毒蛇猛兽令人畏。
若将王子送此地，就是断送他性命。
收回成命发善心，莫将王子送廓沙。

国王回答道：

顿珠降生时不久，命克母后把命丢。
现若不杀不驱逐，危及王妃白玛坚。
汝等有救王妃策，我愿听从众臣言。

大臣们听完，不敢再言。第二天，又有几位大臣前来进谏。他们对国王说道：

王子乃是怙主赐，怎是魔鬼之化身？
聪明贤良之王子，怎成心胸褊狭人？
众生爱戴之王子，怎成蠹政害民者？

慈祥仁义之王子，怎会克命白玛坚？
鬼神出没边鄙地，怎能流放贤王子？
国王听了大臣们的这番辩驳诘问，勃然大怒，呵斥道：
家犬反目咬主人，家臣违抗国王令。
棍棒抽打逐出门，姑息迁就事难成。

说到这里，国王拿起棍棒朝大臣们狠狠地打去，众臣见此情形，惊惶失措，只能摇头叹气，为国王的举动感到痛心，义愤填膺地在私语道："如果真把王子顿珠逐出王宫，桑岭国民将会遭殃，国家也会因此而衰败。国王竟被王妃的花言巧语和险恶用心所迷惑，实属贪淫好色之徒。"于是，众臣来到顿珠身旁，将此不幸的消息告诉他，说道：

桑岭国民之怙主，仁慈贤主听我言，
身世低贱白玛妃，挑拨父子造隔阂，
诡计多端惑国王，说要你命吃心肝，
或者逐你去魔地，如此方能保她命。
还说你是魔化身，留于宫内遭祸害，
国王突然起歹意，巧言令色失理智，
吉凶祸福难预料，保命要紧贤王子！

顿珠听后，心想：与其坐以待毙，还不如远走高飞。此时，顿珠不由地想起了亲生母亲贡桑玛的慈祥和养育之恩。便说道：

皈依无诳佛法僧，救我无依之性命。
三甜①乳汁养育我，厚恩慈母今何在？
无罪受罚欲夺命，不顾愚钝苦命儿？
亲生父王嫌弃我，驱逐他乡蛮荒地。

---

① 三甜：指冰糖、红糖和蜂蜜。

由此亲人难信赖，越思越想心越烦。
仆从眷属侍奉我，锦罗玉衣享富贵。
风云突变逐边鄙，身卧冻土头枕石。
财富流转何足恋，愈思愈想愈悲伤。
琵琶歌舞住皇宫，山珍海味滋养我。
转眼流放蛮荒地，粗食破衣须苦行。
呜呼厄运临我头，内心厌倦世俗苦。
促使念知①心中生，犹如上师促觉醒。
不惧履险蹈难路，一心向佛菩提道。
无缘再见慈母容，但儿时刻想念您。
希冀梦中母子会，祈求保佑苦命儿。

此后，顿珠开始积攒食物，为途中的口粮做准备。国王和王妃深知兄弟俩形影不离，如胶似漆，便派仆人去把顿月叫来，说要给他试穿靴子，好让他们分开。但是顿月执意不肯去见父母。顿珠好言相劝道：

为兄遵从父母命，要去廓沙蛮荒地，
阿弟不必陪我去，孝敬父母继王位，
常发怙主菩提心，慈悲为怀护众生，
修心苦学因果法，今世咱俩难相见，
祈愿来世天界见，为兄这番辞别言，
还望阿弟记心间。

顿月听了哥哥顿珠的话，回答说：
兄长要去蛮荒地，请求带我一同去，
兄长不在我身边，岂忍稳坐执国政！

---

① 念知：指信徒在修行时的正念和正知。

说完，顿月站起来抱住哥哥不放。顿珠又相劝道：

我去廓沙蛮荒地，饥食野果渴饮水，

道路坎坷猛兽多，汪洋大海难涉渡，

我劝贤弟留宫中，继承王位执国政，

我若抗命不遵旨，异熟身①重危生命。

顿月听后伤悲至极，痛哭流涕，紧紧地抱住哥哥，对他说道：

兄长放逐苦业生，王嗣中断国政衰，

无论是生抑或死，带弟一同赴边地。

顿月紧挨着顿珠边说边哭，寸步不离。

国王和王妃迟迟不见顿月来，国王便对众大臣下令道：

众臣静心听我言，决意明日将顿珠，

流放蛮荒廓沙地。只因兄弟感情深，

只怕顿月随兄去，设法阻拦顿月出。

顿珠见弟弟难舍难分，于心不忍。如果把他带走，定会伤透父母的心，也会招来王族绝后。于是，决定偷偷离开。当天半夜，趁弟弟顿月熟睡，悄然出门时，竟被弟弟发觉，顿月苦苦哀求道：

兄长若走带上我，你我兄弟永不离。

说着，抱着顿珠的脖子不肯松手，所以只好暂时留下。这年，顿珠年方十三岁，弟弟顿月刚满六岁。次日，顿珠又准备独自悄然离开，把各种食物装在羊皮囊内放在枕边，待顿月睡熟后，悄悄起身离走时，不料弟弟又醒来了，连衣服和靴子都没脱就躺在床上的顿月，一见哥哥有所动静，便立马起身，颤抖着身子，说道：

兄长怎可离弃我，怎无一丝怜悯心。

---

① 异熟身：佛书所说生后未死之前即生死中有，因为造作所积种种善恶之业而感受种种苦乐之报应，故称"异熟身"。

顿珠无奈地说道：
自讨苦吃贤弟你，伴我出行苦难重，
抛弃贤弟悖道义，带你同行心更痛，
上师怙主佛法僧，保佑苦命两兄弟。

说完便一同启程了。

拉丹和嘎亚达热两位老臣，得知两位王子一起离开，伤心至极。背着国王和王妃，悄悄把他们请到家中，给他们两匹乘骑的马和一头驮运食物的大象，护送他们走了半个月的路程。离别时，两位大臣恋恋不舍地祈祷道：

修行三乘①殊胜仙，请听真言与誓愿，
桑岭众生有福份，佛法恩赐两王子，
如今犹如伏魔树②，厄运突降几凋零，
无缘拜见其莲容，无缘聆听其真言，
为此悲伤油然生。祈求尊贵两王子，
勿忘我等众臣民。蛮荒凶险廓沙地，
豺狼虎豹与毒蛇，非人鬼神夜叉等，
平息残杀使和谐。王子兄弟离故土，
好比旭日初升起，匆匆忙忙落西山，
此情此景令人悲，肝肠寸断心撕裂，
但愿生死轮回中，两人静心苦修行，
依次迁升三乘道，证得四身③佛果位。

祈祷完毕，两位老臣悲恸至极，久久不愿离去。顿珠安慰道：

---

① 三乘：佛教指声闻乘、缘觉乘、菩萨乘。
② 伏魔树：梵音译作优昙钵罗，通称昙花。是一种常绿灌木，花开叶边，难开易谢。
③ 四身：佛所具备的自性身、智慧法身、受用身、变化身。

众生因果各有报，合久必分是规律，
离合无常似赶集，此生短暂似秋蝇。
财富无常似商品，修定无常是根本，
两位老臣请回宫，但愿日后再相逢。

两位老臣又说道：

昼夜六时①修自性，精心伺察圣教法，
融会贯通秘要义，关照臣民发慈心，
今生来世轮回中，仍以熟人喜相逢。

顿珠回答道：

有为②无常终毁灭，韶年无常如彩虹，
死亡无常勤思虑，恶趣痛苦常鞭策。
时刻修习佛怙主，表里一致虔祈祷，
慈悯自续消亡后，善逝殊道修菩提。
六到彼岸③四摄事④，领悟要义勤实践，
始终如一不松懈，定能功成结硕果。
今生今世或永世，犹如亲人铭记心。
此刻你等回宫去，祈祷不久再相聚。
六道众生凡有情，必然寂灭是规律。
善恶因果常相伴，弃恶行善勤修行。
留步回宫告众人，祈愿净土相聚会。

说完，告别两位老臣，兄弟俩也上路了。路途中，王子兄弟将马匹、大象换成食物，走了约五十逾缮那后，来到了一个寸草

---

① 六时：昼三段时间和夜三段时间的修行。
② 有为：有为法，即由众多因缘聚合所生事物。
③ 六到彼岸：简称六度，即指布施、持戒、忍辱、精进、禅定、智慧。
④ 四摄事：或称四摄法，即菩萨摄持众生的四种方法：布施摄、爱语摄、利行摄、同事摄。

不生、荒无人烟的大沙漠。弟弟疲累困乏时，哥哥顿珠牵着弟弟顿月的手，相依为命，继续前行。

再说在桑岭国，国王和王妃将顿珠驱逐出宫，以为大功告成，便对侍臣说道：

大臣快去请顿月，带到父母身边来。

可是众人找遍王宫却不见顿月的踪影，便向国王如实禀告。国王听了勃然大怒，说道：

大臣之言不可信，顿月年龄尚幼小，
定是被人藏起来，速速将他找回来。

众臣带领所有仆从把宫里宫外找了个遍，最终还是不见人影。这下可急坏了国王和王妃，国王如坐针毡，王妃更是惊慌失措，急出了大病，这次可是真的卧床不起了。消息传到了宫外，臣民都因两位王子被放逐蛮荒地而生起怜悯之心，大家都在暗中谴责王妃，说她生病是因果报应。

兄弟二人在沙漠滩行走好几个逾缮那后，便到了与世隔绝、荒无人烟、野兽横行之险地。弟弟顿月对哥哥顿珠说：

王子顿珠好兄长，请听弟弟把话讲。
羌塘地广无人烟，与世隔绝蛮荒地，
残暴鬼魅在哗噪，飞禽走兽在怒嘷，
闻而丧胆吓断魂，呜呼如此大苦难，
但愿有情免遭受，此地不可久驻足，
危及生命快赶路。

顿珠回答道：

如同心肝顿月弟，倾耳细听兄长说，
我俩受此大苦难，只因离别仁慈母，

又被慈父驱出宫。远离亲朋与好友，
独自无依游荒地，愈思愈想愈悲伤，
一心皈依佛法僧，坚定意志随兄走。

因仰仗王子菩提萨埵之善德，鬼魅猛兽都犹如好友与家犬，归顺了两兄弟，未加任何伤害。

连续几个月在沙漠徒步跋涉后，食物也快吃尽，哥哥顿珠将剩下的食物分给弟弟顿月吃，自己则饿着肚子行走。过了几天，完全断了口粮，饔飧不继，顿珠只能把羊皮囊切割成碎片用以充饥。弟弟吃了又苦又咸的羊皮后，极为口渴，便对哥哥说道：

口干舌燥实难忍，兄长帮我找水喝。

顿珠四周寻找也没有找到一口水，无奈之下，只能用自己的唾液喂给弟弟解渴，然后继续赶路。由于缺粮断水，体力不支，已筋疲力尽。兄弟俩在一棵树之阴凉处休息时，顿珠发现有一棵长满了果实的野果树。他高兴极了，马上给弟弟顿月摘了很多野果充饥解渴。兄弟俩就像久旱逢甘露一般，瞬间精力充沛，容光焕发。

顿珠手捧五野果向三宝祈祷：

本尊怙主佛法僧，度母护法和地祇，
敬请享用供施品，护我兄弟保平安。
身入碍道苦不尽，只为遵奉父母命。
消除浊世众生苦，甘愿承担怙主责。

兄弟俩不顾疲劳地继续赶路。途中弟弟走不动了，顿珠将其背在身上继续前行。走了约七个俱卢舍①也没有找到水源地。顿珠看到一座如同大象鼻子的大山后，说道：

顿月在此静候我，哥去周边找水来，

---

① 俱卢舍：古印度长度单位名。五尺为一弓，五百弓为一俱卢舍，八俱卢舍为一由旬。

如果继续无水喝，我俩生命顷刻休。
弟弟顿月眼含泪水对哥哥说道：
昨晚小弟做一梦，吃尽千辛与万苦，
暇满人身寿元尽，梦游荒野无助时，
两位仙人来搭救。兄长不要离我去，
请求带我一同走。
顿珠听了弟弟的话，马上回答道：
相依为命不分离，怎敢抛下你不管，
无水太久命不保，我去找水速返回。

顿珠走了一俱卢舍依然没有找到水，很担心弟弟顿月，于是一边走一边回头看看。忽然从远处传来了呼唤他的叫喊声，回头一看，只见弟弟顿月翻转爬下，俯卧在地。他匆忙跑回顿月的身边，顿月努力睁开眼睛看了顿珠一眼，就昏了过去。

顿珠慌忙解下腰带，将弟弟抱在怀里，将自己的唾液喂给弟弟。顿月睁开眼睛看着哥哥顿珠说道：
我和兄长这般苦，但愿众生免遭受。
众生所有饥渴苦，宁愿咱俩来承受。
将来佛法之甘露，消解众生燥热苦。
此生寿元虽未尽，如今我身有为空，
兄长莫为我难过，但愿来世再相见。

此时，天空中忽然飞来了两只声音和雅的迦陵频伽鸟，落在兄弟俩眼前，对着他俩祈福道：
我俩今生与来世，甘愿服侍两兄弟，
辅助你俩成大业，享受甘露定遂愿。

说完，又飞来一只迦陵频伽鸟，祈福道：

生生世世轮回中，拜服二位足莲下。
莫忘前世今生业，成为典籍著述者。
又飞来一只杜鹃鸟，祈福道：
世代轮回两兄弟，如命侍奉大智者。
极具神通①精显密②，成为双语大译师。
诸鸟祈祷完毕，弟弟顿月已经咽气了。
顿珠见弟弟顿月离世，痛心入骨，抱着顿月痛不欲生，然后双膝跪在弟弟的尸体前，祈祷道：
无欺怙主佛法僧，保佑我等无依者。
远离家乡桑岭国，阔别父母众亲人。
放弃锦衣与玉食，漂泊异乡荒僻地。
呼天唤地无人应，我等何去又何从。
流落茫茫荒漠时，寒暑饥饿苦难忍。
穿越千岭万壑时，道险盗扰苦难忍。
行走高山密林时，猛兽毒蛇苦难忍。
经过深山长谷时，妖魔恐惧苦难忍。
贤弟顿月逝世时，生死分离苦难忍。
慈祥生母贡桑玛，朝思暮想苦难忍。
如今贤弟离人间，百般苦难袭我身。
现在寿元尚未尽，誓立志向坚如钢。
顿珠久留弟尸前，呼唤母亲，呼唤弟弟，心如刀绞，悲痛欲绝。稍后，顿珠又鼓励自己振作起来，祈祷道：

---

① 神通：佛书所说明白一切远时、远地、现前、不现前、极不现前的各种情况的神秘智力，希望两兄弟修习各种神秘智力。
② 显密：佛教显乘和密乘典籍，希望两兄弟精通显密典籍。

莫要悔心做善事,顿珠我有皈依处。
孤独漂流蛮荒时,自身具有天生智。
寒暑饥渴来袭时,救助依靠坚忍性。
恶鬼凶神恐吓时,依赖慈悲与慨施。
解救生死痛苦时,依靠厌离大智慧。
解除世间恐怖时,依靠空性怜悯心。
能仁①赞叹寂静地,全神贯注圣教法。
生死无常铭于心,祈愿降生福泽地。
讲修大乘慈悲心,安置众生十善②道。
发愿利他菩提心,虔修六度彼岸经。
熟谙三藏③经真理,证得佛陀弟子位。
兄弟我俩五蕴身,愿在来世能相识。

祈祷完后,顿珠就在原地打坐禅定。把所有的飞禽走兽都吸引到了他的四周,地震六度,仙乐嘹亮,天降花雨。此时,一群猿和猴子跑到顿珠面前磕头,围着他转圈,向他虔心祈祷道:

慈悲利他勇士心,稀奇罕有佛化身。
在世或处中阴时,您是我等皈依处,
时常依附四大轮④,不离不弃顺从您。

这时出现一只老虎,看到此情景后心想:向一个普通凡人祈祷有何用处?虽然心生邪见,但出于礼貌还是向他祈祷道:

---

① 能仁:释迦牟尼佛的省称。
② 十善:不杀生、不偷盗、不邪淫、不妄语、不两舌、不恶口、不绮语、不贪婪、不嗔怒、不邪见。
③ 三藏:一切佛语依所诠释之义理分为三学,依能诠释之文字分为三藏,即经藏、律藏、论藏。
④ 四大轮:指释迦牟尼初转苦谛、集谛、灭谛、道谛等四谛法轮。

从此生生世世中，拜师兄弟足莲下，
谨遵教诲去做事，成为聪慧大智者。

顿珠结束修定，起身背起弟弟顿月的尸体，越过了八座山后，来到了一座风景优美的山岭，山间长着檀香树、柏树、诃子，茂密成林，山间流着清澈的泉水。顿珠看到有一棵形同帐篷的檀香树，走到树下，将弟弟的尸体放置在阴凉处。为了不让弟弟的尸体遭到野兽的侵害，顿珠用岩石片垒起了一间小石屋。他用泉水把弟弟的尸体沐浴净身后，小心地把他放进了小石屋，盖上了檀香树叶，洒下了甘露，最后封上石门。此地气候闷热，再加上又是虎啸狮吼、鬼哭狼嚎之地，不宜长留。于是他强忍着悲痛，依依不舍地离别了弟弟顿月的墓地。

当顿珠走了七天七夜，翻越十三座大山后，帝释天王化身为一位大觉仙人，带着回魂灵丹来到了世间。大梵天王化身为一位婆罗门，带着"嘎戏嘎"锦衣，也同时来到了顿月的墓地。他们发现顿月就像活人一样安详地躺在那里。

于是，大觉仙人将柏脂和龙脑洒在顿月的身上，念道：
起死回生甘露汁，灌进顿月王子口，
殊胜导师勿悲痛，赶快苏醒显原身。

念完，他把"灵丹妙药"灌进了顿月的嘴里。不多久，顿月渐渐苏醒过来。这时，婆罗门上前对他说道：
轻薄柔软此锦衣，敬献王子暖贵体。

说着便把锦衣交到顿月手中，顿月感激涕零，说道：
谢谢两位大仙人，敬问二仙从何来？
是否看见我兄长？何去何在请指明。

两位仙人答道：

可怜王子突离世，帝释梵天难忍受，
我俩从天下凡界，送来灵丹和锦衣。

顿月又祈求道：

仙人既从天界来，定有手眼通天术。
祈求二位施法力，使我早日与兄逢。

两位仙人答道：

顿珠翻越十八山，跋山涉水去远方。
觅迹寻踪伸援手，必定能把他找回。

说完，两位仙人行走一俱卢舍之后，如彩虹一般消失得无影无踪。

顿月见此景遇，心中默念，在这荒无人烟、野兽出没的荒山野岭，多亏了大觉仙人和婆罗门两位仙人的托庇救助，感激神佛的保佑。当他起身寻找野果充饥的时候，一位仙人化为一只猴子，手捧各种野果，敬献给顿月后悄然离开。从此，顿月就生活在这片原始森林里，每天以野果充饥，用泉水解渴，身穿树叶度日。一天，他将摘下的新鲜野果堆于石板上，祈祷道：

新鲜野果味甘美，献给恩重哥哥您，
心中宝贝顿珠兄，今日重逢有多好。

说到这里，他悲痛万分，高声呼唤哥哥顿珠在何处。他疾步穿越密林，天天寻找，仍不见哥哥踪影。但他仍不灰心，满山遍野去寻找。

此时，顿珠自安葬了弟弟顿月后，已翻过了十三座大山，来到了山谷中的一个大草坪休息。环视周围的地形，西侧崇山峻岭，峰峦雄伟，山下树木旺盛，枝繁叶茂。南侧则小草丛生，是一片绿茵草坪，只见一杆幡旗正在迎风招展。心想：在这茫茫旷野，既无村庄牧场，又无牧民居住，何来一杆幡旗，有幡旗的地方必定有人，不妨去看看。于是，他向幡旗处走去。在一条小道上，发现行人留下的足迹，猜想山上也许有一座古庙。沿着小道走去，就在离幡旗不远的地方，传来了一阵阵清晰悦耳的诵经摇铃声，顿珠便断定附近会有庙，于是感到惊喜交集，喜不胜收。顺着声音寻去，看见一处山洼，上游有一股泉源，近处有一位白发苍苍的比丘僧，身穿麻布袈裟，正在泉边心神专注地诵经施食。顿珠上前向老比丘僧磕头，并向他祈求道：

青葱茂密大森林，绿荫蔽日清静地，
大乘法铃声嘹亮，清晰悠扬入耳中，
厌恶世俗寻解脱，慈祥智慧是圣人。
请以慈悲与怜悯，保佑我等流浪者。

说完，顿珠向僧人磕头请安，僧人便停止了修定，抬眼一看，只见一个衣不遮体、蓬头垢面、瘦骨嶙峋的小孩。由于饥渴和长途跋涉所带来的疲惫，加上失去弟弟的悲痛，顿珠已被艰难困苦折磨得不成人样，犹如阴间饿鬼，狼狈不堪。但僧人从他眼中闪烁的智慧光芒和体内所隐藏的气质中发现来者并非凡夫俗子，于是故意问道：

本尊怙主佛法僧，祈求悲悯六众生。
蓬头垢面衣破烂，是人是鬼如实说。
父母是谁住何地，何去何从细道来。

顿珠连忙磕头回答道：

虔心皈依贤上师，敬请上师关爱我。
我是桑岭国王子，前世造孽惩流浪。
上师禅修来拜访，圣容使我毛发竖。

容我做您修行侍[①],赐我正法之甘露。"

比丘僧听后,大发慈悲,答应收留他,并把他带到自己的住处。他们沿着泉水边向东走了不远,便看到一块几丈高的大岩石,大岩石上像浮雕一样凸起了一个八岁身量的无量光佛和密宗事部三怙主[②]佛像。进入大岩石下方洞口的小茅庵后,详细询问顿珠的身世和被流放的原因。上师问道:

流浪异地的王子顿珠,竖耳请听上师来问你,
你的父亲名讳叫什么,为何原因驱逐你流浪,
身世历史详细告诉我。

顿珠跪在上师脚下,回答道:

敬请上师仁波切[③],听我王子顿珠讲,
我是来自桑岭国,父亲名叫多吉拉,
母亲名叫贡桑玛,慈母因病早离世。
后来父娶新王妃,出身一户贫民家,
生下一子名顿月。王妃装病掏我心,
未能如愿驱逐我。弟弟顿月爱怜我,
依依不舍随我行。日无食物夜露宿,
饥寒交迫不堪言。贤弟丧命路途中,
孤身一人到此地。吉凶祸福难预料,
祈求上师怜悯我。

上师听完顿珠的话,暗自高兴。说道:"你是诸神怙主赐给我的最佳弟子。"

---

① 修行侍:修行侍从,佛教徒闭关修行时,为其照料生活起居的僧徒。
② 密宗事部三怙主:密教三部,即佛部文殊、金刚部金刚手、莲花部观世音。
③ 仁波切:意谓宝贝、珍宝,借指喇嘛活佛的敬称。

从此,顿珠就留在上师身边,割来吉祥草为师父做坐垫,每天打水扫地,去周围的林中采摘野果供养师父。

过了七天,当太阳冉冉升起时,上师为顿珠削发剃度,换上法衣,并静坐默念,祭祀护法神,为顿珠祈祷。上师预言顿珠的未来说:

观音来自净土布达拉[①],专为驱除有情诸痛苦。

殊胜王子意志最坚强,未死之前与弟重相见,

成为佛教众生保护者。其间你我虽有魔危害,

但有护法保佑无需怕。家族纯正国王贤后裔,

三毒[②]离间迫使你流浪。国王王妃因此身心衰,

深藏羞惭日夜念王子。

师徒俩继续诵经念佛,顿珠也照旧侍奉上师。过了一个月,上师问道:"你看我坐垫底下的草,既没压碎也没有腐烂。但你这观音化身坐垫下的草,却为何早已压碎并腐烂了呢?这说明你心中肯定藏有心事,不妨坦率地告诉于我。"

顿珠答道:"尊敬的上师,我的心事不会瞒您,我深深思念顿月,为此茶饭不思,只想取回他的尸骨。"

上师说:"既然如此,我俩同去埋藏小弟尸骨的地方。"于是,师徒俩便上路了。走了两天,来到一个野果满山的山脚下,正要休息的时候,很多飞禽走兽都聚集到师徒周围,一群猴子手捧野果,堆放在师徒面前,多次磕头后,向师徒俩说道:

敬请上师与王子,聆听我等猴儿言,

---

① 布达拉:藏文有三个名称,即印度南方持舟山、西藏拉萨市布达拉山、南海普陀山。本译文采用了布达拉山。

② 三毒:贪、嗔、痴。

邪念全无我猴猿，稀奇罕有鲜野果，
猴群虔诚献师徒，慈悲护佑猴繁衍。
顿珠心生疑惑，向上师问道：
师徒初到此静地，飞禽野兽来欢迎，
不分日夜来侍奉，尤其是猿与猴群，
采摘野果来供养，究竟何故请解释。
上师欣然微笑，回答道：
细听我言有缘之弟子，你从净清极乐世界来，
无量光佛化身救众生，畜生知此前来叩拜你。
这些畜生在未来之时，将在雪域被释教训伏，
弘扬四尊三藏①圣佛教。
顿珠听完预言，更加虔诚地皈依佛法，向上师敬拜磕头。

然后，他们继续上路，走了几日便来到了弟弟顿月尸骨所在之地。他们看到之前用岩石堆垒起来的石屋依然在那里，但发现附近有用干草铺起来的地铺和吃剩下的许多野果皮屑。当他俩打开石屋门一看，顿月的尸体不知去向。师徒俩在此一连静静地等候了七天。上师不断地诵经念佛，一心祈祷早日探得顿月的消息，顿珠伤心欲绝。一天，采摘野果回来后，忍不住对上师说道：

贤弟顿月在何地，祈求上师传信息。

上师安慰顿珠说："你的弟弟定是一位富有智慧且幸运之人，你不必担心。"顿珠得到上师的安慰，心情暂时平静下来，继续借采摘野果之机寻找弟弟。

有一日，一个长有三头六臂的夜叉自称是当地的土地神，手

---

① 四尊三藏：藏传佛教噶当派四尊为释迦牟尼、观世音菩萨、度母、不动明王；三藏为论藏、律藏、经藏。

持红色长矛，出现在上师面前，他对上师说道：

远离染垢仁波切，顿月洁净之遗体，
帝释天王和梵天，化身两位贤仙人，
赐予灵丹和锦衣，起死回生去寻兄，
足迹布满山与川，呼声传遍天地间，
可惜当下无缘见，来日定能重相逢。

上师听完这话，就对来者发问道：

三头六臂凶夜叉，种姓实名报上来！

夜叉答道：

我是空行诸神之主，大名叫作夜叉比戈，
诚心诚意前来谒见，只为请求给予加持。
未来你等代替能仁，弘佛法普度众生时，
我做显密之护卫者。

上师得知来意，答应请求并令其立下誓言。

当日临近夕阳西下之时，顿珠摘野果回来。上师对他说："今天来了一位长有三头六臂，面相极为凶恶，自称是当地山神的夜叉，名叫比戈，说你师徒不要为顿月的事而悲愁垂涕。他还说曾来过两位仙人，给顿月一副起死回生的药解救了顿月，死而复生后便到处去寻找兄长，只是目前时机不成熟，你们兄弟还无缘相见，不过来日定会圆满重逢。他还预言，你我师徒未来定会成为佛教之法王，待到我们普度众生的时候，他答应做我们的护法神，我也允诺了他的誓言。现在我们既得到了顿月的消息，也可实现如愿普度众生之理想，你不必为顿月过于担心了。"顿珠听到这一消息，欣喜若狂，连忙向师父叩头谢恩。

返回途中，只见九条小蛇和两条大蛇横躺在道路中间，阻挡了上师和顿珠前行之路。上师纵身想从蛇背跨越过去,不料脚一滑倒在了两条大蛇身上。顿珠赶紧跑到前面,扶上师起身。由于上师全身的重量都压在大蛇身上,把大蛇压得疼痛难忍。大蛇看见顿珠上来扶上师,却认为是来杀害他们的,遂生邪念祈告道:

未来生死轮回中,万人礼敬王子时,
我将生为谗言者,挑拨是非报复他。

其余九条小蛇也恶语祈祷后,钻进了石缝中。

上师见此情景,顿生慈悲怜悯之心说道:

世代设障持邪见,邪魔厉鬼兴灾难。
我以谛语诵经藏,消除魔力保正理。
师徒真言金刚结,永远不会被解开。
皈依无欺佛法僧,保佑此愿能实现。

说完,师徒俩继续上路。不久,他们回到了自己的住处。没过几天,上师对顿珠说:

出身望族智者顿珠徒,聆听无垢上师我真言,
我因长期居住清净地,专注修行身心无倦意。
你因念弟且又服侍我,孤独无助心身皆疲惫,
为了解除烦闷与困惑,漫步葱茏凉荫寻欢悦。

说完,上师带着顿珠走出茅屋来到丛林中散步,给顿珠讲述含意深奥的无常法。

顿珠向上师请教道:"请您讲讲咱们居住的茅屋旁边大岩石上的那些菩萨像的来历吧。"

上师郑重地答道:"善逝如来无量光佛曾到此隐居过,他的两个上首弟子观世音和文殊,曾化身为两个婆罗门小生,日夜服侍佛祖。一天,佛祖对观世音和文殊预言道,将来有朝一日你们俩

还会在此地重逢,并为众生谋利益。他的声闻弟子听了这话,就在大岩石上自现身像。"上师继续对顿珠说:

顿珠王子大无畏,仔细聆听师父讲,
当年如来今是我,不久你化观世音,
顿月幻化为文殊,今日咱俩先到此,
不久顿月来会晤。

顿珠听后,感到非常欣慰,连忙向上师磕头敬拜,说道:

引导众生贤上师,请听弟子来禀告,
神通十力[①]您圆满,说前预后真稀奇,
将来我化观世音,现在仍需师关照。

说完,他再次向上师磕头礼敬。此时,空中飞来了两只共身鸟[②],一只手持铙钹,一只手持如意宝贝,敬献给师徒,并向师徒祈祷道:

未来师徒弘扬佛法时,我等首先成为侍奉者,
提供丰富供物使喜悦,成为保土护国大施主。

上师听后回答道:

你俩愿望诚可贵,祈真言如愿以偿。

这时又飞来了一只鹧鸪鸟,心想:这师徒俩岂不是冒充佛家的骗子?上师看出他的疑惑,便对鹧鸪鸟说道:

鹧鸪鸟别起邪念,衷心拥戴心向善。

鹧鸪鸟听了上师的话,连点三回头说道:

---

① 十力:如来具有的十种智力,即知处非处智力、知业报智力、知种种解智力、知种种界智力、知根胜劣智力、知遍趣行智力、知静虑解脱等持等至智力、知宿住随念智力、知死生智力、知漏尽智力。

② 共身鸟:又称命命鸟,传说中的一种人身鸟尾有羽翼的动物,藏族每以此鸟作为建筑物上的装饰品。

我愿做您的仆从，世代随您不分离。

此后，师徒一直寻觅顿月的踪迹，特别是顿珠常借外出摘野果的机会，打听顿月的下落。有一天，顿珠得知不远处有个村镇，便前去打听弟弟的消息。到了村里，只见一群小孩在草滩上玩耍，就前去观望。这些小孩一看来了一个相貌极为好看，英俊潇洒、风度翩翩的少年，便围上前来问道：

英俊潇洒韶年华，菩萨佛子从何来，
来此何事去何地，请将实情告诉我。

顿珠回答道：

我是落难乞讨者，四海为家游至此，
忍饥挨饿苦难言，祈施食物来充饥。

小孩们马上拿来了大米等各种食物给了顿珠。

顿珠回到茅屋后，把白天遇到的情况详细地告诉了师父。师父听完说道："你没把自己的身世告诉别人是对的，不然，当地国王知道后对你不利，会把你抢走的。"从那以后，顿珠仍然去村镇玩耍，久而久之便和那些小孩交上了朋友。他们经常在草滩上玩摔跤，顿珠每次都能把那些和他同龄的小孩摔倒在地。于是，他就向那些小孩炫耀道：

我生来属龙威力巨大，天下无敌声名传四海。

再说，离老僧住处约五个逾缮那的村镇里有一座雄伟壮观的王宫，王宫的四周居住着万户百姓。那里山清水秀，五彩斑斓，犹如仙境。国王格瓦华乃金刚手菩萨化身，此地称为郭恰国。他皈依佛法，以佛法治理国家，可惜他只有一个如花似玉，美若天仙的公主，却没有王子。就在离王宫约两个逾缮那的地方，有一片六个逾缮那之大的海洋，每年仲夏的十五日都会有一条巨龙从天上降到大海中。那时，所有臣民都会赶到海边来举行隆重的祭祀活动。由于龙王的威德，此国常年风调雨顺，人畜兴旺，过着富裕安乐的生活。可是近年，不知为何，龙王一直没有驾临大海。因而，天干物燥，瘟疫蔓延。国王请来了卦师，对他说道：

神通非凡大卦师，请您仔细听我言。
昔日仲夏十五日，神龙降至海洋中，
举国上下众臣民，纷纭祭祀献供品，
依托神龙之威德，风调雨顺年景好。
如今不见苍龙降，长期不降及时雨，
缘由征候在哪里，敬请卦师细卜算。

卦师认真卜算后，将结果禀告国王，说道：

启奏国王尊耳听，卦师禀报卜算词，
本国出现不祥兆，卦师占卜看卦象，
占卜三百六十次，卦象显示是这样：
我国汪洋大海中，居有喜悦龙王等，
需供同等祭祀品，尤需属相属龙者，
年满十八青少年，项圈书写赞龙语，
如此方能得吉祥，国王大臣请牢记！

因郭恰国多年来向龙王奉献属龙幼童，因此，属龙者均逃之夭夭。有一天，国王召集群臣，下令道：

众臣仔细听我言，祭祀龙王时到临，
寻觅十八属龙者，筹集齐全供祭品。

大臣们得到命令后，便分头寻找，每次都是一无所获。这时候，出现一个名叫智希的人，这个人前世因生邪念许下恶愿，此生为宫中奸臣。他在寻访时，听到村镇里一些小孩说，曾经来过一个殊胜的少年，他年满十八，刚好是属龙，并得知与山间茅庵里的一个名为勒白洛智的老僧住在一起后喜出望外，如获至宝，马上回宫向国王禀告道：

至高无上贤国王，请听臣子智希言，
遵命寻觅属龙者，找遍四方未寻得。
臣闻深山岩洞中，隐居勒白洛智僧，
学徒属龙年十八，符合条件祭龙王，
请求国王做决断。

国王听完后回答说：

臣子所言若属实，赶快带来见本王。

奸臣智希遵从王命，三步并做一步，蹑影追风般地跑到深山老林，找到上师说道：

勒白洛智听我言，你的学徒少年人，
现在何处交于我，我要把他带回宫。

上师回答说：

王臣息怒听我讲，比丘独居深山中，
无父无母哪有儿，大臣休要如此讲。

奸臣听后，满腔怒火，咬牙切齿，横眉怒目地威胁老僧说："若不说出实情，你也不得安宁。"

上师回答说："我无话可说，我长年累月独居于深山老林虔心修道，对世间万物无任何留恋，你要杀就杀吧。"奸臣一看上师态度坚决，于是便在茅庵里里外外搜寻了一遍，结果连个人影也没找到。无奈之下，一把揪住上师的胸襟，挥动腰刀说：

勒白洛智听我言，听我把话说清楚，
不晓事理似大象，遵照王命用棍棒。

比丘若不说实话，利刃立马刺你身。

说完，他举起快刀向上师砍去。在这千钧一发之时，王子顿珠突然来到奸臣面前，说道：

大臣不可动刀枪，赶快放开我恩师。

奸臣看到少年突然出现，欣喜若狂，抓住顿珠，上师想阻拦却力不从心。奸臣辱骂上师道："违犯戒规的滑头老僧，你若无老婆，哪来这么个说不出自己父母的小子，这合乎世情吗？"说完，上前狠狠地揍了上师几拳，又把他推倒在地，然后拉着顿珠回宫去了。

上师苦不堪言，悲痛万分地向三宝祈求道：

祈求本尊佛法僧，怜悯救助我老僧，
兹因三宝显神力，幸得菩萨幻化徒。
虽得三界大怙主，可恨奸臣强夺去，
祈求保佑我徒弟，祈愿师徒再相聚。

奸臣带着顿珠回到王宫，郭恰国国王见使臣把顿珠带了回来，便说道：

欢迎少年光临宫，感谢智希大功臣。
品貌非凡胜天子，庆幸臣子寻觅得。
少年王子从今后，安心住在王宫中。

国王把顿珠暂时安顿在王宫里。过了七天后，美丽公主袄丹玛来到王子顿珠跟前，对顿珠说道：

祈求上师三宝保佑，姑娘的凤愿已得偿。
菩萨幻化的贤王子，请听袄丹玛公主说，
犹如阳光普照莲池，花蕾绽放喜开笑颜。
有幸望见王子尊容，我心欣喜流连忘返。
渴望得到您的依恋，相亲相爱白头偕老。

顿珠回答道：
如花似玉袄丹玛听，仔细倾听顿珠之言，
阳光能使花蕾绽放，可惜星星无法实现。
我是背井离乡乞丐，有何资格配于公主，
公主千万别如此讲，国王知悉双方受罚。
公主接着对顿珠说：
汪洋大海浪澎湃，风雨季节更汹涌。
宿业天命结良缘，威迫利诱难剪断。
依心中意随我愿，请求王子永结心。
顿珠听后心想，公主对我如此依恋，也许是命中注定，于是对她说道：
公主深深爱上我，前世缘分又复活，
长相厮守心连心，我愿与你定终身。
从此，两人如影相随，亲密无间。转眼间，已临近祭祀龙王的日子。国王心想：祭海的日子快到了，到那时将要把顿珠供献于龙王，可公主却爱上了这位英俊的少年，倘若真把顿珠献给龙王，会使公主伤心过度，以致性命难保，于是召集众臣，对他们说道：
众臣倾听本王言，心爱公主袄丹玛，
形影相随顿珠他，另觅属相龙少年，
替他祭祀海龙王。
众臣听了国王的圣旨，都表示同意，唯独奸臣智希表示异议道：
国王成命怎可收回，陛下言贵说一不二，
反复无常民心相背，故应遵从昔日决断，
将此捕俘少年顿珠，抛入大海祭祀龙王。
除此外尚有一大事，狡猾比丘勒白洛智，

他如果不窝藏妇女，无父无母子从何来？

听完智希的话语，顿珠心想，虽然自己和公主情深似海，如果分离，确实不舍。但是我若不去祭龙，那也会伤害无辜的百姓，他心中顿然产生怜悯之心，便对众臣说道：

众臣请听我进言，公主与我深相爱，
不愿将我当祭品，明日大船入海时，
还请大臣齐协助，带上公主同舟行，
途中等她熟睡后，我给众臣使眼色，
你等牢牢守护她，我为六道众生利，
纵身跳进大海中。

众臣听了顿珠的这番话，感动得热泪盈眶，佩服得五体投地。其中有一位名叫达瓦幸和另一位名叫嘎迪嘎的老臣更是老泪纵横，身不由己，向王子顿珠磕头敬拜道：

化身王子听我言，听我二臣有话说，
抛弃私利为他利，甘愿捐躯无所惧，
英雄壮举令人佩，老臣听了毛发竖，
我等今生与来世，追随其后不分离。

祭祀之日，国臣、公主和侍从一起同舟前行。公主生怕顿珠会离开自己，紧紧地抓住不放。过了一段时间，公主慢慢睡去，松开了紧抓顿珠的手。周围的侍臣看到顿珠递送眼神，立刻抓住了公主，此刻顿珠为众生生起怜悯之心，纵身跳入汪洋大海之中。

此时，空中升起彩虹，飘落花雨，震天动地，出现了诸多吉祥征兆。公主得知顿珠跳入大海，悲痛欲绝。回到了宫中，她悲痛地唱道：

哎呀呀！

总想别人患瘤疾,姑娘越想越悲伤。
依缘复活吾王子,未曾想到又分离。
心肝王子抛入海,苦命姑娘丢陆上,
祈求王子显神通,来会悲伤姑娘我。

再说,顿珠跳进海中,便来到了龙宫。龙王尼嘎和群龙看到前来的顿珠全身晶莹闪亮,万分惊奇,对他说:

真稀奇!敬请化身贤王子,
竖耳倾听龙王言,昔日每抛人祭海,
身心污秽不堪言,我等仍旧降甘霖,
诸龙无悔心神怡。此次法王降龙域,
吉祥美誉灌耳中。故降甘松①龙药雨,
因此诸龙皆欣慰。由此死去诸善趣,
重新获得复生机。恩重如山众生主,
祈留龙宫做怙主。

顿珠听后,回龙王尼嘎道:

尊敬的龙王尼嘎,群龙请听我进言,
我为解除众生苦,身居何处无区别。
恩师勒白洛智他,现受痛苦和折磨。
敬请龙王别嫉恨,放我返回人间去。

顿珠又对龙王尼嘎和群龙详细说明了自己的身世和经历后,龙王对顿珠的经历感叹不已,心生敬畏,更加敬拜供奉顿珠,龙王祈求道:

智慧深邃功德高,菩萨化身顿珠你,

---

① 甘松:一种药用植物名,性凉,功能清热解毒。书中用"龙药雨",是比喻所降之雨皆为利人益禾之谓。

慈悲怜悯似祥云，祈降佛法滂沱雨。

顿珠接受了他们的请求，在龙宫停留三个月给群龙讲解了因果为主的很多佛法道理。最后，他对龙王及群龙说道：

敬请龙王倾耳听，心中铭记我所言，
愿获永久的安乐，身语意皆礼佛法，
心胸肺腑皈三宝，生死无常常思虑。
欢乐流转不可信，请看燃烧麦糠火。
应将众生当亲人，勤修利他怜悯心。
涅槃寂静莫贪恋，倒行逆施应伺察，
时常遵守诸大法。做到这些能如愿，
时刻铭记别忘怀。

龙王及群龙听后心悦诚服，纷纷捧出大如鸡卵的如意珍宝，异口同声地祈祷道：

王子教诲最精要，我等遵照去实践，
托您恩德必兴旺，诸龙无恙享安康。
为了报答您恩情，敬献如许如意宝。
从此废除祭海规，不将活人投于海。
我等世代守规矩，追随师徒皈依佛。

顿珠非常高兴地回答道：

珍宝对我无用处，你等为积二资粮①，
暂且收下这些宝。凭借三宝大威德，
祈祷真言均实现。

顿珠得到了返回人间的允诺后，为了早日实现拜见师父的愿望，祈祷道：

---

① 二资粮：福德资粮和智慧资粮。

借助利他热忱力,迅速见到上师面。

祈祷完后默念静坐,不一会儿,他的身子如轻纱薄雾一般飘了起来,游走自如,转眼间就来到上师的茅庵中,顿珠向上师禀告道:

恩重如山上师仁波切,顿珠从海底来拜见您。

上师目眩神昏,不敢相信,以为有人故意来捉弄他,便回答说:"我的徒儿已投入大海祭祀龙王,怎么可能重返人间?"说着便晕倒在地。顿珠上前扶起师父,给他洒上甘露,等师父渐渐地苏醒过来后,顿珠紧紧地抱着师父说道:

我是您的徒弟顿珠,托您福泽未丢性命,
教化群龙皈依三宝,上师勿忧心放坦然。

上师见到顿珠,无比高兴地说:

王子安然归身边,但愿不再返回去,
平安归来应庆贺,全力以赴保众生,
化身王子世罕有,从此师徒享安乐。

顿珠把龙王赠给他的如意珠宝敬献给上师,又把事情的前后经过详细地告诉了上师。从此,师徒坐则同褥,食则同器,形影相随,不离不弃。

此时此刻,国王格瓦华认为,自从把上师的徒弟投海祭龙以来,大地恢复了生机,五谷丰登,瘟疫消除,国泰民安。因此,应该好好酬谢和供养上师才对。于是召集众大臣说道:

列位大臣听我言,自从顿珠祭龙后,
万事吉祥年景好,如今为报师徒恩,
邀请上师来王宫,重酬感恩勤供奉,

大臣们听后,一致表示赞同,唯独智希反驳道:

国王岂可谢贫民，本末倒置不妥帖。

接着，智希又说了一些不合情理的话。然而国王见其他大臣都赞成这事，就对大臣们说道：

所有聚会众大臣，思想专注听我言，

推选一位大法臣，深入密林寻上师，

邀请恩师仁波切，驾临王宫来供养。

此时，一位名叫华贝的大臣，跪在国王的面前说道：

人主法王仁波切，请听法臣虔禀告，

听了国王敕命后，臣等内心很欢畅，

愚臣愿做您特使，迎请勒白洛智来。

说完，大臣华贝带了十一名随行，动身前往上师修行的静地，站在上师茅庵门前说道：

大德上师仁波切，敬听法臣华贝言，

侍徒顿珠化身王，抛入大海祭龙后，

国泰民安佛庇佑，吉祥如意出意料，

王臣属民共商定，上师进宫享供奉，

特派我来迎大驾，上师勿虑快启程。

上师听完后回答道：

欢迎法臣华贝你，以及随员十余位。

贫僧栖身深山中，修行无暇恋村庄。

国王降旨难违抗，只好奉命进皇宫。

允我收拾诸法器，准备停当即下山。

大臣随员下山后，山下路口等片刻。

法臣华贝和随行人员按照上师的吩咐，便下山等候。上师心想，若把顿珠留下，难以割舍。若把他带去，惧怕被国王认出后再夺去。正当上师为此坐立不安之时,顿珠对上师说:"我可以化妆成乞丐,脸上戴个假面具,这样他们就无法辨认出来。"于是,顿珠装扮成乞丐流浪儿,身穿粗布破衣衫,把师父的法衣和法器等包起来,跟着师父下山。

到了山下,大臣牵来坐骑让大师乘骑。但上师因受戒不骑四蹄牲畜而被谢绝,就让顿珠搀扶着他一路漫步而行。路途中,大臣问上师道:

勒白洛智冒昧问,上师随从小徒弟,
出生地点在哪里?随从徒弟因如何,
带着面罩不现露?

上师回答道:

我这随从小徒弟,贫困乞丐托我养,
流落羌塘蛮荒地,面部曾被毒蜂蜇,
妖蜂被蜇伤未愈,故戴面罩遮风雨。

上师这么一说,他们都信以为真了。

到王宫时,郭恰国国王格瓦华亲自迎接,将师徒迎请至大殿,给上师铺设三层坐褥,给徒弟铺设一层坐褥按席入座,并吩咐众臣以丰盛的食物敬奉师徒。国王恳求上师在王宫中留宿七天,对师徒礼遇有加,竭诚相待。国王对上师说道:

大德上师仁波切,我有话说倾耳听,
曾将侍徒顿珠他,投入大海祭龙王。
让您伤悲多得罪,故此请求你宽容。
自从顿珠祭海后,大地吉祥年丰收,
此乃上师之威德,今日迎请报答您。

上师回答道:

国王大臣与眷属，知恩报恩实罕见。
我那爱徒顿珠他，本是桑岭国王子。
王妃嫉妒逐边地，流落荒野到我处，
如此身世出人料，详细讲给王臣听。

接着，上师将顿珠的身世与所经历的艰难困苦详细地告诉了国王和众臣，使所有人都热泪盈眶，敬佩之心油然而生。

在宫中住了四天，众人都未发现上师的徒弟就是王子顿珠。第五天，国王和上师在楼顶观赏景致，公主袄丹玛向上师敬献犀牛角、象牙、稀有鹿皮等礼物后，磕头祈祷道：

我的怙主贤法王，勒白洛智听我言，
心中宝贝顿珠王，王臣商议祭大海。
王子前世所积罪，上师宽容赐怜悯。

上师听后回答道：

倾耳细听法度母，贫僧洛智讲分明，
公主勿忧佛赐恩，王子与你续宿缘。

就在此时，突然吹来一阵大风，把上师的帽子吹走了，顿珠急忙上前给师父捡帽子，稍不留神头碰到了栏杆，掀开了面罩露出了真容，众臣认出是顿珠，便说道：

欢迎化身王子您，光临王宫是奇迹。

郭恰国国王和公主袄丹玛也认出了顿珠，又惊又喜。当公主确信眼前的这个人真是她朝思暮想的意中人时，心潮澎湃，情不自禁地跑上前去拉住顿珠的手说道：

今逢王子感天地，生死相遇是奇迹，
是梦还是真实事，若为现实该多好。

顿珠也只好回答道：

感戴三宝与上师,死亡线上救了我,
后辞龙宫回人间,今随上师来王宫,
死里逃生续宿缘,意中美人应高兴。

郭恰国国王格瓦华和众大臣无比惊奇,拿出大量宝物敬献给王子顿珠,并请求上师给他们详细说一说殊胜王子的前世因缘。上师便把顿珠的前世因缘和今世的经历不厌其烦且原原本本地叙述了一遍。大家听后,更加敬佩王子顿珠。

之后,上师从茅屋取来龙王赠给顿珠的珍宝,将其中的如意宝贝献给了国王,其余均赠送给众大臣。

此时,国王对王子顿珠说道:

化身王子顿珠听,我因不明事与理,
冒犯师徒您二人,三门虔诚来忏悔,
恳求师徒多宽宥,愿随其后永不离。

说完,敬请上师、王子顿珠、公主袄丹玛分别登上宝座后,众人向他们呈献丰盛的见面礼物。

郭恰国国王格瓦华对上师说:"王子顿珠不仅英俊潇洒,而且功德高尚,又具仁慈怜悯之心,真是世间难找。我只有一个女儿,如今公主一心爱恋于他,两人相亲相爱,寸步不离,这份良缘肯定是在前世已经结下,如今我年事渐高,力不从心,也没有精力继续治理国家。所以,我想早日为他们筹办婚事,然后将国家大事交给王子顿珠治理。"

上师回答国王道:"福德双全的国王陛下,这一切都是前世所积,我这徒弟是观音菩萨的化身,如今能与你的公主婚配,真是千载难逢的姻缘。十三天后便是吉祥如意之日,依我之见,结婚与登基一同举行则是双喜临门之祥兆,如果国王赞同,就请众臣民准备筹划吧。"

国王听后非常高兴,对上师磕头祈求道:"为了彻底解脱,我想出家为僧,与上师在深山老林修建一座寺庙,静心潜修三道[①]和大手印等法门,日益积德行善,念佛守规。"上师听后,欣然答应。

国王如愿以偿,立即召集众臣说道:

诸位大臣请安静,心别散逸听我言,
日月星辰虽灿烂,时有罗睺来侵害。
汪洋大海深难测,难免海水也干枯。
权势雄厚国昌盛,生死无常受煎熬。
深谋远虑作决策,愿将王位传顿珠。
从今再等十三天,星曜会合是吉日,
王子登基继王位,新王公主成大婚。
臣民盛装赴盛会,欢天喜地庆盛典。

到了良辰吉日,王子顿珠和上师、公主袄丹玛登上了宝座。国王将如意宝贝等大量珍宝、佛像、佛经、佛塔、金银器皿、象牙等各种名贵物品,以及战马、水牛等全部财物赐给王子顿珠,嘱咐道:

智勇无双佛化身,从此王位传于你,
奉行十善惠黎民,佛法治理国政昌。

上师也祝贺王子顿珠荣登王位,愿一切吉祥圆满,他说道:

十方善逝无寂大怙主,王子万事成功赐加持!
十方一切如来五部佛[②],赐予菩萨宝瓶大灌顶。
佛陀上师授予喜吉祥,今登国王宝座执国政,

---

① 三道:圣道三要,佛教徒所说出离心、菩提心和空性见。
② 五部佛:佛书所说不动佛、宝生佛、无量光佛、不空成就佛、毗卢遮那佛。

从此光辉普照疆域靖。黎民远离灾祸享安宁,

万事随心处处庆太平。

顿珠与公主喜结良缘后开始勤政亲贤,百位大臣忠心辅佐。举国上下彩旗飞舞,号角齐鸣,翩翩起舞,隆重庆贺。接着,百余大臣轮流宴请国王和王后,整个欢庆仪式延续了百余天才结束。

然而,正当举国上下陶醉于欢庆之际,唯有奸臣智希心生嫉妒,心想:国王把王位传给了一个小乞丐,这实在是不成体统,这一定是不守戒律老僧的诡计迷惑了国王。但是,事已至此,只好装腔作势,顺从新国王。上前说道:

智希请求顿珠王,允我永世追随您。

新国王听后回答道:

你若忠心来辅佐,世代做我首辅臣。

登基仪式圆满结束后,前郭恰国国王格瓦华拜上师为师,受戒出家,三百余名黎民百姓也跟随国王一起出家修行。他们在原来上师住的小茅庵处修建了新的寺庙,上师命名寺庙叫作"苏戈若",为教规挽上了绸结。为前郭恰国国王格瓦华和三百余名出家人授具足戒,为前王格瓦华赐法号,并为三百余名出家人一一起了法名。

从此,上师和众僧人在寺庙修行佛法,国王顿珠和王后袄丹玛治理国家,国运昌盛。

光阴荏苒岁月匆匆,不知不觉已过两年,国王顿珠召集大臣,吩咐道:

今日聚此诸大臣,仔细倾听我所言,

吾等宫中繁忙时,春回大地万物苏,

该到森林去散心,各位大臣做准备。

众臣领旨，欣然说道：

遵照陛下野营旨，我等即刻去准备。

侍臣们为国王顿珠和王后袄丹玛出宫野营准备了马匹、象队及各种野营用品后，国王和王后乘坐金制马车，众臣骑着骏马，一起出宫直奔葱翠森林而去。

几天之后，他们来到了原来安葬弟弟顿月的坟前。国王顿珠下马盘坐墓前祈祷之时，忽然从耳边传来隐隐约约的呼喊声，便对侍臣们说道：

你等原地稍等候，无拘无束享欢乐，

我求安静独自游，观赏野果与鲜花。

说完，向声音传来的方向走去。这时，发现丛林中有一个浑身长满毛发的像野兽一般的人，手里捧着野果，自言自语地说：

心爱的兄长在何处，弟采有野果等您吃。

国王顿珠听后，心如芒刺，悲愁垂涕地说：

贵如眼珠顿月弟，兄长就在你身旁。

顿月突然听到有人答话，耳听心受，闻声走去。当确认站在他眼前的人真是他日夜思念的哥哥顿珠时，便不顾一切地扑向兄长，兄弟俩紧紧地相拥在一起。顿珠看到弟弟模样大变，悲痛万分，说道：

苦命贤弟吃尽苦，虽然得有暇满身，

如今变得像野人，生为王子遭流浪，

如此磨难谁受过？

突然相遇，兄弟俩悲喜交加以泪洗面。顿月说道：

幸福朝阳今升起，在此遇见我兄长。

顿珠将顿月带回住处，引荐给王后袄丹玛及众臣，之后，给弟弟顿月剪发刮毛，沐浴净身，洒上五香甘露，祈祷道：

利刃剃去浑身毛，智慧宝剑斩愚昧，

饮下八味甘露液，永远发愿菩提心。

说完，顿月饮下甘露后，变得跟哥哥顿珠一样，英俊潇洒，相貌非凡。

国王顿珠回宫前，在原弟弟墓地旁边新建了八功德水[①]莲花池，新建了寺庙等。

在回王宫的途中，为穷苦属民新建了村镇。其后，国王派使者先回王宫，将兄弟俩重逢的消息及顿月的经历详细地告诉了宫内的侍臣，众人听后，倍感欣慰，立即投入欢迎国王兄弟归来的盛典准备工作。

国王兄弟俩快到王宫时，宫廷侍女们和以大臣杂亚达拉、阿南达为首的宫廷法臣们盛装打扮，前来欢迎国王兄弟俩的归来。宫廷四周挥旗鸣号，打鼓奏乐，翩翩起舞，击敲小钹，呈现出尽兴欢乐、鼓乐喧天的欢乐景象。国王顿珠满面春风地向众臣宣布道：

前来朝会诸大臣，聚精会神听我言：

佛陀三宝赐怜悯，我与贤弟重相逢。

欢庆兄弟相逢时，迎请郭恰老国君，

勒白洛智贤上师，进宫供养莫忘记，

诸位大臣快办理！

大臣们立刻派人前去把上师勒白洛智和前郭恰国国王格瓦华请到宫里来。当上师和老国王得知顿珠和顿月兄弟俩重逢时深感惊奇，衷心祝福。

此时，大臣智希见此情景，心想：这个老奸巨猾，豺狐之心

---

① 八功德水：佛书所说甘、凉、软、轻、清净、不臭、不损喉、不伤腹等八优质水。

的老僧,不但把自己的弟子推上王位,而且又把流浪乞丐弟弟也找来在此欢聚,这俩人对我不太友善,往后我这个首席大臣不会有安宁之日了。想到这里,他开始闷闷不乐,陷入沉思。

国王兄弟俩在众臣们的拥戴下,被请到金制宝座上,上师为他们祝贺道:

无欺三宝慈悲力,十方神仙会一处,
赫然威德赐福运,王子兄弟获祥瑞。
施寿度母转法轮,无量光佛赐智慧。
殊胜长寿菩萨母,赐予兄弟大成就。
众臣同心又同德,属民博通圣佛法,
国泰民安无战端,大地遍布吉祥景。

君臣其乐融融,举行了盛大的庆祝宴会。

此时,智希心生恶念,勾结岗嘎巴扎地方的强盗团伙发起战争。王子顿月率领兵马迎战,向战神祈祷道:

咯咯嚓嚓①! 战神威严声望高,
克敌制胜显威力,彻底击败邪魔军。

祈祷完毕,率兵迎战。这时,敌群中的智希足踏两镫站在马背上,厉声说道:

祈求魔主热霞予保佑,期望黑魔教法来显灵!
顿月王子你竖耳倾听,智希大臣我细说纷争。
智希曾是郭恰王之臣,众臣之中智希是首辅。
光阴荏苒如今年事高,奸猾比丘勒白洛智他,
绞尽脑汁找来小乞丐,假冒王子继承郭恰王。
从此首辅智希遭贬谪,使我陷于无限悲痛中。

---

① 咯咯嚓嚓:本教徒在祭神时所发请求神助威的一种高亢呼声。

老狗蹲在门后啃门板,不得不把獠牙保护好。
今日太阳快要落山时,偏偏碰到你这小黑犬。
我从虎皮箭袋抽出箭,飞箭似电敏捷离弓弦。
豹皮袋中取出一张弓,弓似野山羊的蜷曲角。
不射鸣镝所射是霹雳,不左不右击中你胸膛。

说着,便把箭头对准顿月的胸膛直射过去,顿月赶紧卧倒在马背上,箭擦身飞了过去。顿月挺身而起,对智希说道:

感谢佛法僧三宝,故箭擦颈而飞过。
侍臣智希听分明,听我顿月忠告你。
大吹大擂箭法精,却射一支无效箭。
我军弓箭虽无数,却用绳索降伏你。
我的这条白色绳,原本是用悲悯织。
织有菩提心套环,织有法无我铁钩,
不惧顽敌心愚痴,今天逼我用此绳。
祈请三宝来见证,降伏群魔与智希。

顿月将手中的套绳抛出,转瞬之间,套绳的铁环不偏不倚正好套在智希的脖子上,犹如鹞隼抓住小麻雀一般,智希被顿月降服。群贼见智希被绳套走,一时惊慌失措,溃不成军,纷纷上前缴械投降,祈求王子顿月怜悯。顿月对他们赦过宥罪,并劝说他们弃暗投明,弃恶从善。然后,把智希带回宫中面见国王。国王顿珠对于智希以恩报怨,不但没有治罪,反而赐给他比原来多三倍的领地。

有一天,顿珠心想:我们两个患难兄弟,历尽千辛万苦,死里逃生,因缘相遇,因祸得福,在此享受美满生活。但不知家乡的父母情况如何,父王母后也一定因失去儿子而长期痛苦忧伤。为了消除他们的痛苦，我们应该回去探望他们，让他们得到安慰。想到这里，他对弟弟顿月和王后袄丹玛说道：

贤弟顿月王妃袄丹玛，我请你俩静听顿珠言。
如今我等在此享幸福，死而复生兄弟又重逢。
虔诚祈祷一切都如愿，黎民皈依佛法享太平。
现在回家拜见父母亲，恭敬侍奉双亲合情理。

顿月和王后袄丹玛同声回答道：

佛法治国国王顿珠听，敬启圣聪听听我俩言。
国君降下如此圣明旨，遵旨早日成行谒双亲。

于是，国王决定要回家探亲，把法臣华贝和侍臣智希留在宫内，代理国政。命令侍臣杂亚达拉、阿南达带领上千臣民，将各种如意宝贝和金银财物驮在大象背上，跟随国王、王妃和顿月一起出发，前往桑岭国拜谒父王和王妃。

快到桑岭国界时，被正在为国王多吉拉修建宫室的臣民们发现后，立刻向国王多吉拉禀报道：

尊敬的国王陛下，请听众臣的禀报，
毗邻国家郭恰王，正在靠近我疆界。
沿途新建许多村，象驮大量物资来。
只怕时日不久时，前来侵占我国都。

国王多吉拉回答道：

忠诚侍臣听我言，曾经我国强盛时，
王子流落于他乡。我忧王族无后裔，
心烦意乱无暇顾，现请众臣出主意。

国王多吉拉和王妃白玛坚因失去两位王子，深受别离之苦，无心治理国家。王子兄弟俩进入桑岭国境后，派出百余人马前往桑岭国为父王送信。当使者的兵马快到王宫时,桑岭国的臣民都胆战心惊,惴惴不安。这时,杂亚达拉等五位使臣直接进宫,拜见国王,向国王禀告道:

喔唷唷!吉祥如意皆圆满,

国王倾听使臣言,王子顿珠和顿月,

还有王妃袄丹玛,前来拜见父母亲,

特此派来吾臣等,前来禀告大喜讯。

国王听后,心想:这绝对不可能,是郭恰王想夺取我的国都而使出的计谋。于是,对前来的使臣答道:

邻国大臣仔细听,听我把话说分明,

我的王子顿珠他,流落他乡已多年,

怎能突然回家乡?请你不要嘲弄我。

名震四方郭恰王,想来侵占我社稷。

使臣解释道:

国王心思别散乱,启请圣聪听臣言,

杂亚达拉是我名,先王时期为法臣,

挑拨离间使诡计,不善恶行皆抛弃,

从不作恶害众生,岂敢阴谋侵国政,

如此作为造罪孽,杂亚达拉怎敢做,

请求国王心放宽,准备迎接贤王子。

国王这才转疑为信,对前来的使臣说道:

喜从天降大使臣,杂亚达拉感激您。

心中宝贝两王子,曾听谗言驱远方,

再要想见如做梦,兹因三宝怜悯力,

如今父子重相聚,令我格外心欢畅。

我请大臣留宫中，无忧无虑享清福。
巴拉德瓦等众臣，倾耳细听我所言，
顿珠顿月将回宫，举宫准备迎王子。
众臣听完国王敕命后，说道：
国王旨意贵如金，我等遵旨去执行。

大臣立即派所有侍从仆人动手清扫王宫，宫内四处张灯结彩，然后在离王宫不远的草滩上架设帐篷，准备迎接王子及其随行。

随后，王子顿珠和顿月派出的第二批、第三批使臣也相继到达，将信件送至国王和王妃手中，详细讲述了当初王子兄弟俩被流放时，沿途所遭遇的一切苦难。

最后一批使臣讲述了弟弟顿月饿死在荒山野岭；兄弟俩起死回生重相逢；顿珠幸遇上师勒白洛智救助；被郭恰国国王将顿珠当作祭品投入海里，顿珠讲解佛法感化龙王及群龙，然后返回人间等一系列事情。国王和王妃以及诸大臣听后惊奇不已，同时又为他俩的归来与国王王妃团圆而欢喜不已。

此时，空中彩旗飘扬，鼓号齐鸣，王宫内外处处载歌载舞，欢迎王子归来。

以往从不出宫的国王兴致勃勃，拄着玉制拐杖，与大臣们一起出宫迎接两位王子和儿媳。王子兄弟俩到达帐篷前，向父王和母后敬献宝物。父王说道：
顿珠顿月兄弟俩，热烈欢迎今归来，
老父年迈又见儿，犹如太阳升东方。
流落他乡吃尽苦，独居野林挨饥饿，
如今回家了父愿。

因父子离别时间太长，今日相见非常激动，相互亲热拥抱。

王子顿珠说道：
> 恩德如山的父王，请听顿珠来进言，
> 今日良辰吉日时，父子三人喜重逢。
> 我俩流落他乡时，父王贵体可康健？
> 王族国政强盛否？臣民虔信佛法否？
> 我俩曾遭大磨难，怙主保佑得解脱。
> 幸遇勒白洛智助，继承郭恰之王位。
> 奉行格瓦华意愿，佛法治理国与政。
> 为了报答父母恩，前来拜见父王您。

父子三人和大家沉浸在相聚团圆的幸福之中，在营帐里设宴三天，期间出现了各种吉祥征兆。母后白玛坚向王子顿珠敬献了如意宝贝和猫眼水晶、宝石"囤嘎"、吠琉璃、宝石"玛尔盖"、蓝宝石帝青宝等五色齐全的七珍宝物①，以及坐骑和大象，各种锦丝绸缎等礼物后，说道：

> 佛陀化身大法王，众生怙主王子听，
> 我被烦恼障遮蔽，蒙昧不悟您功德。
> 心生嫉妒施恶计，将您驱逐蛮荒地。
> 今知惭愧虔忏悔，大慈大悲宽恕我。
> 老迈龙钟父母亲，苦乐优劣全靠你。

说完，她的泪水夺眶而出，再次向王子顿珠磕头请求宽恕。
顿珠说道：
> 敬祈母后白玛坚，请听顿珠禀真言，
> 六道众生是父母，岂可含恨记旧怨。

---

① 七珍宝物：与本书尚有不同的说法，它们被视为稀世宝物：国王耳饰、皇后耳饰、犀牛角、珊瑚、象牙、大臣耳饰、三眼宝石。

贪嗔愚昧均解脱，怎能执着亲与疏。
母后所作与所为，成为修法殊胜缘。
诚望母后心放宽，畅享幸福与安康。

国王和王后，以及众臣都因王子顿珠的宽宏大量心生敬意。

众臣将两位王子和国王王妃请到了祥瑞宫。国王感到年事已高，又急于修行佛法，决定将王位传于顿月。召集所有大臣，向他们说道：

聚此议政诸大臣，仔细倾听我政令，
我曾年富力又强，最终难逃归黄泉。
岁月如流我已老，韶华不复常忧伤。
容颜苍老须发白，皱纹满面目深陷。
大限临头死期至，故想退位修佛法。
任命顿月继大位，众臣同心做准备。

众臣遵照国王的旨意，分头做好新王登基的准备，选择良辰吉日，为王子顿月继承王位举行了隆重的登基大典。典礼上，国王对顿月说道：

我的后嗣顿月儿，政教合一治桑岭，
王权正式授予你，执法谨遵十善法。
崇敬品行善良人，严惩行为恶劣徒。
时常皈依佛法僧，保护众生理国政。

顿月回禀道：

本来我想皈佛修行，如今难违父王之命。
继承桑岭国王之位，所宣法规臣民遵行。
虔诚信仰佛法三宝，勤恳供奉常诵真言。
择善而行勿论大小，不积恶业遵循善法。

倘若有人偷盗做恶,诛不避贵严加惩治。

从此以后,两兄弟分别治理各自的国家,两国更是国泰民安,政通人和,安居乐业。

有一天,两位国王商议决定邀请上师勒白洛智和前郭恰国国王格瓦华到桑岭国来。国王顿珠把大臣华贝和达瓦金叫来,对他们叮咛:

大臣华贝达瓦金,倾耳细听我所言:
举国畅享吉祥福,勒白洛智大恩师,
还有前王格瓦华,请到宫中来侍奉,
特遣二位去邀请。敬重供奉度晚年。

两位大臣马不停蹄地来到寺庙,对上师和前王说道:

退位修法格瓦华,勒白洛智听我言,
郭恰大法王顿珠,偕同王子小顿月,
为探父母去桑岭,父母兄弟喜团圆。
父命顿月继王位,护国爱民顿珠王,
邀请上师和贤王,在此修行众僧侣,
特遣我俩来迎请。

老上师听完后回答道:

欢迎使臣华贝您,欢迎使臣达瓦金。
路途遥远多辛苦,两位王子可安康?
桑岭国泰诚邀请,我俩随你即启程。

说完,他们启程前往桑岭国。国王顿珠亲自出宫迎接并向上师和前郭恰国国王格瓦华磕头说道:

欢迎恩惠大上师,恭迎父王陛下来。
静地潜修圣佛法,修得正法顺缘果。

慈悲关照我兄弟，感谢今日驾光临，

听完国王顿珠的欢迎词，上师回答道：

王子顿珠听我说，父子二人可安康？

老僧应邀来桑岭，具法国都弘佛法。

上师勒白洛智、前郭恰国国王格瓦华以及数千僧俗人员，卦师根尼扎、相师巴扎等无数婆罗门，法臣华贝、侍臣嘎亚达热、阿南达、达瓦金、嘎迪嘎等齐聚王宫，举行了盛大的欢迎仪式。此时，侍臣智希仍旧邪见未除，心想：狡诈的老僧使出计谋，使两位王子在不同的国家继承王位，窃取了两个国家的最高权力，成为独家统治的政权。如今我想反抗也无能为力，只有逃走为好。他带领数百名匪徒在逃途中遭遇岩崩，全部被埋于岩石之下，一命呜呼。

上师勒白洛智在王宫利用三个月又二十天的时间，不仅对臣民们讲解了因果之道，还撰写了《顿珠王子传记》，最后，上师预言道：

聚此国王与众臣，倾耳听我老僧说，

我来美丽桑玲国，共同祝愿获功力，

未来世间斗诤时[①]，释迦牟尼会降世。

此时北方边鄙地，遍满兽魔大雪域，

逐渐便有人类住，如来圣法亦昌盛。

如此广袤殊胜地，便是顿珠调伏园，

你会首称赞普名。轮回三到七次后，

---

① 斗诤时：佛书所说人世间的法、财、欲、乐，即道德、财富、享受和安乐四者之中只能具备其中之一的时代，期间为四十三万两千年，会有释迦牟尼出世。

顿月转生成我子。目下暂侍应供师[①],
弘扬佛法度众生。开启密乘百扇门。
从今再过若干年,将有属牛人[②]降生,
灭佛毁教焚经函。此时我于佛圣地,
成为三藏金刚持,顿珠成为大雪域,
梵行殊胜大比丘,咱俩相偕到吐蕃,
高举四尊三藏幢,弘扬佛法遍四方。
顿月成为大智者,协助我与顿珠王,
师徒三人弘佛法。未来斗诤浊世末,
我与顿珠成父子,顿月成为布施王,
虔诚佛法来供养。聚此有缘众弟子,
成为三学[③]好门生,聆听师讲圣佛法,
抛弃恶趣痛苦种,证得三乘菩萨果,
聚此臣民皆精进!

众人听了上师的预言,如沐春风、心醉神迷。不久,上师勒白洛智和前贤王格瓦华由上千僧侣护送,回到了山间寺庙。从此,顿珠和顿月兄弟也分别在自己的国家按佛法教义治理国家,使得两个国家日益富强。臣民百姓由于虔诚信仰佛法,按照十善法规行善去恶,各地长年风调雨顺,五谷丰登,国泰民安,繁荣景象犹如天界,幸福美满,福寿安康。

---

① 应供师:受佛教信徒供养的喇嘛。
② 属牛人:指吐蕃王朝灭佛毁教的第十二代赞普朗达玛。
③ 三学:戒学、定学、慧学。

白玛文巴

尕藏 译

主要人物

（按出场次序排列）

白玛文巴——莲花生大师的化身

诺桑——白玛文巴之父

拉塞·扎木色——白玛文巴之母

鲁必却敬——拿卡木那国国王

快腿使臣——国王鲁必却敬的一位魔臣

女龙王——龙宫白玛尖的女龙王

环达官吉——罗刹国女王，中部空行度母（皈依佛门后）

金谷罗刹女——南方宝生度母（皈依佛门后）

螺谷罗刹女——东方金刚度母（皈依佛门后）

铜谷罗刹女——西方莲花度母（皈依佛门后）

铁谷罗刹女——北方司命度母（皈依佛门后）

朱扎——拿卡木那国的一位法臣

巍巍铜色大山貌似心，山根深深扎在龙宫中，
山腰雄壮如执空行法，山尖耸立自在天神宫，
山右女人骷髅熙熙攘攘，山左男人骷髅拥挤纷纷，
顶礼雄伟圣山与世长存！

从前，在古印度东部，有一个信奉外道的贫穷大国，王宫叫作拿卡木那，国王名叫鲁必却敬，他是魔鬼"玛占热扎"的化身；有位大臣人称快腿使臣，他是黑魔"提婆达多"的化身。王宫附近有个小宅，宅名叫作卓玛拉康，这家住有观世音菩萨的化身——大商人诺桑和他的妻子拉塞·扎木色。为了满足贪婪的国王，这位商人把上方的商品运往下方，下方的商品运往上方，南部的物产运往北部，北部的物产运往南部，使国库堆满了金银财帛，穷国王变成了富国王。

有一天，这位国王心生恶念，他想，如果不趁早除掉这个商人，恐怕将来他会超过自己，于是他唤来快腿使臣说道：

我的心腹爱卿啊，快腿使臣请你仔细听，
附近的卓玛拉康里，有个商人叫诺桑，
请你快去唤他来见本王。

快腿使臣领命，将黑色的前襟左提右拽，黑色的弯刀左拴右挎，步履匆匆来到卓玛拉康，敲门高喊拉塞·扎木色。拉塞·扎木色知道是快腿使臣，快步迎至门前说道：

尊贵的大臣啊，是不是进宅坐一坐？

您到这儿有何贵干？请您直言告诉我。

快腿使臣说道：

拉塞·扎木色啊，请听快腿使臣我传达圣旨，

国王令你的夫君诺桑马上进宫有要事商量。

拉塞·扎木色转身来到丈夫面前说道：

夫君诺桑听端详，拉塞·扎木色有要事讲，

那位魔臣快腿使臣，已经来到咱的门前，

说是持邪恶国王鲁必却敬令，命你进宫去拜见他，

老伴请你快快想办法，如何才能平息这波澜！

商人诺桑回答道：

我的伴侣菩提心度母啊，爱妻拉塞·扎木色听我言，

无论要降什么罪，我也要进宫见圣面，

我额上的双眼胸中的心啊，请不要担忧放宽心。

商人诺桑告别了妻子，跟随快腿使臣来到了王宫。国王对诺桑说道：

欢迎尊敬的商人诺桑，一路上可曾平安？

今天本王召见你，谈谈咱俩的君臣关系，

名义上我虽然是国王，论财帛没有巴掌大的绫罗缎，

虽然你是我的属臣，论财宝却能摆满草原，

孤王非常需要珍宝，为了内伏臣民外御患，

命你前去莲海龙宫，叩见护螺龙王，

把龙宫有求必应的如意宝，拿来献到拿卡木那宫，
孤王一定重赏你，否则孤王定要惩办你！
商人诺桑听后说道：
尊贵的国王啊，求您千万不要降罪惩治，
当年轻皓齿的美好时辰，我用财宝满足了大王的需求，
可现在我已年老双鬓白，怎能进海取宝献给您？
尊敬的国王请纳谏，请您开恩赦免我！
国王听了诺桑的诉求后说道：
如果你敢违抗我，我将严厉惩罚你！
快腿使臣请你快起程，去把商人的结发妻子，
快快押到本王面前来，我要严惩他们夫妻俩。
当快腿使臣欲往卓玛拉康时，商人心想，为了我而连累妻子遭祸殃，还不如听命下海寻宝为好，便说道：
鲁必却敬国王啊，请听商人诺桑言，
求您发发慈悲行行善，只要不降罪拉塞·扎木色，
我可以去那龙宫把宝探。国王请您再细细听，
要到那可怕的龙宫海岛去，需要一艘结实无比的快船。
船上造一佳木大船舱，舱顶要用金顶作装点，
船头要以如意马头来打扮，派遣志同道合的五百名伙伴。
既要鼓足大风前进的四张大帆，
又要能乘小风前进的四张小帆，
还要平衡船身的大铅锚。要把监视鲨鱼的飞鸽带身边，
要把喂鸽的谷物带上船，要把降伏鲨鱼的活海螺带上船，
带上用乳汁喂养海螺的大奶牛，
还得带上喂养奶牛的嫩青草。

要把未卜先知的鹦鹉带身边，
还要带上喂养鹦鹉的芝麻和谷粒，
还得把啼鸣报时的公鸡带上船。
只要各种东西准备齐全，我就去龙宫把宝探。
国王许诺一定准备好这些东西。商人诺桑再次说道：
尊敬的国王听我言，我去海上寻宝，
多则准备三年，少则准备三月，
万望陛下允准。

国王说道：
你去海上寻宝，哪能准备三年？
三个月都不行，只能准许七天，
愿罚愿去由你选。

国王只许七天的准备时间，商人诺桑伤心地返回卓玛拉康。拉塞·扎木色不知诺桑进宫是祸是福，正在卓玛拉康的屋顶忧心如焚地翘首以盼时，远远就看见丈夫回家来，高兴地快步出门迎接丈夫，说道：
夫君诺桑请你听我言，拉塞·扎木色有话问，
国王怪你什么罪？求你一定说清楚！

商人诺桑回答道：
具有菩提心肠的度母爱妻，拉塞·扎木色请你听，
外道徒国王鲁必却敬，降下无法接受的残酷令，
派我前往大海龙宫中，去找白色护螺龙王，
索求有求必应的如意宝，拿来作为圣物藏宫中。
取宝成功嘉奖我，取宝失败要严惩，
何去何从要我挑，我奉命寻宝去龙宫，

国王许我七天时间做准备，拉塞爱妻你可曾听清否？

拉塞·扎木色听后悲痛欲绝，说道：

呜呜呜，这场突降的横祸，哦呀呀，怎样才能禳解？

如果你到大海去探宝，那么我将心托付给谁？

涌出的泉水已在地上干涸，升起的太阳又将沉沦西山！

拉塞·扎木色痛苦万分地昏了过去。商人诺桑将檀香水洒在拉塞·扎木色的脸上，才渐渐苏醒过来。等她清醒后，商人诺桑说道：

具有菩提心肠的爱人啊，请你千万不要痛苦伤心，

如果我去后三年回不来，那说明我已经没了命。

请你们为我做善后事，上敬三宝下施鬼神。

孩子若能平安地降生，请你一定把他抚养成人。

如果这是我们的永别，就祈愿咱俩后世在空行道上再相逢。

商人诺桑叮嘱完后手握爱妻双手诚心地祈祷，夫妻二人一起度过了七天。

七天后，商人诺桑前往王宫见驾。国王鲁必却敬对他说道：

舵手诺桑啊，请听本王为你唱歌饯行，

漂洋探宝的各种东西，已经全部准备就绪，

另外还派了五百名同心同德的伙计，

他们都会听从你的命令。

不久，商人诺桑和五百名伙计赶着驮有东西的大象、宝马、水牛等赴海边。当他们来到印度一个长满青草的大滩后，把大象、宝马、水牛等全部放到青草滩吃草。于是，五百名伙计有些做木工，有些打铁，有些冶铜，有些冶金。经过三个月的共同努力，他们打造出了一艘大船。商人诺桑和五百名伙计坐上船，扬帆起航。在海上行驶了几个月，当来到黑白龙魔的水域时，顿时惊涛骇浪

滚滚而来。这时巧舌鹦鹉双眼垂泪地说起话来。鹦鹉说道：

商人诺桑啊，请听巧舌鹦鹉说，
咱们的这条大船下面，黑白二龙魔正在发怒，
变成了两头牦牛大的鲨鱼，正在兴风作浪施展狂威，
快要把大船撞碎了，请您快想办法禳除灾难，
不然您就放我飞回故土去。

说完，鹦鹉拍打了三下翅膀，飞进船舱去了。这时，黑白二龙魔各自变成了一条牦牛大小的鲨鱼，狠狠地咬住前后船舷，把木船撕成了几片。商人诺桑和伙计们颇知水性，他们分别爬上破碎的船板在大海上漂泊。商人诺桑他们没有到达恐怖的莲海龙宫，而是来到了桑尕拉罗刹女的市镇。众罗刹女翘首远望，远远看见海面上有很多商人抱着破船板漂流而来，便聚在一起商议。一罗刹女说道：

罗刹女姐妹们听我说，印度东部的商人们，
由于木船触礁纷纷落水，眼下他们可以作我们的夫君，
以后又可以当作充饥的点心，姐妹们赶快去打捞他们吧！

商议罢，她们来到海滩边，对商人们说道：

商人们听我姐妹们说，我们要把你们救上岸，
带往那幸福的桑尕拉城。

说完，每一个罗刹女从大海里救出一个男人，带着他们做配偶去了。

这些落难的商人和罗刹女一起生活了一段时间后，商人诺桑心想，这些罗刹女为什么白天钻进深谷去，等到天黑才回来呢？这里必有缘故。有一天，商人诺桑悄悄地进沟察看，山沟的深处围着一个大围墙，商人诺桑为了找到这个围墙的门，便绕着围墙

转了一圈，但根本没有找到进院子的门。于是，他爬上了靠近院墙的一棵枯树，只见院子里有一些只有上身而没有下身或只有下身而没有上身的人，而且其中有很多人正在用沙哑的嗓门叹息。商人诺桑便对院子里的人喊问道：

不行善事交了厄运的汉子们，你们为什么要待在围墙里面？

为什么被圈进这与阴曹地府一样的围墙里？

为什么要忍受这样的苦难？

围墙里的人们回答道：

树上的汉子啊，请你侧耳仔细听，

你是来自何方的人，到这儿来有什么事情？

商人诺桑说道：

围墙里的汉子啊，请你们竖耳用心听，

我是来自印度东部的人，我的国王名叫鲁必却敬，

我奉王命去那莲海龙宫，寻找有求必应的如意珍宝，

但途中遭到了黑白龙魔的阻挠，把我们的船只撕碎在海中，

我们抓住了破碎的船板，漂到了空行度母的驻锡地。

我是商人名字叫诺桑，现有五百名伙计在空行度母城，

我们是空行度母的夫君，这就是我们到这儿的原因。

围墙里的汉子们说道：

商人诺桑呵，请你侧耳仔细听，

这儿不是空行度母的山谷，而是食肉罗刹女的幽谷乐园，

我们是月亮国王的属民，是来海上探宝的商人，

由于遭到黑白龙魔的阻挠，商船卷入波涛汹涌的大海中，

我们也被罗刹女救上岸边，年轻英俊时是罗刹女的恩爱夫君，

年事渐高后则被圈入这个围墙中，

为什么我们有人没有上身或下身,
因为没人肉时罗刹女就来吃我们,
我们的这种厄运也会降到你们的头上,
命运对行善与不行善的人将一视同仁,
唉！听清了吗商人诺桑？
商人诺桑说道：
月亮国的商人们啊，请你们不要见死不救,
如果这儿是罗刹女的山沟，请帮我们想法逃离虎口。
围墙里的人们说道：
商人诺桑啊，我们给你教一条逃生之计。
走进这一条深深的山谷里，有一片名叫金滩的沙滩荒地,
那儿有一眼碧清的泉水和翠绿草地，初夏的四月十五日,
宝马王将会到那里，饮三口泉水吃三口草,
然后在金滩上打滚三次，如果你能虔诚地祈求它,
宝马王就会把你们救走。
商人诺桑就按他们的指点，当晚返回罗刹女们的驻地，对五百名伙计说道：
五百名伙计们，请你们倾耳听我言,
这儿不是空行度母的圣地，而是食肉罗刹的乐园。
咱们赶快想一条脱身之计，听清了吗我的众位伙伴。
这一席话可吓坏了五百名伙计。
当晚，众罗刹女从四面八方返回驻地。商人诺桑对众罗刹女说道：
空行度母贤妻们，请你们听我诺桑说,
这儿是空行度母的圣地，在空行度母神圣的乐园里,

我们应该不分昼夜地欢庆，载歌载舞，

可你们白天却流浪四处，这怎能说是圣谷呢？

商人诺桑和伙计们在商议逃跑之计时悄悄地说道："以后我们与众罗刹女欢歌痛饮时，自己不仅少喝，而且要想方设法让她们喝得酩酊大醉。"

四月十五日这天，当众罗刹女设宴招待并执酒敬商人诺桑和伙计们时，他们不仅装得沾唇即醉，而且不停地给众罗刹女们敬酒劝饮，不一会儿工夫，众罗刹女就喝得酩酊大醉，不省人事。

于是，商人诺桑趁此良机带领五百名伙计按照围墙里的汉子们所献良策逃进深谷。在大金沙滩上没等多久，宝马王罢拉代哇在云层中长嘶一声，飞落到金沙滩上，在碧清的泉眼里饮了三口水，在翠绿的草地上吃了三口草，在金沙滩上打了三个滚。这时，商人诺桑和伙计们双膝跪地，双手合十求救道：

宝马王您是众生的救主，请听我们遇难者由衷的恳求：

我们的国家叫拿卡木那，我们是国王鲁必却敬的奴商。

国王派我们出海寻宝物，不料我们没逃脱黑白龙魔的掌心，

他们兴风作浪撕碎了我们的船只，

我们虽然抱着破船板保住了性命，

但未能到达莲海龙宫，却误入罗刹国桑尕拉，

请您发发慈悲救救我们。

宝马王长嘶三声，说道：

商人和伙计们，请听我罢拉代哇说，

你们有决心逃脱的套环，我就有解救你们的钓钩。

请你们骑在我身上，挤不上的就抓住我的鬃毛和尾巴，

千万不可回首恋望罗刹地，虔心祈祷默记我的话，

若让罗刹看见你们就会遭厄运,

我罢拉代哇才能搭救你们离险境。

说完,诺桑和伙计们骑在宝马王的背上,挤不上去的就紧抓宝马王的鬃尾,宝马王长嘶一声腾空而起。

桑尕拉的罗刹女们醒来时,发现自己的丈夫不在身旁,便喊道:"大家快找商人诺桑和伙计们吧!他们谁都不在我们身边。"众罗刹女揉着惺忪的双眼寻找自己的配偶。突然间,她们看见商人诺桑和伙计们都骑在宝马王身上正在空中飞驰,遂返回各自的家中抱着孩子朝天嚎叫道:

背信弃义的商人诺桑和伙计们,请听爱妻们说,

你们虽然舍得撇下我们不回来,

但看在亲生骨肉的份上快返回,

如果你们决计要逃走,那就回头看我们一眼吧!

整个长空,传遍了罗刹女们的呼唤声。伙计们听到了罗刹女们的呼唤,心想:他们虽是罗刹女,可孩子毕竟是自己的亲骨肉,便回首一望,不料一个个像落在打谷场上的豆粒一般,纷纷掉进了罗刹女们的口中。

众罗刹女又说道:

宝马王虽然能腾空飞驰,却拯救不了你们的性命。

说完,罗刹女每人活活地吞下了一个伙计。只有商人诺桑一人因为虔心地祈祷,被宝马王驮到了极乐天庭。

这时,铜色祥山上的邬金上师[①]俯视人间,见世间再没有比卓玛拉康里的拉塞·扎木色更痛苦的人了。为了安慰拉塞·扎木色,邬金上师准备在她的肉体里借住九个月零十天。于是,一道华光

---

① 邬金上师:指宁玛派创始人莲花生大师。

从铜色祥山照进了拉塞·扎木色的肉身。自此拉塞·扎木色感到晚上睡觉睡得香,白天吃饭吃得甜。此后过了九个月零十天,她就生下了一个男孩,这孩子刚出生就能说话。他说道:

阿妈拉塞·扎木色听儿言,我要拯救一切孤苦伶仃的人,

我要做一切苦难者的救星,我要建树慈善的佛门,

我要精通密宗深奥的教义,我要毁灭麻扎木热扎木的外道教门。

阿妈拉塞·扎木色见这孩子一生下就能说话,认为他若不是佛陀的化身,便是魔怪的化身。后来发现这孩子长一天胜过其他孩子长一月,长一月,胜过其他孩子长一年,遂取名为白玛文巴①。

有一天,白玛文巴见其他孩子拾柴火,他自己也想去拾柴火,便来到阿妈的身边说道:

阿妈拉塞·扎木色请您听,请您答应我一件事,

村庄里的孩子们,个个出来拾柴火,

阿妈给我一个小背篓,我也要跟他们一道去拾柴火。

阿妈拉塞·扎木色说道:

亲爱的孩子我身上的心,白玛文巴请你侧耳听,

左邻右舍的孩子拾柴火,是在做自己力所能及的事,

可你只是年满三岁的小幼童,怎能勉强受苦去拾柴火?

安稳坐在卓玛拉康里,阿妈会把生活安排得有条不紊。

白玛文巴见阿妈不答应,便悄悄背上背篓,进山拾柴去了。白玛文巴和孩子们在高高的草坪上嬉闹,上午他玩不过小伙伴们,下午小伙伴们却玩不过他。于是,小伙伴们不服气地聚集在一起商议道:

我们大家都心知肚明,他虽然趾高气扬却没有阿爸,

---

① 白玛文巴:藏语意谓莲花放射光芒。

我们虽玩不过他可父母双全,

走吧!咱们去找自己的阿爸和阿妈。

说完,小伙伴们身背背篓回家去了。当白玛文巴一个人沿着高高的草坪拾柴火时,突然看见一对雌雄大鹿在草坪上悠闲地吃草,一只小鹿在身边蹦蹦跳跳,跑来跑去。白玛文巴心想:鹿都是公母双全,而我怎么会没有阿爸呢?我一定要去问问阿妈,这到底是怎么回事?便背起背篓回到卓玛拉康,将柴火放在灶前,来到阿妈身边说道:

阿妈细细听儿讲,我有心事要问您,

今天我到了一个陌生的地方,在那高高的草坪上,

我拾到了很多柴火,还见到了一群食草的花鹿,

母鹿走在后面,公鹿走在前头,

有福的小鹿夹在中间撒欢儿。既然野兽都有它的生身父母,

那么我也应该有一个阿爸呀,

亲爱的阿妈我阿爸到底在哪里?

阿妈拉塞·扎木色回答道:

白玛文巴我的爱儿,你不要随便乱猜疑,

打听阿爸在哪干什么?以后不许你多嘴多舌乱打听!

第二天,白玛文巴又去山谷口拾柴火,他见山谷口的湖泊中一对鸳鸯在戏水,身后跟着一群小鸳鸯在嬉戏。他心想,飞禽也有阿爸阿妈,可我哪能没有阿爸呢?我一定要把阿爸的事情问个水落石出。遂背着柴火回到卓玛拉康问阿妈道:

拉塞·扎木色阿妈啊,听儿白玛文巴问件事,

我去上部的湖边,看见一群鸳鸯在湖面上嬉戏,

两只大鸳鸯浮游在前后,有福的小鸳鸯游泳扎猛子,

白玛文巴

飞禽都有阿爸阿妈，可我的阿爸在哪里？

阿妈拉塞·扎木色说道：

我的爱儿白玛文巴，请你侧耳倾听，

你既然问起你的阿爸，那么我把真情讲给你听。

我们的鲁必却敬国王，在宴请乞丐行善的时辰，

是我把你从乞丐那儿讨来做养子，这就是你父母的身世内情。

言毕，拉塞·扎木色手持松木棍子狠狠地揍了他一顿。白玛文巴感到异常的伤心和委屈，说道：

阿妈拉塞·扎木色，请您侧耳仔细听，

可怜的我多么伤心，我这没有双亲无福的人，

一定要前去寻找阿爸。找到他我要诚心地报答生身之恩。

说完，白玛文巴泪如雨下，从卓玛拉康的木梯走下来，想离家出走。阿妈拉塞·扎木色走过去拉住白玛文巴，说道：

白玛文巴我的爱儿，侧耳倾听阿妈言，

安心地生活在我身边，快跟阿妈回到卓玛拉康，

生活上的需求我一定使你如愿，孩儿你可不要流落荒野深山，

安心地在卓玛拉康慢慢长大，如果这事传到外道徒国王的耳边，

他对我们丝毫不会怜悯。

之后，白玛文巴听从阿妈的话，就在卓玛拉康的《甘珠尔》[①]经堂里开始静坐。有一天，白玛文巴从卓玛拉康看见闹市上热闹非凡，生意较大的商人在做宝马、大象、珠宝的交易，生意较小的商人在做针线一类的买卖。他想，我也要去做做纺线的生意。他便从阿妈放羊毛的房子里拿出一大捆羊毛，悄悄地背着阿妈捻成匀称而有光泽的十八团粗毛线和十九团细毛线，然后偷偷地从

[①] 《甘珠尔》：指藏文汇编的《佛说部》丛书，全书有104部或说108函之多。

卓玛拉康的后门溜出，在通往闹市的三岔路口，遇见了一个发如白丝、身背迦利沙钵那银钱（古印度银币）的老妪。白玛文巴对老妪说道：

老阿妈咱俩做个生意吧，这桩生意咱俩都能满意，
老阿妈您有啥东西？我用毛线做交易。

老妪说道：

哎唷，这样漂亮的孩子，这样口齿伶俐的幼童，
咱俩在这三岔路口做生意，来往行人会打扰我们，
我老太婆一生气就咳喘，要是咱们能公平成交，
就去达罗树①林中。

老妪为了和白玛文巴做成本小利大的买卖，就把他带到了达罗树林中。最后，老妪和白玛文巴同意用一块迦利沙钵那银钱换一团毛线。然而白玛文巴说道：

老阿妈请您先谈银钱的特点，尔后我也说说我的毛线的特色。

老妪回答道：

你要我谈谈这银钱的特点，印度人称它为迦利沙钵那，
吐蕃②人称它为"钟步"，大银钱则称为"钟欠"。

说完，老妪也请白玛文巴介绍一下毛线的特色。白玛文巴介绍说：

若谈毛线的特色，当初它长在洁白的绵羊身上，
年轻力壮的小伙子剪下了它，搁在阿妈放羊毛的柜子里边，
后来这羊毛就到了我手中，我一松一紧地纺成了毛线，
这就是毛线的来源。长毛线长如遥远的路程，

---

① 达罗树：一种生长在印度的热带树木名。
② 吐蕃：指我国古代民族，在今青藏高原。

短毛线短如如意线，劣毛线离开了伙伴，

好毛线唱着歌儿一路欢。

他俩用毛线和迦利沙钵那银钱交换时，白玛文巴的一半毛线还没交易完，而老妪的迦利沙钵那银钱却罄尽无余，老妪气得心血上涌说道：

哦呀呀，多么懊丧！喔唷唷，我该怎么办？

我老太婆积攒了一辈子的银钱，竟让他一会儿工夫掏完，

像檀香树一样的阿爸，竟有沙柳一样的嗣男，

阿爸虽是珠宝商，可儿子只做毛线买卖。

说完，老妪气昏了。白玛文巴心想：她说"像檀香树一样的阿爸"，这话分明知道我阿爸的来龙去脉，便抓住老妪的双手，问道：

老阿妈请不要伤心，请告诉我檀香树般阿爸的真实内情，

如果您能说出我阿爸的身世，

我把迦利沙钵那银钱如数退还给您，

还把这一半毛线也送给您作酬金。尊敬的老阿妈您可听清？

老妪听后高兴地站起来双手合十地说道：

白玛文巴请你仔细听，你那檀香树一般的阿爸，

他是商人名字叫作诺桑，你的阿妈叫作拉塞·扎木色。

你那巨商诺桑阿爸，被国王派往远海去寻宝，

却遭到黑白龙魔的非难葬身于海中，

从此你便没有了阿爸。白玛文巴啊，

这就是你阿爸的身世真情。

听了老妪的叙述，白玛文巴把迦利沙钵那银钱如数还给了老妪，并把光亮的白毛线也送给老妪作为酬谢。白玛文巴像鹞鹰听到了雷声那样高兴地在街巷中哼着小曲回到了卓玛拉康，对阿妈

说道：

拉塞·扎木色阿妈呵，请听儿白玛文巴的心声，
今天我为啥一路唱歌回到家，就因为知道了商人诺桑是我阿爸。
阿爸是个了不起的人，我一定要把父业继承，
继承父志孝敬亲爱的阿妈。

自此，他们母子俩过着愉快的生活。有一天，持邪国王在众臣和侍从的簇拥下登上宫楼，眺望热闹非凡的商场，看见大商品有骏马和大象，以及各种珍珠玉宝。唯独那位以迦利沙钵那银钱买物的老妪面前，有一堆发出耀眼光芒的线团。国王急忙下楼上朝，对大臣说道：

我的爱卿快腿使臣，请不要走神仔细听，
今天在繁华的集市上，有位以迦利沙钵那银钱买物的老太婆，
她买了一堆闪着白光的商品，大商品发光像月亮，
小商品发光像星星，不知那毛线是老太婆自己纺的，
还是出自异国邻邦的能人之手。我想知道这毛线的详细来历，
你马上去打听清楚来禀告。

快腿使臣听后，把黑色的前襟左提右拽，黑色的弯刀左拴右挎，马不停蹄地去找那位有迦利沙钵那银钱的老妪。找到老妪后说道：

敬爱的老阿妈，请你倾听我快腿使臣讲，
你身前的这些毛线，是来自其他国家呢，
还是你自己纺捻的呀？请你快快回答说实话。

老妪战战兢兢地起身回答道：

国王的大臣快腿使臣，请容我老太婆详细禀告您，
我面前的这堆毛线，不是来自其他的国度，
而是我慢手慢脚纺出的，这就是毛线的全部来历。

快腿使臣恼怒地说道：

如果你不说实话，我今天要你的狗命！

快腿使臣狠狠地跺了跺脚，抽出那把黑色弯刀对准老妪的心窝。老妪吓得双手合十说道：

国王身边的快腿使臣，请您饶了我这老太婆的命，

这毛线的来历我详细告诉您，以前的那位商人诺桑，

他有个儿子名叫白玛文巴，我和他做生意成交时，

告诉了他那檀香树一般的阿爸，他就回敬这些毛线作为酬谢。

现在我把毛线献给亲爱的国王，

求求您千万不要打杀我这老太婆，

也不要收重税抵乌拉①严惩。

快腿使臣拿上毛线返回王宫，向国王禀报道：

尊敬高贵的国王，这些白光闪闪的羊毛线，

就是以前的商人诺桑，他的儿子白玛文巴纺的，

国王您想想看，这毛线就是他纺的？

国王很不愉快地说道：

哎呀呀，这件事多么荒唐！没丈夫哪有生出儿子的怪事，

这商人的孩子真够聪慧，小小年纪就能做毛线生意，

还赚了一千个迦利沙钵那银钱，长大后他肯定比他阿爸有出息，

如果不趁早斩草除根，将来他会超过我和你，

快腿使臣你快快去，把白玛文巴带进宫来。

快腿使臣大摇大摆地来到卓玛拉康，边敲门边大声喊："快开门！"

拉塞·扎木色从门缝中瞅见是快腿使臣，便赶紧返身对白玛

---

① 乌拉：即差役。

文巴说道：

　　我的爱儿白玛文巴，请听阿妈的忠言，

　　我曾经说过你不要各处游荡，可你当成耳旁风招来了灾殃，

　　那个快腿魔臣，已来到卓玛拉康门前。

　　爱儿啊请你赶快躲藏起来，躲到大藏经的书丛中间去，

　　无论国王降下什么罪，我先去会会魔臣的面。

　　拉塞·扎木色把爱儿白玛文巴藏在经文书丛中，便去开门会见快腿使臣。当她开门见到快腿使臣时说道：

　　国王的爱卿到这儿有何贵干？求您给我讲明白。

　　快腿使臣说道：

　　拉塞·扎木色，请你竖耳仔细听，

　　尊贵的国王鲁必却敬，给我降下严令，

　　让你的儿子白玛文巴，马上进宫觐见国君，

　　拉塞·扎木色你可曾听清？请你快快把白玛文巴交给本大臣！

　　拉塞·扎木色为了不交出孩子，婉言地说道：

　　国王的爱卿快腿使臣请您仔细听，我那终身伴侣诺桑，

　　自从出海再也没音讯，没有阿爸哪能有孩子？

　　快腿使臣请您细思忖！

　　快腿使臣不耐烦地说道：

　　你这漂亮的女人，请听快腿使臣有言相敬，

　　在这印度的东部，谁不知白玛文巴是你亲生的骨肉，

　　如果你不老实交出他，我今天就要你的狗命！

　　说毕，快腿使臣把拉塞·扎木色打得死去活来，然后抽出那把弯刀指向拉塞·扎木色的心口。这时，躲藏在书房中的白玛文巴听了双方的对话，心想：怎能让阿妈为了我遭受酷刑，于是从

长梯上走下来,跳下短梯紧紧地抓住魔臣持刀的手,说道:

快腿使臣啊,请您快快放开我阿妈,

无论国王如何处罚我,我自己去进宫面见国君。

听了白玛文巴义正词严的指责,快腿使臣撇下奄奄一息的拉塞·扎木色,带着白玛文巴见国王去了。进宫后,白玛文巴给国王叩了三个头,只见国王鲁必却敬差一点从宝座上掉了下来。国王说道:

白玛文巴你来啦,一路上可曾平安如意?

你这可怜的孩子没有阿爸,我虽是国王却没有王子,

现在我认你为我的儿子。俗话说子承父业臣承君志,

羽承箭意龈承齿志,爱儿出外要料理好外事,

父王在朝处理好国务,现在你前往莲海龙宫,

完成我交给你的使命,你从护螺龙王那儿,

取来有求必应的神圣宝物,父王会重重奖赏你,

若取不回宝物必将重罚你!

白玛文巴起身向国王叩头并回禀道:

尊贵的国王,请您仔细听我禀告,

我的阿爸是商人诺桑,他是个很了不起的人物,

却没有从龙宫取回宝物,我这三岁的孩子,

怎能从龙宫取回宝物?还请陛下发发慈悲撤回圣谕。

国王说道:

如果你不遵王命,那只好把你绳之以法!

快腿爱卿听命,去把这孩子的阿妈押上来,

让他母子双双受到王法惩处,快腿使臣你听清了吗?

当快腿使臣欲往卓玛拉康时,白玛文巴心想:与其为了我让

阿妈受酷刑，还不如自己死在莲海龙宫，便毅然说道：

请尊贵无比的国王听，白玛文巴向您进一言，
如果我去莲海龙宫探宝，最好让我准备六年，
或者准备三年，至少也得准备三个月时间，
请国王发善心准奏。

国王说道：

你这白玛文巴憨童，请听孤王再降圣令，
你愿去莲海龙宫这很好，但探宝哪能准备六年时光，
准备三年也不行，准备三个月也属荒唐，
我只许你准备七天又七夜，是去莲海龙宫还是受酷刑任你选择！

国王接着问道去莲海龙宫究竟还需要一些什么东西？白玛文巴说："探宝的船只、随行人员，以及其他各种物资都按以前我阿爸出海时那样配备。"国王点头允诺。白玛文巴伤心凄楚地流着眼泪回到阿妈的身边。

拉塞·扎木色问道：

白玛文巴我的儿，你毫不隐瞒地告诉阿妈，
外道徒国王有何谕旨？

白玛文巴告诉阿妈，说道：

亲爱的阿妈倾耳听，外道徒国王下谕旨，
说是子承父业臣承君志，羽承箭意龈承齿志。
他派我前往莲海龙宫，去找护螺龙王讨宝物，
取来有求必应如意宝，国王必有奖赏，
取不来宝物要严惩。

拉塞·扎木色说道：

哦呀呀，像这样可怕的灾难，呜呜呜，怎样才能禳解？

在咱们拿卡木那国度里，有谁比咱们娘儿俩的命更苦！
他们曾经派你可怜的阿爸，去那遥远的龙宫探寻宝物，
中途遭到了黑白龙魔的袭击，再也没有返回自己的故土。
现在他们又在打你的主意，我怎能让你探宝去寻死？
与其让你出海去丧命，还不如让我死在国王手里。

拉塞·扎木色说完，哀伤地哭着要去找国王。白玛文巴拉住阿妈拉塞·扎木色的双手，说道：

可怜的阿妈不要去找那昏君，那残暴的持邪国王毫无慈悲之心。
上苍啊，这是命运还是一种偶然？如果是命运请禳解这个厄运，
如果是偶然就请阿妈您放宽心。如果我不去莲海龙宫探宝，
咱们母子将会受到王法严惩。国王只许我准备七天的时辰，
咱母子还可以享受七天的天伦之乐，您看怎样，我可爱的阿妈。

拉塞·扎木色听着儿子的话伤心欲绝。当天晚上她梦见一位身披轻纱的空行度母对她说道：

拉塞·扎木色老阿妈，请你侧耳听我诉说细情，
如果需要保佑你的儿子，前往莲海龙宫去寻宝，
那么明天你去神降宝塔前，五方度母会授你密咒经，
有了密咒经火烧不毁洪水不伤，拉塞·扎木色啊，
此话可要牢牢记在心！

第二天早晨，拉塞·扎木色醒来后，对儿子说道：
白玛文巴我的心肝儿，今天你一定要待在屋里面，
我要去神降佛塔前拜佛。

拉塞·扎木色来到神降佛塔前，陈设了长一箭、短一捻线杆的丰盛供品，煨了一堆遮天蔽日的祭祀桑，向众神供奉了其他丰厚的供品，然后双手合十对天祈祷道：

东方的金刚度母,有着海螺般雪白的雍容仪态,
带着十万白净的神女,我虔心地向你们祈祷!
诸女神右手敲着悦耳的手鼓,左手摇着清脆的银铃,
头顶安坐着五部达雅神①,美丽的发髻在轻轻地飘动,
唱着优美动听的仙界妙音,一双刚柔相兼的秀脚翩翩起舞,
华丽的装饰耀眼而晃动,今天请你们降临佛塔顶,
我那苦命的亲生幼童,持邪国王降旨要他去龙宫,
请用奇妙而又神圣的先见之明,提前断定是吉还是凶!

祈祷毕,从无垠的空中传来空行度母的歌声,并从东方抛下白绫、南方抛下黄绫、西方抛下红绫、北方抛下绿绫、中央抛下靛绫,尔后五部空行度母从空中对拉塞·扎木色说道:

年老的拉塞·扎木色,请细听我们五部空行度母的预言:
你的爱儿将有三大业绩,佛法前弘期他将进深海探险,
佛法中弘期他将去罗刹女的国度,
佛法后弘期他将在东方的山尖,
遭到刽子手的火祭之灾,我等五部空行度母,
可以授他水火不侵的秘诀真言:
南牟布达雅,南牟达麻雅,南牟桑尕哥日周尕雅!

五部空行度母如是口授了三次祈祷的秘诀,拉塞·扎木色顿感心旷神怡,五色绫缎也如彩虹随之消失。拉塞·扎木色迅速返回卓玛拉康,对儿子白玛文巴说道:

我儿白玛文巴,细听阿妈说详情,
我到神佛塔前去祭拜,得到了五部空行度母的秘法。
有了它水不浸来火难焚,深奥的秘诀已经赐予我,

---

① 五部达雅神:指用五部达雅神像作装饰之意。

我一字不落地来诵念，你字字句句牢记于心中：

南年布达雅，南年达麻雅，南年桑尕哥日周尕雅！

拉塞·扎木色把这祈祷秘诀连诵三次，白玛文巴牢牢记在心头。

等到七天的准备期限已到，白玛文巴便前往王宫领命。国王说道：

臣子白玛文巴，你阿爸出海需要的东西，

如今也为你准备停当，现在你速速出海探宝去！

白玛文巴说道：

尊贵的国王听我言，我去探宝回来前，

请您多发慈悲和善念，不要给我阿妈派重税和当乌拉使唤。

不久，白玛文巴带着具有福德、志同道合的五百名伙计，赶着驮有行李和干粮的骏马、大象、水牛等朝海边进发。他们来到海边，就把骏马、大象、水牛等赶到海边草坪上去放养。紧接着，有些伙计冶金，有些伙计炼铜，有些伙计打铁，有些伙计做木工活，三个月之内就造好了一艘大船。于初夏的四月十五日放船下水，白玛文巴带着伙计们上船启航。他们解开船缆，挂起船帆，开船掌舵，驶向浩瀚的大海深处。当他们航行了一由旬后，只见那只美丽的巧嘴鹦鹉独自流泪，白玛文巴问道：

能说会道的鹦鹉，请回答我白玛文巴的疑问，

你要是饿了可以吃芝麻，渴了可以饮乳汁，

可你为什么老是闷闷不乐，无故垂泪是为了什么？

或者想念那幸福的茂密森林，或者是想念你的同类和父母？

鹦鹉回答道：

佛陀般的白玛文巴啊，我要告诉您我垂泪的原因，

请您侧耳听详细，我既不想念幸福的森林和果实，

也不想念自己的同类和父母,而是在想黑白龙魔变成的大鲨鱼,
正在咱们的大船底下,若有良法请您快快拿出来,
不然咱们就会葬身鱼腹中。

又走了一由旬海路,他们来到了黑白龙魔的水域,那儿海浪滚滚,海涛呼啸,犹如天翻地覆一般。这时,一会儿感到海浪把船抛向了天空,一会儿感到海浪把船拖进了海底,五百名伙计有的喊爹,有的呼娘,有的唤儿叫妻。白玛文巴说道:

伙计们莫要害怕,在这惊涛骇浪之中,
我有办法救出你们,我连喊三声阿妈,
再喊三声拉塞·扎木色,我有阿妈授予我的教诲,
有空行度母传授的密咒心经,如果秘诀有灵验,
就把沸腾的大海,变得如同沸奶中加入冷水那样平静下来。

白玛文巴把祈祷秘诀"南牟布达雅,南牟达麻雅,南牟桑尕哥日周尕雅"念了三遍后,开锅似的海水果然像加了凉水的沸奶,顿时平息了下来。这时,黑白龙魔的蛮横和怒气全消,并且显现真身,一个手持如意宝贝,一个身背"恩扎尼拉"①来见白玛文巴。黑白龙魔弯腰施礼说道:

佛陀虽小堪称奇异,孩童虽幼却有咒力,
您有看不见的咒语,您有不带在身上的秘诀要义,
请您把深奥的秘诀传给我们水族。由于我们的残暴无礼,
使您的生身阿爸,曾在这儿葬入海底。
从现在起我们向您发誓,以后再也不把杀生当儿戏!

于是,把如意宝贝"恩扎尼拉"等敬献给了白玛文巴。白玛文巴给两位龙魔亲授了三遍消除残暴狂傲的祈祷秘诀,并接受了

---

① 恩扎尼拉:一种蓝宝石,亦称帝青宝。

两位龙魔不危害众生的誓言。这时，五百名伙计异口同声地说道：

白玛文巴佛陀啊，请听我们众伙计的心声，

少年郎啊，您是我们的舵手，您是我们的救命恩人，

等回到我们的故乡，我们一定要报答您的救命之恩。

他们驾船航行，渐渐地看见了"莲海"中龙宫的金顶。白玛文巴心想：伙计们没有得到宝物的福德，所以还是把他们留在沙滩上为好。他对大家说道：

五百名伙计啊，请你们细听我的忠言，

咱们把大船推上海滩，你们就守候在这个船边，

我要坐着小小的皮筏，独自一人去龙宫。

五百名伙计伤心地说道：

白玛文巴佛陀啊，请您细听我们的恳求，

我们从拿卡木那启航时，留下父母兄妹与亲友，

只盼佛陀指引我们去莲海，留下家业子女跟在佛陀后，

只盼佛陀带领我们去寻宝，如果佛陀真的嫌弃我们，

我们就用自杀来乞求！

白玛文巴说道：

五百名伙计啊，你们虽想跟我去，

但人一多到不了莲海龙宫，你们最好留在沙滩上等候，

请你们大家放宽心，我得到宝物就会马上返回来。

这样，白玛文巴暂时让伙计们在沙滩上守候，自己坐上一只小皮筏向莲海龙宫进发。白玛文巴先把小皮筏朝深海推了几由旬，为了防止海浪掀翻皮筏，便用大石头压在筏子四周启航了。白玛文巴来到了很多毒蛇猛兽守卫的第二道龙宫关口，心中很是畏惧，便连唤三声空行度母，再唤三声拉塞·扎木色，说道：

我有阿妈亲授的秘诀，有空行度母恩赐的深奥真言，
如果秘诀和真言有加持的咒力，请让狰狞的虎豹毒蛇，
变得像我的爱犬那样温顺良善。

当他念完秘诀，那些毒蛇猛兽果然变得像温顺的爱犬那样，有的摇头摆尾，有的还为他带路。当他来到龙宫门口的最后一道关口，门卫是两个有着青春年华的龙女，一个手持十几条公毒蛇的蛇绳当套绳，一个手持十几条母毒蛇的蛇绳当套绳。两位龙女说道：

哦呀呀，像你这样的一个凡人，
竟敢来到龙宫门前，我们水族的大海龙宫，
有三道防守严密的难关，你虽然闯过了黑白龙魔的魔掌关，
也闯过了毒蛇猛兽的虎口关，
可今天我们要看看你怎样闯过这道关！

言毕，两位龙女就把黑色的蛇绳抛了过来，白玛文巴强忍住扒皮碎骨的剧痛，连喊三声空行度母，再唤三声拉塞·扎木色，说道：

我有阿妈亲授的秘诀，有空行度母恩赐的深奥真言，
如果秘诀和真言有加持的咒力，请把龙女手中的黑色蛇绳，
断成一百零八段。

秘诀念毕，那两条黑色蛇绳马上断裂为一百零八段，而白玛文巴毫发无损地站在原地。两位守卫龙宫的龙女大吃一惊，立即伏地叩头说道：

佛陀虽小堪称奇，孩童虽幼法力大，
您来自什么地方，到龙宫又有什么贵干？

白玛文巴回答道：

两位龙宫的门卫啊，我来自印度的东部，

奉外道徒国王的旨令，为求有求必应的宝物，
才来到了大海龙宫，请你们进宫启禀龙母。
两位龙女门卫马上进宫去禀告女龙王，说道：
神圣的女龙王陛下，请听龙女门卫向您禀报，
咱们龙宫的门前，来了一位小小的佛子。
女龙王异常惊奇地说道：
龙女门卫听令，如果法力无边的佛子，
已经来到咱们的门前，就得把他请进宫来！
两位龙女门卫领命迎请白玛文巴入宫。白玛文巴进宫参拜女龙王，坐在闪闪发光金座上的女龙王对白玛文巴说道：
邬金的化身小佛陀啊，我有话儿要问仔细，
您来自何方？到龙宫又有何事？
白玛文巴回禀道：
神圣的女龙王啊，请您细听我禀诉，
我来自印度东部，奉外道徒国王之命到此，
善良的女龙王啊，请务必赐我有求必应的宝物！
女龙王说道：
白玛文巴佛陀啊，请您侧耳听详细，
有求必应的镇海宝物，那可万万不能赐给您，
因为它是护螺龙王的通灵宝物，也是众水族生命之神魂。
白玛文巴说道：
女龙王陛下啊，请听白玛文巴的祈求，
如果得不到有求必应的宝物，我那印度东部的老母，
会遭到外道徒国王的暗算，所以请您发发慈悲赐我宝物！
女龙王说道：

白玛文巴佛陀啊，我有个条件请您听仔细，
如果要得到这无上的宝物，请先认一下藏有宝物的库房钥匙！
白玛文巴说道：
宝物不在库房里，宝物就在您的舌底下。
女龙王说道：
在我们神圣的龙宫里，有很多变聋变残的水族，
您想得到有求必应的宝物，请恩赐治残治聋的秘诀咒语！
白玛文巴给女龙王口授了三遍秘诀，说道：
我有阿妈亲授的秘诀，阿妈有空行度母传授的真言咒语，
如果秘诀和真言有加持力，请治好身残耳聋的众水族，
尤其让这位女龙王，变成年方十五的妙龄女！

白玛文巴念毕祈祷秘诀，身残耳聋的水族们立即痊愈，精神焕发。尤其是那位女龙王变成了年方十五的妙龄童贞女。于是，女龙王把有求必应的宝物从舌下取出，用五彩绸缎包好后拿在手中，对着有求必应的宝物说道：
您的第一使命在印度东部，愿印度王的社稷万万年！
您的第二使命将在汉地国，愿汉地王的社稷万万年！
您的第三使命在雪域①，愿雪域王的社稷万万年！
愿雪域百姓生活幸福美满！您将成为如意佛像的体内圣物，
在勒吾滩的龙神渊，有个十万水族的大龙宫，
最后您到那个龙宫去！

女龙王虔心祈祷完毕，把宝物送给了白玛文巴。两位龙女门卫把他送出龙宫。白玛文巴手持宝物来到原先放有小皮筏的地方。可筏子早被风浪刮走了。白玛文巴连唤三声空行度母，连唤三声

---

① 雪域：指藏地。

拉塞·扎木色,说道:

我有阿妈亲授的秘诀,有空行度母传授的真言,

如果秘诀和真言有加持力,请为我化现出一条五彩大道!

念毕三遍祈祷秘诀,他的眼前果然出现了一条彩虹般漂亮的大路。白玛文巴顺着这条大路来到了五百名伙计等他的海滩,伙计们有的说我们的"上师"回来了,有的说我们的"舵手"回来了。白玛文巴手持有求必应的宝物为他们一一进行了灌顶。五百名伙计陶醉在白玛文巴到来的幸福之中。白玛文巴说道:

五百名伙计们啊,请听白玛文巴掏心语,

我非常想念自己的阿妈,所以原谅我提前走一步,

你们驾船比我迟来一个月,听清了吗,五百名亲爱的伙计们?

说完,白玛文巴手持宝物先走了。当他来到卓玛拉康时,只见卓玛拉康的大门让野狗咬得只剩下一点儿门架。他强忍着哀伤,走进了卓玛拉康,《甘珠经》和《丹珠尔》①这两部大藏经不翼而飞。当他走进厨房,只见双目失明、在蓬乱的头发中筑有鸟巢的阿妈呆呆地坐在那儿。白玛文巴潸然泪下,心痛地说道:

拉塞·扎木色阿妈呀,请您细听白玛文巴说,

您的儿子白玛文巴,已经从莲海返回家,

阿妈请您快快起身,听清了吗,我亲爱的阿妈?

拉塞·扎木色说道:

快腿魔臣听我言,我的爱儿白玛文巴,

已经出海很难再返回。现在我年老身又染重疾,

请魔臣再也不要把我的心搅乱,如果你还放不过,

你就干脆用刀把我砍!

---

① 《丹珠尔》:指藏文汇编的显密著作《注疏部》丛书,全书有二百一十八函之多。

白玛文巴说道:
拉塞·扎木色阿妈啊,我不是可恶的快腿魔臣,
我是您的爱儿白玛文巴,从那遥远的莲海龙宫,
平安地回到了您的身边。阿妈啊,儿说的话您可曾听清?
拉塞·扎木色问道:
爱儿白玛文巴听阿妈言,你真是我的爱儿白玛文巴,
那么在出海的前一天,我传给你三句水火不侵的秘诀真言,
现在你把它念诵三遍,听清了吗,我的心肝宝贝儿?
白玛文巴回答道:
我有阿妈亲授的秘诀,有空行度母口授的真言咒经。
如果秘诀和真言有加持力,让阿妈的双眼顿生光明:
南牟布达雅,南牟达麻雅,南牟桑尕哥日周尕雅!

如是念了三遍秘诀,一瞬间,双目失明的拉塞·扎木色重见光明。为了不惊动印度东部的人们,母子俩躲在幸福的卓玛拉康里,共享人间的天伦之乐。就在他们母子无比欢乐的时刻,拿卡木那国的人们已经知道了白玛文巴出海寻宝而又安然返回的消息,便一传十、十传百地传了起来,最后传到了外道徒国王鲁必却敬的耳中,他不安地派快腿使臣去卓玛拉康打探虚实。快腿使臣把卓玛拉康的门敲得震天响,高声叫喊道:

拉塞·扎木色,你这个贱女人,
我快腿使臣有要事告诉你,听说你的孩子白玛文巴,
已经从莲海返回家,国王降旨命他速进宫,
拉塞·扎木色你可曾听明白!
拉塞·扎木色对白玛文巴说道:
阿妈的爱儿白玛文巴,倾耳细听阿妈说,

咱们卓玛拉康的门前，正站着国王的快腿魔臣，
他传你马上进宫见国王，白玛文巴你可曾听清？
白玛文巴手持有求必应的宝物，同快腿使臣一道，进宫面见国王。国王说道：
白玛文巴你必须听清楚，谁也不许违背寡人的圣谕，
为了获得有求必应的宝物，当你出海的前夕，
我用一百根阳山的桦木，一百根阴山的柳木，
为你打造了一条大船，准备了一切必需的用具，
派出了以尕旦鲁巴为首的，五百名同心同德的伙计，
现在这些伙计在哪里，你为什么不把宝物奉献给寡人，
却要带到卓玛拉康去？这一切难道不是欺君的罪吗？
白玛文巴回答道：
高贵的鲁必却敬国王，容我白玛文巴细细回禀，
当初我在出海的时辰，只答应出海去龙宫，
可没说寻回宝物送给您。五百名同心同德的伙计，
正从沙滩准备启程返回，大船我会原物奉还，
我先返回是因为思念阿妈，宝物肯定会奉献给国王，
乞求您不要降罪于我和阿妈。
国王非常不快地对众臣说道：
以快腿为首的众大臣，寡人有言请细细听！
白玛文巴虽然是个小孩童，但在出海寻宝的途中，
他战胜了黑白龙魔们，把宝物平安地带回王宫，
他远胜过他的阿爸，如果不除掉这个祸根，
终有一天会有君臣易位的事发生！众位爱卿啊，
请你们献计拯救孤王和臣民！

众臣纷纷献策道：

尊贵的国王啊，请您倾听我们的密谋，

若要除掉这个幼童，就得用极刑严惩，

最好把他压成肉饼，要不就用乱箭乱枪将他毙命。

这时，文班中站出一个名叫朱扎的大臣启奏道：

声名显赫的国王啊，地位显赫的众大臣，

这位白玛文巴幼童，练就了刀枪不入的神功，

就是五行器械也难近身。我看最好派他前往西南罗刹国，

那儿有罗刹国的南卡当切魔宫，请下令白玛文巴去罗刹宫中，

从一万二千个罗刹手中，讨回红玛瑙宝槌和金锅奉献给国君，

到那时他再也无法活着来见我们。诸位，此计能否行得通？

国王和众臣同意了朱扎的启奏。一个多月后，五百名伙计赶着骏马、大象、水牛等返回。白玛文巴又被宣入宫中。国王对他说道：

白玛文巴倾耳听，你虽然从龙宫取回宝物，

但那不值得赞颂，寡人有事还得委派你。

听说西南罗刹魔国的腹地，有个名叫南卡当切的魔宫，

你从一万二千个罗刹手中，取回金锅和宝槌献给寡人，

事成之后我要重赏你，事若不成你将受极刑，

这种赏罚你要记心中。

白玛文巴说道：

尊贵的国王请您听我言，我有话儿请您细细听，

我那经商的阿爸，虽然是个非凡的大商人，

但没有取来宝物献给君主，我虽然是个三岁的小孩童，

却取回宝物献给了您。现在又派我去西南罗刹国，

取回金锅和宝槌献给君主，可我怎能从罗刹手中逃生？

当我毅然前往罗刹国以后，请别把我阿妈当作乌拉使役，
如果病了请医生诊疗护理，如果去世请您把后事办妥，
阿妈的尸体请送往高山顶，皮肉骨头全部施舍给鹫鹰。
国王说道：
白玛文巴啊，当你从罗刹魔国返回以前，
假若你阿妈离世我会料理后事，你阿妈病了我会派御医治疗，
取金锅和宝槌还有什么要求，请你一五一十地向本王禀明！
白玛文巴说道：
鲁必却敬陛下听分明，要我前往罗刹地方，
请派上次出海的五百名伙计，再带上足够的干粮，
请求陛下恩准。

不久，白玛文巴带着尕旦鲁巴为首的五百名伙计，准备了足够的干粮，向西南罗刹魔国进发。拉塞·扎木色眼看着智勇超众的孩子被送入妖魔厉鬼的口，悲伤万分，痛不欲生。

白玛文巴告别阿妈后，和伙计们长途跋涉来到一个很远的地方，白玛文巴心想：如果带上伙计们去，恐怕他们很难从罗刹的魔爪中逃脱，所以还是把他们遣返回家为好。于是说道：
以尕旦鲁巴为首的五百名伙计们，如果咱们一起前往罗刹国，
你们很难逃脱罗刹的魔掌，所以请你们返回各自的家，
在家乡营造自己的乐园，代我照看好我阿妈和卓玛拉康，
她患病或者死后请你们照管和料理，
这一切一定要放在大家的心上。
五百名伙计说道：
白玛文巴佛陀啊，我们有话要告诉您，
咱们出海寻宝时，您曾是我们的舵手，

现在请仍然带我们前往罗刹国，即使是葬送在罗刹口也不怨您，
您上哪儿把我们也带到哪儿，假如您要无故抛下我们，
那我们就自杀在您的身旁，佛陀的化身请您三思而后行！

白玛文巴对着五百名伙计念了三遍让他们各自返回家乡的祈祷秘诀，五百名伙计受其法力，安心地返回了各自的家园。白玛文巴带了足够的干粮朝罗刹魔国走去。他走了很长的路程，看见有个擎天柱一般高耸入云的山崖，他快步上山。这时他心想：若是返回家乡，外道徒国王决不会放过他，想继续前往罗刹魔国，但又怎能逃脱罗刹的手心，还不如干脆在这个山崖上自杀了却一生。于是双手合十祈祷道：

东方金刚空行度母，请享用白玛文巴祭献的血肉之躯！
南方宝生空行度母，请享用白玛文巴祭献的血肉之躯！

如是，又向西、北、中的空行度母祈祷后，正欲跳崖自杀时，忽然拉塞·扎木色阿妈的身影在他眼前显现，接着又飞来了一只来自卓玛拉康的百灵鸟，说道：

白玛文巴佛陀啊，百灵鸟儿有话要讲，
您千万不能在这儿自杀身亡，您只要前往西南罗刹地方，
一定会获得金锅和宝槌，你们母子又会团聚在卓玛拉康。

白玛文巴答应道：

可爱的小百灵啊，请听白玛文巴一席话，
我一定遵从你的劝告，长翅的飞禽都是预言家，
小鸟你来自何方，请一五一十告诉白玛文巴。

百灵鸟说道：

佛陀白玛文巴啊，请您细听百灵的歌唱，
我是一只印度东部的小鸟，白日寻食到处飞奔，

夜间睡在卓玛拉康的鞭麻墙①缝中。

言毕,百灵鸟又飞回卓玛拉康去了。

白玛文巴下山重新登上了去西南罗刹魔国的路程。他又走了一段路,翻过了一座长满马兰草的山坡,来到了一个一望无际的平原上,这儿狐狼嚎叫,每个山谷都是铁色的,河水像碳汁一般,坝子中央扎着一顶黑色的牛毛帐篷,帐篷旁有个全身披挂着黑色铁环的罗刹女正在纺织,她把纺织的牛毛线的一头系在深谷的山脚,一头系在谷口。白玛文巴来到正在纺织的罗刹女身旁,说道:

忙于纺织的老夫人,请接受白玛文巴的请求,

今晚让我在这儿住一夜,明天求您给我指条去罗刹国的路。

罗刹女马上停下纺织,起身一看,见到了白玛文巴,便说道:

啊啊啊,你这个凡人,竟然敢来到我罗刹的家门口,

短命鬼送命来到我这儿,就像短命虫来到了蚂蚁洞口。

说毕,罗刹女把长发往后一甩,用手抓住白玛文巴揉了揉塞进嘴里吞进了肚子。白玛文巴强忍着剥皮碎骨般的剧疼,连唤三声空行度母,又唤三声拉塞·扎木色,说道:

我有阿妈亲授的秘诀,有空行度母传授的真言,

如果秘诀和真言有加持力,把我变得像脓痰一样,

从罗刹女的口中吐出来。

于是,口诵密咒:"南牟布达雅,南牟达麻雅,南牟桑尕哥日周尕雅!"

白玛文巴念了三遍祈祷秘诀真言后,罗刹女把白玛文巴像脓痰一样从口中吐了出来。铁谷罗刹女感到既惊奇又害怕,马上跑到白玛文巴面前跪下来磕头敬礼,说道:

---

① 鞭麻墙:藏式房子的楼墙一般为鞭麻垛砌成。

令人敬佩的小佛陀，您虽是幼童但法力无边，

有着看不见的护身法宝，摸不着的秘诀真言。

请您给我传授深奥的真言，今夜就在我帐篷住一宿，

明日我会给您指点道路，佛陀的化身请您莫拒绝！

当晚，白玛文巴就借宿在铁谷罗刹女家中，铁谷罗刹女说道："我这儿可没有凡人吃的食物，只有人肉马肉请您随便捡着吃。"白玛文巴受用了一些炒马肉。铁谷罗刹女对白玛文巴说道：

佛陀的化身小佛子，有罪的罗刹女问问您，

您从何方来？准备到何方去？

佛陀的化身幼童呵，请把实情告诉我。

白玛文巴说道：

铁谷老婆婆啊，听白玛文巴有话要交代，

我来自印度东部的拿卡木那国，受外道徒国王的派遣，

现在欲往罗刹国的南卡当切，讨得金锅和宝槌回去交差。

铁谷罗刹女说道：

需要金子您就带回去，需要绸缎就由您挑，

最好留下给我当义子，要不然您就返回家乡去。

我是罗刹国的第一道守门人，像这种关隘还有很多处，

您从他们身边取走金锅和宝槌难上加难，

如此忠言就是父母也不会告诉您。

白玛文巴说道：

当我从印度东部出发时，不是为了取回金银献给国君，

也不是为了取回绸缎孝敬阿妈，

只是为了取回金锅和宝槌复王命，

请老阿妈快些给我指条路，我现在马上要启程。

白玛文巴

铁谷罗刹女把他送了一程,并给他指明了通往罗刹王宫的道路。白玛文巴又翻了一个山冈,便和铁谷罗刹女分手告别。

白玛文巴来到了一个无边无际的大滩上,这儿的山谷全是铜色的,水都是血红色的。身披铜环的罗刹女也像铁谷罗刹女一样正在纺织牛毛褐子。白玛文巴来到铜谷罗刹女面前,像当初询问铁谷罗刹女那样问了一遍。铜谷罗刹女停下手中的活猛地站了起来说道:

怎么只听见声音却不见人,原来是个短命的小蕃童①。

她把头发甩在身后,手搭凉篷才看清了白玛文巴,就狞笑着说道:

我好长时间没有饮过活人血,也没有尝过人肉香,

今天我要喝你的热血,吃你的肉和筋。

说完,抓住白玛文巴擦了擦身子就吞下肚去。白玛文巴念了三遍祈祷秘诀真言,降服了铜谷罗刹女。后来,白玛文巴又在螺谷用祈祷秘诀真言降伏了螺谷罗刹女。接着来到黄色金谷罗刹女那儿。只见金谷罗刹女也在纺织牛毛褐子,便走上去询问去罗刹王宫的道路。不料金谷罗刹女猛地站了起来说道:

啊啊啊,像你这个凡夫小子,

竟敢来到罗刹的门首?今天你就是我入口之物,

我要好好煮一锅蕃童肉。

不过,因为金谷罗刹女曾在罗刹女王环达官吉那儿发誓不吃生人肉,所以就在金灶上支了一口大金锅,把白玛文巴扔进去,便烧起了火。白玛文巴念了三遍祈祷秘诀真言,不仅水火未能损伤他,而且灶火和金灶、金锅等崩到一由旬远的地方炸得稀烂。

---

① 小蕃童:指藏族儿童。

金谷罗刹女顿生敬仰之信念，说道：
> 佛陀虽小技能高，幼童虽小法力却无边，
> 您有看不见的深奥秘诀，请把秘诀的善种播进我的心田。
> 我是罗刹国的第四个守门人，从这儿再走一由旬，
> 就是罗刹国的南卡当切宫殿，女王环达官吉就住在王宫里。
> 她是六十个儿子的阿妈，您到那里再也无法生还。
> 现在您要多少赤金尽管拿，您要多少黄缎尽管搬，
> 然后远走高飞离此间！

白玛文巴没听劝阻，继续朝西南方向走去，他望见了罗刹王宫南卡当切。那座王宫的外围是三道铁墙，他闯过三道城门来到了王宫门前，宫门左边拴着一头白狮，宫门右边拴着一只猛虎。白玛文巴见无法从虎狮前面走过去，便念诵三遍祈祷秘诀真言，白狮和猛虎顿时变得像看门犬那样驯服了。他走进宫门，见高大的罗刹宫殿南卡当切高达九十八层，气势恢弘，雄伟壮观，宫中坐着罗刹女王环达官吉，她那杏黄色的头发朝上直竖，獠牙像雪山那样直立，肚皮垂到膝部，膝肉垂到地面，她身穿人皮便装，佩戴着干湿人头做成的项链，正在啃食一个人头。无论谁见了，都会吓得魂飞魄散，白玛文巴却无所畏惧地走近罗刹女王，开口说道：
> 尊贵的罗刹女王，白玛文巴有事麻烦您，
> 我是来自印度东部的幼童，今夜要在您处借宿一宿。

罗刹女王猛然起身说道：
> 啊啊啊，今天多么快活呀，
> 这是上天赐给我食肉度母的美食，几年来新鲜人肉没吃一小块，
> 几年来新鲜人血没喝一小壶，这个嫩小的蕃童正是我的口福。
> 我要"哼哼哼"地手撕人肉吃下肚，

我要"呼呼呼"地吸吮人血喝下肚。

说毕,罗刹女王把白玛文巴抓起来擦了擦就塞进了嘴里。白玛文巴恐惧地用双手紧抓罗刹女王的獠牙,双脚抵住罗刹女王的小舌,念了三遍祈祷秘诀真言,变成了一团令人作呕的脓痰被罗刹女王吐了出来。罗刹女王异常惊奇地跪拜叩头,说道:

佛陀虽小法力无边,孩童虽幼咒力惊人,

您来自何方?到这儿有何贵干?

白玛文巴说道:

尊贵的罗刹女王,白玛文巴有事来求您,

我是印度东部地区的人,身负着外道徒国王的严命,

来到罗刹国的南卡当切宫,请您赐给我金锅与宝槌回复王命,

罗刹女王求您一定开开恩,求您不要使我失望和伤心。

罗刹女王说道:

请您趁早打消这念头,金锅和宝槌是两件神圣之物,

它不仅是我六十个孩儿的通灵宝,

而且是我们罗刹国的镇国宝物,

所以不能送人也不能丢失。今夜您在我的指甲缝里委屈一宿,

要不我那六十个孩子,会从各个山谷荒滩返回宫室,

如果他们看见了您,您休想活着从王宫走出去!

当晚,白玛文巴就住在罗刹女王的指甲缝里,这时异父同母的六十个罗刹王子有三十个是从深谷来,三十个是从谷口来,他们对罗刹母说道:

环达官吉阿妈听,恕我们直言问问您,

咱们的南卡当切王宫里,香喷喷的蕃人肉味浓,

望阿妈给我们分赐一块人肉尝一尝,

如有热血也分赐给我们饮一饮。
罗刹女王说道：
我的六十个爱儿呀，你们整天钻谷爬山头，
却没有得到蕃人的一口肉，整天待在家中的老阿妈，
哪有美味可口的新鲜人肉给你们，
要吃你们就吃陈人肉和陈马肉。
六十个罗刹说道：
环达官吉阿妈啊，请您原谅不懂事的孩儿们，
如果您真的没有新鲜人肉，那么就让我们看看您的指甲缝！
众罗刹正欲查看罗刹女王手脚上的指甲缝时，罗刹女王说道：
孩儿们不要乱嚷嚷，你们差点撕乱了我的头发。

罗刹女王装作搔头，顺势把白玛文巴藏进了头发丛中。六十个罗刹子细细查看了罗刹女王的指甲缝，但一无所获。大罗刹说道：
阿妈如果不把新鲜人肉拿出来，就拿出卦书卜一卦，
但不要把卦书从左手转进右手，
不要把卦书从红母狗身下传来传去，
不要把卦书从门闩底下拿出来，
一定要干干净净地借给我们卜一卦。

罗刹女王悄悄地把卦书拿起来从左手移到右手，从红母狗的身下拿出来，又从门闩底下拿过来交给了六十个罗刹儿。他们马上打开卦书占卜，只见卦书上写着："劫数难逃，莲花生上师的化身白玛文巴，即将前来降服罗刹。"

紧接着他们又算卦，想知道白玛文巴现在在什么地方，只见卦书上写着"在一片茂密的森林中"。众罗刹认为是卦书作祟，第二天毫不介意地又钻进了深谷。

罗刹女王把白玛文巴从头发丛中取出后说道：

白玛文巴佛陀啊，请听罗刹女王的虔言，

您真的想得到金锅和宝槌，就给我传授信仰佛门的真言，

把我也带往印度东部去。

白玛文巴说道：

我有阿妈亲授的秘诀，有空行度母传授的真言，

如果秘诀和真言法力无边，请把罗刹女王环达官吉，

变成中部空行度母洞察人间。

白玛文巴口诵三遍"南牟布达雅，南牟达麻雅，南牟桑尕哥日周尕雅"密咒后，罗刹女王果然顿生善念，变成了中部空行度母。

南卡当切王宫的建造，为了不堵住日月的运行轨道，宫顶离天只差一尺，为了留下鱼獭嬉戏的地方，宫基离地只有一尺。罗刹女王从第九十八层楼上取出金锅和宝槌后又问白玛文巴还需要什么宝物？白玛文巴说："除净水瓶以外，再不需要什么宝物了。"

他俩拿着金锅、宝槌、净水瓶三件宝物径直来到南卡当切宫顶，坐在金锅里用宝槌敲着金锅从空中启程。当来到了金谷罗刹女的上空时，金谷罗刹女仰视天空说道：

空中闪烁着金光，这难道是女王环达官吉？

女王您要是真的去蕃域，把我也带在身边，

我一定要把您服侍到底。

罗刹女王问白玛文巴道：

佛陀白玛文巴啊，我们把金谷罗刹女也带往蕃地，

您要她还带什么宝物走？这一切都由您来拿主意。

白玛文巴同意带走金谷罗刹女，并让她带上铁钩和宝绳同行。尔后白玛文巴念诵祈祷秘诀真言三遍，金谷罗刹女变成了南方宝

生度母。他们坐在金锅里继续赶路，后又来到了螺谷罗刹女居住的上空。螺谷罗刹女仰视天空说道：

天空闪闪发光，这难道是女王环达官吉？

女王您如果要去印度东部，请您把我也带往雪域蕃地，

我要接受佛子的灌顶，让我时时把您服侍。

罗刹女王问白玛文巴带不带她走，白玛文巴答应带走螺谷罗刹女。尔后念诵祈祷秘诀真言三遍，螺谷罗刹女变成了东方金刚度母。螺谷罗刹女问道："我该带什么东西？"白玛文巴让她带上起死回生的灵丹妙药。螺谷罗刹女把药带来后，他们驾驶着金锅继续前行。来到了铜谷罗刹女的上空后，白玛文巴同样接受了铜谷罗刹女前往蕃地的请求，白玛文巴念诵祈祷秘诀真言三遍，铜谷罗刹女变成了西方莲花度母。铜谷罗刹女问："去蕃地我该带什么东西？"白玛文巴让她把皮袋带来。带来皮袋后，他们乘坐着金锅来到了铁谷罗刹女的上空。铁谷罗刹女仰望天空，乞求把她也带往蕃地。白玛文巴答应带上铁谷罗刹女，口诵三遍祈祷秘诀真言，铁谷罗刹女顿时变成了北方司命度母。铁谷罗刹女问："去蕃地需要带什么？"白玛文巴让她带上呼风拂尘！呼风拂尘带来后，五部空行度母和白玛文巴坐在金锅里轻击金锅，大地震荡不定，重击金锅，天空充满法音，半空顿生光明，又猛击一下金锅，瞬间他们就飞落在卓玛拉康屋顶。

拉塞·扎木色见白玛文巴和五部空行度母到来，异常高兴。于是他们不论白天黑夜沉浸在欢歌曼舞之中。

这时，人们相互传说幼童白玛文巴不仅没被罗刹女吃掉，反而带着金锅、宝槌，以及五个美女平安返回。消息传到了国王鲁必却敬的耳中。国王对快腿使臣说道：

快腿使臣，请你细听寡人言，
听说幼童白玛文巴，已经从罗刹魔国平安返回，
他不仅带回了金锅和宝槌，还带来了五位美女重建家园，
请你快把白玛文巴带进宫殿来，
金锅、宝槌、美女统统给我带来！

快腿使臣把黑色的右前襟往右提，左前襟往左提，把黑色的弯刀左拴右佩，不紧不慢地来到了卓玛拉康。果然如人们所说，屋子里传来阵阵欢歌笑语声。快腿使臣大声叫喊拉塞·扎木色开门。拉塞·扎木色应声出门，快腿使臣恶狠狠地说道：

拉塞·扎木色你听着，快腿使臣有话对你讲，
听说你的儿子白玛文巴，从罗刹国已经返回卓玛拉康，
还带来五位美貌的女子，赶快让他们出来随我去见国王。

白玛文巴和五部空行度母带着金锅、宝槌紧跟快腿使臣进宫拜见国王。国王说道：

五位绝代美人，空行度母你们可好？
你这顽童白玛文巴，以前派你出海去寻宝，
可你得到宝物又不交给寡人，竟敢带到卓玛拉康去。
这次派你前往西南罗刹国，得到了金锅又不献给寡人，
竟敢带往卓玛拉康去。我作为堂堂一国之君，
只有一个王妃陪侍我，可你只是我的小属民，
竟然娶了五个美女来，现在我要以法惩治你！

国王召集文武大臣们商议道："派他入海他不死，派他前往罗刹魔国他也不死，看样子他不是一个魔鬼化身，就是一个佛陀的化身，如果不趁早把他除掉，他就会篡位夺权，当上拿卡木那国的国王，江山社稷从此落入他的手中。"这时，众臣中有个魔臣启

奏道：

把这个白玛文巴毛孩，交给咱们国家的刽子手们，
拉到高耸入云的山顶上，用火祭供奉天上的众神！

君臣们都同意他的想法，便派了三个既不知道真伪善恶，又不知道因果报应的刽子手执行。国王对刽子手说道：

三位刽子手听命，把这不要脸的白玛文巴顽童，
马上带到东山顶上，将他烧焚祭祀，
然后把他的骨灰，抛向四方的劲风中，
事成之后我要重赏你们，刽子手们赶快行动吧！

三个刽子手扒去了白玛文巴的绸缎外衣，取下他身上佩带的漂亮首饰，用绳索前后捆紧，然后把他带到东山顶上。在东山顶上用柏木摞了一间房子大小的柴墩子，然后把白玛文巴放在柴墩上火化，把骨灰撒向四面八方让劲风吹走。白玛文巴前、中、后期的传记由此结束。

火祭白玛文巴以后，犹如拔除了拿卡木那国国王鲁必却敬的眼中钉肉中刺一般，他举行了丰盛的欢歌酒宴，并把那几位空行度母占为己有。一天，五部空行度母心生善念，便对国王说道：

尊贵的鲁必却敬国王，请听我们众妃说端详，
我们要去火化白玛文巴的山尖，在那儿待上七天七夜，
为白玛文巴虔心悼念。

国王说道：

尊敬的爱妃们，五部空行度母请听寡人言，
你们不要为白玛文巴过分地哀伤，寡人一定满足你们的心愿，
可以到山上尽情地玩耍七昼夜。

五部空行度母说道：

请派一名刽子手，把我们带到火祭白玛文巴的山顶去！

国王鲁必却敬派了一个年轻的刽子手带她们上山。五部空行度母和那位刽子手一起来到山顶，年轻的刽子手无声地指了指火祭白玛文巴的地方就返回了。当晚，众空行度母在山上住了一宿。第二天太阳刚出来，铁谷罗刹女起身祈祷道：

我有佛子亲授的秘诀，如果秘诀具有加持力，
愿白玛文巴的全部骨灰，马上集中在此山此地！

于是口诵密咒"南牟布达雅，南牟达麻雅，南牟桑尕哥日周尕雅"三遍后，用拂尘朝四方甩了几下，一阵旋风把白玛文巴的骨灰吹聚到一起了。接着铜谷罗刹女祈祷道：

我有佛子亲授的秘诀，如果秘诀具有加持力，
愿白玛文巴飘荡的游魂，马上钻进这个皮袋里！

铜谷罗刹女念毕三遍祈祷秘诀真言后，把皮袋口朝四方张了几下，白玛文巴的骨灰被风吹进了皮袋，在皮袋里慢慢地变成人形。紧接着金谷罗刹女祈祷道：

我有佛子亲授的秘诀，如果秘诀具有加持力，
白玛文巴的幽灵无论在何方，请马上钻进这个皮袋里！

金谷罗刹女念毕三遍祈祷秘诀真言后，将铁钩和宝绳朝四方甩了出去，皮袋里的白玛文巴慢慢地睁开了眼睛。接着螺谷罗刹女祈祷道：

我有佛子亲授的秘诀，如果秘诀具有加持力，
愿白玛文巴像以前那样无与伦比！

螺谷罗刹女念毕三遍祈祷秘诀真言后，将起死回生的药粉撒进了皮袋。于是白玛文巴从一朵莲花的花蕊里化生出来，他的光彩比以前更加耀人。接着罗刹女王祈祷道：

我有佛子亲授的秘诀，如果秘诀具有加持力，

请把刽子手和凶器的晦气，全部洗得干干净净！

罗刹女王念毕三遍祈祷秘诀真言后，用净瓶中的水浴洗了白玛文巴。由于铁谷罗刹女长得温柔美丽，再加上白玛文巴也喜欢她，所以众空行度母留下她伺候白玛文巴，其余四位空行度母回到了拿卡木那王宫，对国王说道：

尊严的鲁必却敬国王，我们有事要面禀国君，

因为铁谷姑娘还在哀伤，请您再恩准七天时间让她排忧解闷。

我们四位王妃，已经悼念祭祀了白玛文巴，

现在请陛下把金锅宝槌借给我们，我们出去玩乐玩乐，

请您到宫顶观赏。

国王将金锅和宝槌拿出来交给了四部空行度母。四部空行度母坐上金锅，在拿卡木那王宫外绕三圈，在王宫内绕三圈后，又将满朝法臣[①]载上金锅，在拿卡木那宫顶飞来飞去。国王惊奇地看着这场绝妙的飞行游玩，说道：

四部空行度母啊，金锅果然有无穷的魔幻变化，

请你们快把金锅降到地面上，

让寡人也坐上金锅和你们一起游玩！

四部空行度母降下金锅，让法臣全部走出金锅后对众臣说道：

众位文武大臣们，四部度母有话要说明，

法臣与魔臣[②]不能同时乘金锅，否则国王就会治罪于我们。

于是，将国王、快腿使臣和众魔臣请到金锅中飞向半空，轻击金锅则大地摇摇晃晃，重击金锅则空中充满了法音，猛击金锅

---

① 法臣：按人间国法治理国政的大臣。
② 魔臣：不按人间国法治理国政的奸臣。

则飞往西南罗刹国。当飞到了铁谷上空时，国王鲁必却敬惊恐万状地说道：

空行度母我的众爱妃，请你们调转金锅飞回宫殿去，
这种游玩使我胆战心惊，此地的山谷好像要食肉饮血一般。

四部空行度母说道：

前面还有比这更美的风景，这儿是白玛文巴闯过的第一关，
还有比这儿更好玩的地方，一路的景物一处胜似一处。

四部空行度母又猛击金锅飞到了罗刹王宫南卡当切上空。这时，国王说道：

四部空行度母啊，我的爱妃们，
请调转金锅飞往印度东部去，
我把拿卡木那的江山社稷送给你们。

中央空行度母说道：

鲁必却敬国王啊，善恶不分的魔臣们，
羊毛绳编制的投石带，最终抛石砸到羊身上，
这就是你们应得的报应！我的六十个爱儿啊，
阿妈从印度东部带来了礼物，是你们最爱吃的新鲜人肉，
你们别睡懒觉快快起身。

说毕，就把金锅朝下一扣，那六十个罗刹正为找不到阿妈悲伤万分，加上没有了通灵宝物而寝食不安时猛地听见阿妈的声音，便一个个飞快地起身仰视空中，只见空中掉下黑压压一大群昏君魔臣。六十个罗刹跑上去抓住他们生吞活剥地吃了起来。快腿使臣依仗自己跑得快，刚跑了八十来步，就被六十个罗刹中最小的一个抓住了。小罗刹擦了擦快腿使臣说道："你既然有逃跑的双腿，我就有吃你的大嘴。"于是，将快腿使臣抓起来吃掉了。

中部空行度母说道：

我的六十个孩儿啊，从今以后再也不许吃人造孽，

你们要一心一意地皈依佛门，我现在就要前往雪域蕃地。

如此叮嘱后，四部空行度母乘着金锅，飞回拿卡木那国。

从那以后，六十个罗刹虔心拜佛，不再吃人肉了。四部空行度母飞到拿卡木那国的东山顶上，来到白玛文巴和铁谷罗刹女身边说道：

白玛文巴佛陀啊，请听空行度母说，

我们消灭了麻扎木热扎木的邪教，望您开创密宗佛法。

白玛文巴说道：

哎呀呀，多可怜哇，由我来超度他们吧！

自此时开始，为了众生的利益，他就定居在东山顶上。拿卡木那国因没有国王，众法臣聚集在一起商议。有的说请印度国王来治理朝政，有的说请汉地国王来治理朝政，有的说请波斯国王来治理朝政，众说纷纭，无法统一。这时，法臣朱扎起身说道："以我看，没必要请印度国王、汉地国王和波斯国王来治理国政，咱们的佛子白玛文巴早就降生人间，他光彩照人，现在就住在东山顶上。我们快去迎请他来当国王！"于是，众法臣携带丰富的礼物，来到白玛文巴面前说道：

众生的舵手，佛陀的化身，

请听我们众臣启禀，黑魔的教法现在已经毁灭，

请您创立造福的慈悲教门，拿卡木那国政，

请您以释教圣法治理。

白玛文巴说道：

在场的诸位大臣们，请你们竖耳仔细听，

若以佛法治理拿卡木那国政,应刮掉王宫黑漆涂白漆,降下黑旗升白旗[1]。

众臣按照白玛文巴的吩咐,把王宫漆白,降黑旗升白旗,准备完毕后,举国上下的臣民,弹着琵琶,摇着手铃,敲着腰铃,奏着乐器,举着缨旗,打着宝伞,手执拂尘,吹着笛子,高举胜利幢,载歌载舞,组织规模宏大的仪仗队隆重迎请白玛文巴,让他登上了拿卡木那国王的宝座。

---

[1] 白旗:藏族一般认为白色纯洁、善良、吉祥。

诺桑王子

马红武 译

主要人物

（按出场次序排列）

夏巴旋奴——柔丹国国王

老臣——柔丹国大臣

老翁——柔丹国先王、王后之侍从

咒王——隐居深山老林的一位著名咒师

渔夫——阿丹国属民，祖辈以打鱼为业

二老——居住在阿丹国的婆罗门夫妇

仙人——洛追饶赛，属修仙禅师

益绰拉姆——寻香仙界公主，又名益绰玛，爱称拉姆

塘卓玛——寻香国公主，拉姆之妹，又名塘卓拉毛

诺桑——阿丹国王子

东珠华姆——诺桑前妃

哈日——阿丹国一位瑜伽法师

诺钦——阿丹国国王，诺桑之父

扎吉玛——阿丹国国母，诺桑之母，爱称嘉嘎拉姆

野人首领——居住在阿丹以北的部落首领

马头王——寻香仙界国王，益绰拉姆之父

扎格玛——寻香仙界国母，益绰拉姆之母

洛追华——寻香国一位大臣

达波王子——寻香国王子

梅朵玉珍——寻香国公主，拉姆之妹

扎西旺波——阿丹国一庄园领主

南邦施咒

很早很早以前，印度东部有南、北两个小国家，南国叫做柔丹国，北国叫做阿丹国。两个小国都是在同一天建立的，就连传宗接代、地域的大小、宫廷的高低都惊人的相似，毫无二致，正所谓江山平分秋色，社稷势均力敌。然而两国所积福业却截然不同。那柔丹国国君夏巴旋奴性情粗野，贪婪吝啬，治国无方。在他执政时期，丢先王之遗德，弃喇嘛与怙主，听信谎言，崇拜巫婆，贬谪忠臣，谗言塞道，不敬三宝，不行施舍，不积福业，昏庸至极。因此，风不调，雨不顺，年无收获，人病畜亡，内乱四起，灾荒连年，民不聊生。这等惨景终于触动了夏巴旋奴，他大会群臣说道：

哎呀诸臣听朕言，且莫三心仔细听，
在这印度东部边，南北两国紧相连；
原先国运都一般，而今北国太强权；
南国运衰民心寒，百姓离德投阿丹；
如此这般是何缘，我邦何时把身翻；

是否动武去挑战，群臣速把大计献。

众臣闻听圣旨，瞠目结舌，无以言对，然慑于暴君之威，只好附和点头，表示要兴兵交战。这时，有一位深谋远虑的老臣出班合掌进谏道：

呜呼大王听臣言，采纳臣下谏诤言，
南邦运衰已数年，救国岂能凭征战，
不见南邦众百姓，离心众叛投北边？
穷兵黩武非上策，不闻百姓有怨言？
请君降旨会百姓，属民或许有良策，
大王金耳可听见，请把我话记心间。

夏巴旋奴听后脸色阴沉地说道：

再令群臣仔细听，且莫三心听分明，
召集属民会百姓，不分贵贱集城中，
举国上下去传令，吾纳臣言把事行。

群臣领命，登上宫楼，顿时鼓声大作，螺号喧天，旗幡蔽日，非同寻常。这时，南邦百姓，不分男女老少都争先恐后地赶到京城，皆以为君王有何施舍。这时，君王夏巴旋奴出现在宫廷的阳台上高声诏令道：

臣民百姓仔细听，在我印度东部边，
两分天下各南北，幅员领空一般大，
宫廷楼阁无悬殊，势力均等无上下。
而今北国太强盛，唯我南国入困境，
千村冷落城池毁，令人疾首又痛心，
有何良计来挽救，尔等把策照直呈！

正当属民脱帽施礼，无言以对时，有一位年过一百八十多岁的老翁起身进谏。只见他白发苍苍，双目朦胧，满口的牙齿全部掉尽，一副老态龙钟的模样起身叩拜三下说道：

万民之主听我言，听我把话说分明，
更嘎雅帕是我名，年过百有八十岁，
曾为先王先母后，充当太监几十年，
二十辅佐九十休，神衰志昏不中用，
九十卷铺还家乡，今观南国景太残，
家眷纷纷奔异邦，留我一老守空院。
今日荣幸晤龙颜，乐得叫我吐真言。

老翁因累坐下来缓了口气，又接着说道：

再请君臣尊耳听，听我把话说分明，
北邦国强民又富，是因国君皈佛门。
自从诺桑出世后，继承传统蔚成风，
敬奉三宝行施舍，孝顺父母敬神灵，
周济凡俗求解脱，神灵因此来降恩。
班玛拉措湖水中，龙王坐享水晶宫，
八大龙王和龙卒，戏游翠莲花丛中，
国王每把神灵祭，社稷处处景象新，
年丰病伏干戈息，安居乐业称欢心。
南邦三代先王时，四方异国皆倾心，
敬奉三宝广布施，修葺庙宇表虔诚，
黎民入道寻解脱，广积福业又安分。
在那山谷东部边，神灵之树何茂盛，
神水清清弄涟漪，岭岭旗飘桑烟浓，
怙善神祇处处有，龙游湖海每可见，

人寿年丰病魔息，商衢亨通溢笑声，
南国盛况叹为止，北邦羡慕又倾心。
盛世三代一晃逝，如今走上下坡路，
是因大王不谙世，还是黎民好运尽，
大王行事违民意，生性粗暴失人心，
步入外道进邪门，优良传统不继承，
唾骂怙主与神灵。不敬三宝佛法僧，
忠臣良相受贬谪，奸臣当道谗言起，
行事枉法失国体，巫婆言语塞耳根，
惹怒神灵来惩治，神海干涸灵树倒，
龙种纷纷奔北方，奔向班玛拉措中，
风不调来雨不顺，灾荒连年战火紧，
国难当头令人忧。请君速把神灵邀，
消除国难抚民心，君臣尊耳可听清，
臣言若有半句错，情愿服法了此生，
来世转生北方境。

言罢，摇头叹息。君臣百姓闻得此言，十分称赞。国王夏巴旋奴觉得老翁所言有理，便又说道：

群臣谋士洗耳听，老臣所言似当真，
本王未觉灵树倒，不知惹怒众神灵，
明朝谷口探虚真。

翌日，君臣一行人马来到谷口，果然不出老臣所言，只见七棵灵树中有五棵已经倒在地上，海水几乎干涸，变得像一个小池塘那么大。见此情景，君王忧心忡忡，转驾回宫，召集群臣诏令道：

呜呼群臣听朕言，今到谷口去探看，

诺桑王子

神海干涸灵树倒，神灵统统奔阿丹。
稳住班玛拉措湖，招引神灵不容缓，
安抚水族事关天，宣来咒师休迟缓。
咒师若能招神灵，重重赐赏不食言，
咒师无法招神灵，徒有空名留何干。
尔等大臣莫等闲，快快把朕圣旨传！

众臣领命而去。第二天早晨，合邦咒师共聚皇宫，君王登座，召见咒师，笑嘻嘻地说道：

尔等咒师可看见，在那社稷东部边，
灵树茂密神海清，而今树倒水又干，
神灵龙王奔北方，安居班玛神湖间，
恨哈日①弄法作难。尔等咒法数上乘，
招引神灵最拿手，对付妖术有神功，
往来左右任神变，八部鬼神皆召来，
今日可把神通显，赶快为朕去把那，
班玛拉措移向南，龙王神灵引南边，
福缘统统调柔丹。

言罢，款待咒师，极尽厚遇。这时，有一位青脸塌鼻、面容丑陋的年轻咒师站了起来说道：

国王陛下听我讲，万民之主细思量。
大王降旨众咒师，显术施法召神灵，
调来灵海济南邦，招引福缘到南方，
求得风调雨顺畅。法术成败在"三功"②，

---

① 哈日：梵语音译，意为狮子，此处指北国君王或咒师。
② 三功：念诵不弃，誓词不衰；身不离大印，誓词不衰；心不忘佛，誓词不衰。

我等乏术难承当。若请固日^①拜江来,
可召神灵与龙王。为除国难进此言,
君臣师友细思量。
言犹未了,又有一位棱鼻散发的咒师开了腔,说道:
君臣黎民听我言,我老把话说一番。
吾等师友法术浅,不能为君除心患。
有一消息我来讲,君民把话记心间。
咒师喘了口气又接着说道:
此去很远一地方,三百四十由旬处,
森林茂密蔽山谷,有一咒师世无双。
纳波热三是他姓,珠纳卡增是他名,
上能邀集护法神,下会役使众神灵。
仙女为他洒甘露,自在咒师随心饮。
君王速把差人派,要除国难唯此行,
诸位师友可听明?君王龙耳可听清?
君王闻言,龙颜大悦,说道:
诸位咒师可听到,此老之言合吾意,
听了叫人乐开怀,要派差人快出发。
十位咒师把路上,速去请来大咒王,
路程遥远有何妨,盘缠礼品都带上。
骡马坐骑任你选,样样用品全驮上。
见了洞中大咒王,请把我话照直讲:
在那北国阿丹中,哈日来把妖术弄,
南国理乱纲又崩,众叛亲离投异邦,

---

① 固日:梵语音译,意为上师、师尊。

神海干涸灵树倒,神灵纷纷奔北方。
龙王跑到莲湖中,闹得南邦无收成,
人病畜亡灾难重,民心大散战火紧。
恶兆迭起令人忧,法事无济苦更深。
眼望北国太强盛,看了叫人心难平。
阿却哈日太发狂,吹牛不怕招笑声。
吹嘘百万咒师中,舍我谁能见神容,
除我谁又役神灵,显弄法术最灵敏。
气焰嚣张惹人气,叫我实在难容忍。
派人拜见大咒师,祈求大师解我恨。
在那北方莲湖中,龙王常住水晶宫,
八大龙王和龙辛,戏游翠莲花丛中,
南邦神灵亦在此,求师代劳召神灵。
半壁江山作酬谢,百姓黎民对半分,
庙宇神殿都归你,叩求咒师快开恩!

咒师领命,收拾停当,启程赶路。十位咒师一路询问来到一个地方,只见这里山清水秀,林盖四野,人迹罕至,好一块幽静之地,心想那咒王肯定住在这里。于是咒师们搭伴寻找,结果是毫无音信。他们只好往森林深处走去,便来到一个三角洲,再向南便是一座石山。那山十分陡峭,令人望而却步,好一座险峰——鸟雀不敢叽叽,猛兽哪能出没,只闻得山涧溪水哗哗作响,却不见仙人洞府。有一天傍晚,看见这处有一点火光,便朝那个方向走去。只见阳谷深处有一口黑洞,洞口"劫火"熊熊,使人难以近身,咒师只好从远处拖长声音呼唤三遍:

三门虔诚来皈依,顶礼喇嘛与空行,

顶礼伊丹护法神，顶礼山间诸神灵，
解除灾难降平安！三门虔诚来皈依，
顶礼咒王在仙洞，祈听唤声入耳门，
露出尊颜给回音。

言罢，只听得仙洞中步声雷动，一时间地动山摇，洞门开处，只见一咒师神采奕奕，黄发垂胸，怒目圆睁，头戴黑帽，右手执橛，穗子扬天，左手执骨，鲜血淋淋，黑色披风迎风展，口中直把咒语念，步履蹒跚地走出洞来，说道：

哞誓！
身处幽境几十年，抛开家眷几十年，
参见佛容几十年，役使神灵几十年，
仙女给养几十年，隔绝世俗几十年，
忽闻人声入耳来，呼声朗朗把我唤，
是神是仙还是人，莫要走近仙洞边，
镇妖橛前莫靠近，不然就要遭灾难，
请把我话记心间。

言罢，仰天念祷。众咒师见状，不胜惊骇，都不敢往前再走一步，只是就地顶礼膜拜。这时咒王手中头骨散发出来的血腥味扑鼻而来，闻得个个晕头转向。过了好半天，一位老咒师才鼓足了勇气，开口说道：

呜呼咒王听我言，柔丹徒儿来拜见，
我君夏巴旋奴他，派我今日到尊前，
叩求咒王来帮忙，我王玉旨是这般：
在那北国阿丹中，哈日法师心何狠，
施展妖术害我君，扰乱民心纲常崩。

神海干涸灵树倒，神灵个个奔北方，
龙王跑到莲湖中，弄得南邦无收成，
人病畜亡灾难重，民心慌乱战火紧，
恶兆迭起令人忧，法事无济苦更深，
眼望北国太强盛，看了叫人心难平。
阿却哈日太发狂，吹牛不怕招笑声。
吹嘘百万咒师中，舍我谁能谒神容，
除我谁又役神灵，施展法术最灵敏。
气焰嚣张惹人气，叫我实在难容忍。
派我拜见大咒师，祈求大师解此恨，
在那北方莲湖中，龙王常住水晶宫，
八大龙王和龙卒，嬉戏翠莲花丛中，
南邦神灵亦在此，求师代劳召神灵，
半壁江山作酬谢，百姓黎民对半分，
庙宇神殿都归你，叩求咒师快开恩！
我王玉旨禀告完，祈求咒王记心间。
大师若能去相助，吾等性命可保全，
否则全家蹲监牢，望祈大师降恩典。

咒王闻得此言，仔细打量了一下来使，不言不语，转身入洞。过了一会儿，有一只猴子送来一书，启书一看，书上写着"个个带上护身符，放心走入仙洞中"等字样，他们便依言入洞，仙洞深处，地铺一条虎皮褥，壁画佛像光闪闪，那咒王便坐在那里。他们得到佛的恩赐，席地而坐。这时，那猴子摆上野味，招待他们。

那咒王询问详情后，终于答应去南邦走一遭。便开口说道：

南国使者听吾言，仔细听我把话讲，

君王圣旨已耳闻，句句铭刻我心中，
我出大计救南邦，我献良策慰君心，
不要城池与黎民，庙宇殿堂亦何用，
世俗之欲我非图，永葆法力最要紧，
施展法力对哈日，看他怎把八部统，
看他怎么役鬼怪，看他怎么召神灵。
去让君民做准备，所需器物要备齐，
七尺橛子要八根，彩旗一驮挂象背，
装上一盒干额骨，再装一盒湿头颅，
盛上血液与毒品，毒品包包要挂红，
塑就鸟雀栖枝间，仿照莲湖造模型。
如此器物若备齐，两月之间显验灵，
五位来使快回宫，向君把话去禀明，
随后我也上路程，为期不远七日中。

说完，五位来使转身回宫，回禀详情。君王闻言，喜出望外，立即奖赏咒师，大施天下。

七日期限一到，咒王便点上金盏，祭祀神灵，接着又打发另五位使者回国。这时，只见那咒王右手平指前方，一道光亮划出一条道路，细看那一道光亮直从他的胡须、法器、铁橛上发出，咒王借着光亮，星夜赶到。这天，僧俗集会，载歌载舞，欢迎咒王入宫，君王赐他平坐，亲切交谈，热情洋溢，筵宴丰盛。翌日，咒王进入"三七坐静"，到腊月十五日这天，他二十一天的坐静期满，便亲赴阿丹国的莲花湖岸。

且说这莲花湖中的龙王早就预料到有人施了法术，便幻化为一个八岁之大头发散乱的男孩，出了水面环湖一周，发现在湖的

东南边上有一位渔夫坐着皮筏,正在那里下网捕鱼。龙王试探性地问道:

筏中儿男仔细听,撒下网子作何用,
问尔可知湖水名,问尔可知此地名,
问尔姓甚名又谁,如实讲来叫我听。

渔夫回答道:

八岁男孩听我讲,切莫分心细思量,
孩儿今从何处来,今宵过夜在何方,
故乡风情是何样。今日到此有何干,
若要叫我说实话,除非你先照直讲。

男孩回答道:

筏中儿男听我言,孩儿故乡在柔丹,
身为南邦一百姓,老爹受贫去讨饭,
孩儿因此来追赶,求尔照直来答言。

渔夫回答道:

湖边小孩听我言,切莫三心仔细听,
此是北方阿丹国,这湖叫作莲花湖,
邦列增巴是我名,扎尖增巴是父名,
捕鱼为业度岁月,父亲辞世儿孤伶。

男孩反问道:

邦列增巴仔细讲,阿丹王宫是何样?
国王姓名怎称呼?湖间龙种有几样?
神灵名字怎称呼?国土风情又怎样?

渔夫回答道:

巧舌孩儿听我言,这多问题为哪般?

正经事儿你不问,却问王宫与国名,
问湖问神一连串,你问这些有何干?

渔夫说到这儿,又细瞧这小孩长得十分秀气,令人喜爱,便释疑心,对他讲起实情,说道:

机灵小孩仔细听,听我对你道实情,
我是北国一平民,未见王宫和国君,
名声如雷早耳闻,法王诺桑是国君,
嘎韦三朗是王宫,此湖叫作莲花湖,
说起湖名有原因,百瓣莲花成湖形,
条条溪流注湖中,水中筑有水晶宫,
杰哇那措是龙王,年年镇瓶藏法器,
月月祭祀桑烟浓,北方君民享太平,
只因神灵垂隆恩,渔夫丰衣又足食,
龙王神灵恩义重。

男孩听完便讲出实话道:

听到渔夫道真言,我也该把实情谈,
我是湖中龙王子,待到明日再详言。

言毕,隐入水中,渔夫见情,好生惊奇。

第二天,那渔夫还在湖岸边睡觉,龙王又化为一个男孩,老远喊道:

渔夫请你快起来,我有要事对你讲!
渔夫请你快起来,我有忠言告诉你。

说着来到渔夫面前,拉着渔夫的手摇晃,渔夫惊醒后,男孩说道:

壮士渔夫听我言,请把我话记心间,

在那四月十五夜，南邦一人使恶行，
来到湖岸施法术，搅得莲湖起波澜，
渔夫救我把命保，还是叫我受摧残，
可怜湖中众水族，大祸临头旦夕间，
此情叫我多伤心，壮士岂能看笑谈！
渔夫盘起发髻唱道：
唵嘛呢叭咪吽，祈告三宝降恩典！
龙王细听我来言，昔日我爹在湖边，
未闻谁来把咒念，我绕湖水十余年，
未见恶人到水岸，奉劝龙王莫忧天，
安安心心把宫还。

言罢，依然睡起觉来。男孩急切地说道：
壮士渔夫听我言，细听我来把话讲，
刚才所言是真情，龙王意中早料到。
渔夫休要装糊涂，保我龙王免衰运。
我若蒙难受摧残，北国黎民也遭殃。
壮士岂能看笑谈，忍心让我离家园？
渔夫满不在乎地说道：
龙王请你听我讲，南方谁人施法术？
谁说龙种要遭殃？杞人忧天是乱想。
果然有人来加害，何怕我不保龙王。
我君灵魂在湖中，全靠灵湖富北邦。
渔人给养湖中来，岂让神灵去逃亡？
谁人胆敢来侵扰，舍身也要去较量。
奉劝龙王把宫还，安心还宫定无恙。

男孩听后转悲为喜,说道:
壮士渔夫说得真,听得叫人喜又欢。
虽有恶人施法术,渔夫笃定去调伏。
龙宫磨石天下稀,砺出刀矛利无比。
渔夫快把刀磨砺,刺穿前心灭仇敌。

言罢,赐青绿磨石于渔夫,隐水而去。渔夫依言磨好刀矛,安然自得。

且说三月二十九日,咒王趁坐静修行间休时,便启禀国君夏巴旋奴道:

哞誓!
大王请您听我讲,坐静修行在宫堂,
虔修三七慎详察,令我心中微发慌,
闭户修行暂停止,速遣咒徒与祭品,
由我率领去湖边,要不灾祸从天降。

言毕,咒王与二十位咒徒驮上器物,启程赶路。此去有七百多俱卢舍的路程,在五百俱卢舍之间,咒王与咒徒同行,快到湖边时,他怕这些咒徒看破机密,回去后胡作非为,于是让他们自行回去。他自己驮上盘缠,赶完二百俱卢舍的路程,于四月十五日凌晨到达莲花湖边。在湖的西北边卸下器物,摆上祭品,献上金盏,祈祷道:

哞誓!
顶礼四身[①]诸佛陀,顶礼上师众喇嘛,
供上金盏表虔心,般般祭品任享用,
赐我瑜伽加持力!遍知界的天庭里,

---

① 四身:法身所分出的自性身、智慧身、报身和化身。

威力无比是护神，金盏祭品献护法，
助我法术得成功！虔心顶礼众护法，
威严无欺主公道，献上祭品与金盏，
祈愿加持助成功！顶礼土地与山神，
敬上金盏与祭品，助我今日遂心愿，
怙我法术得成功！顶礼上界遍知神，
制伏凶敌威力强，敬上金盏与祭品，
助我法术得成功！顶礼神灵与寻香，
南方迁此诸龙王，随意启口享祭品，
祈求迁回南方去！

咒王祈祷完备，诵咒施法，自南而来的神灵龙王犹如石落鸟群，惊慌返回南邦。咒王便点起柏香，顿时香烟袅袅，香气缭绕。咒王唱招引神灵之歌：

莲湖之主龙王听，劳尔大驾出龙宫，
露出尊颜听我讲，我有要事向你禀。

龙王闻言，心想：此人定是在诱我出水。于是，头戴蛇皮帽，半露身子说道：

湖岸士夫听我言，你是来自何地方？
今日到此有何干？唤我出水讲何言？

龙王说话之际，那渔夫早已在一个湖湾处进入梦乡。这时，那咒王已在湖岸上备齐了五宝、彩帐、彩条、药物、谷物等丰盛祭品，点起柏香，烟浓香飘。咒王手持彩箭，恭敬地说道：

海龙王啊听我言，听我把话说分明，
我是来自柔丹国，来向龙王诉心愿。
再请龙王听我讲，只因路遥里程远，

想表敬意难实现，但求龙王归柔丹，
南邦福气大无边，红白檀香处处长，
五谷丰登福如山，累累硕果挂林间，
鸟雀叽叽复喳喳，孔雀开屏鹦鹉喧，
小猴追逐嬉林间，龟蛙虫蛇每可见，
幅员辽阔宝藏丰，河流交错堪秀丽，
窈窕淑女皆倾心，君子好逑令人羡，
透明水晶亮闪闪，无价宝石任享用，
龙王请驾归柔丹，保你称心又如愿。
言罢，摇转彩箭。龙王听后说道：
跷蹊跷蹊真跷蹊，稀罕稀罕实稀罕，
咒师此来有文章，要我迁移去南邦，
心安理得在北方，要我转移心不甘，
咒师善意我理解，劝你早早回南邦，
我住阿丹已习惯，南邦再富不眼馋，
山水再美也不去，湖光虽秀不向往，
山色秀丽不倾心，累累果实我不贪，
任你鸟雀去欢歌，五谷如山不奢望，
劝你快快回南邦，我君知道命难逃，
及早回还最停当，我愿吃苦在北方。

言毕，隐入水中。咒王生气地取出八根铁橛，涂上毒血，陈列供口说道：

敬酒相劝你不吃，却出狂言饮罚酒，
瞧你在此活多久，铁橛通红烤你身！

言毕，在湖边四面八方钉好铁橛后说道：

湖边有色及无色①，铁橛旁边莫接近。

谁若靠近此铁橛，莫大灾祸降你身。

言毕，在钉入湖岸四面八方的铁橛上面挂上彩条，并把干骨湿颅及法器投入湖水，顿足之声，震动四方。咒王仰天祷告道：

顶礼三宝实无欺，祈告本尊助成功，

掀动湖水浪涛滚，加持法力除龙种，

背井离乡断财源，没了救星丧性命！

言毕，咒王背向湖水，在一个三角坑内镇下龙名龙像，接着念咒施法，顿时狂风大作，海浪掀天。这时，那龙王已身中法力，露出水面，龙种水族亦神昏志丧。龙王说道：

呜呼此情令人悲，莫非前世曾造孽？

南方恶人来陷害，湖边四周把橛钉，

上挂彩条风中飘，头颅毒血抛湖中，

湖水作浪波连天，龙种水族将丧身，

今日龙王实堪怜，这等灾祸真少见，

眼看逼我逃异乡，渔夫坐观可忍心，

我等死活在旦夕，但求渔夫救一命。

龙王说着，拉了下渔夫的枕头，渔夫惊醒，不知发生了什么事情。当他睁眼一看时，才发现龙王已到自己身边，他急忙站起来一看，只见湖水翻滚，波浪掀天，再望望那龙王，一脸愁容，渔夫心中不由得恐慌起来，便盘起发髻，撩起衣襟，拿起鱼叉，拔腿就走。刚走几步，便迎面碰上那位可怕的咒王。渔夫壮起胆子说道：

唵嘛呢叭咪吽！湖边老生听我言，

---

① 有色、无色：均指神灵。

今日到此有何干？湖中弄法是何因？
钉上铁橛为哪般？眼望彩旗风中飘，
湖水滚滚掀巨澜，龙王中邪露水面，
事成这般令人叹，老生施法为哪般？
快快道来莫迟缓！

言罢，脸无惧色，操起鱼叉，直刺咒王。那咒王躲闪不及，黑帽被捣落，发辫被铲断，咒王不胜惊骇，说道：

渔夫仔细听我言，请你容我说详端，
壮士莫要使威风，细听咒师来回答，
只因受命南君王，并非无故来施法，
你为北国报寸心，我效南邦理当然，
奉劝渔夫听我讲，移湖遣龙快南下，
代为南君了心事，割舍城池作报酬，
金银财宝任你取，绫罗绸缎随意拿，
羊群牛马凭你赶，心爱姑娘随意选，
我若食言又变卦，敢以本尊把誓发，
我劝渔夫莫迟疑，移湖引龙速南下。

渔夫回答道：

亡命咒师仔细听，听我把话讲分明，
你受王命办差事，为何窜入阿丹境？
你到北邦来作乱，叫你身首两离分！
为何叫我去南邦，要召神灵是痴心，
无量报酬作何用，还我湖水复平静！
何须城池与江山，还我湖水复平静！
金银财宝谁眼馋，还我湖水复平静！

绫罗绸缎何稀罕，还我湖水复平静！
心爱姑娘有何恋，还我湖水复平静！
与其龙王离北土，莫如渔夫了此生！
言罢，再次操起鱼叉，直扑咒王。咒王说道：
渔夫金口出直言，容我再次进一言，
护神保全我性命，渔夫手下留情面！
奉劝渔夫莫蛮干，要不湖龙皆无救，
你有何话照实讲，我今发誓来照办！
渔夫说道：
只求还水复平静，收回咒术与法力，
龙种水族要活命，按我说的去照办，
要命还是要海龙，咒师快快来决定。

咒王从命，收起湖边橛子，收回水中法器，销毁法力，另将一些药物灵品投入湖中。这时，湖水开始恢复平静，龙种水族一一复活，龙王亦返回龙宫。咒王说道：

渔夫请你细察看，橛子法器已收完，
湖中投了回生药，湖水清清复安澜，
龙王还宫好泰然，渔夫心中定喜欢，
再求壮士多开恩，饶我今日还家园。
渔夫又说道：
黑心咒师好歹毒，竟与佛家来抗衡，
扰乱南王北君心，不除佛敌难解恨！

言罢，举起鱼叉，打断了咒王双腿，咒王当场倒在地上，叩头告饶，说道：

渔夫今日说得真，我将法力已销毁，

害人利己理不通，事到如今真后悔，
卖弄法术把祸惹，心中不念修功德，
造孽深重落凡尘，私心把我拉下水，
两世不安悔莫及。

话还没有讲完，那渔夫早已举起鱼叉刺向咒王，咒王一命归西，得到应有的惩罚。南邦国君夏巴旋奴移海招龙的梦想成为泡影。

龙宫探宝

且说那渔夫头枕咒王尸体，将其头发一半当铺，一半做被，睡起觉来。第二天，龙王幻化为一个芳龄少女，来到渔夫身边，非常感激地说道：

勇士渔夫听我言，为国效劳恩如山，
救我龙种情似海，恩人莫再睡湖边，
快请壮士下龙宫，厚礼相待谢恩典，
奇珍异宝任你选，快下龙宫莫迟缓。

渔夫斜卧托腮而歌：

湖中龙王是上种，听我把话讲分明，
湖边作业已经年，从未见过水晶宫，
妄自入宫会伤身，若有馈礼岸上赠。

少女听后又说道：

救命恩人听仔细，如此担心太不必，
龙宫奇异妙百般，金顶耀眼光夺目，

银殿辉煌堪称稀，琉璃基石坚无比，
美味佳肴尽管享，绫罗绸缎随心着，
礼乐歌舞沁心脾，缕缕青烟香气浓，
窈窕龙女皆娇艳，无量珍宝盈府库，
放心请到龙宫去。

渔夫说道：
富足龙王仔细听，盛情感人实难却，
我本凡夫非水鸭，岂能安然游水中，
单靠皮筏可漂泊，哪如神仙多变通，
有何谢礼快拿来，窈窕龙女快领来，
我救龙王恩义重，惜无本领入龙宫。

少女听了渔夫的话说道：
渔夫休把闲话讲，邀你赶快进龙宫，
龙女将你背背上，壮士千万莫拖延！

说着，背起渔夫进入湖水。这时，只见龙宫用宝石筑成，富丽堂皇，妙不可言，宫顶插着旗幡，四周林木花草，瀑布悬彩，鸟语花香，牛羊撒欢，毛色秀丽，渔夫便在一个宽敞的宝殿中就座。一时，大张筵宴，肴馔丰盛，无数龙女轻歌曼舞，看得渔夫心旷神怡，竟忘了自己身在龙宫，倒以为是人间出现了如此妙景，哪晓得日去夜来，一月光景一闪而逝。

一日，渔夫对龙王说道：
具财龙王尊耳听，听我把话讲分明，
礼遇甚厚叫人喜，奇妙景色看不尽，
美味佳肴饱口福。今日该还故乡去，
龙宫磨石还给你，龙王把它来收起，

告辞龙王还乡去，送我渔夫出水域。

说着将那磨石还给龙王。龙王听了渔夫的辞别要求，立即回答道：

奉劝渔夫听我言，莫再还乡去作孽，
深情厚谊当报答，安居龙宫享富贵。

渔夫回答道：

再请龙王尊耳听，听我把话说分明，
凡人把恩当仇报，龙王报德令人敬。
怀念故乡难久留，思念赤色小母狗，
黑色皮筏眼前闪，昔日歌声响耳中，
回想这些真着急，允许渔夫早起身。

龙王听了渔夫的恳求，答应道：

壮士好汉处处见，难比渔夫恩如山，
救我龙种脱虎口，保我北国获平安，
永世难报再造恩，恩人离去不忍心，
而今只好馈谢礼，送你出海去人间。

龙王说完，命令护螺龙王和极喜龙王打开府库，取出各色奇珍异宝放在渔夫面前，龙王指着珍宝说道：

再造恩人听我言，咒师施法真可恨，
恩人相济救海龙，龙种因此谢大恩，
搬来珍宝倾府库，献上礼物表寸心，
百里拣来万中挑，至贵珍品任你选，
再请恩人听我言，奇珍异宝自由选。

渔夫回答道：

护螺极喜龙王听，感恩之情实可敬。

每在湖边求生计，打鱼为业来养生，
饥餐鱼兮渴饮水。有幸今日观奇景，
一生难得此缘分。宝器优劣吾难辨，
祈请龙王及龙臣，赐我一件如意宝。

龙王介绍诸宝功能说：

渔夫壮士听我言，今日保你得欢心，
眼下珍品数无计，各具功能听分明。
有的唤雨又呼风，有的助长花木盛，
有的能防罗睺曜，有的能使六畜兴，
有的能助胜沙场，有的能避邪魔生，
宝器功用说不尽，单献"如意"来谢恩。

龙王言罢，从琉金盒子中取出用五色彩缎包裹着的如意宝说道：

渔夫勇士听我言，顶饰乃是神仙宝，
不可缺少价连天，绢索乃是龙宫宝，
成全万事非等闲，壮士带它去人间，
事事都能遂心愿，风调雨顺国昌盛，
根除灾荒与病源，恩人带它到人间，
幸福生活万万年。

龙王说完，将如意宝放在了渔夫头顶。渔夫从头顶取下如意宝说道：

喜哉喜哉喜难禁，今日此情难忘怀，
黑头凡夫撞好运，怕是前辈积福深，
幸入龙宫观奇景，承蒙龙王来谢恩，
但愿龙君多保重，我要回返赶路程。

渔夫言毕，带着如意宝，由龙王护送出了水面，便投宿在一个婆罗门老两口家里,度过五宿。由于如意宝的功德,使渔夫显得身端美丽,眉目清秀,体格健壮,言语清脆,心情畅快。他对婆罗门老两口说道:

喜哉心中乐洋洋,我给二老把话讲,
我遇一件稀奇事,从前妄想今实现,
那般奇境实难遇。

说着从琉金盒中取出如意宝来给二老看。二老仔细观赏后深感稀奇地说道:

渔夫勇士仔细听,这种东西真奇特,
从未眼见耳未闻,看得叫人心发慌,
何处得此不祥物,渔夫快把实情讲。

渔夫回答二老道:

二老倾耳听我言,听我把话说真切,
四月十五傍晚时,在那莲花湖水边,
南方咒师施法术,投入咒品一件件,
弄得湖水浪掀天,龙王中毒将我唤,
那般惨景怎忍睹,说来情形是这般:
铁橛钉在四周边,湖中咒器降连连,
水岸站着一咒师,把脚顿来把咒念。
我见此情五内燃,速叫歹徒来答言,
你这坏蛋图哪般?掀翻湖水龙遭难?
说着拿起那鱼叉,刺得咒师眼缭乱,
逼他叫水复平静,他便乖乖收法力,
拔了橛子解彩条,收了咒品一件件,
投下解药毁咒力,龙王复苏水安澜,

接着我将咒师杀,龙王因此报恩典,
感恩赐我如意宝,哪能说是不祥物,
不识宝器休胡言,二老切莫把心担。
二老说道:
渔夫壮士听仔细,我俩并非是胡言,
如意宝贝太稀罕,能到你手太难料,
如意宝贝色斑斓,问明来由理当然,
宝物功德我难辨,须请大贤来指点。
此去南方七由旬,一山似盔立眼前,
一山又像掌合十,花艳草繁两山间,
仙人洞府堪称奇,洛追饶赛住其间,
虔修一生得正果,救度众生心不偏,
坐禅静修当饮餐,功德即将得圆满,
衣缀铜器响叮当,敬奉三宝诵经卷,
警惕烦恼敌来犯,身上常佩智慧剑,
无我[①]之盾坚无摧,功德使他还童颜,
宝物好坏他能辨,渔夫快快去拜见。

渔夫闻言,心中大喜,恨不得一下子见到这位仙人。这时,仙人已凭借如意宝的光亮看见了这件如意宝。渔夫依婆罗门老夫妇之言走到一个地方,只见这里景色宜人,风光美丽,花香四溢,溪流涓涓,走兽遍野,追逐撒欢,无数鸟雀,飞翔欢歌,真是一个好去处。渔夫抬头向四处张望,也看不到仙人到底住在哪儿,于是举起如意宝,开始念祷起来。这时,他发现一群飞鸟鸣叫着向东北方向飞去,像是在暗中为他引路呢,他便朝着鸟儿飞

---

① 无我:佛教四谛十六行相之一,与我见相反,故名无我。

去的方向走去。走着走着,只听得鸟雀叽叽,欢歌林间,循声望去,只见一片开阔地,有一石山,山头向南伸出,半腰间一处岩石,犹如垒书万卷,层层叠叠,旁边药草丛生,鲜花盛开。当渔夫来到这里时,发现一眼泉水,旁边有一脚印,像是有人刚刚走过。退后一看,便见一垛吉祥草丛中有一个洞,洞口用石头砌成,还有一块大石头,是用来堵洞门的。于是,渔夫歌唱道:

唵嘛呢叭咪吽!顶礼三宝佛法僧,
顶礼当地诸神灵,今日保佑我渔人,
千里迢迢寻仙洞,为识宝物访仙人,
我敲石门观动静,仙人是否住其中,
唤声仙人敲石门,唤声禅师敲石门,
唤声大贤敲石门。

渔夫唱着歌,将石门连敲三下。一会儿,仙人出现在花丛之中,只见他发髻如银,须髯斑白,身着禅服,光彩夺目。仙人观察动静后说道:

门前何人在叫唤,今日到此有何干?
为何敲门将我唤,请你照实来答言。
我将闭修告一段,梦中景象太奇妙:
千年枯木又发芽,硕果累累枝叶繁,
这等梦境叫人喜,标志功果得圆满,
闻得敲门声清脆,一分欢乐犹更添,
敲门定有大好事,无事谁登三宝殿。

渔夫闻言上前,将自己的身世以及咒师如何施展法术,自己又怎样刺死咒师,又怎样到龙宫获得如意宝等详情一五一十地讲述起来。他高举如意宝,叩拜仙人后尊敬地说道:

叩见仙人听我言，尊耳听我叙详情，
手中这件如意宝，龙王赐予水晶宫，
带出水面已五宿，投宿一家婆罗门，
老两口子见如意，说是不明吉与凶，
给我讲出仙人名，打发我来问分明，
渔人慕名千里来，森林深处迷了径，
手擎如意来祈祷，飞鸟因此把路引，
如意功德辨不清，叩求仙人讲分明，
请给此物起一名。恍惚犹在梦境中，
渔夫我呀无缘分，打鱼作孽罪不轻，
衣帽褴褛受饥寒，一条光棍实孤零，
穷困潦倒难合群，被人撵出骂坏种，
怎料日后入龙宫，如意宝物到手中，
今晤仙人慈尊容，此是真情还是梦？

仙人赐教道：

渔夫勇士听我言，行善积德益无限，
龙王因此献如意，无量功德说不完。
拘留孙佛发慈悲，为济众生遗舍利，
灵骨根根是福源，只为后生如心愿。
宝贝名叫如意宝，起先珍藏龙宫间，
仙人年近五百岁，这等珍宝初次见。
今日此情非梦境，恰是大喜事一件，
恭喜渔人获如意，如意使人如心愿。

仙人言罢，将如意宝戴在头上，招呼渔夫入洞，摆上鲜果、甘露，厚待渔夫。渔夫饱享美味，畅饮甘露，与仙人一起过夜，等仙人

修行结束后,渔夫高兴地说道:

　　仙人尊耳听我讲,邦列增巴时听说,
　　贵贱贤愚是平常,凡夫寿命却难长,
　　婆罗门家老两口,说是仙人无老相,
　　长寿奥妙是哪般,央请仙人讲细详。

仙人回答道:

　　渔夫听我来答言,我把详情讲一遍,
　　长寿本是一天机,天机岂可作言传,
　　只凭渔夫有福气,获得如意宝一件,
　　仙人破例讲奥妙,渔夫把话记心间。
　　此去东方三由旬,一条道路穿林间,
　　一塘池水清且涟,大梵天王浴其间,
　　花园亭阁工非凡,琉璃翡翠色斑斓,
　　金瓦银砖光耀眼,百花竞放相斗妍,
　　天池镶镜花丛中,映日荷花香气浓,
　　棵棵树木绿地边,鸟雀叽叽唱枝头,
　　真是一个好去处,无限风光令人赞。
　　月月初一到十五,仙女下凡浴其间,
　　山妖水怪迭踵来,土地神灵相并肩,
　　寻香天界一公主,益绰拉姆名不凡,
　　侍女万千来簇拥,胜幢华盖高高举,
　　成群结队来下凡,尽情沐浴天池间,
　　歌声清飏舞翩跹,怎不令人神发焕。
　　我饮神水精神怡,一身清灵好爽快,
　　虽是皓发犹童年,长寿原因是这般。

渔夫听得心旷神怡,没了睡意。待到清晨起身后立即对仙人说道:

昨夜一席感人言,叫我一夜难入眠,
急欲尝尝天池水,叩请仙人带我去。

仙人说道:

渔夫不知此中情,人神皆来把我供,
梵天沐浴天池时,除我谁都不能近,
渔夫休生此念头,惹怒天神伤自身。

渔夫说道:

仙人请您听我言,兹因人神把你供,
法力无比有神通,仙人请把神通显,
万望仙人别抛弃,带我去到天池边,
若能看看清池水,渔夫虽死亦无憾。

仙人体谅渔夫的心情,便说道:

渔夫说话志何坚,宁死也要到池边,
先去洁身作洗礼,洗去前世诸孽缘,
清除孽障一身轻,记念我佛把罪忏,
耐心等待腊月八,梵天仙女要降凡,
我俩也可去那边,观赏歌舞好心欢。

渔夫得到仙人的应诺,不胜欢喜,每日进行一次洗礼,忏悔罪过。到了腊八,仙人召唤众仙下凡沐浴。他右手举香,左手拿镜,面对天空说道:

唵嘛呢叭咪吽!顶礼十方诸菩萨,
东方金刚空行母,吉日下凡来沐浴,
南方宝生空行母,降到圣地来沐浴,

西方极光空行母，吉日下凡作沐浴，
北方成就空行母，良辰吉日来沐浴，
中部造光空行母，大好吉日来沐浴。

言犹未了，那诸方神仙犹如雪片似的飘然而降，在半空中美妙仙乐的伴奏下沐浴后，在轻歌曼舞中飘然而返。

仙人又念诵道：

十方诸地无色界，凶妖儿女听仔细，
乘此吉日来洗礼，来到圣地尽情浴。

这时，只见诸方凶妖似冰雹一般从天而降，洗毕后又伴着歌舞返回天界去了。

仙人又向天空呼唤道：

三十三天帝释女，空行母及诸仙女，
今日良辰来洗礼，降到乐域尽情浴。

仙人呼唤毕，那三十三天诸神似一阵轻风而来，洗毕后又作歌起舞，飞返天界。

仙人呼唤居住在须弥山寻香仙女们来洗浴：

须弥神山四周围，马头明王之公主，
益绰拉姆来洗礼，良辰美景莫错过。

这时，只见那益绰拉姆手捧祭品在万千侍女簇拥之下凌空而降，恰似彩练上滚动的珍珠一般。到了天池，侍女们为她设下座椅，拉起帷幕，举旗、司乐的侍从前呼后拥，侍女们拿着金银宝瓶以及用白银、水晶、白铜制作的镜子，依次而坐，侍奉拉姆。这时，益绰拉姆唱起了沐浴歌，将要入浴时，众仙女亦齐声伴唱，随从们一齐奏起乐来。于是，益绰拉姆唱道：

色界诸天无量宫，金刚大佛享宝座，

如来诸佛列成阵,护我今日洁此身。
欲界兜率净宫间,胜幢高悬挂其中,
弥勒慈佛供中央,护我今日洁此身。
东方极喜世界里,如来保佑熄战火,
诚心祈告求保佑,护我今日洁此身。
南方圣地镶碧玉,度母菩萨何其多,
祈告菩萨来保佑,护我今日洁此身。
西方极乐世界中,无量寿佛寿无量,
祈告我佛发慈悲,护我今日洁此身。
北方大地柳成荫,世尊金刚大势至,
如来佛陀保佑我,护我今日洁此身。
由此加持威慑力,清除众生烦恼障。
十方诸佛来加持,助我拉姆来洁身。
诸佛功德实无量,助我今把二障①除。
神灵龙王和寻香,护我今日洁此身。
寻香天国宫殿中,马头父王正安坐,
空行母后来相陪,助我今日洁此身。
洗去意垢与身尘,无知障蔽要洗净,
洗遍周身何爽快,尘垢全除无留存。
奴仆快拿铜镜来,拉姆照照美身材。

这时,众仙女起舞又弄清影,歌声绕云转,飞禽为之停翅,走兽为之侧耳,仙人和渔夫听得如痴如醉,看得入迷,不知不觉金乌西坠。益绰拉姆也浴洗完毕,与众侍女飘然返回天界。仙人和渔夫二人便进入益绰拉姆洗浴过的天池,尽情沐浴。浴毕,渔

---

① 二障:即烦恼障和所知障,指愚昧和无知造成的障碍,属佛教用语。

夫油然生起爱仙之情。他对仙人说道：

　　仙人听我表心意，听我把话说仔细，
　　今日情景令人喜，万千仙女动我心，
　　想娶一位做伴侣，你说可以不可以，
　　果真求得一伴侣，如意宝贝献与你。

　　言罢，连连叩头，央求仙人帮他选一伴侣。仙人非常惊讶地说道：

　　渔夫勇士听我讲，莫再胡思又乱想，
　　仙女本是无色身，要选伴侣是妄想，
　　就像手掌去捕光，劝你跟我快回去，
　　回到仙洞再思量。

　　言毕，二人赶回仙洞。渔夫对仙人说道：

　　仙人听我说仔细，想娶仙女做伴侣，
　　一靠仙人助一臂，二靠手中如意宝，
　　我的心思已讲明，唯想求得一仙女，
　　今日若不遂心愿，徒有如意作何用，
　　仙人不是早说过，如意宝贝能如意，
　　今若获得一仙女，献尔如意作谢礼。

　　仙人听了渔夫的再次请求，便回答道：

　　渔夫仔细听我言，这等念头不该有，
　　当初鉴别如意时，只说如意利众生，
　　哪道让你求侣伴，满足私欲去捉仙？
　　念你求偶心恳切，我也只好把计讲：
　　凡夫求仙太难办，先要求得"不空绢"①，

---

① 不空绢：一种绳索，与后文"绳索""不空绢索"同义。

龙王魂魄附索绢，借此可以捉女仙。

渔夫听了高兴地说道：

仙人请您听我说，龙宫若有此绳索，

只凭往日救命恩，会把绳索赐予我，

我要再次入龙宫，要向龙王借绳索，

要把如意去奉还，讨得宝索来见您。

仙人说道：

你对龙族恩德重，可讨绳索出龙宫，

要向天界发誓言，不套仙人要说定，

寻香天国要例外，打下埋伏莫露声，

智取绳索求仙配，渔夫快快赶路程。

渔夫说道：

仙人请您尊耳听，今日为我占吉凶，

我要启程赴龙宫，讨来绳索会仙人，

怙主保我了心事，加持渔夫配仙婚。

言毕，谢别仙人，携带如意宝，日夜兼程，三日之内赶到湖边，便在湖南岸唱起歌来：

晶宫龙王听我言，我把来意讲三番，

请把我话记心间。

唱罢，听不到一点回音。他又走到湖北岸高声唱道：

龙王竖起龙耳听，曾经杀害一咒师，

凶手正是我渔人，我将来因讲三番，

龙王把话记心间。

言罢，亦无回音，渔夫便来到莲湖东岸唱道：

水中龙族听我言，莫要三心仔细听，

若能认得救命人,请速答话出水岸。
言罢,没有任何动静,渔夫生气地说道:
无耻龙族是孬种,忘恩负义气煞人,
当初渔夫进龙宫,件件事情你答应,
今日喊哑我嗓门,龙王装聋无回音,
后悔当初救性命,恨不一下到南方,
唤来咒师六七人,施展法力灭龙种,
咒师当初遭杀害,法器还在我手中,
该死孬种莫着急,等我结果你性命。

说着拿出法器,准备投在湖中。龙王着急了,心想:南方再也没有像上次那样厉害的咒师,他要去叫人,这我倒不怕,但他要投下上次的那些法器,那真了不得,莫大灾祸怎能阻挡,况且那渔夫又有恩于龙种,今日到此,必有要事,怎能叫他扫兴而归呢?龙王迅速露出水面说道:
渔夫勇士请发话,今日到此有何干?
看你气成这模样,冲我发火是何缘?
渔夫狠狠地说道:
龙王耳朵发了聋,喊破嗓子何不应?
忘了咒师投毒品?忘了渔夫救性命?
若是没忘救命人,听我把话说分明,
龙王所赠如意宝,功德无量利众生,
今日把它来奉还,祈赐不空绢宝索。
龙王说道:
渔夫勇士仔细听,如意宝贝可赠人,
不空绳索不能送,宝索与人无利益,

渔夫要它作何用，念你渔夫恩义重，
宁可招祸也奉送，请把如意宝还我，
我将绳索送恩人。

龙王说后立即回宫取来不空绢索，对渔夫说道：
渔夫把话听仔细，龙宫至宝属绳索，
龙族生养全靠它，我的魂魄附其中，
此宝若在他人手，渔夫摸也摸不着。
再造恩人情难忘，今把绳索送与你，
但求恩人记明白，用后把它再还回。

龙王言罢，将不空绢索一头交到渔夫手中，一头抓在自己手里，叫渔夫立下誓言。好一条修长的绳索，五彩缤纷，夺人眼目。龙王要求渔夫立下誓言，说道：

渔夫把话听明了，立下誓言才可行，
要向天界立誓言，不套仙女要做到，
三十三界诸天中，不套仙女要做到，
在那无色天界中，不套仙女要做到，
地下湖水海域中，不套龙女要做到，
山王须弥四境中，不套仙女要做到，
般般誓言要信守，绳索才可交你手，
招惹麻烦身难保。

渔夫立即起誓道：
龙王倾耳听明了，我向天界来起誓，
三十三界诸天中，不套仙女可做到，
向着无色我起誓，不套仙女可做到，
对着湖海我起誓，不套龙女可做到，

须弥山王四境中，让我起誓不必要，
万千寻香仙女中，不套仙女做不到，
若将绳索肯送我，如此折腾没必要！

言罢，带着不空绢索，不分昼夜，两日内赶到了仙人洞府拜见仙人，说道：

仙人导师听我言，探得龙宝今回还，
那日赶到湖水边，连连叫唤不答言，
气得我把法器拿，骂声孬种不要脸，
欲将法器抛下水，龙王火速到湖岸，
我把来意细细讲，求借绳索他不愿，
声色俱厉来吓唬，龙王顿时心慌乱，
忙把绳索交我手，要我当场发誓言，
寻香天国拉姆外，不套仙人发了愿，
绳索真假非我辨，祈求仙人细检验，
舍命求索我办到，益绰拉姆易到手。

言罢，用衣袖擦去脸上的汗水。仙人对渔夫说道：

渔夫此行没枉走，探得龙宝叫人欢，
不空绢索独一条，除却龙宫再难见，
快快洁身作洗礼，祝贺得来不空绢，
本月十五是吉日，天池降下帝释天，
寻香仙女来入浴，到了那日去探看，
渔夫此行堪辛苦，快去洗尘再用餐。

言罢，给渔夫摆上美味香果。仙人心想：要让渔夫满足私欲，似乎是一件不义之举，可细细一想，又似乎是一件有益众生之大事，看样子，我还得为渔夫祈祷一番才行。想毕，开始祈祷起来，举起不空绢索祈祷道：
　　南无达格！
　　顶礼度母与喇嘛！
　　顶礼僧人与菩萨！
　　为求加持告护法，
　　助力渔夫把仙拿。

天女下凡

　　到了十五那天，渔夫带上不空绢索，和仙人一块儿来到天池附近，仙人叫渔夫藏身于花丛中间，自己便作起歌来，以便招引神仙下凡洗浴。这时，只见色界、无色界、欲界等三界神仙依次降凡，而寻香国的拉姆等众仙女别有一番打扮，在侍女簇拥中下界洗礼。益绰拉姆对着侍女唱道：
　　众侍女们仔细听，几番投生轮回中，
　　而今相聚寻香国，贵贱可谓命里定，
　　可怜天下父母心，愚昧心垢难洗净，
　　不除意垢与心尘，神仙地位难保定，
　　智慧镜中看端详，疑有套索缠我身，
　　我要飞返寻香国，意外灾祸要降临。
　　言罢准备起飞时，仙人即刻向渔夫打了个手势，渔夫会意，立即撒出套绳，正在起飞的益绰拉姆被不空绢索紧紧套住，恰似中箭之鸟，坠落到地下，其他仙女惊慌失措，轰然飞散。渔夫欣

喜若狂,抓紧绳索的另一头,说道:
> 唵嘛呢叭咪吽!顶礼三宝实无欺,
> 益绰拉姆莫紧张,美人心里别发慌,
> 天池里的水莲花,广原上的玉簪花,
> 只因花草有缘分,终于相聚佛龛上。
> 寻香国的益绰玛,凡世中的打鱼人,
> 只因二人有缘分,终于相会人世上,
> 前世姻缘今凤缔,渔夫凤愿终得偿。
> 言罢,收紧不空绢索。益绰拉姆说道:
> 喇嘛本尊与神灵,湖海龙王显神通,
> 寻香仙界诸护神,救我拉姆保生存,
> 前世积下一恶缘,灾难终于降我身,
> 孽种渔夫撒套索,套住拉姆难脱身,
> 战神为我降神兵,助我拉姆得脱生,
> 仙人德高望又重,姑娘命危岂忍心!

言罢,背过身去,不住地流泪。仙人心想:渔夫纯属凡胎,他一靠近仙女,恐有不测。想到这,他便介入拉姆与渔夫之间。抓住不空绢索说道:
> 渔夫勇士听我言,她是仙女身清净,
> 哪像渔夫沾凡尘,怎让神仙受污染,
> 渔夫切莫去靠近。

渔夫回答道:
> 尊贵仙人听我说,拼死拼活去奔波,
> 不为吃来不为穿,只盼拉姆来做伴。
> 眼看仙女已到手,仙人为何来作梗,

看她满面不乐意，渔夫心中实难忍。

言罢，靠近仙人，仔细欣赏着仙女益绰拉姆的容颜。这时，益绰拉姆说道：

悲痛悲痛真悲痛，伤心伤心太伤心，
可怜仙体染凡尘，可叹仙身落陷阱，
渔夫远离休靠近，莫让恶气染我身，
犹如秋花霜杀尽，如果渔夫近我身，
犹如夏花遭雹打，雪山绿鬃白雄狮，
怎配流浪犬为妻？寻香公主益绰玛，
岂与凡夫结成亲？孽种渔夫快松手，
放我拉姆回仙境。

渔夫说道：

益绰拉姆听我言，高山顶上梅花鹿，
原上觅食棕色鹿，常被猎犬所捕获。
仙女虽然具神变，渔人捉住做侣伴。
石山顶上下罗网，扣住雄鹰翅难展。
撒开绳索套拉姆，要想脱身休盘算。
人仙双双结良缘，白头偕老好侣伴。

言罢，不仅不松手，而且更加靠近益绰拉姆。此时益绰拉姆对仙人说道：

坐禅仙人尊耳听，大德禅师听分明，
当初每来天池中，哪见有人近我身，
今日落网未料到，叩求仙人救我命，
一生未做亏心事，仙人该来救一命。

益绰拉姆取下戒指，递给仙人又说道：

修仙贤人听我说，请把我话告渔人，
我为天国一公主，受持佛戒做居士，
粗俗渔人一凡夫，一生造孽罪深重，
与其和他做伴友，莫如当场了此生，
女儿手中一戒指，万宝凝成工精细，
无价之宝罕人世，收下戒指救我身，
今日此铃仙人系，解铃还靠系铃人。

仙人说道：

益绰拉姆请放心，句句话语可转告，
渔夫虽说是凡胎，神通非凡令人叹。
益绰拉姆别担心，渔夫肯定听我劝。

说着，将戒指递到渔夫手里，并将拉姆所言一一转告。渔夫对仙人说道：

仙人倾耳听我言，我已把话记心间，
拉姆态度何坚决，宁死不做我侣伴，
我有一言请转告，叫她把话记心间，
活捉豺狼欲守户，死狼只好剥张皮，
活套拉姆做侣伴，收礼放人心不甘，
死要死在我眼前，但求双双命归天。

仙人劝说道：

渔夫切莫乱言语，捉个女子有何益，
拉姆戒指稀世宝，何不收下放她去。

渔夫回答道：

池边套住益绰玛，并非想获一戒指，
只为和她做伉俪。塬上捕捉梅花鹿，

鹿茸当然属于我，雪山捕获一雄狮，
美丽绿鬃应归我，今日套住益绰玛，
姑娘首饰必归我，仙人把话仔细听，
转告拉姆记心中。

仙人听罢，又将渔夫的话转告益绰拉姆。拉姆闻言，怒气填膺，睁大愤怒的眼睛，直瞪渔夫，说道：

叫声孽种仔细听，你我之间有何缘，
温言细语来相求，留下戒指为赎身。
出言不逊像恶魔，令我拉姆难忍受。
慈名叫做益绰玛，变为凶相是夜叉，
渔夫若要不怕死，叫他赶快来送命。

言罢，舒展衣袖，几乎要挣脱渔夫手中之绢索，渔夫慌了神，抓紧绳索，尾追几步，强作镇静地说道：

寻香芳女洗耳听，你竟不怕罪孽重，
竟敢要杀我渔夫，妄称寻香天仙女。

言罢，攥紧拳头，扑向拉姆。这时，那仙人一看势头不对，急忙上前劝解道：

渔夫勇士仔细听，切莫轻举又妄动，
夙愿得偿谈何易，莫为气头弃前功，
今若伤着益绰玛，人间幸福一扫尽。

渔夫闻言，缩回拳头，益绰拉姆只是低着头，不住地流泪。就在这时，她的妹妹塘卓玛等几位仙女在空中飞来飞去，观察下面的动静。塘卓玛说道：

悲哉仙姐落凡尘，天国福气一扫尽，
寻香公主知多少，难比拉姆最聪颖，

本是菩萨一化身，时时胸怀菩提心，
今日此事谁料到，寻香国运落千丈，
可怜失去一姐姐，众妹心里结愁云。
言罢，连连哀叹。益绰拉姆仰望天空，看见众姊妹，说道：
塘卓玛你听姐言，姐我有福生仙界，
仙女当中称英杰，最受宠爱谁比攀，
哪料今日降灾难，身落火海受熬煎，
姐有一言是这般，转告父母莫迟缓，
女儿一身落凡尘，死活难料受熬煎，
贤妹快快把话传，爹妈速来赎我还，
送来珍宝赎我还，送来金银赎我还，
送来绸缎赎我还，牵来大象赎我还，
送来天马赎我还，带来奴婢赎我还，
爹妈快来赎我还，快来赎我还仙天。
渔夫亦朝天空叙说道：
蓝天碧空众仙女，快去告诉马头王，
益绰拉姆被人捉，你等得脱还仙乡，
渔夫不求稀世宝，金银绸缎何用场，
不爱天马与神象，只求侍女快下降，
宁死不把拉姆放，请把我话去禀报。
言罢，坐于益绰拉姆旁边。拉姆一因绳索缠身，疼痛难忍，二因伤心难过，抽抽搭搭，哭个不停。仙人见此情景说道：
益绰拉姆仔细听，身缠绳索痛难忍，
拉姆解下一首饰，权做礼物送渔人，
或许放尔还仙乡，劝你千万莫伤心。

益绰拉姆说道：
仙人倾耳听我言，今日祸福难判断，
眼看拉姆受灾难，怎能袖手来旁观，
可叹此事成前辙，后人提防每当鉴，
转送首饰给渔夫，快快放我回仙天。
仙人接过首饰，走到渔夫跟前，说道：
渔夫听我把言说，水晶首饰妙用多，
拉姆飞行单靠它，离此犹如剪双翅，
收下礼物快松套，要不一命将呜呼。

渔夫闻言，收下首饰，给拉姆松了套。拉姆叹了口气，到池边洗身漱口，当晚就在仙人洞中安歇过夜。

且说那塘卓玛一行仙女回到寻香国，将发生的事情告诉父王母后。母后闻言，昏了过去，侍女们立即灌了檀香露汁，方才苏醒过来。这时君民共商大计，营救益绰拉姆。这晚，寻香国的马头国王预见到：益绰玛性命未遭伤害，此去凶少吉多。于是下令七日内禁止娱乐，以期否尽泰来。

在仙洞中，拉姆、仙人、渔夫三人各怀心思，皆不能入睡。仙女心想：我这仙体已经挨着渔夫，凡尘已染我身，看来我是活不了多久了，因此，一夜未合眼。仙人心想：凡夫靠近仙体，益绰拉姆若有不测，我仙人的名声往哪儿摆呢，因此一夜难眠。渔夫心想：拉姆恰似到了我嘴边的食物，今晚若不能体贴体贴，温存一番，眼巴巴地错失良机，岂不成为终生之憾。因此，他一夜没能合眼。这时，仙人眼前幻显出这样的情景：在北方阿丹国的上空，帝释梵天手捧鲜花，显出异常恭敬的样子。

这晚，诺桑王子一场美梦，梦中只见皇宫顶上一轮红日，彩旗招展，螺声缭绕，鼓号喧天，一把鲜艳的花束降到自己手中。

第二天早晨，仙人启口对渔夫说道：
渔夫起身听我言，夜现一景妙百般，
看来还得依我言，谋利众生理当然。
渔夫说道：
尊贵仙人尽管讲，渔夫依言理应当，
承蒙仙人来指点，求得绳索乐洋洋，
天池撒下一套绳，套得拉姆喜若狂，
仙人有话只管讲，渔夫岂能来遮挡。
仙人说道：
渔夫勇士听我言，你种姓劣罪孽重，
拉姆有德身清白，你俩怎能成侣伴？
此去由旬三百六，北国名字叫阿丹，
嘎韦三朗是王宫，诺桑王子居宫殿，
妃子成群充皇宫，哪比拉姆倾城貌，
若将拉姆献诺桑，一则王子结良缘，
二则渔夫得恩典，三则拉姆留人间，
渔夫把话记心间。
渔夫说道：
再请仙人听我讲，叫我平心来思量，
北国王子是诺桑，大名如雷贯耳间，
善理国政何英明，才智无双堪敬仰，
献上拉姆虽适当，叫我心里空一场，
劳费心神获拉姆，倾城之貌销我魂，
没能亲热又温存，今日送给诺桑王，

美人叫我怎遗忘，拱手让人意惆怅，
诺桑夺我心上人，金银财宝何用场，
如何保住一美人，无可奈何一场空。
言罢，望着仙人出神。仙人又说道：
渔夫勇士细思量，莫作聪明使心眼，
如果君王来抢亲，到时只有干瞪眼，
自作聪明有何益，落个鸡飞蛋又打，
快送拉姆去阿丹，献上拉姆做贵妃，
再把情由禀分明，三生之内享恩典。
渔夫回答道：
仙人既然来劝说，我心也能想得通，
虽是没有得温存，献给诺桑我欢心，
带上拉姆去北国，拉姆你要放宽心，
右手领着拉姆走，左手拿上装饰品，
祈求拉姆发慈悲，保我一路遇顺风。
言罢，缠上头巾准备启程到北方阿丹国去向法王诺桑敬献美人时，益绰拉姆开口说道：
渔夫送我上阿丹，诺桑喜欢不喜欢，
王子若是不中意，拉姆性命难保全，
千思万想总担忧，应让渔夫发誓言，
可怜拉姆心难安，十方菩萨降恩典，
搭救拉姆返寻香，复享天伦乐团圆。
言罢，拜过十方诸神，涕泣滂沱。仙人说道：
益绰拉姆听我言，劝你不要把心担，
诺桑拉姆有缘分，可得结发配良缘，

渔夫在此莫迟缓，速送拉姆去阿丹，
祝愿一路得顺风，各得其所称心欢。
听了仙人相劝，渔夫和拉姆二人谢过仙人，启程上路。三日之间赶到阿丹京城。只见这里的男女老少看见拉姆闭月之貌，羞花之容，人人交口称赞，竞相传闻，人们纷至沓来，睹其芳容，皇宫司阍惊叹不已。渔夫见此情此景，便自我介绍说：
众人听我把言说，我从仙人洞中来，
要到嘎韦三朗宫，拜见阿丹诺桑王，
快向王子去禀明，有人前来求见他，
右手领着益绰玛，左手掌着一首饰，
来向王子禀详情，要他快快来接见。
这时，围观人群中的司阍仔细打量身段窈窕的益绰拉姆，便急忙进宫将渔夫之言告诉宫中知客，知客立即上奏王子。诺桑闻言，心中大喜，说道：
知客仔细听我言，前番梦兆非一般，
梦境兆来好事情，快宣美女入宫殿，
摆好桌椅铺好毯，备上酒茶与肴馔。
大臣领命而去，在客厅里铺上地毯，摆好桌椅，设下筵宴。诺桑王子亲自会晤益绰拉姆和渔夫，宴厅里欢声雷动。
渔夫叩见诺桑，举起首饰说道：
天子降凡作人主，诺桑王子听我言，
寻香公主益绰玛，今日带到你跟前，
梵天当初降天池，如许仙女浴其间，
渔夫撒开一套绳，套住拉姆驻人间，
洛追饶赛仙人他，对我有言是这般：

拉姆仙体何清白，渔夫作孽身贫贱，
二人何能配姻缘，该带拉姆去阿丹，
献给诺桑做贵妃，这等美人世间罕，
王子定会来答谢，金银财宝任我选。
今带拉姆到尊前，赐我衣食除饥寒，
收下珍贵一首饰，欢迎美女益绰玛，
拉姆来历言难尽，改日再来禀尊前。

言罢，将首饰献给诺桑。诺桑龙颜大悦，立即赐拉姆以银座，赐渔夫以舒适的三层虎皮毯。厅内充满了欢乐的气氛。诺桑王子对渔夫说道：

渔夫足智又多谋，你是生在哪一边？
和那洞中修仙人，如何套住益绰玛？
此等美女世无双，这般首饰鲜为见，
速拿珍宝做谢礼，快把细节讲一遍。

渔夫立即回禀道：

万民之主听我言，要问详情是这般：
离此三百由旬处，北方灵湖水荡漾，
我在莲花灵湖边，打鱼为业度岁月，
扎尖增巴是我父，邦列增巴是我名，
饥餐鱼虾渴饮水，本属北邦一平民，
没有妻室落孤单，谁料今日谒尊颜。
南国君王心何贪，要召神灵去南边，
四月十五傍晚时，有一咒师到湖边，
钉了铁橛挂彩条，法器投到湖水间，
湖水涌波浪掀天，龙种命在旦夕间，

421

迫使龙王将我唤，说是遭了大灾难。
我绕湖水把情探，发现咒师在湖岸，
背转湖水来施咒，惹得叫我扑上前，
骂他一声大坏蛋，问他施咒为哪般，
举起鱼叉扑过去，刺伤头部气欲绝，
逼他快来消咒力，咒师乖乖收法力，
去掉铁橛与法器，回生解药抛湖间，
水复平静龙复苏，我度咒师上西天。
翌日龙王来谢恩，邀我进入水晶宫，
水下龙宫堪称稀，渔夫观光月将满，
龙王来把谢礼送，我得如意出水面，
肉眼凡胎哪识宝，求见仙人细鉴别，
说是如意功德多，时时都能如人愿，
仙人年有五百岁，问他长寿是何因，
他说此去不远处，梵天瑶池水荡漾，
寻香仙女结群来，举行洗礼身灵便，
仙人说他去浴身，畅饮神水沁人脾，
只因沐浴饮神水，年虽五百仍童颜。
说得心旷神又怡，恨不一睹饱眼福，
再看仙女来洗礼，妩媚艳姿销我魂，
再入龙宫把宝探，借得一条不空绢，
等到仙女下凡时，套住拉姆驻人间，
拉姆来历是这般，诺桑笑纳留身边。

君臣闻言，个个被这动人的故事所感动。如此情景，也震撼了仙乡，天女为之散花，神乐为之高奏，祥瑞四起，寻香天国亦

从益绰拉姆下凡的悲痛中解脱出来。这时,诺桑王子说道:

渔夫壮士听我言,为国效劳恩如山,
带来寻香益绰玛,倾城倾国罕人间,
给尔重赏表谢意,改日再来张筵宴,
庆贺阿丹降女仙,今日到此暂罢宴。

言罢,取出绫罗绸缎,叫渔夫穿戴整齐,并赐予一条勋带和四位侍女。

阿丹父王和母后得知这一消息后,欢喜异常,立即赶到嘎韦三朗宫。父王诺钦降旨道:"翌日起设宴庆贺,举行歌舞、赛马、射箭活动,并召集群臣,共商大计,向天下宣告这一特大的喜讯。"益绰拉姆早已穿戴一新,由更嘎华毛和宗吉等十位女仆轮流伺奉。土龙年八月廿日是个吉祥之日,这天,王子和益绰拉姆举行了婚礼大典,王宫中盛况空前。父王和王子二人登上金座,母后和拉姆二人各享银座,五百妃子各坐木椅,渔夫坐在虎皮毯上,众侍臣坐在左右两旁,宫中充满着热烈的气氛。庆典开始时,城楼上锣鼓咚咚,旗幡招展,祭祀神灵。宫内演出了精彩的歌舞,宫外广场上赛马的、射箭的,应有尽有,观众熙熙攘攘,道无空巷,地无虚席。十方神灵亦云集阿丹,观赏人间盛景。

宴会上,由大臣宣布了渔夫受奖的敕令,北国君王诺钦颁旨曰:

不同语言,不同生活习俗的百姓,特别是天竺国南北的所有僧俗民众须知,渔夫邦列增巴家居莲湖之畔,曾眼见南邦咒师企图毁湖杀生。渔夫为北国君民之利益,勇敢杀凶护湖;又于神池捉住仙女奉献给王子,功绩卓然,理当嘉奖,特赐"班杂迪结哈纳"封号,奖赏彭措唐门庄园一座,属民五百户,牧户十五家,永属渔夫,世代相袭,他人不得侵犯。

除此，还奖赏衣物、骡马、金银、珊瑚、水晶石等。五百名王妃亦赏赐大量财物，使他一跃成为大富翁。

王子出征

婚庆喜宴持续了一个多月，其间，渔夫就住在王宫里。婚庆结束后，渔夫得到赏赐契文，去了他的封地。

益绰拉姆降凡，来到阿丹国，人们纷纷议论，说益绰拉姆来到王宫，使五百妃子黯然失色，失去了王子的宠爱云云。益绰拉姆看见诺桑那般威武，心想这等美男子连仙界中也难以见到。益绰拉姆和颜悦色地对王子说道：

英明王子听我言，看你威武神抖擞，
美容能遮日月光，胆识折服帝释天，
你我相遇在王宫，三宝牵线结良缘，
三毒①对你难侵犯，万事亨通无磨难，
足智多谋有远见，福海滚滚永不干，
臣妾今日受宠爱，但愿偕老心不变。

诺桑王子握住拉姆之手说道：

益绰拉姆仔细听，少女美貌羞日月，
你在仙界数拔尖，度母里面最出众，
只为众生做妃子，为度良民结成婚，
引人入道是指南，消除愚昧是明灯，

---

① 三毒：佛学用语，指贪、嗔、痴三种烦恼。

诺桑心中只有你,你要理解我心情。

就这样,二人你一言我一语,倾诉衷肠,在旁的人也为二人的结合暗自高兴,把往日的忧虑早已抛到九霄云外去了。自此,佛法更是弘扬阿丹,风调雨顺,五谷丰登,病魔尽匿,洪福齐天。然而,好景不长,祸起王宫。失宠的五百妃子哪容得益绰拉姆与她们分庭抗礼,再加上王子对她们的冷落,众人又夸奖拉姆,闲谈五百妃子,更使她们耿耿于怀,都在私下里谈论着如何除掉益绰拉姆的事儿。有位狡诈诌诳年龄稍大的妃子名字叫做东珠华姆的说道:

妃子姊妹听我说,坏种渔夫把祸引,
洛追饶赛仙人他,挖空心思来离间,
领来拉姆进王宫,礼遇甚厚宴丰盛,
渔夫受礼何其多,属民人人都有份,
唯把我等另眼待。诺桑神昏已透顶,
把个野婆搂怀中,叫我众妃入冷宫,
朝作爱妃心何欢,夕遭冷眼气填膺,
朝在王前任撒娇,上头拭脸王高兴,
夕入冷宫怎容忍,只恨野婆把位占。
舍生也要除祸根,今日不除心头恨,
五百妃子怎甘心,名叫哈日瑜伽师,
法力无边神通广,该派几人找哈日,
去讨计谋解心恨。

众妃闻言,无不点头称是,她们便商定由四位妃子拜见哈日法师,并说只要哈日能除掉益绰拉姆,我们也情愿将自己身上有价值的东西全部献给他。于是四位妃子便偷偷地来到瑜伽法师哈日那里，献上厚礼，说道：
> 瑜伽上师听奴言，诺桑无法又无天，
> 把那野婆益绰玛，配做正妃留身边。
> 国宴隆重非寻常，受赏渔夫心最欢。
> 五百妃子遭冷遇，百姓亦来投白眼。
> 离开宫廷有数月，谁能去把诺桑见。
> 拉姆王子情相依，那般温存令人羡。
> 五百妃子入冷宫，只好忍气来求全。
> 哪堪拉姆肆发狂，姿态故作风度显，
> 目空一切弄娇态，自我吹嘘发狂言。
> 众妃把她莫奈何，只好求你来计算，
> 哈日上师出妙计，干掉野婆益绰玛，
> 我等倾箱来谢恩，求你除我心腹患！

哈日听后说道：
> 四位妃子仔细听，听我把话说一通，
> 众人都夸益绰玛，哈日耳中早有闻，
> 五百妃子失宠爱，哈日不曾有耳闻，
> 妃子所言若当真，看来诺桑太无情，
> 更闻拉姆肆发狂，可怜众妃堪同情，
> 马不跳来鞍子跳，叫我哈日心不平，
> 理该设法收拾她，怎能开口论酬金。

四位妃子见经忏师哈日应诺，欢心而归。等待已久的众妃子得到这一消息后，个个拍手称快。

哈日开始摆弄幻术，他让国王每每陷入可怕的噩梦之中。有一天夜里，国王在梦中只见几只恶狼扑进羊群，这群羊是诺桑及国王王后三人放生的绵羊，最后被恶狼全部杀死，并衔着几只羊头往远方走去。国王诺钦惊醒，才知道是做了一个噩梦，于是惊恐万分，在仆人护送下慌忙来到哈日跟前，说道：

哈日上师听朕言，噩梦连连不间断，
昨夜梦境更可怕，真把诺钦吓破胆，
法师为我破梦兆，是吉是凶细分辨！

哈日说道：

大王细听我来讲，我的梦境也异常，
凶兆叫我堪惊心，定有莫大灾祸降。
每欲尊前来禀情，不料大王到身旁，
快把卦签摆桌上，让我占卜来圆光。

言罢，拉起帷幕，摆上酥油糌粑、酒盅、彩箭，铺开五行占图。哈日祈祷道：

顶礼顶礼再顶礼，顶礼须弥虚空间，
帝释天王还有那，三十三界诸天神，
顶礼须弥四周围，四大天王睁慧眼，
顶礼南方赡部洲，十二地母诸神灵，
今日来把祭品享，助我结卦把梦圆，
祈求神灵睁慧眼，吉凶祸福示明鉴。
愚夫难断吉与凶，神灵具有智慧眼，
吉则明示是吉兆，吉凶二兆莫混同。

这时，卦象显现，哈日对国王说道：

第一卦象兆王运，北国江山广万里，
国旗飘飘迎风展，怎料狂风骤然起，
风折国旗留残杆。第二卦象指王子，

北国江河湖岸边，杜鹃花开红艳艳，
哪堪乌云加惊雷，雹打杜鹃受摧残。
大王请您听我讲，如此卦象非平常，
父子二人要担险，大敌压境在北方。
国王诺钦急切地问道：
听这卦辞太不妙，说是劲敌入北方，
仇敌到底在哪里，远近东西说详细，
请你为我再卜算。
哈日再次占卜，祈诵道：
顶礼土地与山神，拯救北国示吉凶。
这时，又降下卦辞，经忏师哈日告诉国王说道：
阿丹君王遇劲敌，北邦边境异军起，
今年若不去消灭，酿成大患势难抵。
国王听后大惊失色地说道：
最好不要举重兵，可借法事把敌退。
哈日说道，只靠大王说的借法事退兵是不可能的，我的第四卦象中显示：
若要消灭北方敌，唯有虔心求战神，
阿丹大军快出动，诺桑王子来统领，
凯旋之讯指日待，三军出征莫消停。
国王听后说："征服敌人，既要诵经禳灾，又要出兵打仗，这都可以办到，但要让诺桑王子率军出征，我实在难以照办，还不如我自己统兵出征。"哈日听完国王的想法后说道：
恶兆迭起阿丹中，大王出言失大体，
卦辞句句你不听，诺桑出征你不肯，

坐失江山遭踩躏,眼看玉玺送他人。

言罢,收起卦器,准备离开时,国王对哈日说道:

哈日法师听朕言,王子好比我心肝,
怎忍爱子去参战,哪道卦辞不灵验?
大敌当前非小可,为保江山莫等闲,
诺桑统兵上前线,为保社稷朕情愿。

哈日闻言,满面怒容,没有搭理。国王以为冲撞了法师,深感不安。于是启驾回宫,派一大臣去叫诺桑。诺桑赶来,拜见父王。父王对王子说道:

心肝王儿听父言,噩梦连连非一般,
让我魂飞魄又散,父王因此心不安。
哈日法师已卜占,卦曰北敌侵阿丹,
若不趁早消灭掉,留下大患势难抵。
哈日要你去出战,统领三军不容缓,
心肝儿啊快出征,父王翘首等凯旋。

诺桑听后说道:

听得敌人来入侵,怎不出征立功勋,
父王圣旨怎敢违,为国效劳儿甘心,
王子今日率三军,奋勇杀敌降北军。
拉姆爱来慈母疼,生离母妃撕碎心,
母妃祸福实难料,想来叫我难舍分,
父王严令谁敢违,只好盼望你三人,
同心相依在朝中,好让孩儿放下心。

言罢,沉下脸来,自回寝室。益绰拉姆发现诺桑脸色不同往常,想要问个明白,握住诺桑的手说道:

贤明君主是恩人，听我今日问原因，
往日见面笑盈盈，恰似满月挂天空，
今看脸色非寻常，此情叫我心难静。
是因父母来责难，还是众妃发怨声？
是因父母欠安康，还是赶我出宫廷？
快把情由说明白，拉姆才能安下心。
诺桑放下茶杯，深情地望着拉姆说道：
益绰拉姆听我言，听我把话说明白，
父母没有来责难，众妃也没发怨言，
爱卿拉姆怎可抛，实情原委是这般：
哈日法师把梦圆，说是北敌扰境边，
举兵御敌不容缓，父王命我去出战，
严令降下难违抗，只念母后与拉姆，
死别容易生别难，叫我心中翻波澜。
益绰拉姆闻言，把脸紧紧地贴在王子胸前，含着眼泪说道：
听得王子讲原委，闻得北方敌扰乱，
瑜伽哈日念卦辞，要你出征降顽敌。
父王下令太盲目，怎让王子去杀敌，
一闻风声辄忙乱，轻举妄动成何策。
仇敌在内还在外，理应详加来分析，
我要速去会母后，这般盲动失大体。
言罢，哀叹不止，不愿让王子出征。王子对拉姆说道：
益绰拉姆仔细听，北国入境风声急，
今日出征不由我，母后拉姆去求情，
父王或许能答应，若不出征多高兴。

第二天清晨，益绰拉姆去会母后，说道：
慈悲母后听奴言，听说王子要出战，
拉姆无法把心安，一早来将母后见。
哈日卜卦把辞念，说是北方敌侵犯，
要举重兵御顽敌，唯有诺桑来承担，
若不趁早去消灭，阿丹朝政失一旦。
父王旨谕已降下，看来势头难扭转，
拉姆因此见母后，母后听我仔细言，
大敌入侵无先例，谁信北方来侵犯，
准是佞臣进谗言，想在萧墙起祸端，
母后为儿去求情，莫动干戈惹战乱。
言罢，伤心地流下泪来。母后不安地说道：
拉姆仙女说得真，怎叫王儿去出征，
快快上朝告父王，哈日之言不可信，
儿有三长或两短，阿丹国政谁继承，
今日消息真不妙，叫我心里难平静。
言罢，和拉姆一起去见国王。王后对国王说道：
大王诺钦龙耳听，说是北国已骚动，
你的圣旨我已闻，要叫王子去出征，
信口之说怎当真，北敌入侵不可信，
即使大敌入我境，阿丹缺少一将领？
三军将领有的是，岂让王儿打先锋？
记得当初我二人，不生太子苦煞心，
为盼儿男祭神灵，又供三宝又济民，
身佩护符常洗礼，诺桑终于来降生。

而今让他去出征,阿丹王位谁继承?
离了王子伤国运,为留王儿来求情,
孩儿离去揪我心,叩求把儿留宫中。
言罢,二人连连叩头,泪流不止。国王对她俩说道:
王后拉姆莫胡想,请把我话记心上,
只因梦兆不寻常,哈日因此来圆光,
听得卦辞不吉祥,说是敌人侵北疆,
阿却哈日说得真,经忏上师怎说谎,
若不趁早消灭光,错过时机势难挡。
统兵杀敌靠诺桑,快让出征莫遮挡,
保家卫国不容缓,哪顾两短与三长,
无端流泪不应当,各自回宫把心放。

王后与拉姆见国王难以说服,便灰心地来到诺桑那里,王后对王子说道:
心肝儿呀要出征,阿妈心里不平静,
父王跟前去求情,想叫孩儿不上阵。
父王固执不改口,硬说哈日讲得真,
保家卫国靠精兵,非要你来率三军,
阿妈听了莫奈何,母子离别撕碎心。

诺桑对母后说道:
王后阿妈听仔细,领兵出征何畏惧,
母子生别堪伤心,只是圣旨不敢违,
痛快叫儿上阵去,阿妈拉姆莫忧虑。

益绰拉姆说道:
母后王子二人听,父王自把谗言信,

叫儿出征他忍心，百般求情终无用。
王子若要去出征，拉姆也要随三军，
若不叫我随军行，放我回到寻香境。
诺桑对拉姆说道：
拉姆为何出此言，违抗父命我怎敢，
爱卿随军去上阵，侍奉阿妈谁承担。
慈母年高儿挂念，靠你侍奉在身边，
此去疆场何日还，拉姆为母多检点。
父王要我去参战，二人却来把心悬，
这是叫我把敌歼，还是惹我常挂念，
快快给我来壮胆，英勇杀敌等凯旋。
王后对拉姆说道：
益绰拉姆听我讲，父王旨谕难违抗，
速插风旗来祝愿，安抚军心才正当，
祝愿王子把敌降，凯旋回宫做君王。

益绰拉姆按照母后所言，在山岭官堡设下祭坛，每个山头插上小旗，摆起金盏，手把一只五柄酒盏，女仆更嘎玛端着一只盛满谷物金粉的银盘，宗吉姑娘手握一只盛满甘露的茶盅。益绰拉姆祈祷道：

十方喇嘛与菩萨，四部神灵受一拜，
我举金盏来祭祀，助我王子获成功。
金刚座之北部边，冈底雪山银光闪，
无量胜乐宫殿中，上乐金刚父与母，
还有度母护法神，我举金盏来祭祀，
助我王子立功勋。南部阎罗城中间，

尊敬父王与母后，忠臣良相敬一杯，
鼓动士气降敌兵。东北浩渺大海间，
欲界主母还有那，御敌咒王受一礼，
我举金盏来祭祀，请为诺桑出奇兵，
助我王子得成功。北方国中财神爷，
福海护神受一拜，我举金盏来祭祀，
请为诺桑出援军，拉姆心愿早实现！

益绰拉姆将盏盏金杯一一举起，洒酒祭祀诸方神灵，然后登上一座高岭，祝愿诺桑初战告捷。她远远望去，只见北方茫茫无边，千里冰雪，万山银装，她不禁打了个寒战，心里感到万般凄凉，再念及心爱的王子将要深入茫茫雪原，更使她惆怅万分，禁不住心酸的泪水唰唰流下，恰似瀑布一般。益绰拉姆对随从女仆们说道：

诸位女仆洗耳听，世间一切皆无常，
朝在众仙簇拥中，夕落人寰入凡尘，
人间祸福谁能料，拉姆性命在旦夕。
幸有道士指活路，诺桑赎我到王宫，
情投意合结良缘，恰又好景不长存。
诺桑离我去远征，只怨我自积孽深，
王子只身上沙场，拉姆于心不堪忍，
宁可一同死疆场，也要随军去上阵。

言罢，昏倒在地。女奴们无所适从，急忙派人向诺桑告急。诺桑闻言，跃马扬鞭，飞也似的赶到这里。只见拉姆仰卧在一个女奴怀中，不省人事。见此情景，他的心都快碎了。他口含神水，哺入拉姆口中，好一会儿，她才苏醒过来，便和王子紧紧地拥抱在一起。在场的人无不流下同情的眼泪。诺桑说道：

爱卿拉姆听我言，莫要悲伤莫流泪，
知你在此遭不测，吓得叫我魂飞天，
扬鞭跃马风一般，来到拉姆你身边，
三宝垂恩降神水，灌入口中才睁眼，
感激三宝降恩典，快回嘎韦三朗宫。

益绰拉姆随王子回到了王宫，对王子说道：

王子恩典比海洋，见面顷将忧患忘，
闻名叫人心陶然，诺桑听我把话讲，
登临高山四眺望，万里雪原何茫茫，
一看叫人太惆怅，怎叫只身入疆场，
拉姆宁愿同生死，要求随军把阵上，
叩请诺桑细思量，叫我随军上战场。

言罢，眼含泪水，又跟随着诺桑回到皇宫。

且说那经忏师哈日又在作怪施咒，使国王再度陷入可怕的噩梦之中。

这天晚上，国王已经入睡，只见自己和王子二人赤身裸体，围观者人山人海，把王宫围得水泄不通。第二天，国王起身急忙召集王后、王子、拉姆及臣相仆人来到大殿。国王说道：

诺桑王子听朕言，昨夜梦境太可怕，
诺桑准备把阵上，王后拉姆把期怨。
梦境异常实难言，王子快快去装备，
稀世兵器任你选，精兵良将做准备，
南门广场把兵点，通告天下莫迟缓。
王后拉姆去打点，明日一早上城楼，
插好胜幢和旗幡，南门广场铺好毯，

摆好谷酒设祭坛，士兵入场受检阅，
全副武装去参战。浩浩大军要出发，
王儿率兵把敌歼，王后拉姆休阻拦，
再莫无端把期怨，专注执行朕敕命！

国王对臣仆降下旨谕，各负职责范围事。第二天，国王将兵库钥匙交给王后、拉姆及臣相奴仆说道：

王后拉姆听朕言，快到武器库中间，
先辈宝器在正中，数难计来花样繁，
只因王子初参战，破例赐儿器几件。

说着从武器库的虎皮箱中取出各种兵器。接着说道：

诺桑眷属听分明，大盔名叫"雪山辉"，
铠甲名曰"威光旅"，虎皮箭套叫"雷殿"，
响箭叫做"霹雳轰"，豹皮筒叫"驱暗光"，
盾牌叫做"彩虹环"。

说着将兵器一一摆在面前，祈念预祝。益绰拉姆无比兴奋地给王子佩带兵器，说道：

王子戴上此头盔，犹如圣教谁侵犯，
王子身佩此铠甲，恰似正教法轮转，
王子背上虎皮套，正像红日挂蓝天，
王子手握此响箭，正教长城何岿然，
王子身跨豹皮筒，征途之上光灿灿，
王子身佩此盾牌，犹处金刚神帐间，
万里疆场何茫茫，强弩开张似云团，
飞矢如雨又如电，仇敌毒苗尽摧残！

说着，将兵器一一给王子佩带整齐。这时国王、王后及拉姆

一齐给王子敬献哈达。只见那广场上旌旗蔽日,点兵仪式何等隆重。礼毕,王子、王后及益绰拉姆同回寝宫。拉姆再三请求随军上阵。诺桑说道:

  慈母拉姆仔细听,爱妃今日何固执,
  再三请求要出征,叫我怎么来离分,
  听我讲句知心话,二人把话记心中,
  我去出征未回前,阿妈拉姆住一宫,
  拉姆要把母来孝,阿妈要把拉姆疼。

王子嘱咐完后,把拉姆的首饰交给母后保管,并嘱咐道:

  这件首饰母后存,遇到危难才给她,
  拉姆请你莫流泪,如此叫我太伤心,
  千日筵宴终有散,悲欢离合属常情。

母后说道:

  人生死别是常情,生别却让母子遇,
  莫如当初不生你,落得今日去出征,
  此去北疆无归期,老母怎能把你等,
  母子此别难团圆,但求来世再相逢。

益绰拉姆说道:

  犹如心肝王子听,我似水鸭你如海,
  冰封大海鸭何往?拉姆此身靠诺桑,
  诺桑远征我何往?冰封海水鸭南飞,
  拉姆无靠回寻香,并非不把母孝顺,
  只怕一时遭祸殃,再求让我去上阵,
  要不叫我返寻香。

诺桑说道:

爱妃为何出此言，让你出征理不当，
茫茫北国无人烟，妖魔鬼怪舞翩跹，
拉姆若要去战地，刀箭丛中命难全，
我劝拉姆留家中，请把我话记心间。

王子终于说服了益绰拉姆，便再三叮咛，要母亲在益绰拉姆发生意外时把首饰还给她。母后便把首饰保管下来，然后各自回去安歇。次日一早，国王召集诺桑及臣相奴仆于大殿，赐赆众人，说道：

聚此臣民仔细听，今日送儿去出征，
我要送行宫阶前，众妃送到广场边，
王后送到一鄂博，拉姆送到二鄂博，
祝愿王儿早凯旋，臣民把话记心间。

国王来到宫阶前，一手把盏，一手举起哈达，对王子说道：
王儿诺桑听父讲，马上就要上战场，
不是父王嫌弃你，只是为了保边疆，
凭我王儿勇武全，哪怕敌人逞凶狂，
各类兵器全带上，叫那敌人魂魄丧，
英勇杀敌立功勋，早日凯旋聚一堂。

诺桑感谢父王亲自前来送行，激动地说道：
父王送行情难忘，儿将出征上北疆，
但有一事要禀明，父王把话记心中。
孩儿此去要经年，请对母妃多照关，
谨防恶人来诬陷，莫让二人遭冷眼，
别叫拉姆受磨难，叩求父王遂儿愿。

言罢，谢别父王，来到南门广场。这时，五百妃子来此饯行。

众妃子说道:
　　王子诺桑听奴言,受命朝廷要出征,
　　众妃饯行来祝愿,早日凯旋再团圆。
诺桑说道:
　　亲密妃子仔细听,受命父王将出征,
　　祝愿众妃身心爽,待我凯旋再相聚,
　　送行美酒一饮尽,深感众妃情意重。
　　言罢,洒酒祭天,离广场而去。到第一道鄂博时,王后一行前来送行。王后说道:
　　心肝儿呀听娘言,十二年中难团圆,
　　阿妈年高活不到,母子生离意怅然,
　　千日筵宴虽有散,谁料散期是今天,
　　孩儿此行势已趋,天意难违是定然,
　　孩儿莫把娘惦念,英勇杀敌除国难,
　　天神皆为儿助战,我亦为儿来祝愿。
　　言罢,举起银盏,将一杯美酒敬给王子。诺桑握住母后的手,深情地说道:
　　阿妈母后仔细听,孩儿受命要出征,
　　只恐母子难相会,今日生别撕我心,
　　孩儿难报慈母恩,件件往事诉不尽。
　　想到当初儿降生,慈母怀中把儿温,
　　怀当摇篮将儿哄,甜甜乳汁哺口中,
　　目光慈祥润儿心,轻轻呼唤叫我名。
　　慈母恩爱说不尽,今日生别何伤心,
　　但愿阿妈能长寿,待儿凯旋聚王宫,

如若阿妈早归去，只好相逢来世中。

言罢，叩头谢别。当来到第二道鄂博时，益绰拉姆一行又来为他饯行。益绰拉姆手举银杯说道：

王子殿下听奴言，薄命拉姆把话讲，
王子今日要出征，拉姆引众来送行，
但愿王子身健壮，歼灭敌人在北疆，
保家卫国救黎民，举国众生享太平，
割舍恩爱各一方，殿下莫把我遗忘。

言罢，献上银杯美酒，不禁热泪滚滚。诺桑抚慰道：

爱妃拉姆侧耳听，你莫流泪莫伤心，
在家要把母孝顺，佞臣之言莫轻信，
敬奉三宝佛法僧。我今率军去上阵，
不久凯旋回宫中，多谢美酒来饯行，
甘甜美酒暖我心，就此告别去出征。

言罢，将要调转马头启程时，益绰拉姆说道：

伤心伤心太伤心，思前想后难离分。

说着，紧紧抓住王子的虎皮箭套不放，抽泣不已。诺桑劝说道：

难过难过真难过，今日此情太难受，
捏紧箭套不松手，柔情依依难离舍。
父王命我去出征，拉姆怎敢违王命？
千般思来万般想，无所适从心荡漾。
求求拉姆快松手，平心静气放我行。

益绰拉姆对诺桑王子说道：

王子殿下听奴言，我千琢磨万思量，
总是不忍两离散。母马小驹隔一槽，

还要言来语又去。此去两相隔千山,
面难见来言难传。大牛小犊隔一绳,
言来语去情不断。你我远隔万重山,
死别当易生逢难,求你带我赴疆场,
虽死不愿留宫中。金鸟双双凫水边,
雄去雌随紧追赶。鹫鸟对对蹲山顶,
雄去雌鹫紧追赶。燕子双双原上飞,
雄去雌燕紧追赶。人生死别实难违,
忍痛生离除我谁?无欺三宝佛法僧,
薄命女儿求照关。

说到这儿,益绰拉姆再也没有气力往下说了。诺桑立即安慰道:
　爱妃拉姆听我言,我今并非想分散,
父王严令怎违抗,恰似霹雳难阻拦,
莫流泪来多保重。骏马虽然被出售,
留下笼头是传统,我虽启程去参战,
不久便回记心间。头盔杀敌我有用,
留下盔带作纪念;利剑杀敌我有用,
留下汉刀作纪念;鹿角扳指拉弓用,
留下戒指作纪念;虎皮箭套杀敌用,
留下穗带作纪念,爱妃拉姆听清否,
快让诺桑出征去。

言罢,用手抚摸着拉姆的脸蛋。益绰拉姆说道:
　犹如心肝王子听,感谢王子把我疼,
留下东西作纪念,汉刀王子佩身上,
制伏顽敌能用上,想念王子日夜长,

给我贴身一汗衫，拉姆见物如见人，
一片冰心在汗衫。

王子闻言，带上汉刀，又将一件汗衫留给拉姆。拉姆接过汗衫，蒙在脸上痛哭。转眼间，王子跃马奔驰而去。女奴们望着拉姆，个个替她伤心。拉姆只是朝王子远去的方向张望，半响没有回头。到了中午，才怅然返回宫中，抱住母后，捶胸恸哭。母后说道：

亲生王儿已出征，我把拉姆当亲女，
母女同心盼儿归，好女儿呀莫伤心。

益绰拉姆对母后说道：

尊贵母后听儿说，亲娘身在寻香境，
夫君受命踏征程，婆母虽然非亲生，
衣食住行领先您，女儿感到母爱深。

就这样，母女相依为命，感情愈深。

且说诺桑王子经过几天的长途跋涉，来到很远很远的达拉山山顶，在鄂博跟前煨桑祭神，口诵颂词曰：

咯咯嗦嗦[①]来祭神，敬礼三宝佛法僧，
今生来世均皈依，敬礼本尊静怒神，
助我万事获成就，敬礼度母护法神，
护佑神圣的佛教，敬礼十二土地神，
敬礼自在大天神，敬礼善业怙主神，
敬礼北方众神灵，敬礼四方诸财神，
敬礼八方诸战神，保佑诺桑去出征，
助我王子获全胜，抚慰母后拉姆心，
助我万愿皆如愿，咯咯嗦嗦祭神灵！

---

① 咯咯嗦嗦：祭神时的一种呼唤声。

祭完神灵，马不停蹄，只顾前行，经过十多天的艰难跋涉，不觉来到一片荒无人烟、禽兽罕见的地方。诺桑感到无限凄凉，说道：

喇嘛恩师听我言，诺桑受命伐北方，
不知对手在哪边，我已进入大荒原，
人烟不见鸟兽罕，祈告神灵把路引，
指明仇敌在哪方，助我脱离大荒原。

诺桑祈毕，只见东北方向出现一朵白云，诺桑心想这朵白云在给我导向引路，于是直接朝这个方向走去。走着走着，发现了一眼泉水，周围有零零星星的几丛草，他们便在这里扎下营盘。士兵疲惫战马困乏，见了水草，恰似鲫鱼得水，争相畅饮。

第二天，诺桑将大部人马留在原处，只点上三人一同朝东北方向去察看地形，寻找水草。他们走了很久，远远看见一群野马，喜不自胜。诺桑说道：

翻山越岭入荒原，人困马乏水草断，
今日碰上白唇马，骡马小驹情依依，
公马在先把路引，骡马在后做卫士，
小驹奔跳肚腹下，吮吸乳汁受隆恩。
见此叫我又思亲，母后拉姆可安康？
阿妈声音响耳边，拉姆身影闪眼前，
绵绵情意怎能断。祈告三宝抚我心，
悲伤只好化做力，冲上阵地降仇人，
王子我要赶路程，天神为我把路引！

说完继续前行。来到了一个水草丰盛的地方，便在这里歇脚，另派一人去接应后面的部队。两天后，大队人马赶到这里，安营扎寨，四位细作跃马前去侦察敌情。走了三日，便看见许多北地的牧童，遂探问北方首领父子二人的详情，才得知离北方还有五日的路程。当他们赶到那里，只见那里不筑城池，满山遍野只是一顶顶皮子帐篷，人们以肉为食，缝皮为衣，除人人手持一把小刀外没有任何兵器。四位细作返回原处向王子禀报敌情。诺桑闻言，心大欢喜。说道：

四位细作探得真，此去北地无多程，
全体士兵做准备，冲锋陷阵降敌兵。

于是，诺桑王子率领大军向北地进发，将敌人团团包围。敌人见情，万般惊骇，急忙向首领告急，说是大兵压境，其势难挡。北方野人首领说道：

我邦大众仔细听，闻得大敌压我境，
是去告饶或硬拼，二者必居其一中。
我去阵前探虚实，将我兵器拿过来，
我儿阵前来会合，白发伴侣快起来，
起来快把神灵祭，我去阵前会敌人。

言罢，父子俩率领大队人马来到诺桑营盘前，冲着诺桑说道：

弃城丢家去何处，入我边境何缘故，
是因饥饿来讨饭，还是到这来投靠？
快把来意讲一番！

诺桑王子答道：

野人父子听我讲，我是来自阿丹国，
大名鼎鼎叫诺桑，为护圣教入你邦，
拯救民众靠诺桑，深入敌后锐难当，
今日来因是这般，请把我话记心上！

敌人听了，人人魂飞天外，个个六神无主。野人首领强作镇静地说道：

黄毛小儿休狂言，出言不把对手看，
与我为敌不自量，入侵我境命难全，
奉劝小子听我言，莫要在此充强汉，
快快投降归顺我，准你扎在我地盘，
还赐衣服与食饭，小子若要还发狂，
定叫你命归西天。魔王龙族和四部，
凶猛无比来支援，全军覆没在眼前，
请把我话记心间。

诺桑王子回答道：

孽障鬼蜮莫逞凶，我能左右全球人，
怎把野人放眼中？错把魔王当救星，
它是饿鬼属畜生，错找救星怨敌你，
还要到此来逞凶，你若不知我大名，
法王诺桑可曾闻，无欺三宝做救星，
护法本尊是援军，魔王龙种任役用，
金刚利器我拥有，骏骥如飞当坐骑，
手中宝戟最锋利，利箭强弩我拥有，
金刚宝剑我亦有，十恶不赦父子俩，
等我来把你们降。

敌人闻言，立即撤到一村落为据点，拿出仅有的兵器，准备负隅顽抗。野人首领对众野人说道：

众人听我把话说，看那小子夸海口，
夸其兵器坚无摧，要我坐待等死期，

摩拳擦掌来进犯，众人快快献对策，
短兵相接太不利，只能远远抛石箭。

话犹未了，诺桑兵马压了过来，敌人立即向诺桑的部队发起了猛烈的攻势，万箭齐发，飞石如雨。诺桑冒险来到敌人阵前说道：

野人部众听我言，是谁先前来挑战，
魔爪伸进我北方，诺桑奉命来迎战，
吓得你们往回窜，不战自溃太可怜，
看我手中一支箭，射穿额头你等看，
如果一箭射不穿，全军跪倒你眼前。

言毕箭发，一连串几个敌人当即被射死，在旁的几个人被飞箭的风力掀倒在地，吓得面色如土，神魂全丧。敌人眼看势头不对，便打算投降时，诺桑说道：

北方野人仔细听，我待众生无亲疏，
你等背弃佛法僧，可怜无主谁同情，
受命朝廷讨敌兵，定要消灭你首领，
戮杀黎民不忍心，只让你们遵我命，
皈依正教步佛道，黎民把话记心中。

众民闻言，纷纷前来投降，只有首领父子二人不肯投降，来到诺桑面前说道：

统帅诺桑听我说，今日听你这话头，
想要结果父子命，我们安分务正业，
是你诺桑来骚扰，我们从未做坏事，
理应饶我父子命，领土主权共行使，
黎民百姓同役使，所有财产可平分，
佳肴美味共品尝，歌舞升平共享受，

何不乐而饶性命！

诺桑说道：

父子倾耳听分明，你把魔王当救星，
我才不饶你性命，难违父王敕严令，
二人死期已临近，父王严令勿怜悯，
虽残也得遵父命，再请父子听分明。

诺桑王子拔出宝剑又说道：

倒行逆施成仇敌，率军讨伐是天意，
我虽与你无怨仇，谨遵父命处决你。
恶人头顶悬利刃，祈求喇嘛超度你，
离身一度有刀枪，尸体施舍鹰犬食。

于是，举剑杀死父子二人。恶趣三道因之杜绝，众民尽皆皈依了佛教。诺桑王子欣喜地说道：

善哉善哉来庆贺，喜矣喜矣喜难禁，
完成使命立功勋，维护正教获全胜，
孩儿心思已了却，感恩三宝佛法僧，
巍巍雪山镇妖兵，雪山不化魔难动，
汪洋大海把敌淹，大海不干难翻身，
不到末劫敌难动，佛法不天敌难侵。
诺桑使命已完成，敌人休想再扰乱。

诺桑喜悦而自豪地继续说道：

凯旋沙场把家还，想念父王把家还，
挂念母亲把家还，眷念拉姆把家还，
留恋王宫把家还，诺桑撤兵把家还。

凯 旋

　　且说那五百妃子想乘着王子出征的机会把益绰拉姆除掉，便去求教经忏师哈日，哈日又开始变幻妖术。这天晚上，国王梦见王子的战马拖着鞍鞴跑到北方，王宫被一支队伍团团包围，插在宫顶的旗幡统统被折断，自己也被撵出宫去。当他醒来时，感到异常不安，立即派人把哈日请来。于是哈日带着卦签来到国王身边。国王恭敬地说道：

　　哈日上师听朕言，噩梦叫人心胆战，
　　诺桑远征可平安，吉凶祸福快卜占。
　　江山社稷平安吉，朕请瑜伽快占卜！

哈日说道：

　　诺钦国王龙耳听，哈日占得吉与凶，
　　出征之前已讲明，事到今日无音讯，
　　别怪卜占卦不灵，诺桑本应早出征，
　　凯旋沙场立功勋，他却迟迟不遵命，
　　错过良机怪谁人？国王噩梦不忍听，
　　诺桑愆期是前因，我把实情说明白，
　　今日后果难判定。

国王说道：

　　法师倾耳听朕讲，诺桑准备上战场，
　　王后拉姆来阻挡，错过良机把期愆，
　　不是有意来违抗，法师应把情由辨，

哈日快快来圆梦，我来虔诚办法事，
你把卦辞快呈上。
哈日说道：
国王若能随我意，我给国王来破梦，
酥油谷物甘露汁，彩箭祭品备齐整。
国王立即准备好各种祭品。哈日摆好祭品后开始祈祷道：
祭神祭神祭神灵，祭祀天地造化神，
祭祀贝亥唐拉神[①]，祭祀土地与山神，
祭祀一切护法神；我君今日来问卦，
哈日才疏答不准，故来祭祀众神灵，
祈求神灵判吉凶。
一番祈祷卜算之后，哈日宣布卦辞曰：
君王父子理朝政，阳光灿烂照四洲，
岂料日月天狗食，阿丹陷入黑暗中。
灵魂湖泊水清清，白肚鱼群任凭跃，
时出时没跳得欢，岂料水涸肚朝天，
一头怪物从未见，窜入阿丹来作祟，
搅得君民乱了心，灾祸连连无穷尽。
哈日向国王念完卦辞后，道出破解的方法：
国王请您仔细听，这个卦辞太严重，
说是阿丹日光黯，举国陷入黑暗中，
说明王子入困境，快办法事解危困，
灵魂湖泊水干涸，鱼儿条条肚朝天，
表明社稷将难保，玉玺将要归他人，

---

① 贝亥唐拉神：唐拉山神，藏北念青唐古拉山神。

快快禳灾祭神灵，国王洗礼洁自身，
虔诚祭祀避灾难，阿丹可望国运昌。
国王说道：
哈日法师听我讲，梦境虽坏莫惊慌，
虔心祭神把灾禳，供品件件都摆上，
我老靠你把难挡，有何要求只管讲。
哈日说道：
国王若能依我言，种种祭物要备全：
糌粑一百二十驮，粮食谷物三十驮，
五种彩绸不可缺，完整牛皮要四张，
百种彩箭都备全，三角铁架要四样，
祭神之物缺不得。王宫前方修池塘，
大小三庹成正方，石灰筑成一小凳，
涂上油脂十来种。十种油脂从何来，
野兽之中虎豹熊，水族里面鱼獭龟，
人和非人身上油，飞禽鸥鹆的翎毛，
黄鸭肉和五彩线，切割人马狗利刀，
三叉铁架支一锅，快去把它备齐全，
国王洗礼洁自身，于国于民利无穷。

国王依照哈日所言，将上述祭物都准备停当，池塘石凳也都修好，但唯有人和非人的油脂无处寻找，便去问哈日如何是好？哈日回答道：

非人脂肪不可缺，非人恰是益绰玛，
为保国家除忧患，扒出拉姆心与肝！

国王听了哈日的无礼诉求，脸有怒色地说道：

哈日法师听朕言,人中算你最能干,
拉姆下凡到人间,与我王儿结良缘,
今若害了益绰玛,不怕横祸在眼前?
我怕哈日命难全,父子命将同归天,
不义之事岂能干,另寻良计除危难。

哈日说道:
国王叫我判吉凶,献出良策又不从,
不顾国难保非人,算我枉自瞎操心。

说得国王无言以对,只是闭目思虑。他想,自从益绰拉姆进宫以后恶兆迭起,灾祸不断,看来哈日讲的也许是对的。于是对哈日说道:

哈日大师听朕讲,为除国难把灾禳,
除掉拉姆也应当,如何动手快快讲!

哈日说道:
国王听我把言说,不要我们去下手,
趁着众妃有妒心,该让她们去下手,
落得人面何光彩,快命众妃去动手!

国王听了,立刻传众妃进宫来,说道:
五百妃子听朕言,要把我话记心间,
夜夜噩梦不间断,请来哈日把梦圆,
说是怨敌入境边,急需诺桑上前线,
为保家乡除国难,诺桑已经去征战。
不料日前做噩梦,复求哈日来卜占,
说是把神来祭奠,沐浴自身池塘间,
一切用品都齐全,唯缺非人心与脂,

非人恰是益绰玛，时时处处降灾难，
挖出拉姆心与肝，众妃来把任务担。
众妃听国王如此说。个个暗中喜欢，说道：
父王请您听奴讲，大王今把圣旨降，
奴婢岂敢来违抗，赐奴剑矛与刀枪，
此事全包奴身上。

国王向众妃赐予刀枪剑矛，由哈日牵头，将王宫包围起来。顿时，刀光剑影，杀声震天。拉姆听得情况不妙，不知发生了什么事情，便叫侍女去探听，才知道哈日和五百妃子包围了王宫。拉姆立即叫门卫关闭大门，自己来到母后身边告急。益绰拉姆对母后说道：

慈母王后听我言，忽闻四面楚歌喧，
哈日众妃起事端，刀光剑影宫前闪，
五百妃子正呐喊，矛头已向我对端。
当初诺桑出征前，我叫母把情形辨，
总疑仇人在身边，今日果真立眼前，
女儿避难不容缓，母把首饰还给我，
女儿要回寻香境。

母后心慌意乱地说道：

益绰拉姆仔细听，王儿临行讲得明，
首饰托我来保管，现在还你万不能。

言罢，由随从护送王后来到寝宫门口，对哈日和五百妃子说道：

五百妃子听我言，法师哈日听我言，
听到诺桑阵亡了？看到朝廷衰败了？
煽动闹事是何缘？自不量力把树撼！

这时，有一位年岁稍大一点、比较世故的妃子开了腔，说道：
母后请您听仔细，未闻王子已阵亡，
未见国政已动荡，遵照王命降妖妃，
山崖处处布罗网，善飞鹫鹰也难逃，
草原牧场猎狗巡，善跑小鹿何处逃，
鸽子盘旋在林中，画眉小鸟何处藏，
众妃围困在四方，拉姆逃脱是妄想，
奉命来掏她心肝，母把好戏来观赏。

那妒火升腾的五百妃子岂肯善罢甘休，就连王后都不放在眼里，哪里还听得进她的话呢？王后只好回宫，把情况告诉拉姆，说着，声泪俱下。益绰拉姆说道：
敬请慈母听儿讲，诺桑出征去疆场，
众妃设计来暗算，益绰拉姆并不怕，
娘把首饰快还我，为逃性命返寻香。

这时，母后从佛龛中拿出首饰项链交给拉姆后伤心地说：
拉姆女儿听娘言，妖魔今日起事端，
女儿暂且回仙天，等儿凯旋再下凡，
亲生王儿去参战，拉姆今日返仙天，
留我一人何孤单，苦命阿妈怎么办？

益绰拉姆说道：
恩爱慈母听儿讲，莫要为儿把心伤，
应求三宝保诺桑，您也保重最要紧，
女儿轻飏飘蓝天，叫那众妃干瞪眼。

言罢，将那项链佩戴起来，登上楼顶，对哈日和五百妃子说道：
哈日众妃听我讲，山崖处处是罗网，

老鹰不落会翱翔；湖泊处处撒下网，
金鱼跃向恒河去；原上猎犬叫汪汪，
花鹿摆角奔山上；鹞子盘旋在林中，
画眉身藏柽柳间；众妃包围在宫外，
拉姆这就返仙乡。

言罢，叫人把门打开，哈日率五百妃子蜂拥而入，顿时人声鼎沸，杀气逼人。她们一个个争先登楼，想上去抓住拉姆。益绰拉姆缓缓飞于空中说道：

五百妃子睁开眼，具法哈日睁开眼，
拿起毒箭只管射，若有长矛凭你刺，
若需心肝跟我来，飞向空中较量来，
众妃为何要发呆？哈日心坎平服哉？
哈日众妃请别慌，后面还有好戏看。

这时，在五百妃子中有个巧舌如簧的妃子向空中的益绰拉姆说道：

四处讨饭又流浪，到了末日还发狂！

这时，益绰拉姆一摇身，似一只大雁飞上了蓝蓝的天空。在五百妃子一个个目瞪口呆，你怨我，我怨你，责怪来责怪去，争吵不休时，哈日说道：

五百妃子休争吵，听我哈日说分明，
当初你们来折腾，哈日被你来哄蒙，
今日落得一场空，国王尊前怎回禀，
王子凯旋怎说清，你等争吵有何用。

众妃闻言，呆眼相向，无以言对，想不到希望终成了泡影，一个个心灰意冷地流下泪来。哈日来到国王面前，回禀国王道：

国王诺钦听我说，拉姆招来无尽祸，

今日把她已处决，国王心患已了却。

说着就在刚刚修好的池塘里投下祭品，让国王进行洗礼，并编造谎言，说什么从今以后再也不需担心发生什么事情了。

且说那益绰拉姆飞着飞着想起诺桑放心不下，王子对我那般疼爱，凯旋回宫后一定会为我伤心，一旦来寻找的话，他怎能知道寻香国的路径呢！倘或半路上有个意外，还有谁能知道呢！看来还得靠那位仙人帮忙了。想毕，一直飞到格日山仙人洞，对仙人说道：

禅定仙人听我讲，拉姆特求你帮忙。

仙人闻言，觉得这声音好耳熟，想是益绰拉姆来了。走出来一看，果然是她，于是把她引进仙洞，说道：

益绰拉姆听我言，渔夫捉你在池边，

只因我来作指点，去与诺桑结良缘，

享尽荣华与富贵，声誉鼎沸早听见，

今日突然到眼前，情由根源为哪般？

益绰拉姆说道：

赞美仙人菩提心，普救众生降隆恩，

法云降下正教雨，堪称第二观世音。

当初渔夫把我捉，承蒙仙人救我命，

我与诺桑配成婚，一生难报仙人恩。

可怜拉姆命太薄，无情灾祸降我身。

父王他把谗言信，无端叫儿去出征，

眼看王子要出发，我和母后去说情，

父王非但不答应，还说我俩把期怨。

父王降阶来送行,王子声声来托靠,
父王哈日多操心,莫让母女受惊恐。
诺桑前脚还未走,父王后脚发命令,
众妃把我包围定,杀气逼人声难听,
说是要扒我的心,逼我只好回仙境。
王子对我那般爱,怕是往后来找寻,
特给仙人把言留,要叫诺桑记心中,
要他虔心皈正教,定把王位来继承,
若要把我来找寻,留此戒指把路引。

说着把戒指取下来放到仙人手里,接着说道:
离此约有几由旬,有一梵天洗浴池,
转告王子沐浴身,保他一路不受惊。
从那再走几由旬,猛兽怒吼觅食物,
拿出戒指去照射,猛兽顷刻不留踪。
从那再行数由旬,菩萨开光塔落成,
王子绕塔把头叩,终能如愿又称心。
从那再走几由旬,水晶柱子呈四楞,
一匹绫罗做帷幔,扛在肩上赶路程,
保他一路得安平。从那经过几由旬,
一座石像天然成,一把铁锤立旁边,
抡起大锤击像顶,灵丹露汁淌口中,
王子若把甘露饮,病魔灾祸难侵身。
从那再走几由旬,森林深处禽兽多,
拿出戒指光闪闪,禽兽乖乖把路腾。
从那再过几由旬,花丛之中一岔路,

一时难判朝哪行,拿出戒指来闪光,
一珠露水把路引。从那经过几由旬,
一座悬崖殊险要,崖下毒水波涛涌,
几条毒蛇在爬行,拿出戒指闪一闪,
花鹿会来把路引。眼前高高一山峰,
攀上山顶放眼望,寻香出现眼帘中。
继续行走无多程,眼前一泉水清清,
便是寻香饮水池,王子到此路障除。
仙人把话听分明,转告王子要记清。
言罢,一摇身飞向仙界。

且说王子已经征服了敌人凯旋,踏进了自家的领土,诺桑兴奋异常,说道:

喜哉喜哉喜洋洋,敌人乖乖来投降,
维护正教讨野邦,今日凯旋到家乡,
将要见到老阿妈,将同拉姆聚一堂,
由衷感谢佛法僧,普降恩泽功无量。

这时,诺桑王子让大队人马在后面慢慢行进,自己带领几人疾驰而归,不一会儿,登上达拉山岭。在山顶焚香祭神,虔心祈祷道:

敬礼三宝与本尊,敬礼度母空行神,
敬礼一切护法神,承蒙援我得成功。

这时,只见一对乌鸦从东方飞来,在头顶盘旋。王子心想:自出征到现在从未见到过这么一对乌鸦,想必是土地山神的化身。于是说道:

一对乌鸦翔天空,想必神灵显化身,
对着乌鸦问一问,父王在家可安康?

若是平安在王宫，从右落下享祭品，
父王若是有意外，从左飞旋享祭品。

这时，两只乌鸦从右飞旋而下，享食祭品。诺桑欣喜地说道：

乌鸦从右来飞旋，看来父王很平安，
母后在家可安康，乌鸦飞旋叫我看。
若是安康右飞旋，贵体欠安左飞旋。

两只乌鸦依然从右飞旋而下，享食祭品。诺桑欣喜若狂，继续说道：

此情叫我真高兴，母后平安在家中，
当初令儿去出征，念及老母年事高，
只恐今世再难逢，幸有三宝来延寿，
母子终能会王宫，喜得孩儿情难禁。
再问拉姆可平安，乌鸦飞旋请示明，
益绰拉姆若平安，从右飞旋鸣三声，
拉姆若是有意外，从左飞旋把地啄。

这时，两只乌鸦从左飞旋，时而飞来，时而远去，时而掠地，时而高翔，一会儿落在石山上，拍打着翅膀。诺桑见情，脸色刷白，一脚踢掉祭坛，说道：

看你三宝佛法僧，待我从来不平等，
千般托来万般靠，偏叫拉姆受惊恐，
菩萨神灵太不公，一对乌鸦是灾星，
害得诺桑苦难言，看我搭箭来射杀。

说着，准备发箭，看那一对乌鸦并没有避箭远飞，只是蹲在那里，静静地等着，脖子一伸一缩的。诺桑忽生怜悯之心，说道：

前世孽缘今世果，此身连连遭灾祸，

今日若不多克制，傲慢之敌如涌波，
理应克己惜生灵，免得再把孽种播。
诺桑王子压住怒火，等平静下来，望着两只乌鸦说道：
乌鸦夫妻听我言，料得拉姆面难见，
我到王宫也孤单，失去爱妃意怅然，
只念老母在家中，儿才勉强走一遍，
修一家书请捎去，带给宫中父母看。
说着，写好书信，叫乌鸦捎去，信中写道：
阿丹众生怙主父王母后膝下：
敬颂金安。拉姆、众臣均安否？
儿臣奉旨北伐，顽敌尽被征服，元凶毕命，多数归顺，民皈佛法，政教法规已立，儿遂凯旋。今至达拉山岭，祭祀酬神，祈社稷泰安。
儿不日回宫，仰父王安排迎接仪式，并着令拉姆及臣民郊迎，不胜感戴！即颂
大安

儿诺桑敬上

吉月吉日于达拉山顶

乌鸦夫妻捎着书信，飞向王宫，落在楼顶上，不断地鸣叫。这时正值国王上楼散步，发现乌鸦捎来书信，取下一看是王子写的，他喜不自胜，立即召集王后众妃和奴仆说道：
五百妃子听朕言，今晨登楼把步散，
乌鸦捎来一书信，书信内情是这般。
说着将书信念给大家听，哈日和众妃听了，个个瞠目结舌。稍过片刻，王后起身说道：
大王诺钦听我讲，得知王儿把敌降，

为母听后心舒畅，只是走了益绰玛，
我给王儿怎么讲？大王对此不心慌？
五百妃子心坦荡？闻得王儿要还宫，
我心不平翻波浪，念及拉姆悲难当，
悲喜揉断我寸肠，大王快把圣旨降，
接迎王子备停当！

国王说道：

王后千万莫伤感，迎接王儿照此办：
二道鄂博你去接，儿问拉姆怎不来，
为何老母先来接，阿妈谎称拉姆她，
暂回寻香去省亲，王儿归来她还宫。
王后莫再多费舌，请把我话记心中。
五百王妃巧打扮，人人欢喜逞悦颜，
一道鄂博去迎接，父王备酒广场上，
迎接王儿来庆功。

王后、王妃及臣民，遵照国王的旨意，将接迎王子的事准备妥当。

过了几宿，王后一行到第二道鄂博设灶郊迎。派去打探的人回报诺桑率军快要到了。不久，诺桑大队人马出现在山脚下，他远远看见第二道鄂博上已经有人设灶郊迎，但不见益绰拉姆的身影，只望见母后在人群中忙碌。他策马速奔而来，在母后身前滚鞍下马，手捧哈达跪在母后膝下，说道：

慈母王后尊耳听，孩儿当初去出征，
今日凯旋立战功，完成使命荣归里，
阿妈贵体可安康？你老率先到此迎，

诺桑王子

拉姆为何不露面,阿妈快把详情说。
母后说道:
胜利归来好儿郎,深入疆场不辱命,
娘把家境从何说,叫儿听了不伤心?
母子一度两离分,每念孩儿泪纷纷,
我把详情来说明,孩儿坐下慢慢听。
诺桑听后满脸愁云,坐到毡上,急切地问道:
阿妈请您听儿言,乌鸦传情今灵验,
拉姆为何不见面,阿妈给儿说详情。
若是寿满已归天,孩儿也就没甚怨,
只怕有人把她害,准遭恶人来暗算,
快把真情细细谈。
母后说道:
心肝儿呀仔细听,不要为她来担心,
拉姆并非命归天,孩儿只管把酒饮,
莫为拉姆再悬心,听我仔细来说明。
诺桑端起母亲敬的酒杯一饮而尽,说道:
敬请阿妈听儿讲,拉姆果真在世上,
诺桑应该把心放,怕是阿妈在说谎,
孩儿怎能把心放,前日乌鸦来传情,
孩儿早已寸断肠,不念老母恩义重,
孩儿绝不回王宫。母子相会喜洋洋,
不见爱妃惆而怅。
母后听后作嵌字歌[①],回答道:

[①] 嵌字歌:在诗歌中,每句的前、中、后固定位置上嵌入藏文字母或同音同义词;

吾儿受命去出征，降伏异邦立战功，
保家卫国救黎民，庆功之酒给儿饮，
塔波①木碗盛美酒，敬给王儿来痛饮，
杯中盛满甘露汁，莫要推辞一饮尽。
多罗树上酒一盅，哈日黑爪未曾沾，
孩儿坐下慢慢饮，阿妈在此说详情，
孩儿凯旋功可庆，怎料父把谗言信，
众妃围攻害拉姆，阿妈放她回仙境，
一串项链还拉姆，拉姆飞回寻香宫，
娘我急得拧指头，众妃却在发笑声，
气得叫人发了昏，五脏六腑痛难忍。
孩儿且来饮杯酒，凯旋回宫何荣幸，
家中真情是这般，一言半句未瞒隐，
孩儿把话记心中，快快和我回王宫，
孩儿可懂我心情，我如残烛在风中。

言毕，带着王子朝第一道鄂博走来，五百妃子艳妆打扮，早已等候在这里了。众妃来到王子马首前，说道：

英名盖世王子前，五百妃子齐称赞：
王子不愧是勇汉，出征北域把敌歼，
凯旋回宫何威武，犹如红日照阿丹。

诺桑哪有心思下马还礼，他只是骑在马上，双脚摆镫，右手执鞭，向众妃子发话道：

五百妃子仔细听，诺桑使命早完成，

在诗词句首所嵌藏文字母，汉译文中无法表达出来。
① 塔波：松赞干布时期，以塔氏为主的一个部落名。

今日相会真高兴，不知宫里可安平？
北方敌人已消灭，尚有怨敌在捣乱，
妃子敬酒心领了，饮酒过量会伤身。

众妃讨了个没趣，灰心失意地站在一边。诺桑催马扬鞭，转眼间，来到了南门广场。他滚鞍下马，跪在父王前高举哈达，献给了父王。父王说道：

免礼免礼儿请起，问儿身体可结实？
北方敌人可降伏？可曾想念父母亲？
今日父子终相会，先饮玉液酒一杯，
再把征情来谈叙。

诺桑拒不入席，手拄弯弓说道：

敬请父王听儿言，孩儿受命把敌歼，
没误使命终凯旋。孩儿冒昧问父王，
临行拜托父王事，想必办得皆圆满，
拉姆为何不见面，请她出来让儿看。

父王说道：

孩儿诺桑莫担心，拉姆回乡去省亲，
孩儿何必这痴情，众妃不是情更深？
天涯处处是芳草，何惧无女赛仙人？
选个美女巧装扮，羞花闭月赛女仙，
诺桑入席放宽心，慢饮几杯洗风尘。

诺桑回答道：

恳请父王龙耳听，孩儿当初要出征，
托靠父王说得清，此去北疆需经年，
关爱拉姆与老母，父王应该放在心，

神灵也当来保佑，落到今日两离分，
父王心中可平静？北方神灵太不公，
忍心割爱苦煞我，一帮魔妃休近身，
王位我也不继承，追寻拉姆我意决，
宁肯流浪不还宫！父王偏把谗言信，
儿说千遍你不听，请求允我去找寻。
说着，便起身准备去找益绰拉姆。父王生气地说道：
不肖竖子听分明，不念父母与朝政，
却把拉姆挂心中，惹得国人发笑声，
阿丹皇室败家子，四处流浪快点滚！
说着，举起右手正准备给他一记耳光时，诺桑灰心地说道：
父王莫急请息怒。敌人本来没入侵，
父王下令去征服，可怜北方众生灵，
阴魂凄凄刀下吟，往后我无御敌责，
兵器该藏府库中。
说罢解下兵器，放在父王眼前，说道：
无欺三宝佛法僧，诺桑难道积怨深，
一来无端去远征，二和拉姆两离分，
三来父王赐兵器，戮杀无辜难忍心。
父王你把谗言信，莫如斩我还平静！
言罢，望着母后，气得流下泪来。母后劝道：
大王王儿听我言，诺桑凯旋把家还，
不该如此来责难，孩儿还未入宫殿，
撵他出走理不端。孩儿进宫听娘劝，
莫再胡语又乱言，孩儿自把心放宽，

听我把话慢慢谈。

说着,拉起诺桑,要往宫里走。诺桑说道:

慈母听儿把言说,谗言塞满父王耳,
盲目出兵将儿遣,随后又把拉姆害,
今又向儿发责难,千思万想想不开,
拉姆为何受迫害,母后勿隐说出来。

母后便把哈日与五百妃子陷害益绰拉姆的经过一五一十地说给诺桑听,话语中充满忧伤。诺桑闻言,茶饭不思。三天后才对母亲说道:

解脱轮回是我娘,细听孩儿肺腑言,
我今身在王宫中,痛不欲生思拉姆,
众妃得意心满足。痛苦无时来折磨,
死亡步步逼近我,我要去找益绰玛,
母后莫要来阻挠。

诺桑由于思妃心切,于四月十五傍晚时分独自出走,去寻找爱妃拉姆。

出宫寻妻

且说诺桑出得城门,正值玉兔东升,月光下,他不知该朝哪个方向去寻找拉姆。独自徘徊良久,恍惚间爬上一座山岭,第二天当红日初升时,已经登上了峰顶。他四下张望,心情忧郁地说道:

寻找爱妃到山顶,祈愿三宝来加持,

面朝四方唤爱卿,拉姆在哪快答应,
我朝四方唤三声,拉姆休再捉弄人,
丢弃诺桑岂忍心,拉姆快快来显灵。

言罢,别说拉姆显身,就连一点回音都没听到。诺桑失望地说道:

十方天神降恩典,大发慈悲来保佑,
四下呼唤声连连,无人回音意怅然,
今世不见拉姆面,莫如自尽命归天,
但盼来世再聚首,双双相认也心甘。

王子心思沉重,有气无力,只是向着四方连连叩头。这时,看见格日仙洞方向升起一道彩虹,诺桑心想:我和拉姆所以能配成伴侣还不是仙人这个月下老人牵的线吗?仙洞顶上出现彩虹,其中必有缘故,说不定彩虹就是我的向导呢!想毕,直朝仙人洞方向走去。来到洞前说道:

禅师仙人听我讲,我从远方来拜访,
叩求仙人多相助,让我重新见拉姆。

仙人听得有人叫唤,便走出洞门,只见一个小伙好生秀气,一表人才令人喜爱,便开口问道:

洞外小伙听我言,今日是从何方来?
到此幽境有何干?连连呼唤为哪般?

诺桑深施一礼说道:

仙人专谋众生事,隐去化身显人相,
功德扫清愚昧障,第二文殊听这讲,
不才来自阿丹方,身为国中一太子,
今日变成薄命郎,诉起情由泪汪汪。

说着顿首跪拜，倾诉原委道：
我的家乡在阿丹，父王在朝名诺钦，
嘉嘎拉姆是母后，诺吾桑波是我名。
身为王子处宫殿，继承王位落我肩，
前纳妃子五百余，异国为此常觊觎。
土龙年间黄道日，仙人牵线成姻缘，
益绰拉姆入王宫，贤良无比功德全。
拉姆对我情意重，父母对我更喜欢，
可惜好景难常在，堪叹好花不常艳。
魔妃纷起弄事端，哈日法师来作乱，
哄我出征赴北边，拉姆无故遭磨难。
哈日妃子来围攻，形势迫近把眉燃，
拉姆只好飞上天，叫那众妃干瞪眼。
待我凯旋把宫还，拉姆形影也不见，
父母臣民均问遍，因此寻找到此间，
敬问仙人可看见？叫我何方去找寻，
渴望仙人指迷津。
仙人闻言，带诺桑走入洞府，热情款待，并说道：
诺桑王子细心听，你做善业为众生，
仙人我耳早有闻，当初套住益绰玛，
我就把你放在心，引荐拉姆做妃子，
她遭厄运是天定。兹因出征降野人，
遂使王子遭厄运，乃是世间法所定，
王子勿忧听我劝，阿丹国运正昌盛，
天下无敌谁敢侵？你若弃政非正理，

悖逆父母是不孝，抛弃众妃是不仁，
抛下臣民是不忠。我劝王子回王宫，
拉姆信息我传送，她虽暂且无音讯，
见着拉姆定告知，当下暂时不见人，
王子何必太担心。
诺桑听后非常失望地对仙人说道：
敬请仙人听我说，为了报效我朝廷，
戮杀北人害无辜，而今落得两离分，
只身漂泊投异境，仙人叫我把朝还，
诺桑只好来违命，毅然去寻心上人。

王子言罢，不再说啥，便转身离开仙洞。走了一段路后回头望去，只见仙人在摆动衣襟，示意让他回去，他便返回仙洞。仙人对他说道：

诺桑王子莫惆怅，你若执意去找她，
拉姆去向我来讲，拉姆路经我仙洞，
留下一言返寻香，她的话儿是这样，
诺桑把话记心上：虔心修法是上策，
继承王位是中策，眷恋拉姆属下策，
一旦要来把我找，凭这戒指排路障，
让我转交诺桑王，说着留下这戒指，
舒展衣翅返寻香。

说着，把拉姆留下的戒指交给诺桑，并详细介绍了路途的险情和克服的办法。诺桑看见拉姆的戒指，顿时昏了过去，不省人事。仙人用净水沐浴诺桑，等他醒过来后，便对仙人说道：

思念拉姆情何切，连连呼唤无回音，

想是拉姆已变心，谁知情系戒指中。

说着将戒指揣在怀中，不住地流泪。仙人陪行一程，送到梵天沐浴的天池后才告别而返。诺桑一路历尽千险万阻，终于来到寻香仙境聚宝泉边，从泉边远远望去，只见一座天庭高大宽敞，顶子像一朵盛开的鲜花，诺桑看了，顿时心旷神怡。泉边有一石台，旁边有放过水桶的痕迹，便知道是挑水的人歇脚的地方，于是坐在石台上休息。不一会儿，仙女塘卓玛一行三人前来打水，诺桑故作姿态，引人瞩目。三仙女看见后，羞涩地打老远问道：

聚宝泉边一美男，仔细听我三仙言，

今日到此有何干？姓名家族怎称呼？

家乡故里在哪边？请把详情说一遍，

请别坐在仙泉边，不然要遭大灾难。

诺桑回答道：

三位仙女听我讲，问我家乡何用场？

身处泉边有何妨，我也没有把路挡。

说着退后几步。这时，三位仙女来到泉边取下银瓶开始打水。诺桑对三仙女说道：

三位仙女听我言，仙乡名字怎么唤？

你姐名字叫什么？打去泉水做何干？

如若不把实情讲，银瓶将不再奉还。

说着，将镶有珠宝的银瓶一一抢过手。塘卓玛说道：

贪心小伙仔细听，抢我银瓶做何用？

你若不知仙乡名，叫作寻香国皇宫，

父亲名叫马头王，母后叫作扎格玛，

益绰拉姆是我姐，塘卓拉毛是我名，

两位姑娘是奴仆。要问打水是何因,
拉姆曾在梵池中,沐浴不慎被人擒,
身陷凡间晦气熏,今取神水回宫中,
给我姐姐洗凡尘,实情原委已讲明,
该把银瓶还我们。

诺桑回答道:

请塘卓玛听我言,我自人间到仙天,
到此胜境有奇缘,特向你姐捎一言:
瓶中清水等用完,然后把瓶摇一遍,
仙女把话别忘记,一定告诉益绰玛。

说着,端起塘卓玛的银瓶,将戒指悄悄地放了进去,没让仙女发觉。三仙女打好神水,回到拉姆身边。塘卓玛对姐姐说道:

拉姆姐姐听我言,今日打水聚宝泉,
意外看见一美男,乍看叫人心胆战,
细看令人生喜欢,那人还在泉水边,
他叫你把水用完,然后把瓶摇一遍。

拉姆闻言,想是她们在拿自己开心,因此只管沐浴,没有在意。当一瓶水用完时,留给仙人的那枚戒指落在手中,于是猜到诺桑肯定来到这里了,心里一激动,一下昏倒于地。塘卓玛见状,慌了手脚,飞报父母,将刚才发生的事情详细禀报父母。父母闻言,立即下命令,叫仙乡之民休与那位不速之客攀谈搭言。

益绰拉姆苏醒后说道:

塘卓妹妹听我讲,当初下界浴水塘,
渔夫套我驻凡尘,姐我几乎一命亡,
幸有诺桑把我赎,再造之恩永难忘,

来人一定是诺桑,让我去看莫阻挡。

言毕,立即起身准备去会诺桑,但国王已下严令,不许任何人与那不速之客接触。拉姆便来到父母身边说道:

父王母后听我言,当初下凡浴池边,
渔夫套我驻凡尘,女儿命系旦夕间,
塘卓妹妹返仙天,女儿捎话祈求救,
别说有人来探看,就连回音难听见,
幸有诺桑来搭救,赎我进宫结良缘。
今日只听他来到,见面却又这般难,
父母容我出宫去,亲到泉边看一看。

马头王说道:

一男来到聚宝泉,说是救过益绰玛,
果真是你救命人,该施财宝谢恩典,
但莫引他入神殿,别让凡尘来沾染,
拉姆不得去会面,休让别人说闲言,
有话可以远远讲,围起纱帐遮颜面。

臣民遵照国王严令,便在东门广场围起纱帐,将诺桑和益绰拉姆两相隔开,不让见面,只许隔着围帐对话。诺桑高声唱道:

呜呼诺桑离人间,今朝阳光最温暖,
登临仙乡眼缭乱,此处景色最丽艳,
艰难旅程没枉走,对面必是益绰玛。

益绰拉姆从歌声中听出是诺桑王子的声音,便立即唱道:

今天重闻知音声,诺桑终于到仙境,
嘹亮歌声入我耳,拆帐相会始称心。

诺桑唱道:

拉姆歌声慰我心，窈窕身端遮纱中。
诺桑身躯无邪气，我要掀掉此纱帐。

说着用右手掀开纱帐，执帐的人全部倒了下来，诺桑和拉姆二人的目光汇在一起。益绰拉姆握住诺桑的手，双膝跪地，泪流满面地说道：

法王诺桑主万民，饶益众生功德深，
普降恩泽汇汪洋，诺桑听我来相问，
当初受命去北征，身临沙场可平安？
凯旋拜会父母否？感谢疼我来会晤。

言罢，挽住诺桑，泪流不止。诺桑王子回答道：

美丽爱妃拉姆听，今日终于又相逢。
当初受命赴北疆，征服顽敌无遗患，
无辜众生皆安然，皈依正教意志坚。
思念母后与爱妃，平安凯旋往回转，
大队来到达拉山，一对乌鸦来传情，
得知拉姆遭了难，当下心烦又意乱，
来至二道鄂博前，只见阿妈来迎接，
不见拉姆在里面，母后说你去省亲，
叫我莫要把心担。父王郊迎到广场，
说是拉姆回寻香，见过父母便回还，
听了叫我心发酸，只因思念情切切。
冒犯父王泄不满，父王食言太无情，
允儿去找益绰玛，找到拉姆再继位，
不见拉姆终不还。父王闻言发雷霆，
说是妃子有五百，天下美女任我选，

花枝招展胜仙女,赐她名叫美仙人,
金银珠宝饰满身。说着怒气虽冲天,
我向父王又申辩:一日拉姆不见面,
挑选魔妃有何干?诺桑失去益绰玛,
继承王位有何用?一心只想益绰玛,
谁顾这等又那般!父王捶胸又顿足,
骂我孬种快滚蛋!甩下兵器和衣冠,
准备出发找拉姆,阿妈苦苦来相劝,
进宫把情仔细谈。幸有留言在仙洞,
仙人又来作指点,历尽艰辛登仙境,
夫妻相会心情欢。

言罢,两人紧紧拥抱,恋恋不舍。在场的寻香国臣民为诺桑的勇气所折服,人人惊叹不已。益绰拉姆紧握诺桑的手,激动地说道:

诺桑王子美无比,受命出征灭顽敌,
为念旧情登仙境,深厚情意怎忘记,
诺桑启驾进宫殿,设宴款待谢恩义。

说着引诺桑走进自己的碧玉寝宫,盛宴款待。寻香国里来了一位如此英俊的王子,臣僚仆人赞不绝口,一齐到国王王后尊前,赞叹诺桑如何英俊,如何威武。寻香国臣民听了无不钦佩。这时,诺桑对益绰拉姆说道:

益绰拉姆听我言,当初我俩成伉俪,
相敬如宾情连绵,不料众妃耍手段,
五百情敌挑事端。如今恶因已消除,
咱俩赶快回阿丹,驱除父王心疑团,

侍奉老母报恩典。爱妃快去禀父母,
诺桑王子求谒见。
益绰拉姆说道:
超脱轮回为人主,救度众生是舵手,
闻名谁人不叹服,诺桑王子听我说,
王子之命妾难违,只恨哈日与魔妃,
也因父王受蒙骗,我今不敢回阿丹,
劝你留驻寻香地,祈求王子应三思,
倘若求见我父母,我可马上去禀报。
诺桑回答道:
拉姆为何出此言,我俩万事已圆满,
老母在家等又盼,怎忍她老把心悬,
拉姆爱我心没变,和我一同回阿丹,
离开母后或拉姆,诺桑心中均怅然,
快去禀报你父母,诺桑王子求觐见。
益绰拉姆说道:
王子爱我多诚心,人间无人敢比拼,
更念老母将我疼,寻香亲娘尚不及。
寻香父王与母后,向来把我爱如珠,
今日请命难答应,唯靠王子去说情,
巢中完卵难走行,取卵还靠要卵人。
益绰拉姆言罢,立即来到父王和母后屋里,向父母施礼说道:
身处欲界寻香境,扫清黑暗为众生,
明目善辨生与死,恩深父母尊耳听:
当初下界去天池,渔夫套我驻凡尘,

拉姆眼看一命绝，幸遇诺桑赎我身。
而今他又显神通，追寻拉姆登仙境，
求见父王与母后，父母二人快答应。
马头王听后说道：
女儿拉姆听父言，当初下界浴池边，
孽种捉你驻人间，诺桑固然将你救，
他今来到聚宝泉，让你珍宝报恩典，
谁知女儿自做主，私自引他入神殿，
人间凡尘把身染，还说他要来求见，
此种要求太过限。
益绰拉姆禀告道：
父王请听女儿言，诺桑王子是人杰，
救度众生是舵手，他的人品难言传，
岂与凡夫同等看，他是菩萨降人间，
又借神通登仙天，只因一心把我爱，
这才来到我身边，无须财宝济贫寒，
身上哪有凡尘染，父王母后快接见。
王后听后赞同地说道：
大王听我把话说，女儿今番说得真，
大王应当仔细听，公主益绰拉姆她，
众妹当中鹤立群，命运注定落凡尘，
幸有诺桑来赎身，哈日众妃好嫉恨，
棒打鸳鸯两离分，诺桑情真意更切，
转眼之间登仙境，想必一定有神变，
大王接见理当然。

马头王说道：

女儿叫我见诺桑，王后在旁敲边鼓，

只好答应接见他，后天天成宫接见。

益绰拉姆听得父王答应接见，心中不胜欢喜，即去告诉诺桑。到了第三天，在寻香国的宴会大厅里，马头王登上金座，王后和拉姆各登银座，给诺桑备了一把低级银椅放在下面，臣仆围坐四周。在一片号角音乐声中，诺桑王子走进富丽堂皇、金光四射的大厅，来到马头王面前敬献哈达。马头王见诺桑仪表非凡，吓得几乎掉下金座，幸亏有人搀住，扶上座位。诺桑从容不迫地说道：

寻香国王听我言，莫要惊慌成这般，

我也不是来行凶，刻意把你来求见，

接下哈达受一拜，祈赐教诲我诺桑。

大家听了，很难为情，马上换座，请诺桑与马头王平身齐坐。稍候片刻，马头王声音颤抖地说道：

阿丹王子诺桑听，你从人间远道来，

请问一路可平安？今日求见有何干？

详细讲给本王听。

诺桑笑盈盈地说道：

出类拔萃马头王，开拓寻香幸福路，

清除昧障比梵天，今日听我细陈言：

千里姻缘一线牵，拉姆下凡做侣伴，

说不尽的恩和爱，诉不完的情和意，

仙人赐婚结良缘，谁不称赞益绰玛，

父王疼来母后爱，美名遍及人世间。

阿丹年丰病魔息，六畜兴旺无战乱，

偏有众妃起妒心，唆使哈日起事端，
拉姆遭难返寻香，诺桑紧追难舍分，
叩求国王降恩典，允许拉姆再下凡。

马头王说道：

客人远从人间来，昔与公主有缘分，
赎身之恩怎忘记，献你财宝做酬金，
拉姆不可再下凡，仙境四处在求婚，
若叫拉姆去人间，寻香国里起祸端。
请把我话铭心田。

诺桑回答道：

前世姻缘今世成，拉姆诺桑配成婚，
今日只来接爱卿，诺桑哪来讨酬金。
说是处处来求婚，量你神仙有何能，
当初渔人撒套绳，哪位神仙曾察觉，
诺桑并非胆小鬼，哪怕邪魔与恶神，
寻香若要享富贵，莫惹诺桑显神通，
叩求寻香马头王，允准拉姆即启程。

王后扎格玛为缓和气氛说道：

王子执意求我女，寻香臣民要合计，
诺桑此来路程远，安歇几日再商议。
阿丹王子听我劝，今日为您设盛宴。

于是设宴招待王子，仙女们轻歌曼舞，大厅里充满了欢快的气氛。过了几日，益绰拉姆又特意设宴，款待王子，还专为他演出了精彩的歌舞，诺桑乐不自胜。

且说马头王大会群臣，共商拉姆去留大计。有的说益绰拉姆不能下凡；有的说若要拉姆下凡间，怕会给寻香招来不安；有的则说益绰拉姆对诺桑情有独钟，应该成全他俩的美满姻缘；有的说要以比武决定拉姆的去留；有的说干脆把诺桑用武力逼走算了。真是众说纷纭，莫衷一是。马头国王说道：

寻香臣仆听朕言，诺桑来自人世间，
身手不凡具神变，实与胎生非一般，
他借神通登仙天，来到东门广场间，
威风扫倒众臣仆，看了叫人吓破胆，
此人武艺不一般，暂且比武试试看，
最后谁能得胜利，拉姆嫁给他为妻。

臣仆闻言，点头称是。寻香国里举行群英会，英雄虎将云集，马头王从中挑选了四位武艺高强的汉子，作为各方的武士代表。这一天，马头王邀请诺桑及四位武士代表，大设宴筵。马头王说道：

诺桑王子听我说，各方都来求拉姆，
此事叫我难拍板。夜叉四国派使臣，
连你诺桑共五方，若将拉姆许一家，
由此争端难罢休，今日五方来比武，
拉姆许配得胜方。

诺桑说道：

马头国王听我言，我俩情意重如山，
今日拼命也心甘，国王之命我照办。

比武第一天，是在花园里进行射箭比赛。首先由四位勇士各发一箭，射穿了三棵大树，于是得意扬扬，奔跳狂喊。轮到诺桑射箭时，他在九棵大树上各挂一口铁锅，然后从容镇定地举弓瞄准一排九棵大树，猛射一箭，只见箭穿九树，大锅摇晃不停。四位勇士见得此情，个个认输，人人低头不语。这时，诺桑说道："四位勇士，我们把自己射中的树连根拔出来，扛到国王面前验证。"于是来到大树前，诺桑轻而易举地像拔草一样地把九棵大树连根拔起，扛到东门外广场上。其他四位勇士别说拔起射穿的三棵树，就连摇动一下都感到困难。来广场围观的寻香臣民无不叹服，一下围住国王，七嘴八舌地评论开来。

诺桑王子来到国王面前说道：

寻香臣民听我讲，国王有言在先前，
五方来使要比武，拉姆许配优胜方，
国王说话勿变卦，胜者就是我诺桑，
四方来使莫多舌，拉姆自然归诺桑，
寻香父母把旨降，准许女儿把路上。

国王闻言，无言以对，只是呆坐在那里，全场哑然，半晌没出声。就在这时，有一位名叫洛追华的大臣开了腔，他说道：

寻香君民听臣言，大王有旨已在先，
比试武艺决胜负，胜者领走益绰玛，
只此一赛难定夺，再设赛项来比拼，
诺桑全盘若领先，领去拉姆理当然。

诺桑听后稍有怒色地说道：

寻香君民仔细听，诺桑来自印度东，
抛下慈母与父王，千辛万苦到寻香，
只为接回益绰玛，今日若不来刁难，
拉姆早该归诺桑，说是还要设赛项，
诺桑何惧上赛场！

益绰拉姆见势不妙，立即把诺桑叫到寝宫休息。到了晚上，寻香君臣聚在一处共同商议对策，有的说诺桑具有梵天和帝释天王的本领，谁也别想比过他；有的说，今天为了争夺拉姆公主，几乎要出乱子，若不谨慎，玉玺就要落入他人之手。群臣你一言，我一语，商定不下。正在这时，王后说道：

寻香君民听我讲，诺桑王子神通广，
跟他比武计已错，要想获胜是妄想，
寻香仙女何其多，列队东门广场上，
拉姆夹进队伍中，五方来使投彩箭，
谁箭落到她头上，她就归谁理应当，
此话在理不在理，君臣属民细思量。

大家听了，觉得此话有理，异口同声地说："是啊，一支彩箭投到那么多仙女中去，难道偏偏会落到拉姆头上不成。"于是都认为这个主意再好不过了。

第二天，诺桑和几位来使应邀来到马头国王那里。马头王说道：

尔等使臣听我言，诺桑赛箭虽领先，
一次难决胜与负，比赛到此尚未完。
寻香仙女列成队，益绰拉姆在其间，
来使各把彩箭投，看箭落到谁头上，
中箭之女自领去，到时莫再发怨言，
倘若拉姆中了箭，领她回去不阻拦，
各自回去做准备，决胜之期在明天。

诺桑说道：

寻香国王细思量，我与拉姆已成婚，
今日似要归异邦，千般刁难万作梗，
口是心非不应当，诺桑何怕再比武，

谁有本事来较量。

益绰拉姆说道：

父王母后臣民听，时而视为掌上珠，
时而将我当敌人，仙人有意挑事端，
渔夫向我扔套绳，我若搅挠父不宁，
女儿不知归哪方，这次父王下严令，
要让三宝来作证，中箭仙女归来使，
大家都要守信用，诺桑王子仔细听，
要把我话记心中。

说完，拉姆把诺桑叫到寝室，告诉他父王下令明天召集寻香美女到东门外广场列队，让各方使者投彩箭选美。于是诺桑准备了一支三翎箭，系上五色彩条，然后插在谷物堆上，前面摆上供品，和拉姆共同祈求神灵保佑，帮助成全二人的婚姻。

第二天，寻香国一千五百名仙女来到广场列队，在一千五百名仙女中，益绰拉姆亦在其中。仙女中有的想，诺桑的彩箭要是落到我的头上那该多好啊；有的想，我与诺桑即使成不了终身伴侣，哪怕能做一夜之夫妻也就满足了；有的想，能和诺桑的贵体接触一下那该多好！众仙女各怀心思，一齐眼巴巴地望着诺桑。这时，各方使者将各自的彩箭交给了马头王，诺桑默默祈祷道：

十方诸神来保佑，为我彩箭赐加持，
喇嘛本尊来保佑，为我彩箭赐加持，
度母护法来保佑，为我彩箭赐加持，
洛追饶赛来保佑，为我彩箭赐加持，
东方金刚来保佑，为我彩箭赐加持，
南方宝生来保佑，为我彩箭赐加持，

无量光佛来保佑，为我彩箭赐加持，
不空成就来保佑，为我彩箭赐加持，
中部度母来保佑，为我彩箭赐加持，
土地神灵来保佑，为我彩箭赐加持，
我与拉姆情深厚，神灵为我导箭头，
诺桑拉姆要团圆，合卺全靠此箭头。

祈祷罢，便将祭品撒向四方。就在这时，马头国王念念有词，将五支彩箭投向空中，只见其他四支箭没走多远就落到地上，唯有诺桑的那支箭飞得老高老高，而后盘旋着缓缓落下，正好落在益绰拉姆身上，彩条搭在她的脖子上，像是给勇士挂上了勋带。围观者无不震惊，暗暗佩服，个个咋舌。

这时，诺桑上前说道：
寻香君臣听我言，尔等千般来刁难，
幸有三宝来成全，拉姆仍旧归人间，
彩箭落身可看见，准许女儿快下凡，
跟我诺桑返阿丹。

马头国王说道：
艺高好汉诺桑听，二人姻缘命注定。
今日再度结良缘，在场公众看得清。
四方使者死了心，打道回府赶路程。
拉姆去向已确定，嫁给诺桑完大婚。

说罢，各自散去。翌日，国王王后将女儿叫到身边，说道：
益绰拉姆听父言，法王诺桑真不凡，
看他武艺多高强，英雄气贯三界间。
女儿算是一巾帼，今与诺桑又结伴，

父王虽然舍不得，也得送你去人间。
陪嫁之物般般有，任儿挑来任儿选，
跟着诺桑再下凡，祝儿万事皆如愿。

益绰拉姆对父母说道：

恩重父母听真切，命运注定难挽回，
身为天界一公主，而今落得去人间。
女儿此去无所求，祈赐三身[①]神灵物。

父母闻言，去做准备。过了几天，在宴会厅里大设筵席，寻香臣民欢聚一堂，为诺桑和益绰拉姆践行。还赠送了大量首饰、绸缎、金银珠宝、大象、骏马、车驾等陪嫁。席间马头国王说道：

人间王子听我言，你与拉姆确有缘，
离而复合悲又欢，饶益众生利无边，
拉姆莫把父母念，姻缘和合难改变，
情意相投莫二心，两情无猜得圆满；
再请女儿听我言，为得善报常祈念，
时时记念佛法僧，善待有情心莫偏，
贪财招来地狱酷，多行施舍莫积攒，
外敌虽如波浪涌，无须强攻会自破，
三毒心敌最顽固，须抛私心与杂念，
此生无常是梦幻，荣华富贵心莫贪。

言罢，国王将一卷《宝积经》亲手赐给女儿。益绰拉姆接过经卷，深施一礼，双手合十，对父王说道：

父怀大悲与空性，扶持仙邦无偏心，

---

① 三身：佛的法身、报身、化身。神灵物，具有神力的东西，如佛的舍利、喇嘛活佛用过的器具及衣物等。

仙天诸界称舵手，女儿受恩何深重，
父母待我如眼珠，寻香众人看得清，
荣华富贵已享尽，命运牵我下凡尘，
曾与诺桑配成婚，备受周折与磨难，
几经悲欢又离合，不料今日再相逢。
但愿寻香国昌盛，万事亨通百业兴，
广洒雨露向人间，普降恩泽润凡心。

这时王后手捧一尊绿度母身像来到女儿身边，说道：

心肝女儿听娘言，今日出嫁要下凡
想起女儿往日间，侍奉父母尽孝心，
而今出嫁到人间，身为女人是自然，
但愿夫妻白头老，善待公婆莫怠慢，
救济黎民得解脱，莫听邪语和谗言，
谨防笑中藏刀剑，待人和蔼讲善言，
举止高雅戒粗鲁，衣食住行常检点，
度母身像是家传，赐给女儿佩胸前。

说着将绿度母身像放到益绰拉姆手中，眼泪扑簌簌直流。益绰拉姆将度母像接在手中，说道：

敬请母后尊耳听，身为公主享好运，
寻香谁人不心疼，为求躯体得清净，
曾到天池去沐浴，哪料渔夫把我捉，
拉姆眼看一命绝，幸有诺桑赎我身，
一生难报再造恩。王子今又显神通，
寻相举国已叹服，拉姆今天离家园，
但愿寻香百业兴，幸福光照四洲明，

今后母女难相逢,母爱永远记在心。

诺桑上前说道:

寻香胜境堪向往,几经艰辛终来到,
有幸会晤马头王,更逢拉姆喜洋洋,
承蒙授予政教诫,利及众生益无量,
但愿仙民寿无疆,以法治国逞兴旺,
保佑拉姆和诺桑,一路顺风到北方。

夫妻回宫

且说诺桑和拉姆二人谢过寻香父母,启程回阿丹。这时,寻香王子、公主及臣民前来送行。一路欢歌声、奏乐声响彻仙界。天界之仙人亦纷纷前来,观此胜况。一会儿,大队人马来到梵天浴身的天池旁。在天池旁小憩时,达波王子、塘卓玛和梅朵玉珍三弟妹异口同声地说道:

公主姐姐仔细听,命运之风何强劲,
催我姐姐下凡尘,虽为普济利众生,
却又割断姐妹情,犹如禽母飞异方,
抛下雏鸟愁离情。姐姐当初落凡尘,
受尽魔难堪痛心,这番刚刚脱尘世,
却又离我去人间,难料再次遭磨难。
只与诺桑难舍分,姐姐才向人间行。
王子把姐多关心,姐对王子要忠诚,

爱民如子莫偏心，励精图治国昌盛，
愿你国政如满月，光照寰宇乐无穷！

说着一齐拉住姐姐益绰拉姆的手，不住地流泪。拉姆对恋恋不舍的三弟妹说道：

弟弟妹妹三人听，寻香姐弟共四人，
姐去人间命注定，弟妹三人别伤心，
善待父母尽孝心，尊敬长辈济民生，
兄弟姐妹将离别，但求净土再相逢。

说着放开他们的手，互敬哈达。这时，梅朵玉珍紧紧抓住益绰拉姆毫不松手，嘴里连一句话也说不出来了。前来送行的众仙女见此情景，无不伤心。最后只好挥泪而别，一步三回头地返回寻香仙境。

且说诺桑和拉姆二人离开仙乡后，直奔格日山仙人洞府，在界碑前敲打了几下，仙人便走出洞来，看见诺桑和拉姆二人站在洞前。诺桑深施一礼，说道：

佛教众生大怙主，犹如世间一明灯，
指引我等入慧门，普度众生是救星。
无比仙人尊耳听，拉姆曾来把言留，
仙人对我细说明，登仙途中皆顺风，
平安到达寻香境，我和拉姆得重逢，
见到国王何荣幸，我把来意细禀明，
国王一直不答应，五次三番探智勇，
幸有怙主来保佑，更有仙人来助威，
诺桑样样都领先，四方来使皆信服，
领着拉姆又下凡，众仙簇拥来护送，

诺桑心愿终得尝，承蒙仙人来垂恩，
此生愿修菩提心，再求导师来扶撑。

言毕，献上各种礼物，仙人领着二人进了洞府，盛情款待。仙人说道：

诺桑王子真好运，励精图治除敌人，
教化异邦步佛道，又赴寻香登仙境，
英武震慑众仙人，终和拉姆回我洞，
久别重逢太幸运，灾祸难再来相侵，
从今二人进王宫，父子莫要违民心，
爱惜臣民最要紧，敬奉三宝佛法僧，
为民请命要记清，造福有情为己任。

益绰拉姆施礼说道：

堪称众生一怙主，毫不利己专利人，
洛追饶赛尊耳听，拉姆身为一仙女，
命运迫我配凡人，当初曾入阿丹宫，
受尽委曲说不尽，只因导师来怙佑，
魔妃阴谋未得逞，终和王子得重逢，
往后还求多关心！

言罢，和诺桑一起谢别仙人，启程赶路。带领着拉姆父母赠送的极具神变的马队、象队、车队直奔阿丹国。

诺桑和拉姆在神变的人马车队簇拥下来到了北国领地的三珠郎，这里的庄园领主看见来的是诺桑和益绰拉姆万分高兴，立即取出自己最好的礼品出来迎接。庄园四周的寺庙部众敲锣打鼓，高举彩旗，载歌载舞，热情欢迎诺桑和益绰拉姆。诺桑和拉姆受到如此隆重的欢迎，心中无限欢喜。诺桑自豪地说道：

庄园领主听我言，受命朝廷到北方，
制伏野人靖北边，挂念母后和拉姆，
即刻凯旋把宫还，到家不见益绰玛，
顿时心烦意又乱，阿妈来把细情讲，
原委情由是这般：五百妃子与哈日，
丧心病狂害拉姆，妄说父王把旨降，
要送拉姆上西天，阿妈力单难阻挡，
恶人得志更猖狂，拉姆返天去避难，
诺桑赶后紧追寻，感恩三宝来相助，
而今平安回阿丹，受到欢迎又受礼，
纳贡祝福开富源。

这时，一位名叫扎西旺波的庄园领主上前向诺桑施礼说道：

救世主啊听我讲，哈日趁你上北疆，
装模作样行法事，要用非人油祭祀，
国王尊前进谗言，逼着国王把旨降，
国王降下一旨谕，恶人凶狠围宫堂，
目睹情形是这般，耳闻原委也这样，
诺桑神通真广大，登仙求凤堪赞赏！

言罢，显得非常赞许的样子，再次向诺桑王子叩头顶礼。第二天早上，诺桑将庄园领主扎西旺波老人叫到身边，说道：

扎西旺波领主听，快到阿丹王宫中，
告诉父王与母后，诺桑已从寻香回，
带着拉姆要回宫，仆人随从来迎接，
特告母后放宽心，诺桑一路皆顺风，
带着拉姆将进宫，母子相逢即在今，

母后在家多保重，安养贵体最要紧，
扎西旺波领主呀，请把我话快传递。

扎西旺波领命而去，日夜兼程，不久便来到嘎韦三朗宫报喜。宫廷知宾回禀国王王后说，扎西旺波领主前来求见大王，有要事禀告。国王应诺，宣扎西旺波进宫。扎西旺波进得王宫，拜见国王王后，并将诺桑之言一一禀明。王后从领主手中接过王子和拉姆带来的礼品，说道：

扎西领主报喜讯，此情叫人真高兴，
念我只有一太子，却又常常去出宫，
母子相处期太短，因此叫我很伤心，
自从拉姆去寻香，诺桑赶后去追寻，
凡人怎能登仙境，要找拉姆太痴心，
总想母子难相逢，日思夜想不安心，
扎西旺波仔细听，是真是假说分明。

扎西旺波回禀道：

王后释疑听我说，刚才所呈是真情，
王子叫我告诉你：诺桑一路皆顺风，
带着拉姆将进宫，母子相逢即在今，
母后在家多保重，安养贵体最要紧。
诺桑不久要来到，象队马车路上行，
快快派人去迎接，速做准备莫消停。

国王王后闻得此言，喜出望外，乐不自胜，立即奖赏扎西旺波。接着，国王大会群臣，说道：

诸位大臣听朕言，扎西旺波来报信，
诺桑王子从仙境，找回拉姆将回宫。

领主捎来见面礼，说是王子亲手送，
要求仆从去迎接，尔等明日即出发。
诺桑神勇世无双，令我父王真愧悔。
迎接事宜要抓紧，明日大厅设宝座，
美味佳肴要丰盛，敲锣打鼓旗幡升，
僧众都来起歌舞，王后带着人马去，
迎接王子一日程，快快准备莫消停，
各自把话记心中。哈日妃子不用去，
尔等不要不高兴。有关父与子隔阂，
由我自己来消除。

说着，眼睛盯着哈日和五百妃子，他们只好低下头唉声叹气。众臣仆民得知诺桑归来，欢喜异常，无不感谢扎西旺波带来喜讯，纷纷敬献礼品与彩绸。国王告示天下：王子诺桑将要来到，尔等黎民敲锣打鼓，插上旗帜，普天共庆。

第二天，受命欢迎王子的随从一行百人从王宫出发，走了两天两夜，来到扎西旺波的庄园，走进诺桑王子的营帐拜见诺桑和拉姆，并献上哈达。诺桑问道：

随从侍女来迎接，我和拉姆真高兴，
请问父母均无恙？五谷丰登民幸福？
更念阿妈年事高，请问贵体可安康？
知客拉旺双手搭在胸前，恭敬地回答道：
法王天子菩提心，关爱众生是明君，
神通广大力无穷，尊耳听奴来说明，
北方阿丹国度中，父母二人很健康，
只因魔妃来添乱，王子一度离宫廷，

今日总算盼来你，请问贵体有无病？
见到尊颜多高兴，总觉此情是梦境。
诺桑听了拉旺的禀告，喜悦地说道：
知客拉旺听我言，父王听信魔鬼言，
无故叫我去征战，趁机迫害益绰玛，
拉姆无奈返仙天，诺桑赶后去追寻，
秘密离宫只身去，尔等不知情可恕，
冤屈如雾罩心田，只怪父王心太偏，
如今罪孽已彰显，一群妖魔在作乱，
怨恨父王心有憾，父王失误情可愿。

众仆人听了，又是高兴欢跳，又是伤心流泪，真可谓悲喜交加，百感交集。这时，益绰拉姆说道：
更嘎玛等侍女听，自我离开阿丹宫，
你等身体可无恙？而今是否住宫廷？
快把实情说分明。
侍女更嘎玛回答道：
仁慈妙龄天仙女，往来天空变神通，
名不虚传是度母，尊耳听奴来说明：
自你飞回神仙境，我等倒是没生病，
但为离别多伤情，更遭魔妃来暗算，
多亏王后来保护，恶人没敢来侵身，
王后把你常挂念，我等一度不安心，
苦难日子熬到头，幸福太阳升天空，
哈日众妃是鸱鸮，统统陷于黑暗中，
我等奴婢见光明，喜若百灵声声叫，

此生只求修菩提，仰望度母多垂恩。

其他仆人听了，齐声喝彩，认为更嘎玛讲得对，讲得好。

这天，他们来到达孜那喀的草地上停步休息，周围庙宇的僧侣和村落的民众竞相慰劳。然后接着赶路，来到了冈嘎河畔，附近民众亦纷纷前来慰劳众人。这时，诺桑打发二人快马前去向母后报信。到了第二天，二人回来禀报说，王后已在龙珠郎卡等候迎接王子。诺桑和拉姆闻得此言，不胜欢喜。

且说到龙珠郎卡迎接王子的除母后一行百人外，还有僧众、庄户近五百人。中午时分，诺桑大队人马到达龙珠郎卡，母子相见，格外高兴。母后握住二人的手，又悲又喜地说道：

诺桑拉姆似心肝，日日想念月月盼，
嘴里常把儿名唤，盼到今日终相见，
幸福日月同增辉，老母闭目也心安。

诺桑急步上前抓住母后的手放在自己头上抚摸，说道：

人间母亲何其多，难比我母恩义重，
永生难报慈母恩，孩儿当把誓言呈：
母若不归菩提道，精心侍奉不离身。

说着母子三人一块儿坐了下来。益绰拉姆说道：

贤良博识好阿妈，您的贵体可安康？
拉姆逢凶回仙乡，幸能化吉今又降，
仙乡亲人已省过，欣与诺桑又相见，
今日重会母尊颜，恰似死后又复生。

母后说道：

虽然不是亲生女，母亲行善得福果，
女儿自从去寻香，深恐今生难相见，

承蒙三宝来相助，母亲心中愁云散。

就在这天晚上，母子三人欢聚一处，叙善斥恶，寒暄一夜。

翌日，国王在南门广场举行隆重仪式欢迎王子回宫。只见僧众载歌载舞，走在队伍的最前面，城楼上旗幡飘扬，鼓声大作。五百妃子因为没有安排她们接迎王子，心里很不高兴。但是，她们还是挤在人群中来看热闹，并不时地议论一下经忏师哈日，说他不过是个凡俗之辈，办不成大事，哪里像个瑜伽法师，云云。这时，鼓乐声起，王子和拉姆在四路人马的簇拥下步入广场，神采奕奕。一入广场，二人即向父王献上哈达，然后就座。父王说道：

诺桑王子听父言，想来叫父心惭然，
逼儿只身奔仙天，幸亏今日又见面，
可庆可贺张筵宴，父子诚心来叙谈。

诺桑回答道：

父王听儿把言说，上次出征凯旋时，
不见拉姆去何处，忙向父王问底细，
说是她已去天国，只因孩儿情真切，
不辞而别奔仙府，难顾吉凶与祸福，
幸有三宝来相助，今日顺利到人间，
欢迎仪式何隆重，父王降价来远迎，
此等大礼难消受，往事无须再追究，
父王把它莫再说。

父王闻得此言，心里一阵阵难受。益绰拉姆说道：

父王大人龙耳听，哈日是否在家中，
父王靠他扶社稷，他却捣鬼难容忍。

父王说道：

益绰拉姆洗耳听,想把此身修成佛,
不经磨难不成功,只因哈日设陷阱,
你俩只好使神通,众人谁不看得真,
天上地下都拜服,誉满人间与仙境,
老父一时昏懵中,现将情由说分明。

言罢,离开广场,来到宫内大厅,这里大设筵宴,异常隆重。宴会上,诺桑将自己离开王宫后如何听到仙人讲述益绰拉姆留下的话语;自己又怎样担着一路风险登上仙境;如何经受了寻香国中君臣的种种考验,等等,详细地讲述了一遍,君臣仆民听的十分入迷,直到宴会结束才各自散去。

且说在五百妃子中间有两名妃子,一个叫做才让旺毛,一个叫做桑珠卓玛。诺桑命她二人进宫,二人闻命,吓得六神无主,面色苍白,立刻赶到宫内,向诺桑和拉姆二人献上哈达。诺桑王子说道:

才让桑珠听我言,诺桑前脚征北边,
百妃后脚把空钻,说是父王降旨谕,
要扒拉姆心与肝,众妃得意又忘形,
包围王宫发狂言,二妃一向怀衷心,
干此勾当为哪般?快把情由照实讲,
别怪诺桑少情面,若用假话来欺骗,
马上送你上西天。

才让、桑珠惊慌失措地同声说道:

慈祥明主请饶命,龙耳听奴细细说,
百妃干下坏勾当,我将经过照实说,
半句假话怎敢讲,祈求明主来饶恕。

说着双膝跪在地上说道：
五百妃子坏行径，今日细细来禀明，
当初拉姆入宫廷，满朝迎亲宴丰盛，
待遇甚厚享宝座，百妃排后坐木凳，
赏赐礼物太不公，百妃受到最低份，
众妃怀恨装心中，更闻都夸拉姆美，
五百妃子怒火升，暗商诡计瞒众人，
私会众妃发密令，妖魔东珠华姆她，
面对五百妃子说：坏种渔夫惹事端，
更恨仙人别有心，领个野婆来宫中，
打我百妃入冷宫，诺桑与她多温存，
众人夸她最贤明，明妃正妾是我等，
如此亏待实难平，昔日称我五百妃，
王子眼前多受宠，自从拉姆到身边，
百妃一刻难亲近，不除拉姆怎罢休，
不杀情敌心不平，说是哈日法师他，
法力无边具神通，几人快到他身边，
讨得计谋解心恨。东珠华姆把头领，
急忙赶到哈日处，回来满脸是笑容，
趁着王子去远征，明来暗往把计定。
父王召集五百妃，口称拉姆是妖精，
命令百妃持刀枪，扒她心肝除灾星，
百妃听了多高兴，正好除掉心头恨，
命令大家把宫围，我俩不得不胁从，
王子今日要问罪，应找妖魔与哈日，

我俩自身不由己,祈请王子饶性命!

诺桑听了二妃的叙述,显出非常气愤的样子,但又觉得这二人实在可怜,便饶恕不提。益绰拉姆听后对二妃说道:

二位妃子吐真言,听得令人实可怜,
三毒心敌若不歼,害人害己苦非浅,
东珠华姆来威逼,你等胁从情可愿,
莫要担心去用餐,我替二人去求情。

说着让二妃坐到自己身边,并给二人赏赐衣食。才让、桑珠由衷感激,诚心拜谢,说道:

拉姆怜发菩提心,心胸宽宏无邪嗔,
待人和善好宽容,救我今日出险境,
益绰拉姆何慈悲,多谢今日救性命。

言罢,连连叩头,流泪不止。诺桑将她俩的口供详细地记录下来,然后来到父王身边,禀报道:

父王大人听儿言,二妃口供已录完,
今日呈到父王前,是非情由请分辨。

说着将口供呈上,父王仔细一看,不觉气填胸膛,双手拍打着腿,说道:

哎呀心肝王儿听,仔细听朕来说明,
百妃个个藏黑心,煽动哈日挑纷争,
父王老早有疑心,今日可得把罪问。

诺桑闻言,自回寝室。父王又把才让、桑珠二位妃子叫来,当面质问。才让、桑珠二人回禀道:

敬请大王莫疑心,我俩所言是真情,
审讯百妃与哈日,事情真相更分明。

言罢退下。父王便命令把哈日法师和五百妃子一一捆绑起来，打入牢中。

欢迎王子和拉姆的庆典结束后，国王来到王宫背面的一块草地上，命左右将哈日带上来。这时，只见哈日被五花大绑，由侍从拉到国王面前。国王说道：

好个歹毒瑜伽师，善恶不分成何理，
二位妃子有口供，你今知罪不知罪？

说着将二妃的口供念了一遍。哈日听后说道：

国王倾耳听我言，阿丹凶兆起连连，
卦辞里面全显现，百妃纷纷围王宫，
国王严命已在先，说要除掉益绰玛，
只怕人前不体面，故让百妃去动手，
国王亲自赐刀箭，我等去把王宫围，
哪料拉姆飞上天，此事国王全知道，
却来问我是哪般，快向百妃去问罪，
此事与我何相干！

父王闻言，狠狠地将哈日推倒在地，然后又命令左右将东珠华姆带了上来。东珠华姆来到国王面前，国王问道：

东珠华姆坏种听，干下勾当罪非轻，
二位妃子有口供，看你招认不招认！

说着将二妃的口供念给她听。东珠华姆说道：

大王为何出此言，自己说是梦不好，
要叫哈日来卜占，占得卦辞说得清，
要挖非人心和肝，你说非人是拉姆，
命我去掏她心肝，大王亲手赐刀箭，

我等因此围宫殿，哪料非人飞上天，
叫我百妃呆望眼，大王并非没看清，
今日为何出此言，叫那小小妃子来，
我们不妨来对证。

国王见哈日和东珠华姆二人不肯招认，怒不可遏，便对哈日再次严刑拷问。哈日哭哭啼啼地说道：

国王大人尊耳听，二位妃子说得真，
妖妃五百坏行径，容我细细来说明，
一向独处茅屋中，四妃乘夜来说道：
北国君民太昏庸，把个野婆引入宫，
百妃从此失了宠，难与王子相亲近，
王子拉姆何温存，野婆得意又忘形，
只是为了顾大局，我等忍气又吞声，
哪堪拉姆更发狂，我等已是难容身，
只好星夜讨计谋，干掉拉姆解心恨。
言罢再三来央求，哈日只得去答应，
当初我借圆梦兆，谎报卦辞把君蒙，
趁着王子去远征，怂恿国王下命令，
反倒惹火烧自身，央求今日饶一命。

国王闻言，立即令曾与东珠华姆一块去过哈日茅屋的另外三位妃子前来质问。三妃说道：

祈请大王请恕罪，哈日二妃说得真，
百妃真是中了邪，东珠华姆是祸首，
惹弄事端生是非，我等只好来胁从，
哈日从中做手脚，害人害己又害众，

央求大王多饶恕，我等合伙是违心。

国王听完，当晚将哈日、妃子松绑放回，自己启驾回宫，召集王后、诺桑、拉姆三人，说道：

王后王儿拉姆听，朕已年迈大脑昏，
听信法师哈日言，请求卜占受蒙哄，
无端送儿去出征，接着加害益绰玛，
此事叫我太悔恨，恨不削发去为僧，
二位妃子出口供，哈日众妃已招认，
明日推出宫门外，一一斩首来示众，
先王遗德我丢尽，叫我时刻不安心。

言罢，愧心地叹气，几乎要发疯。诺桑急忙安抚道：

敬请父王听儿言，您老自把心放宽，
罪魁祸首已揪出，诺桑心中无疑团，
处决主谋理当然，蒙蔽众妃不该斩，
才让桑珠道实情，赦放二人回家园。

国王闻言，赦放二人，然后安排刀斧手，准备将哈日、妖妃推出斩首。益绰拉姆说道：

父王静心听奴讲，分清主次理应当，
说要斩首五百妃，再请父王细思量，
父王非同凡俗人，佛家慈悲应提倡，
分清善恶再行事，利及众生益无量，
父王一度盲听信，草率从事出乱子，
崇信哈日信口讲，而今岂能再匆忙，
法师哈日罪滔天，情理难容应斩首，
百妃本是妇道人，无须斩首应赦放。

国王说道：
益绰拉姆听我言，东珠华姆众妃子，
买通哈日把君哄，拨弄是非乱民心，
想来叫人怎容忍，无须心慈又手软，
好坏由我来担承。

王后说道：
大王拉姆听我言，想起百妃与哈日，
干下勾当实难容，拉姆上前来求愿，
心里不禁又发软，再请大王细思量，
莫要草率来拍板，今夜暂且放回去，
待到明日再定案。

言罢，各返寝室歇息。第二天，国王、王后、王子、拉姆在卧室中商量如何处理哈日、百妃的事情，国王还是坚持要把哈日、百妃统统斩首。益绰拉姆说道：

只为拉姆苦命女，北人无故丧性命，
王子母后相离分，母子一度伤身心，
百妃哈日将受刑，叫我心里难平静，
父王今日不依我，我要返回寻香境。

言罢，泪流不止。诺桑说道：
父王母后听儿言，百妃哈日罪非浅，
干下勾当理难容，理应严惩把首斩，
只念仙人有诫言，加上拉姆几请愿，
诺桑心肠也发软，心中想法禀父王：
佛敌哈日当处决，东珠华姆该剜眼，
听从东珠华姆者，割下耳朵要流放，

其余或为做人媳，嫁与匠家或屠夫，

儿言可否来采纳，叩请父王来答言。

由于王后、王子、王妃都向国王求情，要求国王宽恕百妃，国王只好应允。说道：

想到百妃与哈日，罪孽不轻怎宽容，

王子拉姆求宽恕，就按诺桑决策办。

言罢，气愤地坐在那里。

第二天，南门广场上人山人海，百妃和哈日被押解到广场。首先，法官向北国臣民介绍了诺桑继承王位的盛况，说道：

"土虎年正月十五日，当吉祥的红日升起在东方时，王子在嘎围三朗宫继承王位，登基仪式极为隆重。就在这隆重而庄严的登基仪式上，国王不仅赐予诺桑八吉祥的哈达，还将国政玉玺传给王子。这时，寺院、村庄的僧侣民众纷纷前来献上贺礼，祝贺王子继位的献礼者列成长队，络绎不绝。消息犹如日月光照天下一般，很快传遍各地，四境之国亦不远万里，派使祝贺。诺桑登基后，恩泽遍及，人间因此风调雨顺，六畜兴旺，病魔全息，灾荒不见。诺桑登基后，第一件大事就是召集祈愿法会，广请僧侣，兴办法事，并大施天下，消除贫穷，庆贺时间足有一月之久。就在这喜庆的日子里，歌声四溢，舞姿蹁跹，举国上下都沉浸在欢乐的海洋之中。"

紧接着法官宣读判决书：

"从前，国王诺钦看重哈日，将扎西曲迪寺赐给他弘扬佛法，可他恩将仇报，接受五百妃子的贿赂，依靠咒术占卜欺骗国王，遣王子出征，逼拉姆返回寻香，真是罪恶滔天，现已招供认罪，现昭示天下：判处哈日绞刑；妖妃东珠华姆剜去双目；三妃主犯割去耳朵；其余诸犯许配给铁匠和屠夫做妻子，年轻妃子许配给差役做妻子。"

最后，法官又补充宣布道：

"根据五百妃子所犯罪行，当判死罪，只因益绰拉姆再三求情，免于死刑，从轻发落，今后悔罪自新，不再重犯。"

宣判结束后，国王、王子、拉姆之间隔阂消除，疑虑化解。老国王下令为新国王执政举行隆重庆典，黎民百姓和诸寺僧众纷纷前来庆贺，歌舞升平，盛况空前，延续月余。

不久，国王诺钦隐居静地，虔心修法。两位年轻妃子到附近的三丹寺出家为尼，专心修行，甚得佛教众生敬仰。

法王诺桑自继承王位后，勤奋精进，治国理政，体察民情，惠及黎民，使阿丹国日益繁荣昌盛，人民安居乐业。